宋代文学评论

SONG DAI WEN XUE PING LUN

（第二辑）

笔记研究专辑

朱　刚　侯体健　主编

中国社会科学出版社

图书在版编目(CIP)数据

宋代文学评论. 第二辑, 笔记研究专辑/朱刚, 侯体健主编.
—北京: 中国社会科学出版社, 2017.6
ISBN 978 - 7 - 5203 - 0133 - 6

Ⅰ.①宋…　Ⅱ.①朱…②侯…　Ⅲ.①中国文学—古典文学研究
—宋代—文集　Ⅳ.①I206.2 - 53

中国版本图书馆 CIP 数据核字(2017)第 074459 号

出 版 人	赵剑英
责任编辑	郭晓鸿
特约编辑	席建海
责任校对	王佳玉
责任印制	戴　宽

出　　版	中国社会科学出版社
社　　址	北京鼓楼西大街甲 158 号
邮　　编	100720
网　　址	http://www.csspw.cn
发 行 部	010 - 84083685
门 市 部	010 - 84029450
经　　销	新华书店及其他书店

印刷装订	北京君升印刷有限公司
版　　次	2017 年 6 月第 1 版
印　　次	2017 年 6 月第 1 次印刷

开　　本	710 × 1000　1/16
印　　张	19.25
插　　页	2
字　　数	292 千字
定　　价	86.00 元

凡购买中国社会科学出版社图书, 如有质量问题请与本社营销中心联系调换
电话: 010 - 84083683

目　　录

宋代笔记的文体研究

导言 笔记作为新兴的写作体制

复旦大学中文系 朱 刚

　　以《全宋笔记》的编纂出版为标志，对宋代笔记的整理和研究，近年颇有隆兴之势，而硕士、博士学位论文以此为题的也越来越多。仅就笔者掌握的情况来看，21 世纪以降的这些学位论文，多数出自中国古代文学学科。如安芮璇《宋人笔记研究——以随笔杂记为中心》（博士学位论文，复旦大学，2005 年），郑继猛《宋代都市笔记研究》（博士学位论文，陕西师范大学，2009 年），苗永姝《北宋笔记研究》（博士学位论文，北京师范大学，2010 年），翟璐《宋代笔记中的苏轼》（硕士学位论文，河南大学，2013 年），李银珍《宋代笔记研究》（博士学位论文，复旦大学，2014 年），周靖静《北宋笔记研究》（硕士学位论文，复旦大学，2014 年），等等①。这说明，尽管笔记经常被看作"史料"的一种，但实际上至少就宋代笔记的研读而言，宋代文学的研究者显示了比其他领域的研究者更大的热情。

　　由于"笔记小说"这一观念的存在②，许多笔记可以被视为"小说"，从而进入文学研究者的视野。但值得注意的是，以上这些硕士、博士学位论文所体现的对于宋代笔记的研究热情，并不来自把笔记视为"小说"的

---

　　① 语言学方面的有许秋华《九部宋人笔记称谓词语研究》，博士学位论文，山东大学，2013 年；凌宏惠《宋代笔记语音资料研究》，硕士学位论文，湖南师范大学，2014 年；音乐史方面的有曾美月《宋代笔记音乐文献史料价值研究》，博士学位论文，上海音乐学院，2009 年；文献学方面的有孙励《宋代笔记分类考辨》，硕士学位论文，上海师范大学，2004 年；中国史方面的有骆玉丽《宋代笔记的研究——以两宋之际的史事为对象》，硕士学位论文，上海师范大学，2011 年；王梅《宋代笔记所述党争及其士风》，硕士学位论文，首都师范大学，2011 年。

　　② 参见陶敏、刘再华《"笔记小说"与笔记研究》，《文学遗产》2003 年第 2 期。

观念，它们中的大部分并没有把笔记视为"文言小说"，至少不仅仅视其为"文言小说"。当然，笔记有大量的内容涉及文人、文学，其作为文学史的"史料"而受到重视，也不妨说是自然的。不过，毫无疑问，笔记也有大量内容涉及政治、经济、军事、哲学、科技等方面，但这些专门史的研究者，倾向于把笔记看作补充性的史料，与其他史料结合起来论述问题，很少如文学史的研究者那样把笔记当作专门的研究对象。

所以，我认为更重要的是，在宋代急剧兴盛起来的"笔记"这样一种写作体制，吸引了新生代文学研究者的关注。一个时代的作者所热衷使用的表达方式、写作体制，自然应该成为文学史的关注对象，就如传统上早已被纳入关注视野的诗、词、古文等体制一样。从这个意义上说，笔记具有了接近于一种文学体裁的意义。兹事体大，我们必须加以探讨。

一般来说，文学史的研究者面对宋人的全部笔记时，最直观的看法也还是"史料"，就是把笔记看作记录的载体，考察其中所记录的与文学相关的内容，如文学作品、文学批评、作家传记资料以及其他各种文坛信息。应该说，所有时代的笔记都具备这一记录功能，但并不抹杀研究宋代笔记的特殊意义。笔记的写作虽不开始于宋代，数量上却是急剧的增长期，这就意味着，在印刷出版的兴盛这一新的历史条件下，笔记的大量写作和快速传播，为其所记录的信息带来了前所未有的"及时性"：及时地记录、及时地传播，从而也有可能及时地获得反馈。可以相信，无论就作者还是读者而言，对于此种"及时性"的意识，都会影响到他们的写作、阅读态度，从而造成宋代笔记的内容在整体面貌上与前代的差异。作为写作体制，笔记容易被指责的随意性，使它比成文的各体文章显得地位卑下，但它作为记录载体比别的载体远为轻便的优越性，随着出版业的发展而获得充分的展现，以至于像朱熹那样的大儒，要宣传北宋的"名臣"事迹时，编订的也是笔记体的《八朝名臣言行录》。他没有把收集到的材料剪裁为成文的传记，恰恰相反，他把许多已经成文的墓志、神道碑、传记等拆成了一条一条笔记体的文字。这位大儒终生都未表现出对于随意性的偏好，无论他这样做的原因是出于对传播环境的清晰意识，还是仅仅在当时的风气中受到无意识的感染，在相当严肃的著作中颠覆体裁尊卑秩序的做法依然让人感到意味深长。

　　或许有鉴于此，在把笔记当作记录载体之外，有的研究者也尝试了另一种研究视角，就是把笔记看作新兴的，或者说从宋代开始被各阶层的作者们广泛地采用的写作体制。这就意味着，笔记将直接被看作文学研究的对象，换言之，就是文学"作品"或"作品集"。必须注意的是，从写作体制的角度将全部笔记体的作品纳入文学研究者的视野，与挑选一部分作品视为"小说"或"小品文"进行研究，立场是完全不同的。

　　在这方面，有必要介绍一位英国留学生安达（Edward Allen）的工作，他的硕士学位论文《宋元之际文坛中的周密及其文学》①，显示了他对笔记这一"文体"的思考：他首先为宋元以下中国文人所作笔记的数量之多感到惊异，认定这种"文体"从某个时候起，对于中国文人的自我表达来说，已经成为与诗、词、古文可以并列的体制之一。于是，为了比较说明，他试图在欧洲的写作传统中找到一种可以与中国的笔记相对应的表达体制，结果发现，把这种片段式的杂记编订成书的做法，在欧洲的写作史上虽也偶有出现，却远未成为习惯，更未从"外向"的"记录"发展为"内向"的从而各具个性的"自我表达"。这样一来，在比较的视野里，笔记的写作便呈现为自具特色的中国"传统"。当然，中国的笔记也从"外向"的"记录"起步，至于它何时具备了与诗、词相似的"自我表达"功能，安达找到的关键点是周密，时处晚宋的这位作者显然对笔记倾注了不亚于诗、词的热情，在他那里，作为"自我表达"的体制之一，笔记的意义与诗、词可以等量齐观。按目前对于宋代笔记整体发展进程的把握程度，我们还无法判断以周密为这个关键点是否准确，但安达的工作足以对我们有所启示。笔记，作为传统中国文人最乐于采用的表达方式、写作体制之一，实在不该被驱逐在我们的文学史之外。

　　这当然关涉一个过于复杂的问题，就是什么样的文字可以被视为"文学"作品。在这个问题上，尊重本国史实的"中国"立场，与尊重领域标准的"文学"立场必然会有所冲突，需要善于融合，才能为"中国文学

----

　　①　安达：《宋元之际文坛中的周密及其文学》，硕士学位论文，复旦大学，2014年。

史"的研治对象划出合适的边界。然而，这个边界也必然随每代人的观念差异而不断变动，事实上总体的倾向是向外拓展。显而易见，拓展带来的结果主要是积极的，当我们把笔记纳入文学史的考察范围时，文学研究的一系列行之有效的方法，就可以施诸笔记研究，比如对文学作品的作者、题材、艺术手法的考察，便可移用为对笔记的作者、话题、辞章的考察。这并不表示我们看不到另一个显而易见的事实：笔记确实包含了大量毫无"文学性"的条目，如纯粹的记录、考辨、杂谈等。但是，它们与具有高度"文学性"的条目呈现了相同的"文体"，甚至被并置在同一部笔记内，则区划边界的时候，就不宜对它们考虑过多。换句话说，就算不能把每一条笔记都看作文学"作品"，也并不妨碍我们视一部笔记为"作品集"。

在汉语里，"笔记"这个词作为名称，可以指一条笔记，也可以指由许多条笔记汇集而成的一本书。就此而言，我们也可以把这样的书称为"笔记集"。然而，在传统的书目中，这些书大抵并非"集部"文献。所以，把笔记视为"作品集"的看法，意味着某种观念上的改变。因为我们一旦从"集"的角度去看，笔记经常被指责的内容上的散漫性便属正常现象，正如我们从不期待一部诗集所包含的各篇之间必须具有联系。那么，完全可以用文学研究者所熟知的考察诗集的方法来考察笔记。作者研究、专书研究、文献研究以及人物形象、题材体制等方面的研究，都可以逐步展开。

为此，我们第二届宋代文学同人研修会于 2015 年 4 月在复旦大学中文系举办了"文学视野下的宋代笔记研究"专题会议，合力探讨，形成了目前的论集，另有刘宁《〈六一诗话〉与〈本事诗〉的比较研究》一文因故未能收入本辑。这些成果大抵可以分为四类：笔记文献研究、笔记专书研究，以及笔记中的士人形象建构和笔记题材体裁方面的研究。每一类下面都各自提出了一些重要的话题，但总体而言，我们完成的只是一种示例性的考察，可以引其端绪，不能总结陈词。参与的诸君都正在盛年，相关研究的充分展开，犹有待焉。

宋代笔记的文学文献研究

和刻本宋代笔记叙录

南京大学文学院　　卞东波　　王林知

前　言

宋代立国之后，稽古右文，优待士人，文士的地位得到空前提高，文人学士有较多的余暇从事学术研究与文学创作。宋代的士大夫大多同时在政事、学术和文学等领域都有所成就，笔记是他们从政、治学、为文之余，写作的"非文艺散文"（"Nonliterary" prose）①，但也是宋代士大夫对宋代文化的贡献之一。虽然笔记在创制之初，仍带有"随意性，非正式，能包容单纯的消遣和娱乐"②的一面，但随着宋代学术的演进，宋代笔记越来越呈现出专业化、学术化的特征。论者认为，以宋代笔记、诗话为代表的"非文艺散文""比起传统的文学散文来，更能揭示宋代思考写作、思考世界的某些突出特征"③，可谓一语中的。宋代笔记无论在量上，还是在质上，都远迈之前的唐代。由上海师范大学古籍研究所编纂的《全宋笔记》计划出版 10 辑（目前已经出版 7 辑），每辑 10 册，共计 100 册，每

---

① "非文艺散文"用的是艾朗诺教授的概括，他在《剑桥中国文学史》第五章北宋文学史部分将"个人文集刊落，却见于'笔记'与'小说'中的那类散文"称为"非文艺散文"。参见孙康宜、宇文所安主编《剑桥中国文学史》（上），生活·读书·新知三联书店 2013 年版，第 505 页。

② ［美］艾朗诺：《新的诗歌批评：诗话的创造》，《美的焦虑：北宋士大夫的审美思想与追求》，杜斐然、刘鹏、潘玉涛译，上海古籍出版社 2013 年版，第 70 页。

③ 孙康宜、宇文所安主编：《剑桥中国文学史》（上）"第五章北宋部分"，生活·读书·新知三联书店 2013 年版，第 505 页。

册收有若干种笔记，故现存的宋代笔记数量多达数百种，而已经亡佚并见
于著录的，想必更多。宋代笔记的内容、类型与创作的主体，与宋代的士
大夫人格特质密切相关，呈现出非常复杂而多样的景观，有记奇闻轶事
者，有评诗品文者，有论经辩史者，有谈佛论老者，有考证名物者，不一
而足。不但宋代笔记收录的文献具有极大的学术价值，而且宋代笔记本身
也可以作为学术研究的对象。

宋代笔记不但在中国本土留存，而且还在同属东亚汉文化圈的日本得
到翻刻和流传，形成所谓的"和刻本宋代笔记"，对古代日本的学术文化
也产生一定的影响。"和刻本宋代笔记"是"和刻本汉籍"中的一种，所
谓"和刻本汉籍，正如长泽氏所解释，其形态之多，其种类之复杂，实为可
观。有直接翻刻之书，亦有加上日本人注释之书，又有中国原无刻本之汉
籍，又有由日本人编纂的中国人文集等等"①。文中提到的长泽氏，即日本
书志学家长泽规矩也先生，他是目前对和刻本汉籍整理与研究最深入的学
者，先后出版了《和刻本汉籍分类目录》②及《和刻本汉籍分类目录补
正》③两本和刻本目录书，又主持编印了一系列和刻本汉籍丛书，如《和
刻本经书集成》④《和刻本正史》⑤《和刻本明清资料集》⑥《和刻本诸子大
成》⑦《和刻本汉籍随笔集》⑧《和刻本汉籍文集》⑨《和刻本汉诗集成》⑩
《和刻本书画集成》⑪等，包罗经史子集四部。

"笔记"在日本被称为"随笔"，和刻本宋代笔记以收录于长泽规矩也
先生所编的《和刻本汉籍随笔集》（共十三集）中的最多，如第二集收录

---

① ［日］中山步：《"和刻本"的定义及其特点》，《图书馆杂志》2009 年第 9 期。
② ［日］长泽规矩也编：《和刻本汉籍分类目录》，汲古书院 1976 年版。
③ ［日］长泽规矩也编：《和刻本汉籍分类目录补正》，汲古书院 1980 年版。
④ ［日］长泽规矩也辑：《和刻本经书集成》，汲古书院 1975—1977 年版。
⑤ ［日］长泽规矩也辑：《和刻本正史》，汲古书院 1970—1978 年版。
⑥ ［日］长泽规矩也辑：《和刻本明清资料集》，汲古书院 1974 年版。
⑦ ［日］长泽规矩也辑：《和刻本诸子大成》，汲古书院 1975—1976 年版。
⑧ ［日］长泽规矩也辑：《和刻本汉籍随笔集》，汲古书院 1973—1978 年版。
⑨ ［日］长泽规矩也辑：《和刻本汉籍文集》，汲古书院 1977—1978 年版。
⑩ ［日］长泽规矩也辑：《和刻本汉诗集成》，汲古书院 1974—1977 年版。
⑪ ［日］长泽规矩也辑：《和刻本书画集成》，汲古书院 1975—1977 年版。

《希通录》一卷（宋萧参撰，影印书簏蟫隽本）、第三集收录《容斋随笔》十六卷（宋洪迈撰，影印京都石田治兵卫刊钱屋惣四郎后印本）、《陈眉公重订野客丛书》十二卷附录一卷（宋王楙撰，影印承应二年［1653］中野是谁刊本），第八集收录《新刊鹤林玉露》（天集六卷、地集六卷、人集六卷，宋罗大经撰，影印庆安元年［1648］林甚右卫门刊本）、《晁氏客语》一卷（宋晁说之撰，影印天保三年［1832］昌平坂学问所刊本），第九集收录《宝颜堂订正省心录》一卷（宋林逋撰，明陈继儒、陈天保校，日本宇津木益夫训点，影印天保十四年［1843］京都爱止居刊本），第十辑收录《桂海虞衡志》一卷（宋范成大撰，日本洼木俊训点，影印文化九年［1812］下总洼木氏睡仙堂刊本），第十二集收录《困学纪闻》二十卷（宋王应麟撰，影印宽文元年［1661］京都中野道也刊本）、《考古质疑》六卷（宋叶大庆撰，影印享和二年［1802］江户昌平坂学问所刊官版）、《肯綮录》一卷（宋赵叔向撰，影印文政十二年［1829］江户昌平坂学问所刊官版）。但仍有一些宋代笔记，《和刻本汉籍随笔集》未收，如《新雕皇朝类苑》七十八卷（宋江少虞撰，日本元和七年［1621］铜活字印本），《吴船录》二卷（宋范成大撰，宽政五年［1783］刊本，京都北村四郎兵卫、北村庄介刊），《入蜀记》六卷（宋陆游撰，天明三年［1794］刊本，京都博厚堂刊），等等。近年出版的金程宇先生所编的《和刻本中国古逸书丛刊》①　中则收入《新雕皇朝事实类苑》《新刊鹤林玉露》两种和刻本宋代笔记。沈津先生与笔者所编的《日本汉籍图录》②　中则收入上述所有和刻本宋代笔记的书影，可以参看。最近出版的《和刻本四部丛刊》100册③中也收录了一些和刻本宋代笔记。

　　从现存的和刻本宋代笔记来看，数量并不多，但具有重要的学术价值。首先，有些和刻本宋代笔记保存了宋代原本的面貌，在卷帙上也比中国的传本要完整，最典型的是日本古活字本《新雕皇朝事实类苑》（又称《皇宋事

---

① 参见金程宇编《和刻本中国古逸书丛刊》第26—31册，凤凰出版社2013年版。

② 参见沈津、卞东波编著《日本汉籍图录》"子部"，广西师范大学出版社2014年版。

③ 域外汉籍珍本文库编纂出版委员会编：《和刻本四部丛刊》，西南师范大学出版社、人民出版社2014年版。

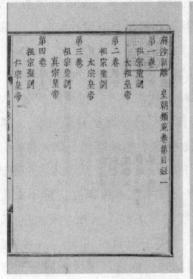

日本国立国会图书馆所藏元和七年（1621）古活字本《新雕皇朝类苑》

实类苑》）。江少虞所编的《皇宋事实类苑》成书于绍兴十五年（1145），绍兴二十三年（1153），福建麻沙书坊曾刊刻过此书七十八卷的全本，但此本后在中国失传；中国传本为六十三卷的钞本，后收入《四库全书》中，改名为《事实类苑》。七十八卷本的全本后传入日本，日本元和七年（1621）出版了古活字本的《新雕皇朝事实类苑》，古活字本目录首行题为"麻沙新雕皇朝类苑卷第目录一"，目录第三卷末又有"绍兴二十三年/癸酉岁中元日/麻沙书坊印行"字样，可见日本古活字本是根据宋绍兴麻沙本翻刊的，从古活字本的书名也可以看出是天水旧物。四库馆臣虽对此书评价不甚高，但仍称"北宋一代遗文逸事，略具于斯"，又说其为"说家之总汇"①。因其载录了数十种宋代文献，特别是其中不少文献今天已经散佚而仅见于该书，则此书具有很高的文献价值，如今人所辑的杨亿《杨文公谈苑》大部分取资于该书。而七十八卷的日本古活字本《新雕皇朝事实类苑》无论从存真度，还是完整度上，都是中国六十三卷本无法比拟的。

---

① 《四库全书总目》卷一百二十三"《事实类苑》提要"，中华书局1965年版，第1061页。

和刻本宋代笔记价值之二在于翻刻本的序跋，从中可以考镜宋代笔记在日本的流传、刊刻情况以及日本学人对其的评论。如文政年间所刻的《容斋随笔》十六卷，卷首有江户时代汉学家赖山阳（1781—1832）《新刊容斋随笔序》云：

> 洪景庐以忠臣之子，守清要之职，本学兼茂，虽不及庆历、元祐诸公，而不愧为南渡以后名士大夫，其学之博洽，见于《随笔》五编，资后人闻见不鲜云。余尝谓自理学兴，士无肤浅之弊，然久而成窠臼，千言万语尽赴其中，宋元人概然。自考证之学兴，言有凭据，然儒者之业如稽账簿，争较毫厘以取胜，明清人概然。说部本出人人之痛言，宜无二者之弊。而如罗大经之流动堕理语，如杨慎之类徒辄辨证，能脱然于二者之外自盖，盖于人且宏富，取之不竭者，唯景庐及沈括、王楙、顾炎武、王士祯等所笔。……丹波深海伯龟新刊其初编以行于今，二笔以下当陆续上梓。①

从这段话可以看出，只是《容斋随笔》十六卷在日本得到刊刻，余下的二笔至五笔并未刊成，这也得到了实物的证实。这段文字也可见赖山阳对洪迈的人格以及《容斋随笔》博学都有很高的评价。另外，赖山阳还发表了他对中国笔记整体的意见，指出笔记写作的两种弊端：一种是宋元人的笔记，受到理学的影响，陈词滥调较多；另一种是清人的笔记，受到朴学的影响，专注于细枝末节的考证，这两者都不是笔记的佳作。他比较推重洪迈、沈括、王楙、顾炎武、王士祯等人的笔记，不但学识宏富，而且还能给人以启发。和刻本《容斋随笔》还有另一篇摩岛长弘的《刻容斋随笔叙》：

> 夫随笔之弊有二：曰蹈袭，曰猥琐。蹈袭者，剽前人之说，左掇右劂，以为己有者也。猥琐者，议论不根乎义理，敷演怪诞不经之

---

① 《和刻本汉籍随笔集》第三集，汲古书院 1973—1978 年版，第 1—2 页。

说，以资人谭笑者也……余读此书盖成于景庐致仕之后，其学已殖，
闳中而肆外，晦养而焕发，援据精确，断以正论，无二者之弊，史称
考阅典故，渔猎经史，极鬼神事物之变，善非虚称也。况景庐父子兄
弟忠节文章萃于一门，映于一代，众心之所钦也。此书岂可不刻乎？
随笔之刻于吾邦者，如《鹤林玉露》、《野客丛书》、《辍耕录》、《五
杂俎》等，已盛流传。蹈袭如《千百年眼》，猥琐如《尘余》，亦复并
行，则此书之出，犹峨眉天都之忽然现于支峰蔓岳之间，则世之文人
学士必刮目而见之矣。①

此叙也指出了笔记写作的另外两种弊端，即蹈袭和猥琐，而《容斋随
笔》则无其弊，序者对《容斋随笔》的评价不可谓不高，其原因依旧基于
洪迈的学殖深厚以及《容斋随笔》的学术性。文中也简单提到中国笔记在
日本流传的情况，上述笔记都已经收入《和刻本汉籍随笔集》中。

再如，宽政五年所刊的陆游《入蜀记》，前有柴野栗山的序云：

欧文忠《于役志》，过于简略而有嗛；郭天锡《客杭日记》，伤于
裁截而不畅；王百谷《客越志》，轻薄可恶；冯开之《快雪堂日记》，驳
杂可厌；惟放翁《入蜀记》繁简得中，总略有要，其文雅驯而不险，通
畅而不俚，风流萧散，无骄傲张杰之气，读之可想见其人与事也，是足
以为纪游之法矣。暇日，拔之《知不足斋丛书》中，校而授梓。②

末有山田汝翼之跋云：

但古人之作虽奇丽如柳柳州，其所纪述不过独阜单流之间，片时只
景之赏；山之脉络、水之源委，则皆不可知焉，未足以厌心愉情，涤肠
胃而拔胸膏也。顷书肆北村氏示新镌《入蜀记》，其自汧溯江穿峡入蜀，
沿道名区胜概，皆留连探赏，必备录而不遗。凭几读之，如身涉其境，

---

① 《和刻本汉籍随笔集》第三集，汲古书院 1973—1978 年版，第3—4 页。
② 宽政五年刊本《入蜀记》卷首叙，早稻田大学图书馆藏本。

亲共其事，令人飘然神驰于匡庐峨眉之顶，胸腹之间爽然觉尘垢不平之气，皆向毛孔而散，如积年之痼洒然脱体焉，亦愉快矣。[①]

《入蜀记》不但是宋代笔记史上的杰作，而且在中国游记史上占有非常重要的地位。和刻本的这两篇序跋，都是从游记史的角度对《入蜀记》进行评价。柴野栗山之序将《入蜀记》与其他几部具有代表性的游记相比，从而指出其叙事"繁简得中，总略有要"；其文笔"雅驯而不险，通畅而不俚"的特色，可谓一语中的。山田氏的跋也是先将《入蜀记》与前代的游记相比，指出从前游记只是流连于山光水景之间，而对"山之脉络、水之源委"则语焉不详，文学性大于纪实性，不能满足人们的知性需求。而《入蜀记》则不然，不但文采飞扬，而且其对沿途自然、人文景观的记述，给人以身临其境之感。山田氏用非常形象的语言表达了他阅读《入蜀记》后的感受，虽是异邦人士的阅读体验，但凡读过《入蜀记》者一定会对他的看法心有戚戚焉。从上也可看出，和刻本《入蜀记》翻刻的底本是《知不足斋丛书》本，这也可考知《入蜀记》流传日本的源委。以上和刻本宋代笔记的序跋都代表了异邦人士对中国笔记的看法，其论或有可商之处，但从中透露出的旁观者的意见也是值得我们注意的。

宋代笔记流传到日本后，日本刊刻者往往会根据日本读者的需要对宋代笔记原本做一些加工，包括对原书的增入校勘、插图和注释等。和刻本宋代笔记有日人校勘的，可以和刻本《容斋随笔》为例。根据我们研究，和刻本《容斋随笔》翻刻的底本是清康熙三十九年（1700）洪璟据明崇祯三年（1630）马元调刊本的重修本。和刻本的翻刻者虽以清本为底本，但明显又用了当时藏于日本的宋"赣州本"加以校刊。如卷六"带职人转官"条："自少农以上，径得光禄。"和刻本校云："'禄'作'卿'，恐非。"按：《四部丛刊》影宋"赣州本"作"卿"，而明马元调本、清康熙本作"禄"。卷六"韩退之"条："寄李翱书曰：'昌黎韩愈，仆知之旧矣……'"和刻本校

---

① 　宽政五年刊本《入蜀记》卷末跋，早稻田大学图书馆藏本。

云："'知'作'识'。"按：《四部丛刊》影宋"赣州本"正作"识"，而明本、清本作"知"。卷六"上下四方"条："上下四方，不可穷竟，正杂庄列释氏之寓言。""杂"字，《四部丛刊》影宋"赣州本"作"虽"。虽然作"虽"字明显错误①，但可以看出和刻本是以宋本校勘的。还有些地方，和刻本在翻刻时对原本做了改动，而在校语中加以说明，如卷七"佐命元臣"条："虽有明臣良辅，不能救也。""明"，《四部丛刊》影宋"赣州本"、明马本、清康熙本皆作"名"，和刻本校云："'名'作'明'。"这里和刻本的改动似没有版本上的依据，大概是根据自己的理解来理校的。这也提醒我们一个事实，即和刻本汉籍并非是对中国原本一字不易地完全翻刻，五山版、古活字本、江户刊本都存在改动底本的情况，这也是我们在阅读和使用和刻本当需要注意的地方。

在翻刻的底本中增加插图，也是和刻本中常有的现象，如宽政本《吴船录》翻刻的底本是《宝颜堂秘笈》本，原本《吴船录》无图，而在宽政本卷首却有《四川栈道图说》一文，后附《栈道图》两幅，这是和刻本新加入的内容。关于这一点，宽政本的刊刻者松山慎在书前识语中说得很清楚：

> 《吴船录》刻成，余谓盖蜀中之胜，全在栈道之一奇，而此止记水路舟程，岂不亦遗憾乎？因俾接杨尔曾《海内奇观》中图，以附其后，庶几图书相资，山水两完，卧游者于是乎无嗛嗛焉。②

也就是说，宽政本前的插图来自杨尔曾《海内奇观》。杨尔曾，字圣鲁，号雉衡山人，又号夷白主人，钱塘人。生卒年不详，活动于明万历年间。《海内奇观》十卷是其所编的天下山水图册，并附有文字说明，是书有明万历三十七年（1609）杭州杨尔曾夷白堂刊本，宽政本《吴船录》所附之图即见该书卷八。宽政本的图总体上比万历本更精细一些。我们比较一下明刻本《海内奇观》与宽政本《吴船录》两书所收的《栈道图》，就

---

① 参见孔凡礼点校《容斋随笔》"校勘记"，中华书局 2005 年版，第 85 页。
② 《吴船录》"卷首识语"，天明三年刊本，早稻田大学图书馆藏本。

可以发现两者还是有一些细微差异的，如宽政本"白水江入渭"的栈桥上
有一位骑驴的人，而万历本似乎仅有一头驴。

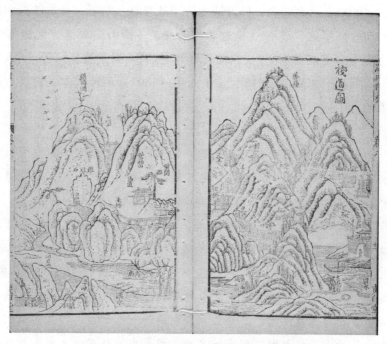

天明三年本《吴船录》中所附的"栈道图"

哈佛燕京图书馆所藏明万历三十七年刊本《海内奇观》中的"栈道图"

　　除了增图之外，和刻本宋代笔记最有价值之处就是施人的注释，这可以明治年间刊刻的大槻诚之所著的《人蜀记注释》六卷为代表。大槻诚之（1822—1903），原名籁次，后以诚之行，号泰岭、东阳，日本江户末期到明治时期的汉学家，著有《训蒙日本外史》（赖山阳原著、大槻东阳解释）、《鳌头弁书四书集注》《启蒙日本外史》《人蜀记注释》等。《人蜀记注释》有明治十四年（1881）、二十六年（1893）两种刊本，前有大槻诚之本人的自序：

　　　　贤人君子之处世也，穷达皆有所为焉。仕而在朝，则致君以佐治天下；贬而在边，则致民以变化其风俗。然徒流览山河，所适啸歌而已，盖穷与达皆不忘斯世斯民焉耳。宋陆务观之通判夔州也，入其境，悉记其山川秀丽，民俗敦朴，都邑修缮，以及稻鱼茶笋流浆之类，靡不笔之于书。将以考其险要，志其繁庶，详其生产，征诸古，核诸今，足以备辖轩之采焉。且令后人览是记者，蜀州之山川民物，瞭然如目睹也，是岂无所为而为之乎？亦岂常人之所能为乎？余屡读此书，而患版本漫灭，原刻久亡。近偶得一本于坊间，文字明晰，因加小注于上以付剞劂，聊以补文苑之阙具也。刻成，喜叙数行以冠篇首。时辛巳肇春。东阳大槻诚之撰。[①]

　　大槻诚之认为《人蜀记》对陆游入蜀途中的山川、都邑、民俗、物产都有记载，具有很高的史料价值，这也是他打算注释此书的动因。

　　《人蜀记注释》第一类注释是对书中字句的解释，如注《人蜀记》卷一，六月十六日（以下不特别注明，时间皆为乾道六年）"朝廷所以能驻跸钱塘"注"跸"字云："跸，同趫，谓止行者，清道也，若今卫填街跸也。警跸，戒行徒，《周礼》：'跸而不警。'秦制，出警入跸，谓出，军者皆警戒。人，国者皆跸止也。"注卷二，七月四日"一井已瘖"

---

　　① 大槻诚之《人蜀记注释》序，明治十四年刊本，早稻田大学图书馆藏本。序中的"辛巳"可能为"辛未"之误，"辛巳"为明治二十四年，"辛未"则为明治十四年，而《人蜀记注释》初版为明治十四年。以下引文皆见于明治十四年版，不再一一注明页码。

明治二十六年（1893）版《入蜀记注释》（明治十四年本的再刊本）

云："眢，音剜，眸子枯陷也。"卷三，七月十八日引梅尧臣诗"东梁如
仰蚕，西梁如浮鱼"，注云："仰蚕浮鱼，言山之形象，非言大小。"卷
三，七月二十六日"西望群山靡迤"，"宿怀家洑"，注云："靡迤，远连
貌。""洑与复同，水泊之名。范成大《吴船录》有鲁家洑。"这些解释都
比较准确、简洁。

　　《入蜀记注释》第二类是《入蜀记》中的人物、地名、职官的注释。
如卷二，七月七日"观西有忠烈庙，卞壶庙也"，注云："卞壶，东晋人，
奉成帝敕追讨逆臣祖峻，不克，死。尝与王导、庾亮相俱佐成帝。"卷一，
六月十九日"金山长老宝印来"，注云："金山，在丹徒县西北大江中，本
名浮玉山。"又卷一，第一条"乾道五年十二月六日，得报差通判夔州"，
注云："通判，佐州牧守。"六年六月十九日"县丞权县事纪旬、尉曾盘
来"，注云："丞，佐也。县丞，佐县令之官。《战国策》：'禹有五丞。'
汉县尉主捕盗，隋改为正。"六月二十日"登漕司所"，注云："漕司，主
运漕之官。"因为这本书的阅读对象是日本读者，有些对中国读者来说并
不需要注释的内容，大槻也下笔墨加以注释，但对这些语汇的疏通对于理

解文意还是有很大帮助的。

最后，大槻的注释还喜欢引用陆游本人的诗文与《入蜀记》相印证，从而在陆游作品内部形成一种互文性[①]，如卷一，五月十九日"与诸子及送客，步过浮桥"，注："《渡浮桥》诗云：'九轨徐行怒涛上，千艘横系大江心。'盖得句于此也。"同卷，五月二十六日"晚，芮国器司业晔招饮"，注："《送芮国器》诗云：'拈起吾家安乐法，人生何处不随缘。'"同卷，六月十日"宿枫桥寺前，唐人所谓'半夜钟声到客船'者"，注引陆游《宿枫桥》诗云："七年不来枫桥寺，客枕依然半夜钟。风月未须轻感慨，巴山此去尚千重。"[②] 大槻还加了一句评论："恨不如唐诗脍炙人口。"

大槻诚之的《入蜀记注释》是东亚汉文化圈内目前可见的最早的《入蜀记》注释书，也是东亚范围内较早对《入蜀记》的研究。其注释虽然简单，也不事旁征博引，但对于阅读《入蜀记》有一定的帮助。我们也不必夸大《入蜀记注释》的学术价值，甚至可以从中发现一些错误之处，如卷二，七月八日引用《建康志》，注云："建康，后汉安帝时年号。"这是将地名误作年号。九日"后主君臣皆失色"，注云："后主，即元宗，名璟。"这里又将南唐中主与后主混为一谈。这样的常识性错误虽然不多，但也可以看出大槻的学术水平与江户时代的很多汉学家相比，似乎有一定的差距。这可能是因为到了明治时期，日本对汉学不再重视，汉学水平急剧下降造成的。

现存和刻本宋代笔记基本上都是江户时代的刊本，只有《冷斋夜话》有五山版，现在我们一般将《冷斋夜话》看作是诗话，笔者已经有专文讨论过《冷斋夜话》的和刻本情况[③]，这里不赘。目前可见最早的和刻本宋代笔记为元和七年（1621）的古活字本《新雕皇朝事实类苑》，其他笔记

---

① 现代学者也很喜欢将《入蜀记》与陆游这个时期的诗歌做对读，参见莫砺锋《读陆游〈入蜀记〉札记》（《文学遗产》2005 年第 3 期）；康忠强《从〈入蜀记〉看陆游入蜀的诗学意义》（《四川文理学院学报》2011 年第 6 期）。

② "来"，《剑南诗稿》卷二作"到"。

③ 参见卞东波、查雪巾《〈冷斋夜话〉日本刊本考论》，张伯伟编《域外汉籍研究集刊》第七辑，中华书局 2011 年版。

基本为江户时代初中期所刊。江户时代各个书肆出版了很多出版目录，目前日本庆应义塾大学附属研究所斯道文库已经将这些目录集合为《江户时代书林出版书籍目录集成》（四册）① 一书，从中可见江户时代和刻本宋代笔记刊刻情况的记载，今列表示之。

江户时代和刻本宋代笔记刊刻情况

册/页	目　　录	和刻本宋代笔记	备　注
1/35	《和汉书籍目录》（宽文刊）	《鹤林玉露》九	外典
1/36		《野客丛书》十二	
1/36		《皇朝类苑》	
1/80	《增补书籍目录》（宽文十年）［1670］	《野客丛书》十二，宋长洲王楙	理学
1/81		《鹤林玉露》十，庐陵罗大经景纶	
1/131	《增补书籍目录》（宽文十一年山田市郎兵卫刊）［1671］	《野客丛书》十二，宋长洲王楙	理学
1/131		《鹤林玉露》十，庐陵罗大经景纶	
1/132		《皇朝类苑》五十	
1/185	《古今书籍题林》（延宝三年毛利文八刊）［1675］	《皇朝类苑》五十	故事
1/185		《困学纪闻》十五，浚仪王应麟作	杂书
1/185		《野客丛书》二，宋长洲王楙辑	
1/185		《鹤林玉露》十，庐陵罗大经景纶编	
1/267	《广益书籍目录》（元禄五年刊）［1691］	《皇朝类苑》五十	故事
1/269		《困学纪闻》十五，浚仪王应麟作（正经传子史之误）	
1/185		《野客丛书》十二，宋长洲王楙辑（正经传子史之误）	杂书
1/185		《鹤林玉露》十，庐陵罗大经景纶编	
2/29	《新板增补书籍目录》（元禄十二年永田调兵卫等刊）［1698］	《皇朝类苑》五十	故事
2/29		《困学纪闻》十五，浚仪王应麟	
2/29		《野客丛书》十二②，宋长洲王楙	杂书
2/29		《鹤林玉露》十，庐陵罗大经景纶	

---

① 庆应义塾大学附属研究所斯道文库编：《江户时代书林出版书籍目录集成》，井上书房1962—1964 年版。

② 原误作"二"册，兹正之。

续表

册/页	目　　录	和刻本宋代笔记	备　注
2/108		《鹤林玉露》九，庐陵罗大经景纶	
2/111	《新增书籍目录》（延宝三年刊）[1675]	《野客丛书》十二，宋长洲王楙	儒书
2/119		《困学纪闻》十五，王应麟	
2/186		《鹤林玉露》九，庐陵罗大经景纶	
2/187	《书籍目录大全》（天和元年山田喜兵卫刊）[1681]	《野客丛书》十二，宋长洲王楙	儒书
2/190		《困学纪闻》十五，王应麟	
2/286		《鹤林玉露》十，庐陵罗大经景纶	
2/287	《增益书籍目录大全》（元禄九年河内屋喜兵卫刻，同宝永六年增修丸屋源兵卫刊）[1695、1709]	《皇朝类苑》五十	儒书
2/293		《野客丛书》十二，宋长洲王楙	
3/40		《鹤林玉露》十，庐陵罗大经景纶	
3/40	《增益书籍目录大全》（元禄九年刻，正德五年修丸屋源兵卫刊）[1670、1715]	《皇朝类苑》五十，植字版	儒书
3/43		《野客丛书》十二，宋长洲王楙	
3/50		《困学纪闻》，王应麟	
3/198	《大增书籍目录》（明和九年武村新兵卫刊）[1772]	《容斋随笔》十五，宋洪迈	杂书

从上引江户时代的出版目录可见，其关于和刻本宋代笔记刊刻的记载，主要集中在《皇朝类苑》《野客丛书》《鹤林玉露》《困学纪闻》四部书上，到明和九年的目录上才出现《容斋随笔》的著录。这些出版目录编排方式并不是按经史子集的分类来排序的，其排列方式比较混乱，有的是按内典、外典来排，有的是按儒书、佛书来排，有的是按日语五十音图来排。宋代笔记基本上被视为儒书，有的目录还将其列入理学中。《皇朝类苑》被列为"故事"，即类书，其他笔记被视为"杂书"，倒也符合笔记的性格。元禄九年刻、正德五年丸屋源兵卫刊的《增益书籍目录大全》还特别注明《皇朝类苑》是"植字版"，即活字版。元禄五年所刊《广益书籍目录》对《困学纪闻》《野客丛书》还有简单的介绍，说其"正经传子史之误"。

另外，长泽规矩也、阿部隆一先生所编的《日本书目大成》（四册）[①]

[①]　《日本书目大成》，汲古书院 1979 年版。

所收的江户时代的书目也著录了江户时代所刊的和刻本宋代笔记的情况。如《倭版书籍考》卷六"诸子百家之部"就著录了《困学纪闻》二十卷、《野客丛书》十二卷、《鹤林玉露》（未注卷数）、《皇宋类苑》七十八卷①。《掌中目录》也著录了《鹤林玉露》《野客丛书》《困学纪闻》② 三部和刻本宋代笔记。《官版书籍解题目录》下卷著录了《肯綮录》一卷一册③，这也是《和刻本汉籍随笔集》所收本的底本。

　　以上考察的是宋代笔记在日本江户时代刊刻及著录的情况，从中也可以考见宋代笔记在日本流传，这是另一个非常有意思的课题了。日本士人是如何阅读宋代笔记，宋代笔记又对他们产生何种影响，也值得我们发掘资料寻找其中的蛛丝马迹。这里以笔者在室町时代禅僧日记中发现的史料来窥豹一斑。如室町时代（1392—1573）中期临济宗圣一派季弘大叔（1421—1487）的日记《蔗轩日录》中就有关于宋代笔记流传的信息，如文明十六年（1484）七月八日条记载："球上主、寿侍者二人至。寿者，唐人，号仙圃，作说，手《鹤林玉露》而至。"④寿侍者是明人，应从中国来，他带来的《鹤林玉露》应该是明刊本。此外，室町时代中期京都相国寺禅僧瑞溪周凤（1392—1473）的日记《卧云日件录拔尤》详细记载了瑞溪周凤日常的读书情况，他所读之书以汉籍为主，其中就有阅读宋代笔记的记载，如宝德三年（1451）四月廿四日有阅读《夷坚志》的记录。⑤《夷坚志》为南宋洪迈（1123—1202）所撰的笔记体小说集。原书有420卷，目前仅存50卷，不知瑞溪周凤读到的是全本，还是部分文本。应仁元年（1467）十月廿六日，有阅读《宾退录》的记录。⑥《宾退录》为南宋赵与旹（1174—1231）所撰的笔记。总之，宋代笔记在日本的流传及其反

---

　　① 《日本书目大成》第三册《倭版书籍考》，第45、49页。《倭版书籍考》在著录《鹤林玉露》时称"编者不详"，实为疏误。又称古活字本有"南禅寺瑞保长老跋"，与今存古活字本正相符。

　　② 《日本书目大成》第三册《倭版书籍考》，汲古书院1979年版，第238页。

　　③ 《日本书目大成》第四册《官版书籍解题目录》（下），汲古书院1979年版，第126页。

　　④ ［日］季弘大叔：《蔗轩日录》（底本为尊经阁文库所藏古钞本），东京大学史料编纂所编《大日本古记录》第3册，岩波书店1953年版，第21页。

　　⑤ ［日］瑞溪周凤：《卧云日件录拔尤》，东京大学史料编纂所编《大日本古记录》第13册，岩波书店1961年版，第59页。

　　⑥ 同上书，第182页。

响是非常有意思的话题，也是笔者将来努力的研究方向。

在《和刻本汉籍随笔集》中，长泽规矩也先生对书中所收的和刻本宋代笔记都有简单的解题。随着学术的发展，从今天的学术眼光来看，这些解题有点简单，没有完全将和刻本宋代笔记的内容与特色揭示出来，所以有必要在研究的基础上对这些和刻本宋代笔记进行重新钩玄提要。和刻本宋代笔记翻刻的底本是来自中国的原本，和刻本也基本忠实于原本，但在翻刻过程中，也有增改之处，所以我们重新撰写的叙录，重点内容之一就是将和刻本与中国原本相比较，指出其差异之处。故本叙录不仅注意和刻本的物理情况，而且更关注和刻本的内容与特色。和刻本的日人序跋于考察宋代笔记在日本的流传非常重要，故也全录其序跋，以为读者之一助。

由于时间有限，本文暂不对所有和刻本宋代笔记进行叙录，先选择若干种加以考察，完整的叙录留待日后。

叙　录

一　承应本《野客丛书》

和刻本《野客丛书》十二卷，承应二年（1653），中野是谁刊本。该书每半页八行，每行十八字，白口，单鱼尾，四周单边。该书被长泽规矩也先生收入《和刻本汉籍随笔录》第三集。

《野客丛书》的作者王楙，字勉夫，号分定居士，长洲（今江苏省苏州）人。他一生未中科举，更未入官场，故史传无载，流传下来的著作也只《野客丛书》一部，然而通过《宋王勉夫圹铭》[①] 以及《王氏太原通谱》等家谱、方志材料，我们可以大致勾勒出王楙的生平。王楙生于绍兴二十一年（1151），少年时也曾有志于功名，可惜终未上榜，母丧后不复进取，杜门读书讲学，被乡人称为"讲书公"，嘉定六年

---

① （宋）郭绍彭：《宋王勉夫圹铭》，（明）钱谷编《吴都文粹续集》卷四十，商务印书馆1935年版，第18页。

（1213）四月，因疾终。从他学生门人的评价看来，王楙为人诚笃，不善交际，然而在《野客丛书》著成后曾经去拜访范成大，范成大甚为赞赏，后来又在王楙之子王德文的请求下为该书作跋，可惜此跋已经亡佚。

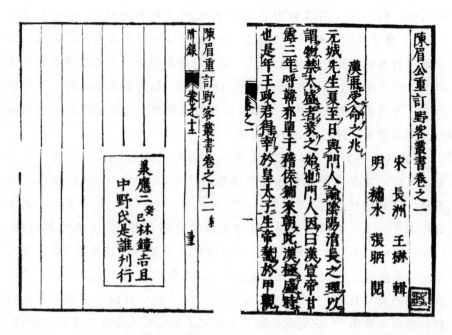

承应本《野客丛书》卷首及书末刊记

王楙在庆元元年（1195）三月为《野客丛书》自序，可知此时王楙已然开始笔记创作，并已经有了三十卷，规模已近成书，嘉泰二年（1202）又自记，言"凡三笔也，继观他书，间有暗合，不免为之窜易"，可见在七年内，王楙在不断充实着《野客丛书》的内容，王楙一直秉持着"吾目未冥，且将有所增益"的态度，故而《野客丛书》在他生前很可能并未刊刻。王楙去世后，其子王德文将此书刻印，然而目前所见的宋代公私书目如《宋史·艺文志》《直斋书录解题》等，都未见著录此书。

明代时，《野客丛书》分为三十卷本和十二卷本两个系统。前者如明嘉靖间王谷祥重刊本，后者为明代学者陈继儒的整理本，即所谓《陈眉公重订野客丛书》本，这也是和刻本的底本。

万历三十一年（1603），绣水张昞自书肆中得十二卷钞本《野客丛书》，并认为这个版本较通行的三十卷本更优，于是对该书进行校勘，后刻入陈继儒《宝颜堂秘笈》中，该本书前有张昞《野客丛书叙》以及王楙自作的两小序，书后则附王楙父亲所作《野客纪闻》、嘉泰壬戌年（1202）陈造跋、嘉靖四十一年王谷祥跋，与和刻本完全相同，因此和刻本《野客丛书》正是从这个十二卷本中翻刻而来。且考现存陈眉公重订本，可见此两个版本在版式上也是相同的，都为每半页八行，每行十八字，可见承应本完全是翻刻陈眉公重订本而来，这也是承应本书名标为"陈眉公重订野客丛书"的由来。

《野客丛书》是一本考据类笔记，内容博洽精赅，涉及考据、历史、经学、文学诸类，且往往见识独特，引据恰当。王楙虽生前声名不显，然而明代以后，《野客丛书》的流传一向广泛，明清多种书志学著作都著录了此书，学者在著述时也屡屡征引此书，可见该书的价值。《四库全书总目》认为此书"多考辨精核，位置于《梦溪笔谈》《缃素杂记》《容斋随笔》之间无愧色也"①。李慈铭《越缦堂读书记》中先批评此书有"陈腐"气，继而也肯定了它"亦间有摘录之功，其他杂载，亦多有据依"②的优点，这基本代表了清代对《野客丛书》的评价。日本学者狩谷望之则说："余尝好读宋人说部，无若《野客丛书》博洽精较者。"③

《野客丛书》保留了大量珍贵史料，也代表了宋代考据学的较高水准。因此，现代学者对此书亦有所关注。姚铭的《〈野客丛书〉研究》④全面考察了王楙的生平、《野客丛书》的流传、该书的内容与价值等。由于王楙精熟于考据，在《野客丛书》中使用了大量不同的考据手法，因此邓萨

---

① 《四库全书总目》卷一百十八，中华书局1965年版，第1022页。
② （清）李慈铭：《越缦堂读书记》（下册），中华书局1963年版，第966页。
③ ［日］涩江全善、森立之：《经籍访古志》卷四，杜泽逊、班龙门点校，上海古籍出版社2014年版，第21页。
④ 姚铭：《〈野客丛书〉研究》，硕士学位论文，上海师范大学，2012年。

的《王楙〈野客丛书〉考据研究》①专门讨论《野客丛书》的考据学价值。郑明《〈野客丛书〉杂考》写作时间最早，对王楙的生平与《野客丛书》的版本做了考证，亦可资参考。

承应本在日本国立公文书馆、国立国会图书馆、静嘉堂文库、东洋文库等机构皆有收藏。

二　宽文本《困学纪闻》

和刻本《困学纪闻》二十卷，宽文元年（1661），京都中野道也刊本。该书每半页十行，每行二十字，白口，单鱼尾，四周双边。收于长泽规矩也先生所编《和刻本汉籍随笔集》第十二集。

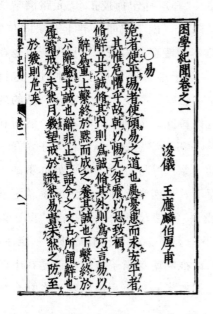

宽文本《困学纪闻》卷首和刊记

《困学纪闻》作于王应麟晚年，成书后一直以钞本的形式流传，直到

---

①　邓萨：《王楙〈野客丛书〉考据研究》，硕士学位论文，暨南大学，2014 年。

元泰定二年（1325），方始刊行。《困学纪闻》在明代的刊刻流传情况学界尚有歧见，大致来说有三种版本。《百川书志》记载有南京国子监刻本和保定府刻本①，南京国子监刻本今已亡佚，清代何焯有所谓"南雍元板"②的说法，可以推测此本或是南京国子监依所收藏元代刻板而重新刊行之书。保定府刻本即今所谓明刻本，此本现存，刊刻时间未详，大约在弘治或正统年间③。另有一种版本较晚出，为万历三十一年吴献台刻本，吴献台《重刻困学纪闻序》中说："此书漫漶甚矣……因重镌而广之。"吴本乃据保定府刻本重刻。

和刻本《困学纪闻》前有吴献台所作《重刻困学纪闻序》，可推知此本当据吴刻本而来。和刻本保留的《困学纪闻》刊刻信息非常完整，书前吴献台《重刻困学纪闻序》、牟应龙至治二年序、袁桷《困学纪闻序》、王应麟自叙，书后有陆晋之泰定二年序、"孙厚孙宁孙校正/庆元路儒学学正胡禾监刊"二行识语俱在。然而，吴刻本《困学纪闻》卷十五缺"仁宗"条至"胡文定公"条六条内容，和刻本却能存此六条，可见中野道也在刊刻此书时曾经做过整理补全的工作。至于中野氏使用了何种刻本进行整理，也可以做一推测。保定本十五卷"仁宗"条至"胡文定公"条的内容虽比吴刻本多些，然而亦不完整，可以排除。元刻本此处不缺，然而和刻本"五代史……大均天下之田"条从"田"字后缺，至"欧阳子司马……宗一死所以立成世为臣者之训"条的"宗"字止，元刻本此处亦不缺，若真据元刻本校理，断无补全十五卷而不及十四卷之理。翁元圻注《困学纪闻》卷十四"五代条"时，录何焯批语："考南雍元板，乃自'田'以下脱一页。"何焯治学严谨，在整理《困学纪闻》时，但有增补，一定注出，然而十五卷所缺六条却无注释，或可以推断南京国子监刻本正是在十四卷内有缺字，而十五卷完整。因此，和刻本当是以南京国子监刻本补全吴献

---

① （明）高儒、（明）周弘祖：《百川书志·古今书刻》，古典文学出版社1957年版，国子监刻本见第330页，保定府刻本见第333页。

② （宋）王应麟：《困学纪闻》，（清）翁元圻等注，栾保群、田松青、吕宗力点校，上海古籍出版社2008年版，第1666页。

③ 关于此明刻本，异说较多。此处采用张骁飞《〈困学纪闻〉版本源流考述》的说法，即后人所称明刻本、弘治本、正统本等皆指此版本（《中国典籍与文化》2009年第2期）。

台刻本的产物。

《困学纪闻》作者王应麟（1223—1296），字伯厚，号深宁，庆元府鄞县人。少有才名，淳祐元年（1241）进士，宝祐四年（1256）又中博学宏辞科，他于南宋末年在朝为官，官至礼部尚书兼给事中。后因政局败坏，屡次上书而不见用，于是辞官归乡，专心学问。入元后，隐居不仕，著书终老，《宋史》卷四百三十八有传。王应麟是南宋末期著名的学者，他师承朱熹，一生著述丰富，宋亡后"困而学之""述为纪闻"①，成《困学纪闻》一书，更堪称宋代笔记的压卷之作。

《困学纪闻》共二十卷，前八卷说经，卷九、卷十论述天地诸子，卷十一至卷十六为考史，卷十七至卷十九为评诗文，最后一卷杂论。该书出入经史百家，考订名物制度，充分显示了宋代士大夫淹通博洽的学识修养，同时言必有据、考证精当，也是宋代笔记中考据之学发展的高峰。历代对《困学纪闻》评价俱较高，清儒尤甚，清代对《困学纪闻》的整理笺注层出不穷，与此相伴随的，是王应麟这种搜辑旧注、考据精审的学风，对清代学术产生了很大的影响，顾炎武、钱大昕等无不将之引为矩矱，梁启超先生称之为"清代考据学先导"②，正是归因于此。现代学者同样非常重视《困学纪闻》的研究，在继承了一直以来对《困学纪闻》的文献研究，逐步厘清该书的成书、版本、流传等问题的同时，也通过《困学纪闻》来探索王应麟史学、考据学、文学各方面思想，并进一步将之作为研究宋代学术与文化的重要材料。

宽文本《困学纪闻》在日本国立公文书馆、国立国会图书馆、前田育德会尊经阁文库、京都大学文学部图书馆、九州大学图书馆、关西大学图书馆等处皆有收藏。

---

① 王应麟：《困学纪闻自序》，《和刻本汉籍随笔记》第十二集，汲古书院 1973—1978 年版，第 5 页。

② 梁启超：《论清学史二种》，复旦大学出版社 1985 年版，第 380 页。

三　天明本《入蜀记》

和刻本《入蜀记》六卷，天明癸卯（1783）年刊本，京都博厚堂、杏林轩、瑶芳堂发行。该书每半页九行，每行二十一字，黑口，左右双边，上下单边。

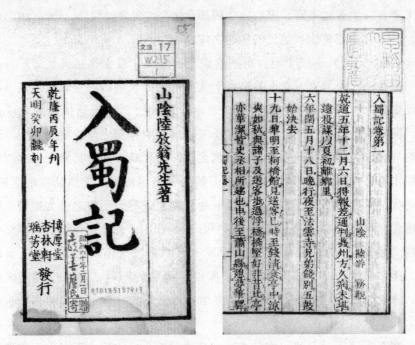

天明本《入蜀记》书牌及卷首

和刻本前有古愚柴邦彦所作《叙》云："欧文忠《于役志》过于简略而嗛，郭天锡《客杭日记》伤于裁截而不畅，王百谷《客越志》轻薄可恶，冯开之《快雪堂日记》驳杂可厌，惟放翁《入蜀记》繁简得中，总略有要，其文雅驯而不险，通畅而不俚，风流萧散，无骄傲张杰之气，读之可想见其人与事也，是足以为纪游之法矣。暇日拔之《知不足斋丛书》中，校而授梓。天明癸卯五月 古愚柴邦彦识。"柴邦彦，即日本江户中后期儒学家柴野栗山（1736—1807）。柴野栗山，名邦彦，字彦辅，通称彦助，别号古愚轩，赞岐国（即现在的香川县）人。曾在汤岛圣堂学习，提倡朱子学，是所谓"宽政三博士"之一。柴野此叙也是我们研究此和刻本《入蜀记》版本的第一手材料。

《入蜀记》写定后并未单独刊刻，而是分为六卷并入《渭南文集》一同传世。到元朝时，戴表元在《刘仲宽诗序》中就提道："但时时取陆放翁《入蜀记》、范至能《吴船录》之类，张诸坐间。"① 似乎此时《入蜀记》便已经单独成书。到了明代，便出现了单行本的《入蜀记》，《说郛》《续百川学海》等丛书中收录了一卷本的《入蜀记》，四卷本《入蜀记》则有《广秘笈》本和《宝颜堂秘笈》本，而在清代时，则出现了六卷的《知不足斋丛书》本《入蜀记》。

和刻本前有"乾隆丙辰年刊/天明癸卯翻刻"题识，乾隆丙辰年（1736）正当《知不足斋丛书》本《入蜀记》刊行②，可见和刻本《入蜀记》当是翻刻此。然而柴野栗山在《叙》中说"拔之《知不足斋丛书》中，校而授梓"，可见在和刻本刊行之前，刊刻者曾经对之做过校理。因此，就今日所见，和刻本虽然底本是《知不足斋丛书》本，但也与它有着不少字句上的差异。两者字句相同的例子如"六月八日"条中"宿八测，闻行舟有覆溺者"，诸本皆作"八尺"，唯《知不足斋丛书》本与和刻本作"八测"。两者不同的例子如，"五月二十六日"条中"芮国器司业晔招饮"，"晔"字《知不足斋丛书》本作"叶"，又如"六月十四日"条中"自祖宗以来"，"祖宗"《知不足斋丛书》本作"宋祖"。因此推测，柴野栗山在得到《知不足斋丛书》本之后，应与日本流传的其他版本《入蜀记》做过校勘，而后刊行了此和刻本《入蜀记》。

天明本后另有一《跋》云："凡山水秀丽怪傀者，所在遐荒幽屏之地，非傀奇特伟清高绝尘之士则不能一至也，故古难其人焉。予于山水少有胸膏之痼，而罢软乏胜具，郊畿百数里之内，既不能周容杖屦，况幽荒数千

① （元）戴表元：《剡源文集》卷九，《文渊阁四库全书》第1194册，（台湾）商务印书馆1986年版，第121页。

② 关于《入蜀记》的版本问题，可参见蒋方《陆游〈入蜀记〉版本考述》，《长江学术》2006年第4期。

里之外，焉能沐雨栉风于其间以窥其奇也？是以案头常置古人游记，事闲心暇时一诵读，以略慰烟霞之怀。但古人之作虽奇丽如柳柳州，其所纪述不过独阜单流之间，片时只景之赏，山之脉络，水之源委，则皆不可知焉，未足以厌心愉情，涤肠胃而拔胸膏也。顷书肆北村氏示新镌《入蜀记》，其自汴溯江，穿峡入蜀，沿道名区胜概，皆留连探赏，必备录而不遗。凭几读之，如身涉其境，亲共其事，令人飘然神驰。于匡庐峨嵋之顶，胸腹之间爽然，觉尘垢不平之气，皆向毛孔而散，如积年之痼洒然托体焉，抑亦愉快矣。世之与予同病者，岂可不案头置一部哉？癸卯之夏 赞岐 山田汝翼书。"按：山田鹿庭（1756—1836），名汝翼，字政辅，通称政助，后称正助，赞岐人，江户时代中后期儒学家。山田鹿庭与柴野栗山同为赞岐之人，此跋当是应柴野栗山之请而作。

陆游（1125—1210），字务观，号放翁，所谓"中兴四大诗人"之一，而他的诗名在某种程度上遮掩了他的散文创作，《入蜀记》正是陆游散文创作的佳篇。乾道五年（1169）十二月六日，陆游被任命为夔州通判，但因久病未起，故于乾道六年闰五月十八日方才启程上任，是年十月二十七日到达夔州。此行陆游携家小自故乡山阴（今浙江绍兴）出发，溯江而上，历时近半年，按日纪行，尽述沿途自然景色、风土民情，并夹以议论感叹，状山川则如在眼前，论民生则痛切可感，故为山水纪行笔记之佼佼者，受到历代文人学士的重视。

《四库全书总目》论《入蜀记》云："游本工文，故于山川风土，叙述颇为雅洁，而于考订古迹，尤所留意。"[①] 钱曾的《读书敏求记》则更肯定陆游心系家国的一面，所谓"凡途中山川易险，风俗淳漓，及古今名胜战争之地，无不排日记录，一行役而留心世道如此，后时'家祭毋忘'，盖有素焉"[②]。今人研究《入蜀记》，多重视此书日记体的文体特色，同时由于《入蜀记》记一路风俗甚为详尽，可补史志之阙，因此今人也很重视它

---

　① 《四库全书总目》卷五十八，中华书局 1965 年版，第 529 页。
　② （清）钱曾：《读书敏求记校证》卷二下，管庭芬、章钰校证，上海古籍出版社 2007 年版，第 180 页。

的民俗与史地考订方面的价值。莫砺锋先生的《读陆游〈入蜀记〉札记》[①] 则从文学价值与史料价值两个方面对《入蜀记》进行了讨论。

天明本《入蜀记》在静嘉堂文库、东京都立图书馆等处皆有收藏。明治十三年（1880）又有东京求古堂与《吴船录》合刊本。

四　宽政本《吴船录》

和刻本《吴船录》，宽政五年（1793），京都杏林轩、瑶芳堂刻；宽政六年，京都北村四郎兵卫、北村太介刊。该书每半页十一行，行二十字，黑口，四周单边。

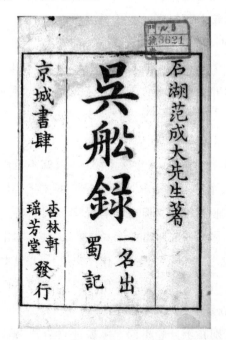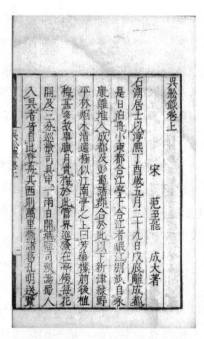

宽政本《吴船录》书牌及卷首

书前有编者松本慎两篇序文，前序云："《吴船录》刻成，余谓盖蜀中之

---

①　莫砺锋：《读陆游〈入蜀记〉札记》，《文学遗产》2005 年第 3 期。

胜，全在栈道之一奇，而此只记水路舟程，岂不亦遗憾乎？因俾接杨尔曾《海内奇观》中图，以附其后。庶几图书相资，山水两完，卧游者于是乎，无嗛嗛焉。若夫名山诸图，异日当谋嗣刻云。阏于摄提格桐月。愚山慎识。"可见该书初刻于寅年，其最近的一个寅年为 1782 年（壬寅），该书初编或在是时。愚山慎，即江户中后期儒学家松本慎（1755—1834）。愚山名慎，字幻宪，号愚山，京都人，皆川淇园弟子，著有《论语笺注》《老子评注》等。

又有《重刻吴船录引》云："曩者柴栗山先生命刻《入蜀记》，其序中历叙诸家记载，品骘靡遗而独不见此，岂偶忘之耶？故世人罕识之者，遂使神物一显一晦矣。盖放翁、石湖，同一流人物，俱以诗著而前后官于蜀，其相距才数年间。其所受事迹参互可考，亦何奇遇之一至此也，此不可以不剑合焉云。遂照前刻，为巾箱本而行之。宽政癸丑愚山松本慎。"可见，该书的重刻是因为柴野栗山刻《入蜀记》而不及《吴船录》，松本愚山认为二书皆"神物"，不可一显一晦，于是重刻旧书，只改变了开本，而未及内容。但我们现在看到的版本并非巾箱本，而是与《入蜀记》同一开本的版本。宽政本《吴船录》扉页书名下小注云"一名《出蜀记》"，明显是为了配合《入蜀记》而刻的。

《吴船录》在国内有明抄本、《续百川学海》《宝颜堂秘笈》《知不足斋丛书》《四库全书》《稗乘》《说郛》本等。和刻本《吴船录》的文字，与《宝颜堂秘笈》本及《四库全书》本最为相像，但也略有异文。例如卷上"甲戌"条"有孙太古画龙虎一各"，"一各"四库本作"二像"，秘笈本作"各一"；同条"殿壁又孙画唯以龙一堵"，"惟以"四库本作"未成"，秘笈本作"水墨"；卷下"乙未"条"张庭倩书"，"倩"四库本作"赞"，秘笈本作"续"；"丙申"条"然其实不甚深"，秘笈本、四库本皆无"然"字等。

然而宽政本与国内诸本的最大区别在于分卷不同。陈振孙《直斋书录解题》卷十二与《宋史·艺文志》中著录《吴船录》，俱题为一卷，至明代方析为二卷。宽政本《吴船录》虽亦分卷，然而不同于国内诸本的分卷法，而是自"庚戌"条断为上下两卷。"庚戌"条说："自此入峡路，大抵自西川至东川，风土已不同。"不知此种分卷法是别有所本，抑或是编者根据自己的理解重新进行的。

全书前附有明代杨尔曾所著《海内奇观》中的《四川栈道图说》，是编者认为蜀中栈道最为奇崛，故将栈道图说附录于前，盖《序》中所谓"图书相资，山水两完"之意。

范成大（1126—1193），字至能，号石湖居士，亦为"中兴四大诗人"之一。同时，他的笔记创作无论从数量上还是品质上都非常值得留意，《吴船录》即是其中之一。该书著于淳熙四年（1177）。是年，范成大由四川制置使召还临安，自五月二十九日至十月三日，皆乘船水行，记录沿途风土人情，取杜甫"门泊东吴万里船"之意，著成《吴船录》，一名《出蜀记》。

《吴船录》作为一种纪行体文字，历代对它的价值都有很深的认识，《四库全书总目》说它"于古迹形胜，言之最悉"①，其内容极具史料价值。此外，其记峨眉山水、三峡险要，文字清润动人，可作文学游记来阅读。一路所记，或怜悯生民，或感怀身世，亦时时形诸笔墨，是研究范成大本人诗文以及南宋士大夫心态的重要材料。现代学者则有董斌斌的《范成大〈吴船录〉研究》② 对此书进行全面考察，同时也有大量的专题论文从文体学、史料学等方向来研究《吴船录》，兹不一一赘录。

宽政本在静嘉堂文库、东洋文库、东京大学总合图书馆、关西大学图书馆、九州大学图书馆等处皆有收藏。宽政六年本亦有两种版本：一种所附的《四川栈道图说》在卷首，另一种则移至卷末。

五　享和官版《考古质疑》

和刻本《考古质疑》六卷，宋代叶大庆撰，享和三年（1803），江户堀野屋仁兵卫、大阪胜尾屋六兵刊本。该本为享和二年昌平坂学问所官版的再版。所谓"官版"指的是由德川幕府官学昌平坂学问所刊刻出版的用作教科书的典籍。③ 日本宽政十一年（1799）至庆应三年（1867），昌平坂

---

① 《四库全书总目》卷五十八，中华书局 1965 年版，第 529 页。

② 董斌斌：《范成大〈吴船录〉研究》，硕士学位论文，重庆工商大学，2014 年。

③ 关于昌平坂学问所"官版"，参见［日］长泽规矩也《昌平坂学问所の"官版"板木の伝来について》，第八次"爱知大学文学会"，1954 年 3 月。

学问所共刊刻汉籍经部 46 种、史部 31 种、子部 70 种、集部 52 种，共计 199 种，详见《官版书籍解题目录》《昌平坂御官板书目禁书目录绝烧录》。《考古质疑》为其中之一种。

享和官版《考古质疑》卷首及刊刻信息

该书每半页九行，每行二十一字，白口，左右双边，上下单边。书前保留叶武子、叶释之两篇原序，并有"武英殿聚珍版原本"字样及四库馆臣所作提要，则此和刻本当是据武英殿聚珍本翻刻无疑。长泽规矩也先生将此书收入《和刻本汉籍随笔集》第十二集。

《考古质疑》作者叶大庆，字荣甫，约生活在南宋宁宗、理宗年间，当时以词赋知名，曾官建州州学教授，《宋史》无传，生平其他情况也不详。1941 年出版的哈佛燕京学社引得编纂处编纂的《考古质疑引得·序》① 援引《光绪处州府志》② 及《光绪龙泉县志》③ 等地方志材料，认为

① 《考古质疑引得》，燕京大学出版社 1941 年版。

② （清）潘绍诒修：《光绪处州府志》卷三十六，上海书店出版社 1993 年版，第 37 页。

③ （清）顾国诏修：《光绪龙泉县志》卷九，上海书店影印本 1993 年版，第 9 页。

叶大庆是"浙之龙泉人，开禧元年（1205）进士"。长泽规矩也先生在《和刻本汉籍随笔集》第十二集"考古质疑"解题中认为叶大庆是处州龙泉人，嘉泰三年（1203）进士。丁雪松在《〈考古质疑〉研究》①中对通过地方志的调查，从而对叶大庆的籍贯及科举提出了质疑。她认为其子叶释之在《序言》中说："（先君）继升国学，垂成舍选，既而调冷官"，假如叶大庆确为开禧元年进士，叶释之没有理由避而不言，"叶释之序言所谓，相对地方志所记，无疑可靠性更大"。进而怀疑"开禧元年进士出身的叶大庆，恐怕就是另一同名同姓者了"。此亦可备一说。

《考古质疑》在叶大庆完稿之后，由叶武子于宝庆丙戌（1226）作序并刊印，此时叶大庆尚在世。淳祐甲辰（1244），由于"前板寝漶，求者未已"，其子叶释之再版并作序。虽然曾在宝庆、淳祐年间一版再版，宋元书目中均不见著录，竟成极为稀见之书。明代编修《永乐大典》之时将之按韵部编入书中，清代编纂《四库全书》时，四库馆臣自《永乐大典》中辑出 74 条，厘为六卷，又以武英殿聚珍版刊行，后世所传《考古质疑》如光绪年间刻《啸园丛书》本，皆以此为底本，此和刻本亦不例外。晚清时，文廷式曾获遭劫前之《永乐大典》，从中辑得四条疑问，收入他所著笔记《纯常子枝语》②中，今人李伟国先生又从这部《永乐大典》中辑出佚文四条，故今所见《考古质疑》共有 82 条。

《考古质疑》虽历代稀见，然而评价一直很高。叶武子在为之作序的时候就言该书"考订详密，援引该博，而议论精准"，又称赞叶大庆"学问淹贯，然后议论卓越，而辞藻霈然"。至四库馆臣，更说："其书上自六经诸史，下逮宋世著述诸名家，各为抉摘其疑义，考证详明，类多前人所未发。其有征引古书及疏通互证之处，则各于本文之下用夹注以明之，体例尤为详悉。在南宋说部之中，可无愧淹通之目。"③并与时代略前的程大昌所著《考古编》对举，认为"实亦未易低昂"。周中孚《郑堂读书记》卷五十四赞云："自经史传记以迄当代人著述，其有疑义者，一一为之抉

---

①　丁雪松：《〈考古质疑〉研究》，硕士学位论文，华东师范大学，2011 年。

②　（清）文廷式：《纯常子枝语》，江苏广陵古籍刻印社 1990 年版，第 569—571 页。

③　《四库全书总目》卷一百十八，中华书局 1965 年版，第 1022 页。

摘。考订详密，援引该博，而议论精确，往往出人意表，且行文亦极典赡可观。其于各条多有夹注，或释音义，或注出处，或具详引书端末，体例允为尽善。"① 可见历代学者褒扬之意。

《考古质疑》一书，以考证史事、考据名物为主要内容，在使用史传经典材料的同时，叶大庆也大量征引了同时代的笔记诗话，多半以他人诗话笔记中某一条为引，继而加以发挥，或辨误，或引申，谈自家见解，可见叶释之序中所谓"惟以读书自遣。所得所疑，随笔于册，久而成编"，正是叶大庆的写作方式。值得注意的是，后世虽将此书与程大昌《考古编》并举，然而不同于程氏不务文学的习惯，《考古质疑》涉及文学方面的论述颇多，如卷五第五十四条讨论东坡诗用典，辑佚第七十九条论杜甫诗，辑佚第八十一条论集句诗，都非局限在名物字句，而颇有个人独特见解。马丽梅《苏轼诗用典研究》②、吴承学先生《集句论》③ 等研究论文都使用了《考古质疑》中的材料。

现代对《考古质疑》一书的研究有丁雪松《〈考古质疑〉研究》一文。该文在对《考古质疑》的作者与版本进行梳理之后，以宋代疑古精神及理学精神在学术研究上的体现为背景，细致梳理了《考古质疑》的考证详略得失，并讨论了宋代考据学的兴起以及其在清代的余波。同时，李伟国先生的整理本《考古质疑》④ 前言，也综合论述了该书的内容与价值。

享和二年官版《考古质疑》在日本国立公文图书馆、国立国会图书馆、东洋文库、静嘉堂文库、东京大学总合图书馆、京都大学人文科学研究所等机构皆有收藏。享和三年官司版在东北大学图书馆、关西大学图书馆、东京都立图书馆等机构有收藏。

六　文政官版《肯綮录》

和刻本《肯綮录》一卷，文政十二年（1829），昌平坂学问所官版，著录

---

① （清）周中孚：《郑堂读书记》卷五十四，中华书局 1993 年版，第 1078 页。
② 马丽梅：《苏轼诗用典研究》，硕士学位论文，南京师范大学，2007 年。
③ 吴承学：《集句论》，《文学遗产》1993 年第 4 期。
④ （宋）袁文、（宋）叶大庆：《瓮牖闲评·考古质疑》，李伟国点校，中华书局 2005 年版。

于《官版书籍解题目录》下卷（前言部分）。该书每半页九行，每行二十一字，白口，单鱼尾，左右双边，上下单边。书前有西隐野人赵叔向所作"《肯綮录》序"。长泽规矩也先生将此书收入《和刻本汉籍随笔集》第十二集，并在解题中说明，此书原版已于弘化三年（1846）烧版，世上流传稀少。

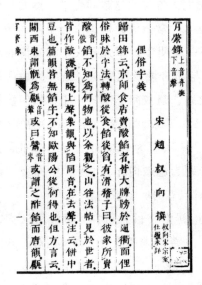 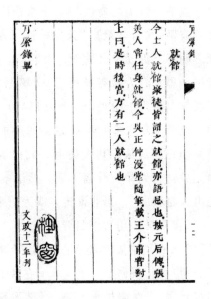

文政官版《肯綮录》卷首及卷末

　　《肯綮录》作者，传世诸本及各家著录多题赵叔向，此和刻本亦然。然《四库全书总目》云"赵叔问撰"①，《遂初堂书目》则著录为"赵彦从《肯綮录》"②。赵叔向其人，《宋史》卷二百四十七有传，是魏王廷美之后，建炎元年（1127）六月在京城置义兵救驾，年末即以谋反罪被诛，然《肯綮录》"紫姑神狱"条记载岳飞冤死事，可见赵叔向并非此书作者，李裕民先生在《四库提要订误》中考证甚明。③ 赵叔问（1089—1142），名子

---

　　① 《四库全书总目》卷一百二十六，中华书局1965年版，第1086页。

　　② （宋）尤袤：《遂初堂书目》，中华书局1985年版，第23页。

　　③ 李裕民：《四库全书订误》，中华书局2005年版，第270页。李裕民先生认为，《肯綮录》引吴正仲《漫堂随笔》，吴正仲即吴表臣，疑误，《说郛》（商务印书馆本）卷六十四存《漫堂随笔》一卷，题作者为"宋吴开，字正仲，全椒人"，当以此说为是。

昼，叔问乃其字，燕王五世孙，"少警敏强记，工书翰"①，曾任宪州通判、详定《九域图志》编修官、枢密都承旨，后迁徽猷阁直学士、知秀州。既而奉祠，寓于衢州，绍兴十二年卒。《宋史》卷二百四十七有传。《四库全书总目》虽以赵叔问为作者，然而认为"其始末未详。以宋宗室联名字推之，盖魏王廷美之裔也"②。至李裕民先生方考定此赵叔问生平。然而其中依然有疑。《肯綮录》"紫姑神狱"条云："常州酒馆郑思永为予言，岳飞死之明年，因元夕会饮士，失器皿。……又明年，军人有人来临安请衣粮者……思永时为棘寺推司。"则郑思永与作者谈及此事时，最早为岳飞死后两年，岳飞于绍兴十一年（1141）被杀，赵叔问卒于转一年，如何能知岳飞死后两年之事？可见赵叔问亦非《肯綮录》作者。至于《遂初堂书目》所记赵彦从，其人失考，或以为"彦从"为赵叔向之字，然亦属猜测。故《肯綮录》作者不明，然诸本皆题为赵叔向作，《序》中亦署"西隐野人赵叔向"，当非讹传，或为南宋时当有另一赵叔向者。

《肯綮录》历代书目皆有著录。《遂初堂书目》云："赵彦从《肯綮录》。"《百川书志》卷八："《肯綮录》一卷。宋西隐野人赵叔向著，凡四十三则③，记疑误也。"④《八千卷楼书目》卷十二："《肯綮录》一卷，宋赵叔问撰。《学海类编》本、《艺海珠尘》本、《函海》本。"⑤《千顷堂书目》卷十二："赵叔向《肯綮录》一卷，凡四十三则。叔向，自号西隐野人。"⑥《宋史艺文志补》："赵叔向《肯綮录》一卷。"⑦《郑堂读书记》卷五十四："《肯綮录》一卷，《艺海珠尘》本。宋赵叔向撰，叔向，自号西隐老人，盖魏王廷美之裔也。"⑧此外，《绛云楼书目》卷二，《四库全书

---

① （元）脱脱等：《宋史》卷二百四十七《赵叔问传》，中华书局1977年版，第8746页。

② 《四库全书总目》卷一百二十六，第1086页。

③ 现存诸本《肯綮录》皆三十四则。

④ （明）高儒：《百川书志》，古典文学出版社1957年版，第121页。

⑤ （清）丁立中：《八千卷楼书目》影印本（中册），国家图书馆出版社2009年版，第104页。

⑥ （清）黄虞稷撰：《千顷堂书目》，瞿凤起、潘景郑整理，上海古籍出版社2001年版，第347页。

⑦ （元）脱脱、（清）黄虞稷、（清）倪灿撰等：《宋史艺文志·补·附编》，商务印书馆1957年版，第249页。

⑧ （清）周中孚：《郑堂读书记》，中华书局1993年版，第1081页。

总目》卷一百二十六，皆著录此书。

《肯綮录》现有清乾隆五十一年黄氏醉经楼抄本、清乾隆间鲍氏困学斋抄本、《函海》本、《艺海珠尘》本、《学海类编》本等。与和刻本对校，可见和刻本与《函海》本最为相近。如"俚俗字义"条中"上武贡切下音讲"，"贡"字诸本皆作"当"，和刻本与《函海》本作"贡"；"梅雨"条"梁元帝《纂要》云"前，和刻本、《函海》本衍"今人谓梅雨"五字，其他诸本无；"东坡易箦"条"端明宜勿忘西方"，和刻本、《函海》本脱"明"字。然而，和刻本与《函海》本亦有异文。"九拜"条"《周礼》：太祝辨九拜"，"九"《函海》本作"七"，和刻本作"九"，考《周礼》原文，当以和刻本为是。

《肯綮录》以考证俚俗字音字义为主要内容，兼及社会风俗杂谈。《四库全书总目》与《郑堂读书记》对此书的评价都不高，以为"其所说亦多前人说部所已具，且皆琐屑之事，真所谓不中肯綮者也"。然此书除保留了当时的语音材料外，亦记录南宋初期风俗民情，如"晋宋前南方鹅贵"条、"紫姑神狱"条，都可见当时政治，亦有他书未见者。

文政官版《肯綮录》在日本国立公文图书馆、国立国会图书馆、静嘉堂文库等处皆有收藏。

七　和刻本《容斋随笔》

和刻本《容斋随笔》十六卷，京都石田冶兵卫刻，钱屋惣四郎刊本，收于长泽规矩也先生所编《和刻本汉籍随笔录》第三集。该书每半页九行，每行十八字，小黑口，左右双边，上下单边。

书前有二序。一为赖山阳文政十三年（1830）《新刊容斋随笔序》：

> 洪景庐以忠臣之子，守清要之职，本学兼茂，虽不及庆历、元祐诸公，而不愧为南渡以后名士大夫，其学之博洽，见于《随笔》五编，资后人闻见不鲜云。余尝谓自理学兴，士无肤浅之弊，然久而成窠臼，千言万语尽赴其中，宋元人概然。自考证之学兴，言有凭据，然儒者之业如稽账簿，争较毫厘以取胜，明清人概然。说部本出人人之瘤言，宜无

二者之弊。而如罗大经之流动堕理语，如杨慎之类徒辄辨证，能脱然于二者之外自盖，盖于人且宏富，取之不竭者，唯景庐及沈括、王楙、顾炎武、王士禛等所笔，指不多屈焉。而此书最先出，不可不先读者。丹波深海伯龟新刊其初编以行于今，二笔以下当陆续上梓，来索序于余。余后学无事赘赞前贤也，独嘉伯龟能捐赀于此有益之书，序以奖之，抑余有所欲语读者。夫所贵于读书，以其以我一贯彼万神而明之，否则不舍卷茫然者哉？昔景卢尝在翰林，一夕草二十余制，意自多也，署中老吏有及仕元祐朝者，因问之曰："吾何如苏学士？"吏对曰："不是过也，但彼不捡书耳。"景卢后数举以语人曰："尔时觉容身无地。"夫以景卢之学之才而自知不足，所以为景卢已后之读此书者，既因其博洽以资我闻见，又进而知闻见之不可专恃，亦善学景卢者也。文政十三年岁在庚寅孟冬晦山阳外史赖襄撰并书。

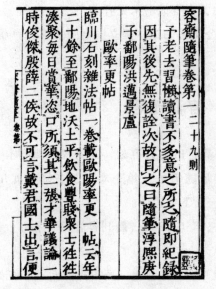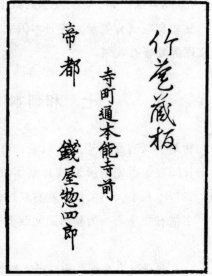

和刻本《容斋随笔》卷首及刊刻信息

和刻本的刊刻者为深海伯龟，赖山阳乃应其请为其作序。赖山阳（1781—1832），是江户时代后期著名的汉学家和学者，名襄，字子成，号

山阳，别号三十六峰外史。著有《日本外史》《日本政记》等书。赖山阳
生于大阪，而深海伯龟亦为丹波人，亦为大阪人，二人当有同乡之谊。

又有天保辛卯（二年，1831）摩岛长弘《刻容斋随笔叙》：

> 庚寅春，余游丹波柏原，淹留经月。龟山深海万年抵书曰："归
> 途过吾乡，自保津舟行达岚峡，其间峭壁激湍，云水摩荡，亦一奇观
> 也。"余久羡寐其胜，闻之神动。及归，过万年家欲践，舟行之际，
> 阻雨不能发，怅然如有所失。杯酌之间，主人出此书，谓曰："余私
> 刻之公于世，请并一（写）。"余于此书未阅全本，阅之亦神动，且
> 读且酌，披玩久之。于是阻雨之念顿消，如爽籁之拂神宇，遂携此书
> 而归。古人云，读未曾见之书，历未曾到之山水，如获至宝，尝奇味
> 此中也。虽山庐负我，好书亦有夙弊，可谓行色不索然矣。且此书出
> 乎正人学士之手，非小说稗编之类，则犹揽峨嵋天都之胜也。因喜叙
> 之曰：随笔固非大著述，然精神心术之所寓，非商榷于治乱得失之机
> 者弗能也，非通达于礼乐文章之原者弗能也。随笔岂易言哉？而世之
> 作之者多才智疏通之人也，才智疏通之人，或学殖不足衍蔓其说以炫
> 耀人目，不厌人心矣。夫随笔之弊有二：曰蹈袭，曰猥琐。蹈袭者，
> 剽前人之说，左掇右刜，以为己有者也。猥琐者，议论不根乎义理，敷
> 演怪诞不经之说，以资人谭笑者也。以此推之论，考据卓然可观者，犹
> 索球璨于荒学中，随笔岂易（写）哉？今读此书盖成于景庐致仕之后，
> 其学已殖，闳中而肆外，晦养而焕发，援据精确，断以正论，无二者之
> 弊，史称考阅典故，渔猎经史，极鬼神事物之变，善非虚称也。况景庐
> 父子兄弟忠节文章萃于一门，映于一代，众心之所钦也。此书岂可不刻
> 乎？随笔之刻于吾邦者，如《鹤林玉露》、《野客丛书》、《辍耕录》、
> 《五杂俎》等，已盛流传。蹈袭如《千百年眼》，猥琐如《麈余》，亦复
> 并行，则此书之出，犹峨眉天都之忽然现于支峰蔓岳之间，则世之文人
> 学士必刮目而见之矣。辛卯端月下浣 摩岛长弘书。

此处的深海万年当即上序中之所言深海伯龟。序者摩岛长弘（1791—

1839），即摩岛松南，京都人，名长弘，字子毅，号松南。江户时代儒学家，曾师事若槻几斋以及古注学派的猪饲敬所。著有《娱语》四卷、《松南遗稿》二卷、《晚翠堂遗稿》二卷等。摩岛序于天保二年，则《容斋随笔》当刻于天保二年或其后。

《容斋随笔》作者洪迈（1123—1202），字景庐，号容斋，鄱阳人，绍兴十五年（1145）登进士第，历高、孝、光、宁四朝，任中书舍人、翰林学士等清要之职，曾参编《国史》，《宋史》卷三百七十三有传。

《容斋随笔初集》作于淳熙庚子（1180），随即在婺州刊行，后流入禁中，孝宗也甚为赞赏。此书自面世起便影响颇大，故后世多次刊印，其版本甚多。① 此和刻本前有谢三宾《重刻容斋随笔五集序》、李翰《容斋随笔五集旧序》、何异《容斋随笔五集总序》、马元调《重刻容斋随笔纪事》、洪璟《纪事》五文，循此可对和刻本版本源头略作梳理。南宋嘉定五年（1212），洪迈族孙洪伋知赣州，洪迈亦曾出守是处，于是洪伋在赣州刻《容斋随笔》，并请何异作序，此为"赣州本"，此本辗转流传，藏于日本鞠山文库，为张元济所得，后影印收入《四部丛刊》初编。明弘治十一年（1499），巡按河南监察御史李翰刻《容斋随笔》，李本中有何异序，当出自宋本。明崇祯三年（1630），马元调以他本校李翰刻本，"为改定千余字，仍缺其疑"②，重新刊刻《容斋随笔》，马本一改明人刻书多误之蔽，是《容斋随笔》质量甚高且非常重要的一个版本，此后刊刻《容斋随笔》，多循此本。清康熙三十九年（1700），洪氏后人洪璟据马元调本重修，"其有缺失者，一一补正完好"③，并作《纪事》于书前。日本此刻本前有洪璟所写《纪事》，当是翻刻洪璟重修马本而来。此和刻本《容斋随笔》卷九目录只有二十七则，少"五胡乱华"一则。按正文，该条被置于卷末，且有编者说明："旧本目录由此一条，而卷中不载，盖为清朝讳也，今依会

① 关于《容斋随笔》的版本问题，参见孔凡礼《略谈〈容斋随笔〉的版本》，《古籍研究》2003年第2期。
② （明）马元调：《重刻容斋随笔纪事》，《和刻本汉籍随笔集》第三集，汲古书院1973—1978年版，第10页。
③ （清）洪璟：《纪事》，《和刻本汉籍随笔集》第三集，汲古书院1973—1978年版，第11页。

萃堂本录出，系于此。"味此口吻，应是日本编者所写，足见此和刻本确源自于清代刻本。

在前言部分，我们已经提到日本刊刻者在刻印此本《容斋随笔》时，可能用藏于日本的宋"赣州本"校，得校语若干，并刊于页眉，再举数例如下。如卷二"汉母后"条"将军于北军"，校云："'将'作'兵'"，《四部丛刊》影宋"赣州本"正作"兵"。然而校语中亦有可商榷者，如卷七"唐书世系表"条中"与沈了不相涉"，校语"'了'作'子'"，然《四部丛刊》影宋"赣州本"、马本、清康熙本俱作"了"，或因后文有"沈子逞威"之句，故误改。故对于和刻本《容斋随笔》中的校勘，我们应仔细甄辨其中有价值的部分。

洪迈出身儒学世家，学问博洽，《容斋随笔》为宋代笔记之佼佼者，出入经史，兼及杂学，充分体现出宋代笔记创作重考据、好记述的特点，为后人保留了大量的历史材料，以及丰富的思想内涵，故而历代学者都深为重视，被《四库全书总目》誉为"南宋说部终当以此为首焉"[①]。现代学者研究《容斋随笔》的著作丰厚，学者们从文献学、考据学、历史学、诗学、民俗、社会等各个方面对此书进行讨论，如许净瞳《〈容斋随笔〉成书研究》[②] 全面地考察了《容斋随笔》的成书过程和学术地位，马艳《〈容斋随笔〉史学成就研究》[③]、徐兴无先生《〈容斋随笔〉中的西汉史研究》[④] 等文章探讨《容斋随笔》的历史学成就；田文琼《〈容斋随笔〉中的诗论研究》[⑤] 探讨《容斋随笔》中的文学思想等。

八　天保官版《晁氏客语》

和刻本《晁氏客语》一卷，天保三年（1832），昌平坂学问所刊本。该

---

① 《四库全书总目》卷一百十八，中华书局 1965 年版，第 1019 页。
② 许净瞳：《〈容斋随笔〉成书研究》，中国社会科学出版社 2013 年版。
③ 马艳：《〈容斋随笔〉史学成就研究》，硕士学位论文，安徽大学，2013 年。
④ 徐兴无：《〈容斋随笔〉中的西汉史研究》，载莫砺锋编《第二届宋代文学国际研讨会论文集》，江苏教育出版社 2002 年版。
⑤ 田文琼：《〈容斋随笔〉中的诗论研究》，硕士学位论文，辽宁大学，2014 年。

书每半页九行，每行二十字，白口，左右双边，上下单边，前后无序。

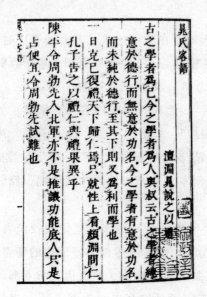

天保官版《晁氏客语》卷首及卷末

《晁氏客语》作者晁说之（1059—1129），字以道，号景迂生，济州巨野（今山东巨野）人，神宗元丰五年（1082）进士，曾为苏轼、范祖禹、曾巩等人推荐，任兖州司法参军、宿州教授等职，崇宁元年因元符末应诏封事落入邪中等，隐居嵩山，党禁除，监陕州集津仓，后通判郿州。政和六年，罢归新郑东里。钦宗即位，除秘书少监，中书舍人兼太子詹事，旋因议论不合落职，高宗时召为徽猷阁待诏，卒于江宁府舟中，年七十一。晁说之仕途颇为坎坷，然而在经学、文学上都有很高的成就，为当时人所称道。①

晁说之所撰《晁氏客语》在南宋时被左圭收入《百川学海》中，此宋本是该书最为通行之本，后世钞刻多据此本。以和刻本与《百川学海》本《晁氏客语》对校，字句上并无区别，少数几处异文，多因刊印之误。然而两个版本在断节分则上，却有比较大的不同。如："古之学者为己，今之学者为人。与叔云：'古之学者纯意于德行，而无意于功名；今之学者

---

① 关于晁说之其人，参见张剑《晁说之研究》，学苑出版社 2005 年版。

有意于功名，而未纯于德行。至其下，则又为利而学也。'一日克己复礼，天下归仁焉。就只在性上看。"与"颜渊问仁，孔子告之以礼。礼与仁果异乎？"《百川学海》本是分作两则，和刻本却将"一日克己复礼，天下归仁焉。就只在性上看"与"颜渊问仁"连缀起来合为一条，国内诸刻本未见此例，或者是日本编者在编纂排印此书时，认为这两者都是在讨论仁和礼的关系，故而有此改变。又如《百川学海》本"荆公论：'舜纳于大麓，何义？'晦叔曰：'荐之于天。周室班爵禄，诸侯恶其害己也，而皆去其籍。故司俸之官阙焉。'"和刻本则从"荐之于天"后辟为两则。这无疑是更加合理的。两本对校，或将两则合为一则，或将一则辟为两则，或将某句从一则内断入另一则，其例甚多，不胜枚举。这些修改并非随手为之，而是颇有考量，亦有校勘上的价值。现在并无直接证据证明和刻本即是自《百川学海》本翻刻而来，也即不能说明这些修改出自日本编者之手，然而和刻本的分则在国内现存的《晁氏客语》诸版本中，大多确实未见，亦足可参考。

据《四库全书总目》卷一百二十"《晁氏客语》提要"："是书乃其札记杂论，兼及朝野见闻，盖亦语录之流。……盖用苏鹗《杜阳杂编》之例，每条必记其所语之人，所谓客语也。"① 基本概括了《晁氏客语》的内容，然而此书体例与内容皆很驳杂，虽然大多数会"记其所语之人"，然而自作考证辨析处也不在少数。大体来说此书内容分为三类：其一是记当时人逸事言论。尤其是与作者关系来往密切的旧党中人，如范祖禹、司马光、程颐、苏轼等。另外，该书中也记载了很多王安石的事迹，虽然立场有别，难免有所微词，然而晁说之态度醇厚，亦可资参考；其二是作者自己的语录，多谈养德修身，篇幅短小隽永，读来颇令人回味；其三是对文史典籍的一些辨正，此种内容涉及面极宽，但通常不做长篇论述，只发数语议论而已。

现代学者通常比较注意第一类内容，因为晁说之所记人物言行，多出自亲历见闻，正可补史传之阙，如高叶青《范祖禹生平与史著研究》② 就

① 《四库全书总目》卷一百二十，中华书局1965年版，第1037页。
② 高叶青：《范祖禹生平与史著研究》，博士学位论文，陕西师范大学，2008年。

使用了《晁氏客语》中的材料。然而，除此之外，晁说之在此笔记中的论诗文字亦很值得注意。晁氏在宋代诗坛上可谓一家，故而虽然论诗之语短小，然而多切中肯綮之语。如论韩愈诗"若虽近不亵狎，虽远不背也，该于理多矣"，颇为有见。又其记神宗论诗序语，亦颇精到。

天保刊《晁氏客语》在静嘉堂文库、东京大学综合图书馆、大阪府立中之岛图书馆、九州大学图书馆等处皆有收藏。

宋元笔记方志等文献所见
宋代作家及诗文辑考[*]

苏州大学文学院　　曾维刚

　　北京大学古文献研究所编《全宋诗》①，收录宋代诗人八千九百余人，诗歌二十多万首。曾枣庄、刘琳主编《全宋文》②，收录宋代九千余位作家的各体文章十七万余篇。二者均为宋代文献整理研究的重要工程，惠益学界，厥功至伟。但因作家作品数量极大，相关文献浩繁，疏漏在所难免，学界已发表出版了不少辑佚、补正及辨误等成果。笔者也因研究所及，先后撰写了系列相关论文。③ 近因课题研究阅览大量宋元笔记方志等文献，又陆续发现了一些值得辑补考证的宋代作家及诗文作品。兹依所见予以辑考，以供研究者参考。

一　关中驿舍壁间无名氏诗一首

　　宋代赵潽《养疴漫笔》记载："靖康之变，中原为北地，当时高人胜

　　* 本文为国家社科基金后期资助项目"南宋中兴诗坛研究"（项目号：13FZW064）、中央高校基本科研业务费专项资金项目"南宋诗人丛考"（项目号：14LZUJBWZY029）成果。

　　① 北京大学古文献研究所编：《全宋诗》，北京大学出版社1991—1999年版（以下文中所及《全宋诗》均为此版，兹不赘述）。
　　② 曾枣庄、刘琳主编：《全宋文》，上海辞书出版社、安徽教育出版社2006年版。
　　③ 如拙文《洪迈〈野处类稿〉辨伪》（《文献》2006年第3期）、《宋孝宗佚诗二首考录》（《社科纵横》2008年第11期）、《〈全宋诗〉虞俦佚诗二首考录》（《甘肃广播电视大学学报》2008年第4期）、《〈全宋文〉张镃残文一篇补正》（《文献》2009年第1期）、《史浩诗辑佚四首》（《江海学刊》2012年第3期）、《王钦若诗辑补一首》（《江海学刊》2012年第5期）、《吴芾、王十朋诗辑佚二首》（《江海学刊》2013年第3期）等。

士亡没者不少。绍兴庚申辛酉，河南关陕暂复，有自关中驿舍壁间得诗二绝。"其一云：

> 鼙鼓轰轰声彻天，中原庐井半萧然。莺花不管兴亡事，妆点春光似去年。

其二云：

> 渭平沙浅雁来栖，渭涨沙移雁不归。江海一身多少事，清风明月泪沾衣。①

　　按，上录第一首诗作，《全宋诗》《全宋诗订补》②皆未收录。第二首诗作，《全宋诗》卷一七七收于黄孝先名下，题为《诗一首》，并有序，诗歌字句略有差别，诗为："天寒霜落雁来栖，岁晚川空雁不归。江海一身多少事，清风明月我沾衣。"序云："余尝守官咸阳。县廨之后临渭河，汀屿中，连岁秋有孤雁来栖于葭苇中，今岁冬深不复至矣。或已在缯弋，或去而之他，皆不可知也。感而为诗题亭壁。"又据《全宋诗》小传，黄孝先字子思，浦城（今属福建）人，仁宗天圣二年（1024）进士，为广州尉，改宿州尉，改宿州司理，以善治狱迁大理寺丞，知咸阳县，移绵竹，终太常博士、通判石州。所著诗二十卷，苏轼为之序，已佚，《全宋诗》录诗三首。上录见于《全宋诗》的诗一首，出自宋人赵令畤《侯鲭录》。③仔细辨析关中驿舍壁间所得二绝句的诗韵、内容及情感意蕴，可以发现，二诗其实并无内在联系，显然非同题之作，也非出自一人之手，而只是南宋绍兴中关陕暂时恢复之际有人自关中一并抄录在一起而已。据《侯鲭录》及《全宋诗》，第二首诗是北宋仁宗朝人黄孝先抒写游宦之际的人生

---

① （宋）赵溍：《养疴漫笔》，（明）陶宗仪等编《说郛三种》（宛委山堂本）卷四七，上海古籍出版社 1988 年版，第 2174 页。

② 陈新等补正：《全宋诗订补》，大象出版社 2005 年版。

③ 《全宋诗》卷一七七第三册，第 2031 页。

感伤。而就第一首诗的内容来看，则可判断其创作时间是在距仁宗朝约百年之后的宋室南渡之际，乃是抒写金灭北宋、中原板荡的时代变故。因此，尽管抄录在一起的二首绝句中，第二首可以确定为黄孝先所作，但第一首却绝非出自黄孝先之手，而当是宋室南渡之际的诗作无疑，至于其作者姓名，由于缺乏记载，暂时还难以考知。综上，上录第一首诗作，系《全宋诗》未收的佚诗，可予辑补。

二　京口旅邸中无名氏《鸡鸣》诗一首

宋代周遵道《豹隐纪谈》记载，"自来县尉下乡扰人，虽监司郡守亦不能禁止，迩来尤甚。京口旅邸中有戏效古风雅之体，作《鸡鸣》诗。诗曰《鸡鸣》，刺县尉下乡也"，"《鸡鸣》三章，章四句"。其诗云：

> 鸡鸣喈喈，鸭鸣呷呷。县尉下乡，有献则纳。鸡鸣于埘，鸭鸣于池。县尉下乡，靡有孑遗。鸡既鸣矣，鸭既羹矣。锣鼓鸣矣，县尉行矣。①

按，上录京口旅邸中无名氏《鸡鸣》诗，《全宋诗》《全宋诗订补》皆未见收录。据周遵道《豹隐纪谈》记载，此诗无疑是宋人所作，内容乃是讽刺宋代县尉下乡扰民。在宋代，国家规定县级官吏若非公事，不许私自下乡，以防渎职和扰民。如太祖乾德二年（964）正月诏"应诸县令、尉，无事不得下乡……如有不因公事，辄下乡村，及追领人户，节级衙参，并勘罪以闻"②。南宋《庆元条法事类》也规定"诸县令佐非公事不得下乡"③。可见，上录无名氏《鸡鸣》诗，深刻反映了宋代社会现实，乃是一首具有时代意义的作品，不仅可补《全宋诗》之阙，亦可诗史互证，

---

① （宋）周遵道：《豹隐纪谈》，（明）陶宗仪等编《说郛三种》（宛委山堂本）卷二〇，上海古籍出版社 1988 年版，第 984 页。

② 宋太祖：《禁令簿尉无事下乡诏》，曾枣庄、刘琳主编《全宋文》卷三第一册，第 59 页。

③ 《庆元条法事类》卷四《职制令》，（台湾）新文丰出版股份有限公司 1976 年版，第 24 页。

具有特定文献史料价值。

三 李少云《病中作梅花诗》一首、另一句

宋代许顗《许彦周诗话》记载，"有李氏女者，字少云。本士族，尝适人，夫死无子，弃家着道士服，往来江淮间。仆顷年见之金陵"，并录其《病中作梅花诗》一首：

> 素艳明寒雪，清香任晓风。可怜浑似我，零落此山中。

另记其诗一句：

> 几多柳絮风翻雪，无数桃花水浸霞。①

按，上录李少云《病中作梅花诗》一首及诗一句，《全宋诗》《全宋诗订补》皆未收录。据《许彦周诗话》，许顗曾亲见李少云，并与之有交往，因此其记载自然可信，所录李少云诗一首及一句也可资补遗。

四 林希逸诗一首

宋代林希逸于度宗咸淳三年（1267）撰《行在仰山孚惠二王庙记》，记载孝宗淳熙年间临安马军司李统领运木于西江，途中遇风潮，因此拜仰山二龙王，得神护佑，归临安后遂为仰山二龙王建行庙于军营。林希逸有感于二王显异遍布东南，"一念忠君，神人同也"，故为之撰祀神诗一首：

> 王初化兮，二龙其始事矣，亦以语诸篙翁。食于袁数百载矣耽耽
> 其宫，兰蒸桂奠矣祀弥恭。湖南北兮江西东，瓜华之奉兮与物同。王

---

① （宋）许顗：《许彦周诗话》，商务印书馆 1939 年版，第 3 页。

知我宋万斯年兮，心乎朝宗。宜帝所之入卫兮，实冥冥之孤忠。欲寄灵于一将兮，乃变幻江涛之中。今祠宇日辟兮象貌崇，若时雨兮收融风，扫疫疠兮庆屡丰。福吾民矣巩吾国，期世世以祀兮，报王德于无穷。①

按，林希逸（1193—?）字肃翁，号鬳斋，又号竹溪，福清（今属福建）人，理宗端平二年（1235）进士，淳祐六年（1246）召为秘书省正字，迁枢密院编修官，寻出知饶州，景定中官至中书舍人，著有《竹溪十一稿》九十卷，已佚，今存《竹溪十一稿诗选》一卷、《竹溪鬳斋十一稿续集》三十卷。《全宋诗》录其诗九卷，新辑集外诗附于卷末。② 上录林希逸为仰山孚惠二龙王所撰祀神诗一首，《全宋诗》《全宋诗订补》皆未收录，故辑录于此。

五　李兑诗一首

宋代沈作宾修，施宿等纂《嘉泰会稽志》记载，会稽有裘氏，自齐梁以来七百余年无异爨，子弟或为士，或为农，乡党称其行，北宋真宗大中祥符四年（1011）州县奏旌表其门间，是时裘氏义居已十九世，阖门三百口，至南宋宁宗嘉泰初，又五六世，盖二十四五世以来，依然如故聚族，传为美谈。并记载，北宋仁宗至和中，待制李兑为之题诗云：

　　夫何于会稽，卓然有裘氏。同居六百年，相聚三千指。昔贤钦义方，列奏闻天子。诏恩表门间，光华映间里。③

按，李兑（995?—1070?）字子西，许州临颍（今属河南）人，进士，仁宗朝为殿中侍御史，改同知谏院，擢天章阁待制知谏院，历知杭、

---

① （宋）林希逸：《竹溪鬳斋十一稿续集》卷一〇《行在仰山孚惠二王庙记》，《宋集珍本丛刊》第八三册，线装书局 2004 年版，第 465 页。

② 参见《全宋诗》卷三一一八第五九册，第 37228 页。

③ （宋）沈作宾修，（宋）施宿等纂：《嘉泰会稽志》卷一三，《宋元方志丛刊》第七册，中华书局 1990 年版，第 6951—6952 页。

越，英宗时为集贤院学士，判西京御史台，以工部尚书致仕，约神宗熙宁三年卒，年七十六，《宋史》卷三三三有传。《全宋诗》卷一七八仅收录李兑六断句，未见收录此诗。① 不过，检《全宋诗》卷一四二八，李光名下收录此诗，题作《裴氏义门》，注明出自《两宋名贤小集》卷一五八《椒亭小集》。② 李光（1078—1159）字泰发，越州上虞人，徽宗崇宁五年（1106）进士，调知开化县，移知常熟县，钦宗即位，擢右司谏，迁侍御史，高宗建炎元年（1127）擢秘书少监，历知临安府、知婺州、吏部侍郎、淮西招抚使、知建康府、知湖州等，拜参知政事，有文集三十卷，已佚，《两宋名贤小集》卷一五八存《椒亭小集》一卷，清四库馆臣据《永乐大典》辑有《庄简集》十八卷，《宋史》卷三六三有传。《全宋诗》收录李光诗，即以影印文渊阁《四库全书·庄简集》为底本，参校《椒亭小集》等，新辑集外诗编为第八卷。上述《全宋诗》收于李光名下的《裴氏义门》诗，就在新辑集外诗中。

据《嘉泰会稽志》记载，上录题为《裴氏义门》的诗作，实当为北宋李兑所作。李兑作此诗，系出于赞颂裴氏义门事迹，时间明确，事由确凿。《嘉泰会稽志》在收录此诗之后进一步记载，"其后又有族老季光，以所藏今昔留题诗刻石，傅惇作序"③。可见李兑此诗被李氏家族中一位称为"季光"的族老刻石流传，这位"季光"或者就是李光，或者并非李光，但因"季"与"李"字体相近而被误作李光，后世遂将此诗误收于李光名下。

六　刘次高诗一首

宋代胡矩修，方万里、罗浚纂《宝庆四明志》记载，四明西南四十里有蓬岛山，重冈复岭，缭绕绵亘，"肥厚雄壮，不露峰角，兀然独冠诸山。

---

① 《全宋诗》卷一七八第三册，第2048页。

② 《全宋诗》卷一四二八第二五册，第16465页。

③ （宋）沈作宾修，（宋）施宿等纂：《嘉泰会稽志》卷一三，《宋元方志丛刊》第七册，中华书局1990年版，第6952页。

北为安岩之翠峰，南为石楼之赤岩，过松木岭，入于天台……临其巅，俯视数百里之外，沧海微茫，烟林萦带，城邑聚落，了然在目。崇宁间，有尼结庐于其肩，号曰'师姑坪'。今其故阶遗井、瓦砾砖石犹存"。继这段文字之后，又记载阆风刘次高登临游山诗一首：

　　轧轧肩舆过翠微，路经蓬岛锁烟霏。雨从半岭岩窝出，云在行人脚下飞。①

　　按，笔者检阅《全宋诗》及《全宋诗订补》，均未见收录刘次高其人及此诗，可辑补。

七　李丑父诗一首

　　元代脱因修，俞希鲁纂《至顺镇江志》记载，镇江竖士山东有天妃庙，旧在潮闸之西，宋理宗淳祐间贡士翁戴翼迁创于此，太学博士李丑父为之撰记，记文之末"既书岁月，又系以诗，俾歌以侑食焉"。其诗曰：

　　峨峨兮新官，神宴娱兮婆娑。翠旗兮蒙茸，弭节兮山之阿。渺湄洲兮闽中，食兹土兮维何？于赫兮威风，记两淮兮战多。紫金山兮摧戎，花厝阵兮挥戈。合肥城兮释攻，若有神兮撝诃。驱厉鬼兮先峰，殿南岳兮群魔。骇云闲兮帜红，非风鹤兮传讹。望海门兮浮空，想护使兮韩倭。汹百怪兮鱼龙，独安流兮靡他。俪新庙兮淮东，琼花时兮来过。配富媪兮民庸，江与淮兮无波。彼佐禹兮巫峰，视功载兮同科。繄菊英兮兰崇，荐芳馨兮九歌。绘长鲸兮来供，鼓犀渚兮鸣鼍。舞汉女兮丰容，遨游湘兮英娥。食兹上兮以功，羌如山兮如河。嘉士女兮敬恭，消疵疠兮淳和。俾边民兮乐农，有年书兮麦禾。阔长江兮

---

　　① （宋）胡矩修，（宋）方万里、罗浚纂：《宝庆四明志》卷一四，《宋元方志丛刊》第五册，中华书局 1990 年版，第 5182 页。

无穷，与牲碑兮不磨。①

　　按，李丑父（1194—1267）初名钢，字汝砺，更字艮翁，号亭山，莆田（今属福建）人，理宗端平二年（1235）进士，次年调邵武军司户，历通判福州、建宁府，除太学博士兼沂王府教授，开庆元年（1259）为太府寺丞，累迁著作郎，权礼部郎官，景定五年（1264）出为湖南提举，咸淳三年卒，年七十四，有《亭山集》，已佚。《全宋诗》卷三一二八录其诗一首、一断句。② 检《全宋文》卷七七六〇，录其《天妃庙记》。③ 但上录李丑父诗，《全宋诗》《全宋诗订补》皆未收录，可辑佚。

八　蒋重珍生卒年及《全宋文》佚文二篇

　　蒋重珍字良贵，号实斋先生，常州无锡（今江苏无锡）人，宋宁宗嘉定十六年（1223）进士第一，擢承事郎，除金书昭庆军，改金书奉国军，理宗朝迁秘书省正字、校书郎，添差通判镇江府，授宝章阁，兼崇政殿说书，迁著作佐郎，兼国史院编修官、实录院检讨官，以集英殿修撰知安吉州，守刑部侍郎致仕，卒谥"忠文"，《宋史》有传。④ 蒋重珍以状元及第，并以直言正论为世所重，乃宁宗、理宗时期名臣，诗文亦有记载流传，今《全宋诗》录其诗六首。⑤ 不过就相关文献及研究资料来看，关于蒋重珍生平及其诗文，还存在两个重要问题：其一，《宋史》本传、《宋人传记资料索引》⑥、《全宋诗》小传等均不详其生卒年。《宋人传记资料索引补编》称"蒋重珍（1183—1236），端平三年十一月卒，年五十四"⑦。然又有学者认

---

①　（元）脱因修，（元）俞希鲁纂：《至顺镇江志》卷八，《宋元方志丛刊》第三册，中华书局 1990 年版，第 2730 页。

②　《全宋诗》卷三一二八第五九册，第 37386 页。

③　《全宋文》卷七七六〇第三三六册，第 398—399 页。

④　（元）脱脱等：《宋史》卷四一一《蒋重珍传》，中华书局 1985 年版，第 12352—12354 页。

⑤　《全宋诗》卷三一二八第五九册，第 37379—37380 页。

⑥　昌彼得等编：《宋人传记资料索引》第五册，（台湾）鼎文书局 1988 年版，第 3778 页。

⑦　李国玲编纂：《宋人传记资料索引补编》第三册，四川大学出版社 1994 年版，第 1774 页。

为蒋重珍生于淳熙十六年（1189）。① 有关蒋重珍生卒年问题，学界一些文史载籍或语焉不详，或所载抵牾，还需考证论实。其二，今《全宋文》不录蒋重珍之名，其见于史志记载且非常具有文献史料价值的两篇文章亦付之阙如。兹就蒋重珍生卒年予以考证，并辑录《全宋文》佚文二篇。

1. 蒋重珍生卒年

关于蒋重珍生卒年，《宋史》本传未载，后世载籍或不明其详，或存在分歧。今考，蒋重珍卒后，南宋尤焴有《宋故刑部侍郎蒋公圹志》云："公讳重珍，字良贵，常州无锡人……公生于淳熙癸卯三月己巳，殁于端平丙申十一月乙丑。次年二月壬寅，葬于当县谢堰先茔之右。"② 这当是有关蒋重珍生卒年最早的直接记载。尤焴亦为无锡人，乃著名南宋中兴诗人尤袤之孙，尤概之子。尤袤为高宗绍兴十八年（1148）进士，尤概为孝宗淳熙二年（1175）进士，尤焴为宁宗嘉定元年（1208）进士。③ 尤氏祖孙三世相继，并登科第，乃无锡望族。特别是尤袤，为程颐三传弟子，理学精深，而蒋重珍"少从尤袤学"④。可见，蒋重珍不仅与尤焴为同乡，而且与尤焴父祖深有学术渊源。因此，尤焴为蒋重珍撰写圹志乃在情理之中，其可信度也非常高，无疑是记载蒋重珍生平的第一手资料。圹志明确记载了蒋重珍的生卒年，而且月日、墓葬俱明，据此知蒋重珍生于孝宗淳熙十年（1183）三月四日，卒于理宗端平三年（1236）十一月十二日，享年五十四岁。

对尤焴所记蒋重珍生卒年，还可通过其他史料来进行印证。经考，蒋重珍母顾夫人卒后，魏了翁有《顾夫人墓志铭》称："嘉定十有六年夏五月戊申，蒋重珍举进士第一。"又载蒋重珍自述云："重珍年四十余，始获齿名于进士籍。"⑤ 按，蒋重珍嘉定十六年进士登第，举为状元，时"年四十余"，若就此前推四十年，则蒋重珍生年恰为淳熙十年，与尤焴所撰圹志的记载完全吻合。魏了翁在墓志铭中又记蒋重珍自述："惟昔试礼部，

---

① 戈春源：《弘治〈无锡县志·蒋重珍传〉纠误》，《史学月刊》1997 年第 2 期。

② 《无锡志》卷四下，《宋元方志丛刊》第三册，中华书局 1990 年版，第 2298—2299 页。

③ 《无锡志》卷三下，《宋元方志丛刊》第三册，中华书局 1990 年版，第 2240 页。

④ （清）赵弘恩等监修，（清）黄之隽等编纂：《江南通志》卷一四二，《影印文渊阁四库全书》第五一一册，（台湾）商务印书馆 1986 年版，第 145 页。

⑤ （宋）魏了翁：《鹤山先生大全文集》卷七三，四部丛刊初编本。

尝以文字受知于先生（魏了翁），由是幸有录于门，心授神予，非他人面交势合比也。"①《宋元学案》魏了翁鹤山学案也载《忠文蒋先生重珍》之目，称蒋重珍"本鹤山校试礼部门下士也，其后遂问业"②。可见蒋重珍试礼部，受魏了翁知遇，后登其门就学，二人关系非同一般，元修《无锡志》即称蒋重珍"与魏了翁、真德秀深相友爱"③。因此，魏了翁《顾夫人墓志铭》的记述值得相信，据此也可断定蒋重珍生于淳熙十年不误。

2. 蒋重珍《全宋文》佚文二篇

《无锡志》称蒋重珍"幼颖悟，读书一览辄记。嘉定十六年魁进士，擢承事郎，累迁至佥书奉国军。召除秘书正字，入对，上七箴、三疏，奏语剀切，忤丞相史弥远意，遂谒告还家。端平初，上励精更化，召为秘书郎，累迁至集英修撰，皆不就。尝筑一梅堂、万竹亭，聚书自娱，天下高之"④。可见蒋重珍一生，在政治上积极建言，致君行道，在生活中也堪称雅士，在家乡无锡先后筑一梅堂、万竹亭，聚书自娱，其励志进取与淡泊守志的出处进退之节为天下所重。

蒋重珍筑一梅堂、万竹亭后，均曾撰有记文，分别题为《一梅堂记》《万竹亭记》。蒋重珍今无文集传世，两篇记文幸保存于《无锡志》中，且都有明确署名。然而，这两篇记文都未为《全宋文》收录。现据《无锡志》标点迻录于下：

一梅堂记

宝庆丁亥，皇上即位之四年也，重珍试吏苕幕，以病易鄞幕，待次归，治药石，无宏榻之地，解脱闉中簪珥，得败屋一区，扫洒扶持而居之。癸巳春，奉祠杜门，痼疾弗瘳，目昏耳聩，老态具见，乃于室之东南隅，撤旧而新，为堂一间，两挟置药炉丹灶、蒲团纸帐于其中，将静

① （宋）魏了翁：《鹤山先生大全文集》卷七三，四部丛刊初编本。
② （清）黄宗羲原著：《宋元学案》卷八，（清）全祖望补修，陈金生、梁运华点校，中华书局1986年版，第2685页。
③ 《无锡志》卷三上，《宋元方志丛刊》第三册，中华书局1990年版，第2231页。
④ 同上。

坐养疴，以苟旦暮之命。屋卑地狭，月余落成。故旧有诮予者曰："子其扫除一室之小者，丈夫欤。吾视子幼孤，绳枢瓮牖，所居不能容膝，迁徙彷徨，将母而行，傍人篱落，窃一椽之芘，辄以为幸。今破屋视昔已过分矣，而奚以堂为？"余竦然而悲曰："是予之过也。虽然，吾岂以堂为乐哉。独念吾家凋敝五十余年，生意几绝，其不肖误蒙宁庙亲擢，未几，叨被皇上召对，名列班簿，么微此身，病废退休，足矣足矣。虽然，此身父母之遗体也，可不敬乎？筑斯室也，敬斯体也，乃所以报亲也。不然，则安宅何在，广居何在，而顾区区于此堂哉。自斯堂而成，而可以求师也，凡齿德俱尊者，孝可及人者，义理精熟者，克忠克孝者，博通经史者，深识时务者，吾于此下一风而问焉，则身虽病而心不病矣。自斯堂而成，而可以合族也，凡姿禀可教者，好礼知耻者，迁善远罪者，小廉曲谨者，贵不简傲者，贫不卑屈者，文艺自将者，多识事物者，吾于此因材而笃焉，则身虽病而家不病矣。自斯堂而成，而可取友也，凡能修而通者，能言而践者，卓荦之重者，淳静而立者，已知大体者，能勤小物者，虚心无我者，善如己出者，恶如无隐者，相观为善者，吾于此久交而敬焉，则身虽病而道不病矣。夫心不病则不散，家不病则不替，道不病则不孤，贫无憾也，贱无憾也，存顺事而没宁。呜呼，此岂忘其亲而事身哉。"堂之前，有梅一株，清圆茂密，因以名堂，无所取义，示不改其旧也。①

万竹亭记

余已记一梅堂，复为后圃，开林为径，缚亭东偏，扁曰万竹亭。有池，池上有梅。梅之外，琅玕森然，向亭而立，如众贤盍簪，挺挺其清也；如三军成列，懔懔其严也。风清月明，发挥高爽，雨阴雾暗，韬晦蒙密，景物常变，皆启人意。余时命苍头，扶掖病足，自径而亭焉，非日涉成趣之谓也，非起居适安之谓也，其所感慨深矣。余生于淳熙末年，时和岁丰，田里安乐，先君与诸父实居凤山，贫不聊

---

① 《无锡志》卷四中，《宋元方志丛刊》第三册，中华书局 1990 年版，第 2294—2295 页。

生，故庐已属有力者。然茅斋方池，饱足幽趣，前植古梅，后列修
竹，藜杖野服，日引儿侄，从容其间。故余平时清梦，皆此时事，尝
刻之家传，以写罔极之思矣。今是亭之营，本非求合，而梅老竹茂，
浑然天成，时异事殊，心感情怆，见先训遗风，使余一刻之不能忘
也。是余之一游一息，洞洞属属然如将见之也，可不谨哉。虽然，园
林之乐一也，而其所以乐此者，则有间焉。盖先君诸公之乐此也，安
于贫，而予之乐此也，厄于病，贫者循其理分之当然，病者出于形体
之偶然，律之以原宪之言，则大有愧矣。先儒亦曰，人多言安于贫
贱，皆是力屈才短，不能营画，若稍动得，恐未肯安。余之病废，抑
近是欤。书置壁间，因以自警。①

按，《无锡志》尝记蒋重珍筑一梅堂、万竹亭之事，而上录《一梅堂
记》《万竹亭记》两篇记文可与其事互相印证。据两篇记文，一梅堂、万
竹亭乃是蒋重珍于理宗绍定六年（1233）奉祠归里后所建。这两篇记文记
述了蒋重珍在理宗朝的重要仕履、生活经历和思想心态，成为了解蒋重珍
生平事迹、思想个性及文学创作的重要文献，甚至可以窥见理宗朝士大夫
的文风之变。元代陆文圭即有《跋蒋良贵梅堂竹亭二记》称："梅堂、竹
亭二记，与鹤山书院拱极堂、矩堂相表里，皆端、嘉一时崇尚理学之文，
前乎曾、苏，无是也，又前乎韩、柳，亦无是也，非无是文也，无是识
也。呜呼美哉！文靖之辞精赡，文忠之辞明畅，忠文之辞简质，一以世教
民彝为主，蔼然仁人孝子之用心也，又岂可以文论哉。"② 陆文圭跋蒋重珍
梅堂、竹亭二记，不仅可从文献层面进一步证实蒋重珍两篇记文的可靠
性，还可从文论角度看到后世对其记文崇尚理学、文辞简质的风格的体
认，道出了其记文的文学价值与时代特色。

---

① 《无锡志》卷四中，《宋元方志丛刊》第三册，中华书局1990年版，第2295页。
② （元）陆文圭：《墙东类稿》卷一，《影印文渊阁四库全书》第一一九四册，（台湾）商务
印书馆1986年版，第653页。

稀见史料与王安石后裔考[*]
——兼辨宋代笔记中相关记载之讹

华东师范大学古籍所　刘成国

由于熙宁变法，北宋著名政治家、文学家、学者王安石自生前便遭受变法反对派及其门生、后人等恶意的攻击、诽谤，甚至殃及子息，诬蔑他因变法祸国殃民而绝后。南宋以后，这种诬蔑、诽谤进一步堂而皇之地由笔记、小说、诗话等进入官方史传（如《宋史》），或者演绎为更为通俗的宋元话本、小说的素材，最终融会于宋、元、明、清八百多年间否定、丑化王安石及熙宁变法的洪流中。[①]

清末民初以来，随着时代思潮的巨变，学界对王安石及熙宁变法开始重新认识和评价；同时，也对其后嗣事迹——主要是二子王雱、王旁，展开了比较详尽的考辨。[②] 只是，由于所见史料有限，仍然遗留下若干未发之覆。本文拟在前贤基础上，根据新发现的王安石曾孙王珏墓志铭以及《宋会要辑稿》中的史料，对此问题再做深入、全面的考证，并且对《续

---

* 本文撰写期间，受到浙江大学人文高等研究院资助，特此致谢！

① 南宋以后对王安石的历史评价，可见李华瑞《王安石历史地位沉浮与南宋以后中国社会历史的变迁》，《王安石变法研究史》，人民出版社 2004 年版，第 1—30 页；刘成国《王安石身后评价考述》，《中华文史论丛》第 77 辑，上海古籍出版社 2004 年版，第 217—216 页。

② 可见蔡上翔《王荆公年谱考略》卷十五，《王安石年谱三种》，中华书局 1994 年版，第 443—447 页；余嘉锡《四库提要辨证》卷十七，中华书局 1980 年版，第 1062—1068 页；王晋光《王安石嫁媳事辨证》，《王安石书目与琐探》，华风书局 1983 年版，第 71—86 页；汤江浩《北宋临川王氏家族及文学考论》，人民文学出版社 2005 年版，第 226—246 页。笔者此前亦有小文涉及，惜证据不足，未能定谳，可见刘成国《王安石师承与后裔考》，《河北学刊》2003 年第 4 期。

资治通鉴长编》、宋人笔记中关于王安石后裔的诸多无心讹误或蓄意诬蔑进行辨析、澄清。

一

王安石有二子二女。① 长子王雱，字元泽，治平四年进士及第，卒于神宗熙宁九年（1076）六月己酉，时为太子中允、天章阁待制，年三十三，赠左谏议大夫。② 王称《东都事略》卷七十九有传："雱字元泽，未冠，著书已数千百言。举进士，为旌德尉，作策三十余篇，极论天下事。又作《老子训传》及《佛书义解》，亦数万言。有以雱书闻者，召见，除太子中允、崇政殿说书，被旨撰《诗》《书》义，擢天章阁待制。书成，迁龙图阁直学士。雱病疽已弥年，辞不拜，卒，年三十三，赠左谏议大夫。诏即其家上雱所著《论语孟子义》。雱论议刻深，常称商君以为豪杰之士，言不诛异议者法不行，尝劝安石诛不用命大臣，安石曰：'儿误矣。'政和三年，封临川伯，从祀文宣王庙。雱无子，以族人之子棣为后，徽宗时为显谟阁待制。"《宋史》卷三百二十七有传附《王安石传》后。李焘《续资治通鉴长编》卷二百二十六至卷二百七十六对其事迹有所记载。王雱未冠已著书万卷，是王安石发动变法的得力助手，洵可谓少年天才，可惜病疽而亡，英年早逝。

王雱娶妻萧氏，有一女，生于神宗熙宁七年（1074），嫁吕嘉问之子吕安中。《续资治通鉴长编》卷五百载："吕安中，乃嘉问之子，王雱之婿，序辰之妻弟。"③ 二十七岁时，吕安中卒，王雱之女持丧如礼，及服除，归本宗守义，治闺门有法。徽宗政和三年（1113），朝廷特赐旌表。《宋会要辑稿·礼六一》载："（政和）三年三月六日，江宁府言：'故谏

---

① 另有一女夭于仁宗庆历八年六月王安石知鄞县任上，一子夭于仁宗嘉祐二年秋王安石赴知常州途经扬州时。可见王安石《临川先生文集》卷一百《鄞女墓志铭》、卷七十四《上欧阳永叔书三》，四部丛刊本。

② 《续资治通鉴长编》卷二百七十六，中华书局 2004 年版，第 6751 页。

③ 《续资治通鉴长编》卷五百，中华书局 2004 年版，第 11913 页。

议大夫、天章阁待制王雱止有一女，三岁而雱卒。及长，适通直郎吕安中，生一女，而安中卒。时王氏年方二十有七，持丧如礼，及服除，即归宗守义，自誓正洁。或谕以改嫁，王氏独毅然谢绝。顷居母萧氏丧，哀毁过制，宗族称叹。治闺门有法，不妄笑语，内外整肃。至于追远奉先，皆可矜式。故夫吕安中虽任通直郎，缘未经大礼而安中卒，王氏遂无封邑。伏望朝廷特赐旌表，加之封号，非特上副圣时崇奖安石父子之意，亦足为天下节妇之劝。'从之。"①

王雱无子。王安石自称："臣父子遭值圣恩，所谓千载一时。臣荣禄既不及于养亲，雱又不幸嗣息未立，奄先朝露。"② 可为确证。王雱之子王棣过继③，承王雱之后。《东都事略》卷七十九《王雱传》："雱无子，以族人之子棣为后，徽宗时为显谟阁待制。"王棣入继王雱家为嗣的具体时间，应于徽宗大观四年（1110）九月十五日。《宋史》卷一百二十五《礼志七十八》："大观四年，诏曰：孔子谓兴灭继绝，天下之民归心。王安石子雱无嗣，有族子棣已尝用安石孙恩例官，可以棣为雱后，以称朕善善之意。"④ 徽宗颁此诏书，一个重要原因是王棣此前已以王安石孙恩例授官，在族内一度引起兴讼。《宋会要辑稿·礼三六》载："徽宗大观四年九月十五日，诏：'孔子谓兴灭继绝，天下之民归心。王安石子雱不幸无嗣，有族子棣已尝用安石孙恩例官之。比闻兴讼未已，可仍旧以棣为雱后，以称朕善善之意也。'八年四月二十三日，故临川伯王雱女王氏状：'伏念父被遇神考，擢真法从，不幸早逝，未立嗣息。大观间，特诏以族子棣为后。于政和六年，缘其所生父夐身亡，诏令棣归宗，照管葬事。今已终葬，欲望特令棣仍旧为先父雱后。'诏从之。"⑤据此，则王棣入继后，曾

① 《宋会要辑稿·礼六一》，上海古籍出版社 2014 年点校本，第 2106 页。

② 《临川先生文集》卷四十三《乞将田割入蒋山常住札子》，四部丛刊本。

③ 曾巩为王安石母亲所撰《仁寿县太君吴氏墓志铭》云："孙男九人，曰雱、夐、旁。"王安石长兄王安仁无子，王夐排行在王雱、王旁之间，或王安石二兄安道之子。《曾巩集》，中华书局 1984 年版，第 611 页。

④ 《宋史》卷一百二十五，中华书局 1977 年版，第 2900 页。按，《（雍正）江西通志》卷八十："王棣，字仪仲，荆公族孙。学士雱无子，荆公立为后。"恐误。大观前，王棣只以王安石孙恩例受官，未尝正式入继。

⑤ 《宋会要辑稿·礼三六》，上海古籍出版社 2014 年点校本，第 1549 页。

于政和六年（1116）归宗照管生父王雱葬事，因王雱女奏陈而再为王雱之后。王雱之女守节三十余年，徽宗宣和五年（1123）三月十八日，王棣上奏乞以宣和四年合得冬祀大礼恩泽与之，诏特封为令人。《宋会要辑稿·仪制十》："三月十八日，承议郎、充显谟阁待制、提举万寿观王棣奏：'先臣雱止有一女，尝嫁故通直郎吕安中，守志三十余年。伏蒙圣恩，以臣祖安石被遇神考，辅政有为，例加官封。伏望许臣更用去年合得冬祀大礼恩泽与臣姊，于宜人上加官封。'诏特封令人。"①

　　徽宗宣和四年（1122）八月庚子，王棣赐进士出身。同年九月戊午，除显谟阁待制、提举万寿宫观。《皇宋通鉴长编纪事本末》卷一百三十"推尊王安石"载："宣和四年八月庚子，赐新除太仆少卿王棣进士出身，以安石孙，故旌之。九月戊午，诏：熙丰政事，悉自安石建明。今其家沦替，理宜褒恤。可赐第一区，孙棣除显谟阁待制、提举万寿宫观。"②高宗建炎二年（1128），王棣以显谟阁直学士、知开德府率军民固守澶渊，金兵陷城，死，赠资政殿学士。《建炎以来系年要录》卷十八载建炎二年二月乙未："金又犯澶渊。显谟阁学士、知开德府、充本路经略安抚使王棣率军民固守。金伪为书至城下曰：'王显谟已归附，汝百姓何敢拒师？'军民闻之，欲杀棣，棣走至南门，为军民所践而死，城遂陷。……事闻，赠棣资政殿学士。"③李正民《大隐集》卷一《王棣赠资政殿学士制》："具官出自相门，跻于侍从……虽势穷而力尽，终身殒而名存。特升秘殿之华资，俾视政途之宠数。"④《皇宋通鉴长编纪事本末》卷一百三十"推尊王安石"又载："曾孙璹、铋并转宣义郎。孙女二人，各进封号一等。曾孙女五人，并封孺人。"⑤其中王铋为王棣之子，王璹为王旁之孙、王桐长子，详下。

　　王安石次子王旁，字不详。由于雱、旁字形相近，各种史料记载刊

---

①　《宋会要辑稿·仪制十》，上海古籍出版社2014年点校本，第2518页。

②　《皇宋通鉴长编纪事本末》卷一百三十，黑龙江人民出版社2006年版，第2188页。

③　《建炎以来系年要录》卷十八，中华书局2013年版，第427页。

④　《宋集珍本丛刊》第36册，线装书局2004年版，第78页。

⑤　《皇宋通鉴长编纪事本末》卷一百三十，黑龙江人民出版社2006年版，第2188页。

刻时往往鲁鱼亥豕，将王旁事迹混为王雱。更甚者因反对熙宁变法，对王安石及其二子蓄意诬蔑，导致自北宋后期开始，出现了王安石因变法祸国殃民而绝后的传闻，王旁一支的谱系逐渐被湮没在历史底层。然曾巩为王安石母亲所撰《仁寿县太君吴氏墓志铭》云："孙男九人，曰雱、旉、旁、瓶、䡄、防、斿、旊、放。孙女九人，长适解州安邑县主簿徐公翊，次许嫁太庙斋郎吴安持，余尚幼。"① 《临川先生文集》卷六十《添差男旁句当江宁府粮料院谢表》亦明言："近辄冒昧，陈乞男旁句当江宁府粮料院一次。"则王旁确为王安石次子。杜大珪《名臣碑传琬琰之集下》卷十四《王荆公安石实录》（当为绍兴本《神宗实录》）也明确记载："子雱、旁。"

王旁有心疾，娶庞氏，夫妻不睦。王安石为出其妻，又与友人议与之另娶。《王文公文集》卷四《与耿天骘书一》："旁妇已别许人，亦未有可求昏处，此事一切不复关怀。"《与耿天骘书二》："旁每荷念恤，然此须渠肯，乃可以谋，一切委之命，不能复计校也。"② 这两封书信约作于神宗元丰初，王旁出妻亦当于此时。③ 王旁喜作诗，有唐人风味。《临川先生文集》卷七十一《题旁诗仲子正字》："旁近有诗云：杜家园上好花时，尚有梅花三两枝。日莫欲归岩下宿，为贪香雪故来迟。俞秀老一见，称赏不已，云绝似唐人。旁喜作诗，如此诗甚工也。""仲子"，系荆公自注；"正字"指秘书省正字，为王旁临终之馆职，应为文集编者所加。

《续资治通鉴长编》有两处涉及王旁，一为哲宗绍圣四年（1097）四月，一为绍圣四年九月：

　　戊子……殿中侍御史陈次升言："臣伏闻翰林承旨蔡京同林希先荐太学博士郑居中充御史，已闻不召。今又闻有旨令上殿，臣不知所由。未审别欲用居中耶？为复令充御史耶？谨按，居中弟久中，故秘

① 《曾巩集》，中华书局1984年版，第611页。
② 《王文公文集》卷四，上海人民出版社1974年版，第52页。
③ 北宋有"王太祝生前嫁妇，侯工部死后休妻"之谚（详下）。侯工部为侯叔献，卒于熙宁九年三月，见《续资治通鉴长编》卷二百七十三，第6697页。

书省正字王雱之婿也。雱乃尚书左丞蔡卞妻之亲弟也。居中与卞系婚姻之家，又闻与中书侍郎许将、知枢密院曾布二家亦联姻亲。"①

　　是月，上以星变屡戒大臣，以修政事，又下诏求直言。……着奉议郎、权通判通远军李深上书曰："……若夫王雱心疾而为馆职二年十月三日，邵材病忘而出知越州，梁之美提点刑狱三年四月六日，周之道为刑部侍郎七月十七日，似此之类，莫非宰相私意不可以计数，不敢缕述，上渎圣览。此皆陛下待遇近臣过于仁柔，为所制也。"……王雱二年十月三日为正字。②

　　如前所考，王雱之婿为吕嘉问之子吕安中，而非郑久中，故"居中弟久中，故秘书省正字王雱之婿也"中的"王雱"应为"王旁"之讹；又王雱卒于熙宁九年六月，时年三十三，为太子中允、天章阁待制，赠左谏议大夫，故"若夫王雱心疾而为馆职（原注：二年十月三日）"中的王雱亦为王旁之讹。绍圣二年（1095）十月，王雱早已过世多年，如何"心疾而为馆职"？宋绍定刻本陈均《宋九朝编年备要》卷二十四载李深上书正作"王旁"，而非"王雱"。此馆职，即王安石《题旁诗》题下注"正字"，即秘书省正字，宋初寄禄官名；元丰改制后，秘书省自正字以上省官，也称馆职。如《续资治通鉴长编》卷四百零八载："元祐三年春正月庚戌，校书郎王伯虎权知饶州，正字邓忠臣权通判瀛州。谏官韩川言二人不堪馆职之选故也。"③ 据《续资治通鉴长编》卷四百九十一所载，王旁于哲宗绍圣二年十月三日为秘书省正字。因王旁素患心疾，此项任命被奉议郎、权通判通远军李深批评为出自宰相私意，盖其时尚书左丞蔡卞为王安石之婿，而知枢密院曾布之妹为王安石弟王安国妻。

　　然则王旁卒于何年？余嘉锡认为当在哲宗元符元年（1098）以前：

　　　　《曾公遗录》卷七曰：元符二年（1099）五月甲辰，余言王安石

---

① 《续资治通鉴长编》卷四百八十五，中华书局 2004 年版，第 11521 页。
② 《续资治通鉴长编》卷四百九十一，中华书局 2004 年版，第 11673 页。
③ 《续资治通鉴长编》卷四百零八，中华书局 2004 年版，第 9919 页。

家，陛下自绍圣以来恤之甚至。然子雱（应为旁）乍得馆职，不幸早死。又蒙赐第，然安石止有一妻，寓蔡卞家，今已七十五岁，零丁孤老，至亲惟一弟吴畴，安石妻欲得一在京差遣。上曰：与一在京差遣。遂除编一司敕删定官。曾布所言，雱得馆职，即指绍圣初王旁为正字事，雱亦旁之误也。据《宋史·徽宗纪》，赐故相王安石第在元符元年九月。曾布叙赐第于王旁死后，是旁死在元符元年之前矣。①

按，余考证近是，但未确。曾布明言"乍得馆职，不幸早死"，盖谓王旁绍圣二年十月三日甫为正字不久，便死矣。上引《续资治通鉴长编》卷四百八十五载，绍圣四年夏四月："戊子……殿中侍御史陈次升言：'臣……谨按，居中弟久中，故秘书省正字王旁之婿也。'"故王旁当卒于哲宗绍圣二年十月至绍圣四年（1095—1097）夏之间。

王旁生一子一女。子王桐，娶郑氏为妻，生子王璹、王珌。《宋会要辑稿·职官五四》："（宣和）三年二月二十二日，故承事郎、直龙图阁王桐妻宜人郑氏奏：'二男璹、珌并幼失所。昨奉御笔，璹差管勾万寿观，珌差管勾江宁府崇禧观。今宫观并依元丰法先次放罢，窃念妾家贫，二子并幼，遽罢俸禄，见无所归。伏望特许男璹、珌依旧宫观。'诏：王璹、王珌为系王安石之孙，特与宫祠，不得援引为例。承事郎王璹管勾江州太平观，王珌管勾建州武夷山冲祐观。"② 据此，则王桐亦早逝。王旁之女，所嫁未详，徽宗宣和四年九月，与王雱之女各进封号一等，《皇宋通鉴长编纪事本末》卷一百三十"推尊王安石"载："（王安石）曾孙璹、珌并转宣义郎。孙女二人，各进封号一等。"③

由于王旁患有心疾，仕宦不显，兼以中年即卒，所以现存宋人史传、笔记中绝少提及王旁这一支的后裔情况。笔者近因披览南宋文集，发现晁公遡《新刊嵩山居士文全集》卷五十四《王少卿墓志铭》，完整地记述了王旁一支的谱系，现引如下：

---

① 余嘉锡：《四库提要辨证》，中华书局1980年版，第1067页。
② 《宋会要辑稿·职官五四》，上海古籍出版社2014年点校本，第4486页。
③ 《皇宋通鉴长编纪事本末》卷一百三十，黑龙江人民出版社2006年版，第2188页。

公讳珏，字德全，姓王氏。……嗣子宜之录其行事以告于某，使铭其墓碑。某因得尽观公平生所为，而后益知公之于文公，犹苏氏之有威也，文公之名乃益暴白。呜呼！可谓孝矣。文公讳安石，守司空、赠太师。大父讳滂，奉议郎、秘书省正字。父讳桐，承事郎、直龙图阁，累赠特进。公始以文公追封舒王恩，授承事郎。绍兴二年，起家盐官县丞。……迁太府少卿。疾不能治事，遂以右中奉大夫、直敷文阁、提举台州崇德观。……隆兴二年闰十一月一日，卒于苏州宝华山之私第，年五十三。乾道元年五月十二日，葬于湖州乌程县雪水乡丘墓村屏风山之下。娶郑氏，赠令人，先公卒。男一人，宜之；女一人，未嫁。疾革，告宜之与其从子升之以事君行已者……夫使公之生也蚤，而及乎文公之时，文公必曰："吾家有由也，恶声其不闻焉？"①

此篇墓志，研究王安石的学者从未见征引。它清楚地呈现出王安石至王珏之子王宜之的五代血缘谱系，即王安石—王旁—王桐—王珏—王宜之。墓志中的"滂"，同"雱"，为"旁"之讹。盖如前所述，王旁卒时为秘书省正字，而王雱卒时则为天章阁待制，赠左谏议大夫，官职相去甚远。此当为版本刊刻传抄之讹，现存晁公遡文集最早版本乃清初抄本。另外，王安石弟安国之子"王斿"，字元龙，有时亦讹为"游"。② 殊不知，王安石家族王旁一辈，其名皆从"方"，如王雱、王旉、王防、旊等，从"氵"之"滂"断无可能。王安石孙辈则皆从"木"，如王棣、王桐；王安国长子王旊生子王朴，王安上长子王旂生子王棁等。③

根据此篇志，可确认王旁最终官至朝议郎、秘书省正字，王安石之孙王桐最终官至承事郎、直龙图阁。这与前引《宋会要辑稿·职官五四》所载"故承事郎、直龙图阁王桐"一致。同时，墓志也确认了（至正）

① 《宋集珍本丛刊》第45册，线装书局2004年版，第799页。

② 如陈师道《后山诗话》："王游，平甫之子。"明津逮秘书本。曾慥《类说》卷九："王游元龙云。"《文渊阁四库全书》本。

③ 可见《宋会要辑稿·选举三三》，上海古籍出版社2014年点校本，第5904页。

《金陵新志》卷十三下之上所载王安石后裔的正确无误："安石二子，雱封临川伯。雱子棣，字仪仲，显谟阁学士、右中大夫。开德府路经略安抚使。建炎三年，金人攻澶渊，死于城守。诏赠资政殿大学士。雱弟旁，旁生桐，桐生璹、珏。"① 另外，杜大珪《名臣碑传琬琰集》下卷十四《王荆公安石传》谓王安石"绍圣初，谥文公，配享神宗庙廷，用子旁郊祀恩，赠太师"，史无他征，而于此篇墓志中可得印证。

王桐二子为王璹、王珏。此篇墓志的墓主即王珏，字德全，官至右中奉大夫、直敷文阁。墓志谓王珏卒于孝宗隆兴二年（1164）闰十一月，享年五十三，则王珏当生于徽宗政和元年（1111），其父王桐当卒于政和、宣和年间。王珏也是杭本《临川先生文集》的刊刻者。

二

除上述外，宋代笔记中也存有若干关于王安石后裔的逸闻趣事。考虑到笔记文体的复杂性、多样性，对这些记载必须谨慎对待，不宜一概视为实录。它们根据笔记作者的政治立场、时代先后、史料来源等，大致可分为三类。

第一类笔记作者为熙宁变法的反对派，以批评、讽刺的基调来叙述王安石后裔——主要是王雱，在变法中的负面作用，如《涑水纪闻》《司马光日记》《邵氏闻见录》等。这些记载，南宋以后开始以"信史"面目呈现。

笔记、正史所载王安石后裔情况之比较

笔记	正史
介甫使徐禧、王古按秀狱，求惠卿罪不得，又使塞周辅按之，亦无状迹。王雱危之，以让练亨甫、吕嘉问，亨甫等请以邓绾所言惠卿事杂他书下秀狱，不令丞相知也。惠卿素加恩结堂吏，吏遽报惠卿于陈州。惠卿列言其状，上以示介甫，介甫对无之。归以问雱，乃知其状。介甫以	（熙宁八年九月辛巳）于是绾受其言，因劾惠卿与若济交结状。绾借若济以攻惠卿，盖王雱意也。② （熙宁八年十二月庚寅）江南西路转运判官、太子中允、直集贤院吕升卿落职，降授太常寺太祝、监无为军酒税。……初，升卿

① 《宋元方志丛刊》，中华书局 1990 年版，第 5857 页。
② 《续资治通鉴长编》卷二百六十八，中华书局 2004 年版，第 6571 页。

续表

笔　记	正　史
咎雱，雱时已寝疾，愤怒，遂绝。介甫以是惭于上，遂坚求退。苏充云。①	于上前言练亨甫以秽德为王雱所昵，且曰："陛下不信，臣有老母，敢以为誓。"于是台谏言："王安国非议其兄，吕惠卿谓之不悌，放归田里。今升卿对陛下亲诅其母，比安国不既重乎！"于是重责之。升卿亲诅其母，此据《司马光记闻》。③
吕升卿于上前言练亨甫以秽德为王雱所昵，且曰："陛下不信臣言，臣有老母，敢以为誓。"于是台谏言："王安国非议其兄，吕惠卿谓之不悌，放归田里。今升卿对陛下亲诅其母，比安国罪不尤重乎？"有旨：升卿罢江西转运副使，削中允，落直集贤院，以太祝监无为军酒税。时熙宁八年十二月也。王得臣云。②	（熙宁九年六月己酉）太子中允、天章阁待制王雱卒，年三十三，赠左谏议大夫。……雱性刻深喜杀，常称商君以为豪杰之士，每劝安石诛不用命大臣，而安石不从也。……及与惠卿交恶，使人告发吕氏奸利事，皆自雱发之。④
雱者，字元泽，性险恶。凡荆公所为不近人情者，皆雱所教，吕惠卿辈奴事之。荆公置条例司，初用程颢伯淳为属。伯淳贤士，一日盛暑，荆公与伯淳对语，雱囚首跣足，手携妇人冠以出，问荆公曰："所言何事？"荆公曰："以新法数为人沮，与程君议。"雱箕踞以坐，大言曰："枭韩琦、富弼之头于市，则新法行矣。"荆公遽曰："儿误矣。"伯淳正色曰："方与参政论国事，子弟不可预，姑退。"雱不乐去，伯淳自此与荆公不合。祖宗之制，宰相之子无带职者，神宗特命雱为从官，然雱已病，不能朝矣。⑤	华亭狱久不成，雱以属门下客吕嘉问、练亨甫共议，取邓绾所列惠卿事，杂他书下制狱，安石不知也。省吏告惠卿于陈，惠卿以状闻，且讼安石曰：……又发安石私书曰"无使上知"者。帝以示安石，安石谢无有，归以问雱。雱言其情，安石咎之。雱愤恚，疽发背死。 （雱）为人慓悍阴刻，无所顾忌……安石更张政事，雱实导之，常称商鞅为豪杰之士，言不诛异议者法不行。安石与程颢语，雱囚首跣足，携妇人冠以出，问父所言何事。曰："以新法数为人所阻，故与程君议。"雱大言曰："枭韩琦、富弼之头于市，则法行矣。"安石遽曰："儿误矣。"⑥

　　王雱去世后，未见有行状传世，其自撰墓志铭也相当简略。以上笔记记载均得之传闻，其作者司马光、邵伯温与言者苏充、程颢政治立场都属旧党。"囚首跣足，手携妇人冠以出"，"箕踞以坐，大言曰"等刻画出王雱年少轻狂、无知肤浅的形象；《涑水记闻》则叙述了他在新党分裂中所起的恶

　　①　司马光：《涑水记闻》卷十六，中华书局1989年版，第312页。

　　②　同上书，第314页。

　　③　《续资治通鉴长编》卷二百七十一，中华书局2004年版，第6635页。

　　④　《续资治通鉴长编》卷二百七十六，中华书局2004年版，第6751页。

　　⑤　《邵氏闻见录》卷十一，中华书局1983年版，第120页。

　　⑥　《宋史》卷三百二十七《王安石传》附《王雱传》，中华书局1977年版，第10549、10551页。

劣作用及亲昵同性的"秽德"。它们的真实性已无从考究,但重要的是,《续资治通鉴长编》和《宋史》在叙述王安石、吕惠卿交恶过程时,分别采纳了以上记载,使它们冠冕堂皇地从私人传闻"升级"为正史,获得了前者不可企及的叙事权威,深刻地影响、制约了后世对王雱及新党的认知。

第二类对王安石后裔进行恶意中伤,诽谤诋毁,甚至托之鬼神报应,荒谬无稽。此类记载也主要集中于王雱:

> 雱死,荆公罢相,哀悼不忘,有"一日凤鸟去,千年梁木摧"之诗,盖以比孔子也。荆公在钟山,尝恍惚见雱荷铁枷杻如重囚,荆公遂施所居半山园宅为寺,以荐其福。后荆公病疮良苦,尝语其侄曰:"亟焚吾所谓《日录》者。"侄绐公,焚他书代之,公乃死。或云:"又有所见也。"①

> 张靖言:荆公在金陵未病前一岁,白日见一人上堂再拜,乃故群牧吏,其死也已久矣。荆公惊问:"何故来?"吏曰:"蒙相公恩,以待制故来。"荆公怆然问雱安在,吏曰:"见今未结绝了,如要见,可于某夕幕庑下,切勿惊呼,唯可令一亲信者在侧。"荆公如其言,顷之,见一紫袍博带据案而坐,乃故吏也。狱卒数人枷一囚自大门而入,身具桎梏,曳病足立廷下,血污地,呻吟之声殆不可闻,乃雱也。雱对吏云:"告早结绝。"良久而灭。荆公几失声而哭,为一指使掩其口。明年,荆公薨。靖,公门人,其说甚详。②

> 舒王一日与叶涛坐蒋山本府,一牙校来参,公问来意,其人乞屏左右,言:"昨夕梦至阴府,见待制带铁枷良苦,令某白相公,意望有所荐拔。某恐相公不信,迟疑间,待制云:但说某时某处所议之事,今坐此备受惨毒。"公悟其事,不觉大恸。公既薨,有武弁死而复苏,言:"王氏父子皆铁枷,窃问何罪,曰缘曾议复肉刑致此。"乃与前校之梦略同。今士大夫往往皆知之。③

---

① 《邵氏闻见录》卷十一,中华书局1983年版,第121页。

② (宋)孙升:《孙公谈圃》卷中,《全宋笔记》第二编第一册,大象出版社2006年版,第154页。

③ (宋)方勺:《泊宅编》卷中,中华书局1983年版,第89页。

以上故事明显来自道听途说，以讹传讹，荒谬之处不烦考辨。故事生成的逻辑是因果报应，即王安石变法祸国殃民，以致子嗣去世后在阴间受到冥报，备受捶楚。只是，它们虽未入正史，却在南宋以后的通俗文化中进一步得到演绎，层层积累，越来越离奇夸张，最终成为话本小说、稗官野史的上佳素材，如《拗相公》等，其流传之广、影响之大，则不逊正史。

第三类笔记最具考证价值。其作者或与王安石父子关系密切，或与王氏后裔有过接触、交往，或对熙宁变法持有不同程度的同情、理解等。它们记载了作者的亲见亲闻，保存了王氏后裔的可贵材料，可与文集、《宋会要辑稿》所载相互印证、补充。

（1）保存佚文。释文莹《玉壶清话》卷第五：

> 元泽病中，友人魏道辅泰谒于寝，对榻一巨屏，大书曰："宋故王先生墓志。先生名雱，字元泽，登第于治平四年，释褐授旌子尉。起身事熙宁天子，裁六年，拜天章阁待制，以病废于家"云。后尚有数十言，挂衣于屏角，覆之不能尽见。此亦得谓之达欤？①

南宋尤袤《遂初堂书目》著录有《王元泽集》，郑樵《通志》卷七十著录为四十卷，已佚。《玉壶清话》这条记载保存了王雱的自撰墓志，颇能见出他豁达张扬的性格，很是珍贵。

（2）一些笔记呈现出王雱多面、立体的形象，与史传迥异，丰富了后世对王雱的认知。众所周知，《宋史》卷三百二十七《王安石传附王雱》对王安石父子的记载相当偏颇，"尽取变法反对派的伪造诋诬之辞，而且尽出反对派所作之私书、杂史"②。其史料来源主要是绍兴本《神宗实录》（与《东都事略》卷七十九《王雱传》同）、司马光《涑水记闻》、邵伯温《邵氏闻见录》、林希《林希野史》。这四种史源对熙宁变法均持否定立场，

---

①　释文莹：《玉壶清话》卷五，中华书局1984年版，第55页。

②　裴汝诚：《论宋、元时期的三个王安石传》，《半粟集》，河北大学出版社2000年版，第123页。

故《宋史·王雱传》描述王雱的词语也多为负面，呈现出的王雱形象，相当恶劣。如刻画其性格，则"为人慓悍阴刻，无所顾忌"；叙述其仕途，则以诡计谋取清要之职："时安石执政，所用多少年，雱亦欲预选，乃与父谋曰：'执政子虽不可预事，而经筵可处。'安石欲上知而自用，乃以雱所作策及注《道德经》镂板鬻于市，遂传达于上。邓绾、曾布又力荐之，召见，除太子中允、崇政殿说书。"凸显其狂妄、嗜杀、秽德，则曰"常称商鞅为豪杰之士，言不诛异议者，法不行"；"雱囚首跣足，携妇人冠以出"等。

与之相反，从一些宋人笔记中可以发现另外一种截然不同的王雱形象。他少年聪慧，才华过人："数岁时，客有以一獐一鹿同笼以问雱：'何者是獐？何者为鹿？'雱实未识，良久对曰：'獐边者是鹿，鹿边者是獐。'客大奇之。"①"世传王元泽一生不作小词，或者笑之，元泽遂作《倦寻芳慢》一首，时服其工。"②同时又风骨竦秀，文质彬彬，知书达礼③，生活俭朴："王舒公介甫……既出，挈其家且登舟，而元泽为从者误破其颒面瓦盆，因复命市之，则亦一瓦盆也。其父子无嗜欲，自奉质素如此，与段文昌金莲华濯足大异矣。吾得之于鲁公。"④

（3）有些记载可为史传补充细节，提供另外一种解读的视角，丰富历史场景。如《续资治通鉴长编》卷二百二十八载神宗熙宁四年（1071）十一月：

> 癸巳，太子中允、崇政殿说书王雱言："蒙差押赐父安石生辰礼物。旧例，有书送物，赴阁门缴书，申枢密院取旨，出札子许收，兼下榜子谢恩。缘父子同财，理无馈遗，取旨谢恩，一皆伪诈。窃恐君臣、父子之际，为理不宜如此。臣欲乞自今应差子孙、弟侄押赐，并不用例。"从之。⑤

---

① （宋）沈括、胡道静：《梦溪笔谈校证》卷十三，上海古籍出版社1987年版，第466页。
② （宋）陈善：《扪虱新话》卷九，《全宋笔记》第五编第十册，大象出版社2012年版，第74页。
③ 可见王铚《默记》卷下，中华书局1981年版，第45页。
④ （宋）蔡絛：《铁围山丛谈》卷三，中华书局1983年版，第49页。
⑤ 《续资治通鉴长编》卷二百二十八，中华书局2004年版，第5544页。

　　然据《清波杂志》卷七载："王荆公当国，值生日，差其子雱押送礼物。雱言……至当之论，后皆遵行。顷见老先生言：此出荆公意，奏检亦公笔，特假雱名尔。"①《清波杂志》的作者周煇曾祖与王安石为中表，所记应有一定可信性。又如《三经新义》均署王安石之名，然据蔡絛《铁围山丛谈》卷三所载，则其中唯《周礼新义》为王安石亲手笔削，《尚书新义》《诗经新义》多出王雱及门弟子。② 又如魏泰《东轩笔录》载越州僧愿成以咒止王雱小儿夜啼，雱遂荐之于章惇，惇遣愿成入南江受降。李焘在叙述章惇熙宁五年讨南江蛮时，便将此条纳入附注中，聊备一说。③

　　（4）有些笔记所载虽零星散碎，对王氏后裔只是偶尔提及，不成片段，但也因不涉个人对王氏后裔的褒贬而比较客观，吉光片羽，可拾遗补阙，有裨考证。如王雱娶妻萧氏，《临川先生文集》中不载，仅《宋会要辑稿·礼六三》所引王雱之女奏状提及。而曾敏行《独醒杂志》卷二载："王荆公在相位，子妇之亲萧氏子至京师，因谒公。"④沈括《梦溪笔谈》卷二十："渤乃丞相荆公姻家，是时丞相当国。"⑤ 据此可推测，王雱之妻可能是萧渤之女。王安石与萧渤年岁相若，曾为其母撰墓志铭。⑥ 其他如陆游《老学庵笔记》载王璹于高宗绍兴年间，献家藏神宗所赐王安石之玉带；⑦洪迈《夷坚志》载王衍之、王宜之（即王珏子）寓居湖州、吴门宝华山等逸事，则提供了南渡以后王安石第四代后裔的珍贵线索。⑧

　　第四类，最初记载本无错误，但因"雱""旁"字形相近，以致版本刊刻流传时"旁"字讹为"滂"或"雱"（二字同）。于是王旁的事迹被强加在王雱名下，久而久之，王旁事迹及其后裔遂泯没不彰。这主要体现在宋代笔记对王旁出妻的记载。《东轩笔录》卷七：

①　（宋）周煇：《清波杂志》卷七，刘永翔校注，中华书局 1994 年版，第 281 页。
②　参见（宋）蔡絛《铁围山丛谈》卷三，中华书局 1983 年版，第 58 页。
③　参见《续资治通鉴长编》卷二百四十一，中华书局 2004 年版，第 5875 页。
④　（宋）曾敏行：《独醒杂志》卷二，上海古籍出版社 1986 年版，第 12 页。
⑤　《梦溪笔谈校证》，上海古籍出版社 1987 年版，第 653 页。
⑥　参见《临川先生文集》卷一百《寿安县太君李氏墓志铭》。
⑦　参见（宋）陆游《老学庵笔记》卷七，中华书局 1979 年版，第 97 页。
⑧　参见（宋）洪迈《夷坚支庚》卷三、卷五，《夷坚志》，中华书局 2006 年版，第 1153、1173 页。

　　王荆公之次子名雱，为太常寺太祝，素有心疾。娶同郡庞氏女为妻，逾年生一子，雱以貌不已，百计欲杀之，竟以悸死，又与其妻日相斗哄。荆公知其子失心，念其妇无罪，欲离异之，则恐其误恶声，遂与择婿而嫁之。是时，有工部员外郎侯叔献者，荆公之门人也，取魏氏女为妻。少悍，叔献死而帷薄不肃，荆公奏逐魏氏妇归本家。京师有谚语曰："王太祝生前嫁妇，侯工部死后休妻。"①

　　前引《与耿天骘书》知王安石次子王旁之妻曾嫁人，耿天骘因问及续娶等事。《东轩笔录》的作者魏泰与王安石父子关系比较密切，绝无将王雱、王旁搞混之可能，且笔记明言"王荆公之次子"，则现通行本（明刻本）中之"雱"为刊本传抄流传之讹必也。孔平仲《谈苑》卷一（民国景明宝颜堂秘籍本）所载事迹略同，"雱"正作"旁"：

　　王旁，丞相舒公之子，不惠，有妻未尝接，其舅姑怜而嫁之，雱自若也。侯叔献再娶而悍，一旦而献卒，朝廷虑其虐前夫之子，有旨出之，不得为侯氏妻。时京师有语云：王太祝生前嫁妇侯，兵部死后休妻。②

　　此外，宋代笔记《渑水燕谈录》卷十（清知不足斋丛书本）、彭乘《墨客挥犀》卷三、《倦游杂录》告示亦载此事，或作"雱"，或作"滂"，恐均为版本刊刻之讹。当然，也有可能是作者擅改"旁"为"雱"，蓄意将王旁事迹移花接木至王雱身上，加以诬蔑。洎至明代，诸笔记小说更不辨真伪，贸贸然将所载此事的宋代笔记中"王滂"或"王雱"，径自转抄为"王元泽"。如何良俊《语林》卷二十八："王元泽有心疾，与妻未尝接，荆公怜而嫁之。"蒋一葵《尧山堂外纪》卷五十："王元泽有心疾，与

_____

　　① （宋）魏泰：《东轩笔录》卷七，中华书局1983年版，第76页。
　　② 按，四库本《孔氏谈苑》云："王雱，丞相舒公之子。"余嘉锡考辨"雱"当为"旁"颇精审，见《四库提要辨证》卷十七，第1062—1068页。然余所考乃劣本，据民国景明宝颜堂秘笈本，则本作旁，不误。

妻未尝接，荆公怜而嫁之。"清代姚范《援鹑堂笔记》卷四十七载："（《临川晏氏谱序》）又云：'王荆公子孙，四十年前在金陵，尝见一二人，今祠下亦有三人耳。'按，荆公自元泽之亡，无他子姓，雱亦无子。"姚氏号称考证精审，此处明明有疑，却不详究而遽下断语，或因荆公无后之先见早已横亘心中作祟之故。从此以后，各种笔记小说等递相祖述，抄来抄去，王雱心疾、出妻等事迹遂确立为固定的文本，一直流传至清末民初，不可移矣。王安石次子王旁的相关事迹及子嗣谱系，也随之湮没无闻。

除二子外，王安石尚有二女。长适吴充之子吴安持，曾巩《仁寿县太君吴氏墓志铭》："孙女九人，长适解州安邑县主簿徐公翊，次许嫁太庙斋郎吴安持，余尚幼。"生子吴侔，徽宗朝因谋反被诛，牵连其母太平州羁管。①

小女适蔡卞。王安石《寄吴氏女子》诗李壁注云："介父二女。长适吴安持，宝文阁待制。"又《示元度》诗李注云："蔡卞，字元度，兴化军仙游人……公以女妻之。"②此二女均能诗，宋人笔记中这方面的记载颇夥，沈松勤、汤江浩等论述颇详③，兹不赘。

综上所述，王安石的后裔谱系如下：

王安石、妻吴氏—长子王雱、妻萧氏—过继子王棣—王珫—王衍之
　　　　　　　　　—女，适吕安中

　　　　　　　—次子王旁、妻庞氏—王桐、妻郑氏—长子王璹—王升之
　　　　　　　　　　　　　　　　　　　　　—次子王珏—王宜之
　　　　　　　—女，适郑久中

　　　　　　　—长女，适吴安持—吴侔

　　　　　　　—小女，适蔡卞　—蔡因

①　参见《王荆文公诗李壁注》卷四十三《赠外孙》之李壁注，上海古籍出版社 2010 年版，第1140 页。也可见汤江浩《北宋临川王氏家族及文学考论》，博士学位论文，福建师范大学，第 240 页。

②　（宋）王安石、李壁：《王荆文公诗笺注》卷一，上海古籍出版社 2010 年版，第 19、23 页。

③　参见汤江浩《北宋临川王氏家族及文学考论》，博士学位论文，福建师范大学，第 241、245 页。

《家世旧闻》版本补议

——兼议陆游家世诗数量稀少的原因

中国社会科学院文学研究所　张　剑

　　陆游（1125—1210），字务观，号放翁，晚号龟堂老人，越州山阴（今绍兴）人，我国著名文学家、史学家、伟大的诗人。《家世旧闻》是陆游所著的一部具有重要史料价值的笔记，共上、下两卷，但长期以来，仅以节本或钞本形式流传于较小的圈子内，其全貌罕为世人所知。如《说郛》卷四十五收录《家世旧闻》一卷，仅八则；汲古阁刻本亦仅一卷八则①。明代苏州袁褧（1502—1547，字永之）收藏过钞本二卷，已佚，仅有过录本留存，今藏中国台湾地区"国家图书馆"；另外，中国国家图书馆藏有明穴砚斋钞本二卷，亦足本，北京大学所藏李盛铎本即以之景钞；中国科学院图书馆藏萃闵堂正副钞本皆二卷，似亦从穴砚斋本辗转钞出。20世纪90年代，孔凡礼先生以穴砚斋钞本为底本将《家世旧闻》点校整理出版②，该书整体价值及版本状况始渐为人所知。但其中仍不乏可发之覆，今先就其版本部分补议如下。

一

　　较早对《家世旧闻》版本源流予以系统梳理的，当是孔凡礼先生。早

---

　　① 《家世旧闻》节本的版本流传情况，参见吴珊珊《〈家世旧闻〉研究》（硕士学位论文，华东师范大学，2007年），兹不赘述。

　　② 孔凡礼点校：《西溪丛语　家世旧闻》，中华书局1993年版。

在 20 世纪 50 年代末，他已发现藏于国家图书馆的明穴砚斋本《家世旧闻》，并将之与此前抄录的北京大学图书馆藏景钞穴砚斋本《家世旧闻》相互校核。孔先生自言"把对于从事校勘工作所应具备的小心谨慎提到了虔诚的高度，甚至可以说带有几分庄严……我一个字、一句的核对。惟恐有遗漏……一共核对了三次"①，因此该点校本质量很高。孔先生对此发现也极为自得，陆续发表了一系列文章揭示该书版本源流及价值：《一部久秘不宣的陆游著作》（《文学遗产》1993 年第 1 期）、《家世旧闻流传的经过及其他》（《家世旧闻》点校本自序，后收入《孔凡礼古典文学论集》，学苑出版社 1999 年版）、《庆贺陆游的〈家世旧闻〉整理出版》（《书品》1994 年第 2 期）、《〈家世旧闻〉是宋代史料笔记珍品》（《古籍整理出版情况简报》1994 年第 8 期）、《再谈〈家世旧闻〉是史料笔记中的珍品》（《文史知识》2005 年第 11 期）。但是，由于孔先生没有条件看到台湾地区所藏的两卷足本，也留下了不少遗憾。

孔校本出版后，王水照先生随即发表《读中华版〈家世旧闻〉》（《书品》1995 年第 1 期），不仅肯定孔校本的"有功之举"，而且为大陆学界介绍了台湾所藏的两卷足本：

> 此书在台湾"中央图书馆"尚藏有钞本一部，上、下两卷，共 62 页，每半页 9 行，每行 18 字，无界栏及中缝字，楷体工录。此本最后亦有何焯跋语云："乃六俊袁氏故物"，知同是袁袠藏本的另一过录本。又据首尾各有一"吴兴张氏珍藏"、"希逸藏书"长方印，知曾为吴兴人张珩（字葱玉，号希逸）所藏。此张珩藏本（简称张本）虽与穴砚斋本等均自袁袠藏本所出，但因钞写工整，保存完好，实比穴砚斋本优胜，具有很高的校勘价值，可供参酌之处甚多。

王先生随文列举二十余例两本差异之处，并就其得失做了简要点评，探骊得珠，其价值不减孔凡礼先生当年发现之功。由于王先生是据孔校本

---

① 孔凡礼：《庆贺陆游的〈家世旧闻〉整理出版》，《书品》1994 年第 2 期。

比勘张珩藏本，未看到穴砚斋原钞本，因此所举之例有些系孔校本整理者之误，而非穴砚斋本之误。因此将穴砚斋本、孔校本、张珩藏本重新对勘一遍，也许不无意义。

另外，孔凡礼先生虽就穴砚斋本写过系列文章，但都重于内容介绍而疏于版本描述，在此也有必要做一点补充：穴砚斋据沈曾植《海日楼题跋》卷三"穴砚斋藏王雅宜小楷千文真迹册后"条，考证为明万历年间无锡秦柱（1536—1585）斋名。秦氏多藏书，擅书法，穴砚斋钞本皆为端楷缮写，精妙严整，但传世稀少。近人邓邦述（1868—1939）曾藏有二十余种，大部分于1927年售给"中研院"，后转藏于中国台湾地区"国家图书馆"（原"中央图书馆"），《家世旧闻》则是售余之一种，今藏于中国国家图书馆①。该本两卷，正文计三十九页（卷上十八页，卷下二十一页），每半页十二行，行二十一字，字迹间见虫蛀，卷下尤甚，虫蛀处常有浮签粘于页眉，约十余条，皆为对虫蛀处缺字的揣测校补之语，观笔迹似为邓邦述手书，正文字旁偶有补字或删乙符号，难以断定是原钞如此还是后人所为。该本与张珩藏本行款版式有较大不同，其源自何本，尚待进一步探讨。

孔校本附录有《藏园群书经眼录》中所收的何焯的一则跋语：

> 放翁《家世旧闻》上下二卷。康熙辛卯春，余偶从雍熙寺西泠摊得之，袁永之家故物。汲古斧季十丈惊云："先人求之终身不得，何意近在郡城尚有完本！"从余借传，欲开雕而未果。此则止于掇拾丛残耳。戊戌冬夜，焯偶记。

跋中说的是毛晋当年刻《家世旧闻》，只找到丛残数篇，后来何焯得到两卷足本，使毛晋之子毛扆（字斧季）大为惊讶，借钞欲刻而未果，何焯有感此事，跋于毛晋原来所刻的《家世旧闻》之后。由于孔凡礼先生将之附录于穴砚斋整理本中，后人多有误认穴砚斋本亦袁氏故物者。其实，只有何焯所得的两卷钞本能明确为袁氏故物，因为以之为祖本的张珩藏本

---

① 参见冀淑英《关于穴砚斋钞本》，《沈兼士先生诞生一百周年纪念论文集》，紫禁城出版社1990年版。

文末，也过录有何焯的跋语：

> 陆放翁《家世旧闻》二卷，乃六俊袁氏故物，恨笔生太拙于书耳。辛卯春，从雍熙寺西泠摊得之。汲古毛十丈见而惊喜："不谓此书人间尚有全本也。"余家书最寡陋，独此乃可以夸于十丈，真仅有之事，因识之。焯。

此跋与何焯跋于汲古阁刻本后的文字多有不同，文中并未提及毛扆传钞欲刻之事，当系先写之跋。

除附录资料易使人混淆外，孔校本未妥处主要有四个方面：一是将邓邦述校语径作原本正文，然邓之校语有时并不准确；二是或将虫蛀处视为原本无字，或将虫蛀仅剩半边之字视为独立之字；三是无视正文中的删乙符号，对于补字有时入原本正文，有时又予省略；四是难免一些校勘的衍脱错讹。以下以表格方式先列举孔校本未妥处，再列举穴砚斋本（以下简称"穴本"）与张珩藏本（以下简称"张本"）的文字差异，然后对二卷本《家世旧闻》版本流传情况略做总结。

为便观览，对比时仍沿孔校本页码及条目；孔校本提到的北京大学藏景钞穴砚斋本和社会科学院图书馆（实际应为中国科学院图书馆）藏萃闵堂钞本，本文分别简称"北大本"和"萃闵本"；穴本正文某字旁有删除符号（三点）者，本文代之以双删除线；穴本虫蛀字而本文据张本复原者，则加方框以示区别。

二

穴本不误而孔校本未妥处：

孔校本页码/条目	孔校本	穴　本	说　明
第179页卷上第9条	次任奉敕监饶州茶盐务	次任奉敕监敕州茶盐务	穴本第2处"敕"字显误，然孔校本改"敕"为"饶"，未见依据。按张本、北大本、萃闵本此处亦作"敕"

续表

孔校本页码/条目	孔校本	穴 本	说 明
第180页卷上第10条	直昭文阁馆陆某	直昭文阁馆陆某	穴本"阁"字旁有删除符号,北大本、萃闵本同孔校本。孔校本校语云:"'阁'疑衍。"按穴本已有删除符号,当径删或于校记中说明。张本此处即作"直昭文馆陆某"
第181页卷上第15条	此吾家法也	此吾家家法也	孔校本脱一"家"字,按张本、北大本、萃闵本皆不脱
第183页卷上第21条	色极不乐	色极不乐曰	穴本"曰"字系小字补书于旁边。北大本、萃闵本同孔校本。孔校本校语云:"'乐'后疑脱去一'曰'字",按穴本、张本皆不脱
第185页卷上第28条	则并朝夕哭亦废		穴本、北大本"并"字皆小字补书于旁。张本即作"则并朝夕哭亦废"。萃闵本独无"并"字
第187页卷上第32条	必是出□在此	必是出处在此	按穴本"处"字为虫蛀大半,非空格,张本"处"字全。北大本、萃闵本同孔校本
第188页卷上第37条	与人交当有礼	与人交当有理礼	穴本"理"字旁有删除符号;张本无"理"字;北大本有"理"字。萃闵本改作"与人交当有礼,礼……"页眉校语:"原本上'理'下'礼',似有误。"孔校本云:"'礼'上原有'理'字,难通。《大典》引文无'理'字,今据删。"按孔校本未注意到删除符号
第188页卷上第37条	与舒信道、彭器资……	与舒道信、彭器资……	穴本"道信"两字有勾倒符号。孔校本校语云:"'信道'原作'道信',误,据《大典》改。"按孔校本未注意勾倒符号。北大本、萃闵本作"与舒道信、彭器资……"
第188页卷上第37条	束带竟	束带竟	孔校本校语云:"'竟'原作'意',因形致讹。"按穴本即"竟"而非"意"字。北大本误钞作"意"。萃闵本作"竟"
第190页卷上第43条	不以为意异也	不以为意异也	穴本"意"字旁有删除符号;张本无"意"字;北大本、萃闵本有"意"字。孔校本校语云:"'意'疑衍。"似未注意到穴本删除符号

续表

孔校本页码/条目	孔校本	穴 本	说 明
第 192 页卷上第 48 条	性能糜肉，一鼎之内，以貔一窗投之，旋即糜烂	性能糜肉，一鼎之肉，以此物一窗投鼎中，旋即糜烂	孔校本此处显误，疑混入《说郛》本文字。孔校本又云："'糜'原作'糜'，误。"按"糜"与"糜"通，有碎烂意，无须校改。按张本、北大本、萃闵本同穴本，惟张本"糜"作"糜"
第 194 页卷上第 53 条	寒唆之风	寒 畯 之风	穴本"畯"字左半微残，被孔校本误认作"唆"。按张本作"畯"，北大本、萃闵本作"唆"
第 194 页卷上第 56 条	李作义为楚公言	李作义赏为楚公言	孔校本、北大本此处脱"赏"字，按"赏"为"尝"之误，此处当补校。张本、萃闵本作"尝"字
第 196 页卷上第 62 条	操色幞头	操色幞头	按"幞头"虽通"幞头"，然孔校本后文作"幞头"而此处"幞头"，不统一，当据穴本改。北大本、萃闵本亦作"幞头"
第 204 页卷下第 7、8 条			穴本、北大本、张本皆作一条，不当分开
第 205 页卷下第 11 条	阿谀也、附会也	阿谀也附会也	穴本第一处"也"字有删除符号，当径删或出校记说明。张本"阿谀"后无"也"字。北大本同孔校本。萃闵本两"也"字皆脱
第 206 页卷下第 13 条	不至如是之薄	不至如此之薄	当据穴本改。按张本、北大本、萃闵本亦作"如此"
第 206 页卷下第 13 条	貌美类韩魏公	貌类韩魏公	当据穴本删"美"字。按张本、北大本、萃闵本此处同穴本
第 207 页卷下第 14 条	春风和泪过昭陵	春风吹泪过昭陵	当据穴本改"和"为"吹"。按张本、北大本、萃闵本此处同穴本
第 208 页卷下第 17 条	亦有题诗者曰	亦有题诗者云	当据穴本改"曰"为"云"。按张本、北大本、萃闵本此处同穴本
第 208 页卷下第 19 条	置讲议司及大乐	置讲议司，首及大乐	当据穴本添"首"字。按张本、北大本、萃闵本此处同穴本
第 209 页卷下第 19 条	艮盖年八百岁，谓之……	艮盖年八百，世谓之……	当据穴本改"岁"为"世"，并下属。按张本、北大本、萃闵本此处同穴本
第 209 页卷下第 20 条	去位后所作	去位后所作	穴本、北大本"所"字皆小字补书于旁。张本即作"去位后所作"。萃闵本无"所"字

续表

孔校本页码/条目	孔校本	穴 本	说 明
第 211 页卷下第 25 条			此条穴本上接第 24 条，按文意亦不于此处分条。张本、北大本、萃闵本同穴本
第 211 页卷下第 26 条	受命于天，既寿亿，永无极	受命于天既寿亿永无极	穴本"寿"字旁有删除符号。北大本同孔校本。张本此句作"天既亿，永无极"。萃闵本作"受天于命，既寿亿，永无极"
第 212 页卷下第 27 条	遂降诏御殿受之	遂 降诏 御殿受之	穴本"降诏"二字残，页眉浮签校语云："遂降诏御殿。"张本即作"降诏"。孔校本误将"诏"认作"诒"，且入正文，并出校记改"诒"为"诏"
第 212 页卷下第 28 条	皆安于外官	往往皆安于外官	当据穴本补"往往"。按张本、北大本、萃闵本此处同穴本
第 212 页卷下第 28 条	喘乃已	喘良已	按张本、北大本、萃闵本此处同穴本
第 213 页卷下第 30 条	亦编于图	亦编入图	当据穴本。按张本、北大本、萃闵本此处同穴本
第 213 页卷下第 30 条	耶律德光所盗上世宝玉	耶德光所盗上世宝玉	孔校本校语云："'律'原脱……今据《辽史》补'律'字。"按穴本、北大本、萃闵本皆脱律字，张本不脱
第 213 页卷下第 30 条	翕然称其□□	翕然称其 工云	按穴本"工云"二字残，但依稀可辨，并非空格。张本此处作"工云"。北大本、萃闵本同孔校本
第 214 页卷下第 34 条	楚公授礼、春秋	从楚公授礼、春秋	当据穴本补"从"字。按张本、北大本、萃闵本此处同穴本
第 214 页卷下第 34 条	安时妻与弟宽不相得	安时妻与弟宽妻不相得	按张本、北大本、萃闵本此处同穴本
第 214 页卷下第 34 条	能使之为成王而已	能使之为 成王 而已	孔校本云："'为成王'之'成王'二字，原为空格。"实穴本此两字残，但依稀可辨为"成王"，并非空格。北大本、萃闵本此两字为空格
第 215 页卷下第 34 条	吾见其妄作以祸天下矣而已	吾见其妄作以祸天下矣而已	穴本"矣"字有删除符号，当径删或出校记说明。按张本无"矣"字。北大本、萃闵本同孔校本
第 215 页卷下第 35 条	名在党籍也	名在党籍尔	北大本、萃闵本同穴本。按张本作"名在党籍耳"

续表

孔校本页码/条目	孔校本	穴　本	说　明
第215页卷下第35条	刘瑗、裴迪臣	刘瑗、裴彦臣	穴本"彦"字残，上有邓邦述眉批："'刘瑗'下大约是'裴迪臣'三字。"北大本同孔校本。孔校本据邓眉批径改，未妥，当出校。按此残字类"彦"不类"迪"。张本作"彦"，可据改。萃闵本此字为空格
第216页卷下第35条	太后亦崩矣	太后亦崩矣	孔校本校语云："'崩'原作'萌'，以形近致误，今改。"按穴本、萃闵本即作"崩"，张本同穴本。北大本"崩"作"萌"（萌）
第216页卷下第36条	渔稻之美	鱼稻之美	张本、北大本、萃闵本同穴本
第216页卷下第38条	楚公愿又曰	楚公愿叹曰	北大本、萃闵本同穴本。张本此处作"楚公顾叹曰"。穴本"顾"讹为"愿"，孔校本复讹"叹"为"又"
第217页卷下第39条	苏轼知扬州	苏轼知扬州	孔校本云："'扬'原作'扌'，今从《说郛》。"按穴本"扬"字残右边，故被误认为"扌"，实不误。张本此处作"扬"。北大本作"苏轼知扌州"。邓邦述此处页眉浮签校曰"苏轼知扌州"，大约此为北大本、孔校本致误之源。萃闵本此字为空格
第219页卷下第39条	自言谓之四世孙	自言谓四世孙	孔校本云："'之'原脱，据说郛补。"实此处无须补。张本、北大本、萃闵本此处同穴本
第219页卷下第39条	赠为少保	赠谓少保	孔校本云："'为'原作'谓'，据《说郛》改。"实此处言赠丁谓少保衔，不当改。张本、北大本、萃闵本此处同穴本
第219页卷下第39条	既喋水投符	既喋水投符	穴本"喋水"二字残，页眉有邓邦述浮签校语："既喋水投符。"按北大本作"既选水投符"。张本、萃闵本同孔校本
第219页卷下第39条	所荐进即拨擢	所荐进即拨擢	孔校本云："'荐进'，此二字原脱，据《说郛》补。"实此二字虫蛀而残，依稀可辨，并非脱文。张本此处作"荐进"，北大本此处作"荐□"。萃闵本"荐进"二字皆为空格

续表

孔校本页码/条目	孔校本	穴本	说明
第 219 页卷下第 39 条	辄据主府，已而……	辄据主 席 已而……	穴本"席"字残不可辨，邓邦述此处浮签校曰："辄据主府已而。"孔校本将邓之校语误作穴本正文。北大本、萃闵本同孔校本。按张本此处作"席"
第 219 页卷下第 39 条	宫中为之雷	宫中谓之雷	当据穴本改。张本、北大本、萃闵本此处同穴本
第 220 页卷下第 41 条	未贷吭颈戮	幸贷吭颈戮	按"未"当改作"幸"。张本、北大本、萃闵本亦作"幸"
第 221 页卷下第 41 条	喋喋狈与豺	喋血狈与豺	当据穴本改。张本、北大本此处同穴本。萃闵本作"喋血狼与豺"
第 221 页卷下第 43 条	□唐士宪……亦当□□今日之祸	使 唐士宪……亦当 能弭 今日之祸	穴本"使""能弭"三字残不可辨，然非空格。此据张本补。北大本、萃闵本同孔校本
第 222 页卷下第 45 条	终身常为筦库	终身常为筦库	孔校本校语云："'常'原作'尝'。"按穴本、北大本、张本、萃闵本皆作"常"，未见作"尝"
第 222 页卷下第 46 条	与孙汉公齐名	与孙汉公齐名	孔校本校语云："'汉'原作'灌'，误。"按穴本、张本、萃闵本皆作"汉"，不误。北大本作"灌"
第 222 页卷下第 46 条	谢希深绛特铨荐之	谢希 深判 铨，特荐之	穴本"深判"二字残，然非空格，孔校本所补未妥。此据张本补。北大本、萃闵本"深判"二字作空格
第 223 页卷下第 47 条	以伯父质肃公任，为试将作监主簿	以伯父质肃公，任为试将作监主簿	孔校本校语云："此处文字疑有脱讹……'任'或为'奏'之误。"按"任"可通，似不必出校。穴本、张本、北大本、萃闵本皆同
第 224 页卷下第 49 条	本朝当为相给	本朝 当以 相给	穴本"当以"二字残不可辨，邓邦述眉批"本朝当为相给"，孔校本据邓批改。今据张本补。北大本、萃闵本同孔校本
第 224 页卷下第 49 条	不忘其德	不亡其德	北大本、张本、萃闵本同穴本
第 224 页卷下第 49 条	惜乎其不见用也	惜乎不见用也	北大本、萃闵本、张本同穴本
第 225 页卷下第 51 条	盖以五月十七日为高帝忌日	盖以五月十七日为汉高帝忌日	当据穴本补"汉"字。按张本、北大本、萃闵本此处同穴本

续表

孔校本页码/条目	孔校本	穴本	说明
第 225 页卷下第 51 条	凡积一百九十一万六千三百六十三年	凡积一百九十 十三 万六千三百六十三年	穴本"十三"两字残不可辨，《老学庵笔记》及张本此处均作"十三"。北大本同孔校本。萃闵本此处空四格
第 225 页卷下第 51 条	二千三百九十四万九千 五百 九十一月	二千三百九十四万九千五百九十一月	孔校本校语云："'五百'二字原为空格，据《老学庵笔记》补。"按穴本此二字残，非空格，可据张本补"五百"。北大本此二字作空格。萃闵本此处空四格
第 225 页卷下第 51 条	七亿七百二十四万六千八百十五日	七亿七百二十四万六千八百十五日	孔校本误将"八十五日"衍为"八百十五日"，按张本、北大本、萃闵本此处同穴本
第 225 页卷下第 51 条	算外得五月朔日也，己酉	算外得五月朔日也己酉	穴本"也"字有删除符号，当径删或出校记说明。张本无"也"字。北大本、萃闵本同孔校本
第 226 页卷下第 52 条	至以为……	但至以为……	"但"字旁有删除符号。孔校本校语云："'至'上原有'但'字，衍，今删。"未注意到删除符号。北大本作"但至以为……"张本、萃闵本作"至以为……"
第 233 页附录邓邦述跋	家世旧闻，毛晋刻入放翁全集	家世旧闻，毛子晋刻入放翁全集	当据穴本补"子"字
第 233 页附录邓邦述跋	过毛氏所刊几二十倍云	过毛氏所刊行者几二十倍之	当据穴本
第 233 页附录邓邦述跋	仅得其皮与骨耳	仅得其皮与其骨耳	当据穴本

三

穴本与张本文字不同处：

孔校本页码/条目	穴 本	张 本	说 明
第 175 页卷上第 1 条	托言于邻家子曰	托言于其邻家子曰	
第 175 页卷上第 1 条	以故嵇公尤务为清修宽厚	以故嵇公尤胜务为清修宽厚	穴本优

孔校本页码/条目	穴　本	张　本	说　明
第 176 页卷上第 3 条	或食少山果	如食少山果	穴本优
第 176 页卷上第 3 条	已为便服矣	以为便服矣	张本优
第 176 页卷上第 4 条	亦有为县数任者	□有为县数任者	穴本优
第 176 页卷上第 4 条	公亦不求见而去	公卒不求见而去	张本优
第 177 页卷上第 6 条	锁厅试	锁厅试	穴本误，张本优。参王先生文
第 177 页卷上第 6 条	但谓多捷之徵	但谓克捷之徵	张本优
第 178 页卷上第 9 条	遍行告报盛度以下	遍行告报盛度已下	
第 178 页卷上第 9 条	具出身	其出身	按该条穴本"具出身"，张本皆为"其出身"，穴本优
第 178 页卷上第 9 条	乞具公文回报者	讫具公文回报者	张本优。按"讫"字当属上句
第 178 页卷上第 9 条	须是两任六考已上	须是两任六考以上	
第 179 页卷上第 9 条	一、次任奉敕差监饶州盐酒税。不经考，移就差。（在"三十六度差遣了当"一句后）		张本脱此句
第 179 页卷上第 9 条	两考并无责罚	二考并无责罚	
第 180 页卷上第 9 条	尚书度支员外郎	南书度支员外郎	张本误，穴本优
第 180 页卷上第 10 条	狱讼之间	狱讼之闻	
第 180 页卷上第 10 条	苟听断少乖于阅实	苟听断稍乖于阅实	
第 180 页卷上第 10 条	然实录、国史皆不载	然实录、国史不载	
第 181 页卷上第 13 条	意无屋庐	竟无屋庐	穴本误，张本优。参王先生文
第 182 页卷上第 16 条	每摅经以破后世之妄	每据经以破后世之妄	穴本误，张本优。参王先生文
第 182 页卷上第 19 条	哲庙语讫	哲庙语吃	张本误，穴本优
第 182 页卷上第 19 条	公度章相必为上为钱塘不合事	公度章相必为上尹钱唐不合事	
第 182 页卷上第 19 条	而小勾辄唦唦不已。小勾盖指臣也	而小勾辄唦唦不已。小勾盖指臣也	

续表

孔校本页码/条目	穴　本	张　本	说　明
第 183 页卷上第 21 条	但患言路无继之者耳	但悉言路无继之者耳	张本误，穴本优
第 184 页卷上第 22 条	而志则常在生民如此	而志常在生民如此	
第 184 页卷上第 23 条	与诸公不合	与诸公议论不合	张本优
第 185 页卷上第 27 条	秦陵终无嗣	泰陵终无嗣	张本优
第 185 页卷上第 27 条	因请其故	固请其故	穴本优
第 185 页卷上第 28 条	元丰中，庚申冬	元丰庚申冬	张本优。参王先生文
第 185 页卷上第 28 条	今俚俗初丧	今但俗初丧	张本误，穴本优
第 186 页卷上第 29 条	合换朝省郎	合换朝散郎	穴本误，张本优
第 186 页卷上第 29 条	非朝廷体	非朝廷休	张本误，穴本优
第 186 页卷上第 29 条	议遂格	议格	
第 187 页卷上第 32 条	既检	既检视	张本优。参王先生文
第 187 页卷上第 33 条	遍祷神祇	遍祷神祠	
第 187 页卷上第 35 条	朝士孰再贵	朝士孰贵	
第 188 页卷上第 37 条	尝记熙宁中	常记熙宁中	
第 188 页卷上第 37 条	必有一语	止有一语	张本优
第 188 页卷上第 37 条	束带意	束带竟	穴本误，张本优
第 188 页卷上第 37 条	如器资乃是	当如器资乃是	
第 189 页卷上第 39 条	不因试官火	不因试中火	
第 189 页卷上第 39 条	谅阴	亮阴	
第 189 页卷上第 40 条	遂以为谋逆	遞以为谋逆	张本误，穴本优
第 189 页卷上第 40 条	得无滥耶	得无滥也耶	穴本优
第 190 页卷上第 41 条	乃至数百策	乃至数百册	张本优
第 190 页卷上第 41 条	乃进本大者，而进表及元降旨挥……	乃进本大字，而进表及原降旨挥……	张本优
第 190 页卷上第 41 条	盖为内侍省亦称省	盖以内侍省亦称省	
第 190 页卷上第 41 条	遂改都知为知内侍省事、同知内侍省事	遂改都知为知内侍省事、副都知为同知内侍省事	张本优。参王先生文
第 190 页卷上第 43 条	忽见右□数十人	忽见左右数十人	张本优。参王先生文
第 190 页卷上第 43 条	笃意礼学	笃意礼乐	
第 191 页卷上第 44 条	宫车晏驾	宫车宴驾	

续表

孔校本页码/条目	穴 本	张 本	说 明
第 191 页卷上第 44 条	佛经云	佛经	
第 191 页卷上第 45 条	何以为士耶	何为士也	
第 191 页卷上第 46 条	驸马都尉玮之子	驸马都尉璋之子	张本误，穴本优
第 191 页卷上第 46 条	北虏遣金紫崇禄大夫	北虏遣金紫荣禄大夫	
第 192 页卷上第 46 条	洪基赐诗，答曰	洪基赐诗，答之曰	
第 192 页卷上第 46 条	妻刑	妻邢	张本优。参王先生文
第 192 页卷上第 47 条	特假此为丐恩泽尔	特借此为丐恩泽耳	
第 192 页卷上第 48 条	不以此卖之	不以此贵之	张本优
第 194 页卷上第 53 条	朝循之治为先，诵……	胡循之治为先君诵……	张本优。参王先生文
第 194 页卷上第 54 条	一过目尽能	一过目尽能记	张本优。参王先生文
第 194 页卷上第 56 条	李作乂赏为楚公言	李作乂尝为楚公言	张本优
第 195 页卷上第 56 条	若人主改过	若人改主过	穴本优
第 195 页卷上第 58 条	实受业，为仲修不第	实受业焉，仲修不第	张本优。参王先生文
第 196 页卷上第 61 条	柳氏训序	柳氏序训	穴本倒，张本优
第 196 页卷上第 62 条	辽人虽外窥中国礼文	辽人虽外窃中国礼文	
第 196 页卷上第 62 条	又回途闻其主丧	又西辽送使闻其主丧	
第 196 页卷上第 62 条	操色幞头	褾色幞头	
第 196 页卷上第 62 条	因从容摘话	因从容□语	按孔校本原文误作"与话"，校记作"与语"
第 202 页卷下第 1 条	和倡诗	倡和诗	张本优
第 202 页卷下第 3 条	是特使之身受祸也	是将使之身受祸也	
第 203 页卷下第 6 条	又颁五礼新仪	又班五礼新仪	穴本优
第 203 页卷下第 6 条	迎合者遂摩之	迎合者遂磨之	张本优。参王先生文
第 204 页卷下第 9 条	岂夷狄耶	岂夷狄也	
第 204 页卷下第 10 条	我是里堠	是我里堠	
第 205 页卷下第 11 条	识者皆愤黠胡	识者皆愤黠故	张本误，穴本优
第 205 页卷下第 12 条	称太师	称内太师	张本优
第 205 页卷下第 13 条	问贯、师成事用之由	问贯、师成用事之由	张本优。参王先生文
第 206 页卷下第 13 条	生己子外□者	生己于外舍者	张本优。参王先生文
第 206 页卷下第 13 条	京乃谓降旨有边功者	京乃请降旨有边功者	张本优

续表

孔校本页码/条目	穴　本	张　本	说　明
第 206 页卷下第 13 条	已而攀缘者多	已而攀缘者	穴本优
第 206 页卷下第 13 条	今为通侍大夫者比肩	今为通侍大夫比有	穴本优
第 207 页卷下第 15 条	霞独率其徒致祭	霞独牵其徒致祭	穴本优
第 207 页卷下第 15 条	谪居寓此寺	谪房寓此寺	张本误，穴本优
第 207 页卷下第 15 条	殷勤吹呗作三年	殷勤歌呗作三年	穴本优
第 207 页卷下第 16 条	今奈何自为之	今禁何自为之	张本误，穴本优
第 208 页卷下第 16 条	谁敢议	人谁敢议	张本优
第 208 页卷下第 17 条	先君亲受榜焉	先君亲书牓焉	穴本误，张本优
第 208 页卷下第 17 条	谁敢议	人谁敢议	张本优。孔校本校补后同张本
第 209 页卷下第 19 条	魏汉知津铸鼎作乐之法	魏汉津知铸鼎作乐之法	张本优。孔校本校改后同张本。按，穴本"津"字上似有勾倒符号，不确
第 209 页卷下第 19 条	乃常谈不足用	乃常谈不定用	穴本优
第 209 页卷下第 19 条	陈指之法	陈指尺之法	张本优。孔校本校补后同张本
第 209 页卷下第 19 条	会阮逸作黍律已成	会既逸作黍律已成	张本误，穴本优
第 209 页卷下第 19 条	是时神庙已近四十	是时仁庙已近四十	穴本误，张本优
第 209 页卷下第 19 条	协律郎	协律即	张本误，穴本优
第 209 页卷下第 20 条	有君难托一篇	有君难说一篇	张本误，穴本优
第 210 页卷下第 21 条	自此至没	自此至殁	
第 211 页卷下第 26 条	受命于天，既寿亿，永无极	天既亿，永无极	据《宋史》，当作："承天福，延万亿，永无极。"
第 212 页卷下第 26 条	谓八宝	谓之八宝	
第 212 页卷下第 26 条	为虫、鱼、鸟、兽、龙、蛇之形	为虫、鱼、鸟、兽、蛟龙之形	穴本优
第 212 页卷下第 26 条	经九寸	径九寸	张本优。参王先生文
第 212 页卷下第 27 条	遂 降诏 御殿受之	遂降诏御殿受之	张本优。穴本"降诏"二字残
第 212 页卷下第 27 条	杨康家功	杨康功家	张本优。孔校本校改为"杨康功家"

孔校本页码/条目	穴 本	张 本	说 明
第 212 页卷下第 28 条	盖其家习为正论	盖其习为正论	穴本优
第 213 页卷下第 29 条	别由高祖	则由高祖	
第 213 页卷下第 30 条	所至古冢剟凿殆遍	所至古冢创凿殆遍	穴本优
第 213 页卷下第 30 条	耶律光	耶律德光	张本优
第 213 页卷下第 30 条	翕然称其□□	翕然称其工云	张本优
第 213 页卷下第 31 条	漫取视	慢取视	穴本优
第 213 页卷下第 31 条	尝为游道姓字	尝为游道士人姓字	张本优
第 214 页卷下第 33 条	谓之曲谢。多者或至再三。余官则俟下殿，并再拜（在"而退"二字前）		张本脱此十九字。而于条末注："有两曲谢，欠一曲谢。"可知注者已知有脱文
第 214 页卷下第 34 条	安时不拘世俗如此	安时卓然不徇世俗如此	
第 215 页卷下第 35 条	公又请牓其章于朝堂	公又请牓其章朝堂	
第 215 页卷下第 35 条	正恐相及耳	正恐自及耳	
第 215 页卷下第 35 条	名在党籍尔	名在党籍耳	
第 216 页卷下第 35 条	又乞照洗安惇	又乞昭洗安惇	张本优
第 216 页卷下第 35 条	遂出致虚知均州	遂出致虚守钧州	穴本优
第 216 页卷下第 38 条	楚公愿叹曰	楚公顾叹曰	张本优
第 217 页卷下第 39 条	在钱塘常遇异人	在钱唐尝遇异人	
第 217 页卷下第 39 条	能知前来物	能知未来事	张本优。参王先生文
第 217 页卷下第 39 条	遣人往来求神翁字	遣人往求字	
第 217 页卷下第 39 条	泄慢堕地狱	池慢堕地狱	穴本优
第 217 页卷下第 39 条	遣人密问嗣	遣人密问圣嗣	
第 217 页卷下第 39 条	襄显	襃显	
第 217 页卷下第 39 条	语涉欺诞	敢涉欺诞	
第 218 页卷下第 39 条	少尝事僧为童子	少尝侍僧为童子	
第 218 页卷下第 39 条	自空而坠	自空而堕	
第 218 页卷下第 39 条	位至右极仙卿	位至右枢仙	
第 218 页卷下第 39 条	嘉今亦生世间	嘉卿今亦生世间	张本优。孔校本据《说郛》校补"卿"字

续表

孔校本页码/条目	穴　本	张　本	说　明
第 218 页卷下第 39 条	李孝迪	王孝迪	北大本、萃闵堂本皆作"李孝迪"，孔校本校改为"王孝迪"
第 219 页卷下第 39 条	蕊珠殿侍晨金门羽客	蕊珠殿侍宸金门羽客	张本优
第 219 页卷下第 39 条	所荐进即拔擢	所荐进皆拔擢	
第 219 页卷下第 39 条	久著令	又著令	张本优。孔校本据《说郛》校改为"又著令"
第 219 页卷下第 39 条	自是某物显行	自是崇物显行	张本优
第 219 页卷下第 39 条	已入笔记，余未入	已入笔记，余皆未入	
第 220 页卷下第 40 条	京徐亦知其误	京徐亦知其详	穴本优
第 220 页卷下第 40 条	赐大臣旌节	赐文臣旌节	北大本、萃闵堂本皆作"大臣"，孔校本校改为"文臣"
第 220 页卷下第 41 条	幸贷吭颈戮	幸贷抗颈戮	张本优
第 221 页卷下第 41 条	例为朝政疵	例为朝政庇	穴本优
第 221 页卷下第 41 条		世所传本乃曰已死奸谀骨尚寒。（在"盖畏祸者"一句前）	穴本脱此句，张本优。参王先生文
第 222 页卷下第 44 条	积官至朝奉大夫	积官朝奉大夫	
第 222 页卷下第 45 条	公一以法令共给之	公一以法会供给之	
第 222 页卷下第 45 条	公独自京师驰至陈留，谓之	公独自京师驰至陈留，谒之	北大本同穴本，萃闵本同张本，孔校本校改"谓之"作"谒之"
第 223 页卷下第 47 条	真淡先生既，字潜亨	真淡先生既，字潜身	张本误，穴本优
第 223 页卷下第 47 条	至为下拜	至为下殿	张本误，穴本优
第 223 页卷下第 48 条	仕至徽猷阁待制	仕至徽猷阁待诏	张本误，穴本优
第 224 页卷下第 49 条	我既深和好	我亦深和好	穴本优
第 224 页卷下第 50 条	预行日诛茆地	预行后日诛茆地	张本优
第 225 页卷下第 51 条	算外得五月朔日己酉	算外得五月朔己酉	
第 225 页卷下第 51 条	而传之者失也	传之者失也	
第 225 页卷下第 51 条	即子开也	子开也	
第 225 页卷下第 51 条	入笔记讫	入笔记云	

四

由上可知，穴本与张本互有短长，但穴本虫蛀字残处较多，不如张本清晰可辨。因此，较为理想的《家世旧闻》整理本，应综合穴本与张本之长。孔校本虽因条件所限，未能利用张本，亦未能充分利用穴本（他抄录穴本邓邦述二百余字的跋，竟抄错了三处，这应该是当时条件不允许孔先生仔细翻阅所致，否则出现这种情况是不可想象的），并出现了一些疏失，但古籍校勘如扫落叶，讹误难免，易地而处，吾辈之误恐更多于孔校。平心而论，孔校本当得起王水照先生"句读审慎、校勘亦称精细，整理质量颇高"之评。

穴本系统，除孔校本外，北大本又以之景写；据孔校本云，萃闵本亦出穴本，此说大致不差，但萃闵本当非径抄穴本而来，似为辗转递抄而来。如卷下第 26 条萃闵本有两处"受天于命"，页眉校语还特意强调："原本'受天于命'，非'于'为'之'误，即'天于命'三字颠倒，应作'受命于天'。"其原本此处文字明显与穴本、北大本不同（与张本也不一致），疑转抄时衍增之误所致。萃闵本一函两册，函套书签题曰"家世旧闻"（"家世旧"三字已残），下双行注："萃闵堂正副钞本二册，不咸山民题。"该本两册内容一致，不过一为初钞，时见改正误钞之处，页眉校语亦有修改之迹；一为重钞，正文及页眉校语较初钞本稳定清晰。两本皆卷上二十二页，卷下二十五页，半页十行，但初钞本行十八字至二十一字不等，重钞本行十八字至二十字不等，两本格式并不一致，可见萃闵堂本已失明钞本原貌，价值较穴本、北大本为低。

张本系统流传亦少，张本后有胡适 1948 年 12 月 18 日跋："此书似宜钞一本付影印流传。"但直至 20 世纪 60 年代，严一萍选辑《百部丛书集成》（台湾艺文印书馆 1964 年至 1969 年发行），据《稗乘》影印收入《家世旧闻》一卷节本，其后才补充排印此二卷足本；而张本影印本的面世，更迟至 1985 年台北新兴书局出版《笔记小说大观》第三十九辑时，才将之收入其中得以实现。但是，由于两岸交流不便，张本被大陆读者广知，复有待于十年后王先生的文章了。

王水照先生《读中华版〈家世旧闻〉》一文发表至今又过去二十年，其间该文先后收入先生《半肖居笔记》（东方出版社 1998 年版）和《鳞爪文辑》（陕西人民出版社 2008 年版），影响不可谓不大。但遗憾的是，《全宋笔记》第五编收入《家世旧闻》（大象出版社 2012 年版）时，仍声明以穴本（实据孔校本）为底本；《陆游全集·家世旧闻》（浙江教育出版社 2011 年版）则声明以北大本为底本（实亦据孔校本并参酌王先生的文章）①，均未能全面利用张本。因此本文比勘穴本与张本，也就具有了一定的意义。

陆游名气既大，《家世旧闻》二卷本史料价值又高，但该书为何一直未有刻本问世，以致长期难为人知？是刊刻经费不足所致吗？显然不是。众所周知，陆游生前曾按年编次，自定《剑南诗稿》二十卷，于淳熙十四年（1187）刻于严州郡斋，今有残本十卷藏于中国国家图书馆；而从淳熙十五年至其去世前二十余年之作，其幼子陆通编为《剑南诗稿续稿》六十七卷，于宝庆二年（1226）十一月至绍定二年（1229）三月刻出，惜该本已佚。嘉定十三年（1220），陆游长子陆虞在江州又刻《剑南诗稿》八十五卷，不仅有残本藏于中国国家图书馆，而且有毛氏汲古阁重刻本流传至今。也就是说，在陆游生前身后，其刻书并不存在经费上的困难。区区两卷《家世旧闻》，南宋陆氏未有刻本，可能基于以下两个原因。

其一，就编纂性质而言，《家世旧闻》主要记述家族先人事迹或闻自先人的掌故，在宋人思想观念中，一般是将其视为与家训、家谱②同类，都属于家族内部读物，欲传之子孙而并不欲公之于世。这应该是《家世旧闻》虽早在淳熙九年（1182）之前成书③，却一直未有刻本传世的主要原因。

---

① 孔校本的疏失，当是他过于相信北大本的可靠性了。该本有李盛铎跋（孔校本已收入第 222 页，其中"汲古阁刻附全集"后脱"者"字），工楷景写，行款字数皆同穴砚斋原本，唯抄工未留意正文中之校勘符号，将删除之字或倒乙之字皆做正文收入，且又将邓邦述校语径入正文。据笔者臆测，孔校本实是托言以穴本为底本而实据北大本；此与《全宋笔记》托言底本据穴本而实据孔校本、《陆游全集》托言底本据北大本而亦实据孔校本一样，可能皆出于一种出版策略上的考虑。

② 《放翁家训》同样也是长期无闻于世，直至明代叶盛《水东日记》才从陆氏族谱中抄入。于北山《陆游年谱》（中华书局 1961 年版）和欧小牧《陆游年谱》（成都天地出版社 1998 年版）皆以为《放翁家训》为伪作，然以其内容证之《剑南诗稿》《渭南文集》，若合符节，《放翁家训》当非伪作。另参见杨光皎《〈放翁家训〉祛疑》一文，《古典文献研究》总第八辑，凤凰出版社 2005 年版。

③ 参见吴珊珊《〈家世旧闻〉研究》，硕士学位论文，华东师范大学，2007 年。

　　其二，就社会风气而言，虽然荆公新学在高、孝两朝的大部分时间内还可以与苏学、道学抗衡，但南宋从政治到学术总体上对新学持否定态度的趋势却愈后愈显，宋理宗取缔王安石配享孔庙之后，新学更遭到严厉抨击。陆遹、陆虡刻《剑南诗稿续稿》六十七卷和《剑南诗稿》八十五卷时皆在孝宗朝之后，陆佃为王安石门生，《家世旧闻》对王安石及新学皆有褒美之言，略显不合时宜，后代将之藏于家中暂不刊行，亦为情理中事。

　　最后还有一个相关问题附带讨论：陆游的高祖陆轸官至祠部员外郎、集贤校理；曾祖陆珪曾知奉化、天长二县；祖父陆佃官至尚书右丞，著有《埤雅》《春秋后传》《尔雅新义》《陶山集》等；父亲陆宰虽不及陆佃有名，但能诗文，重节操，官至京西路转运副使；母亲唐氏是北宋宰相唐介的孙女，又是澶州晁氏名门的女甥。陆游的家世不能不说值得夸耀。但奇怪的是，不论是在风云激荡、热爱幻想的壮年，还是在絮絮叨叨、钟情忆旧的晚年，喜欢将生活中的一切都写进诗中的陆游，对于自己的家世却很少用诗歌来表现。整部《剑南诗稿》，明确提及先人事迹的只有《诵书示子聿二首》（其一）、《先大父以元祐乙亥寓居妙明僧舍后百余年当嘉泰癸亥游复假榻一夕感叹成咏》《家居自戒六首》（其一）、《酬妙湛阇梨见赠妙湛能棋其师璘公盖尝与先君游云》《和陈鲁山十诗以孟夏草木长绕屋树扶疏为韵》（其三）、《子通读书常至夜分作此示之》等，另外还有一些凭吊鲁墟故居的诗，总体数量并不多，这与陆诗连篇累牍、不厌其详地表现自己生活的做法形成了鲜明对比。

　　实际上，陆游从来没有淡忘过自己的家世，只是他将这种情感，更多转移到了自己的笔记《家世旧闻》中。在《家世旧闻》二卷足本中，陆游述及家族先人事迹或其事闻自先人者达118条。卷上66条，涉及陆轸、陆佃、陆珪及六叔祖陆傅，另有一则涉及陆游祖母，其中与陆佃相关者最多，有52条；卷下52条，涉及陆宰及外曾祖父唐介家族等，其中与陆宰相关者最多，有39条。① 陆游以史笔的方式记述先人言行，比述之于诗歌无疑更具庄重感。陆游，正是以这种方式表达着对家族的怀念和尊敬。

---

　　① 统计数据根据吴珊珊《〈家世旧闻〉研究》，硕士学位论文，华东师范大学，2007年。

附 图

1.1　穴砚斋本卷上第 48 条

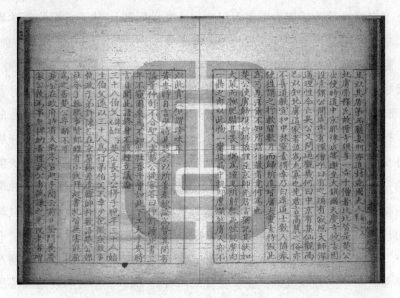

1.2　北大本卷上第 48 条

1.3　孔校本卷上截图（卷上第48条）

祸基，可怪也。宜和末，有武人刘逸者，殿帅昌作之子，再京东挺點刑獄，謂东君曰：「昔使虏，識獵儌之子處温。處温言嚣事洪基時，嘗獻黄菊賦。洪基賜詩，答曰：「昨日得卿黄菊賦，碎剪金英排作句。神中猶自有餘香，冷落西風吹不去。」處温貴於其國。方邱律淳兄蘖氏僧立時，處温用事，欲執蘖氏以幽州内附，事泄，與妻、子皆誅死。後朝廷既得幽州，追贈處温燕王，且以其居第爲廟。妻刑[三五]，亦追封燕國夫人。　菊詩入筆記[三六]

何爲也。

47

北虏吳祥氏，故僧寺燒香，一寺千僧者，比比皆是。楚公出使時，道中京，邪律成等邀至大鎮國天慶寺猥多，因設素餞。公問成，「道觀幾何」曰，「有之，頃有寂照大師，深通理性，今亡矣。」公又問，「中京有集仙觀而已」以知北虏道家者流，爲尤寡也。先君言，高麗之俗，亦不喜道教。宣和中，林靈素得幸，乃白遣道士數人，隨奉使往，謂之行教，留數月而歸。所遣皆庸夫，靈素特僞此爲巧意澤罾，不知所謂行教者，竟偶爲魏隙光所射，輒死。性能麋肉[三八]，一黑之内，以魏一擲投之[三九]，旋即麋爛，然虏人亦不以此貴之[四〇]，但謂珍味耳。

48

[一六] 諱字，〔字〕原敓。陶山集卷一六逸氏夫人行狀列弟昆之第十三人，其後七人爲庶、俘、窂、窊、[一七] 窐、窅，皆以〔〕爲部首。（渭南文集卷三三右朝散大夫陳公墓誌銘謂窂乃窐之第四子，則宣爲仲之子，陸游稱爲三十八伯父，見本書卷。
[一八] 不以爲意與也。　「鼠」疑衍。
[二〇] 身光誠。　讀寮治通鑑長編卷三八元豐七年九月辛亥起事引此條，「誠」作「誠」，今補。
[三二] 奏刑。　已與學庵筆記卷七，文字略不同。
[三三] 菊詩入筆記　見老學庵筆記卷二。
[三四] 麋肉　「麋」原作「麇」，據說郛改。
[三五] 投之　「麇」原作「麋」，今從說郛。
[三六] 亦不以此貴之　「黄」原作「廣」，今從說郛。本條以下「麋獵之廣」、「廣亦誤作「麇」」，「麋」原亦誤作「麇」，亦據說郛改，不另出校。
[三七] 麋肉　「廢」原作「癈」。
[三八] 諱官　「窂」原作「窐」，今從[亻]旁，據前魏公文集卷五五陳琪墓誌銘，但兄弟第四人之名皆從「亻」。
[三九] 「亻」作「佳」誤。　陸寧兄弟諸人之名皆從「亻」，疑與此脫。
[四〇] 朝循之治爲先。　此句文意顯明，疑有此脫。

家世舊聞上

一〇〇

2.1　穴砚斋卷下第19条

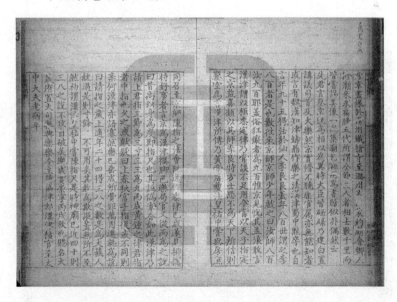

2.2　孔校本卷下第 19 条

先君言：「蔡京既為相，以為異時大臣皆碌碌，乃建白置講議司及大樂。然京實憒不曉樂，官屬亦無能知者。或言有魏漢津知鐘黍作樂之法[一]。漢津，蜀中黥卒也。自言年九十五，得法於仙人李良，良蓋年八百歲，謂之李八百者是也。數往來京師，京師少年戲之，曰：「汝師八百，汝九百耶？」蓋俗狂妄者為九百[二]。京益喜。漢津乃謂上請指三節為三寸三[三]，為九而成黃鍾之律。君指者，中指也。久之，或獻疑，曰：「上春秋高，手指後或肥不至。則奈何。」漢津亦語塞。然樂已垂成，所費鉅萬，因遷就為說，曰：「諸指之歲，上邁年二十四，則得三八之數，是為大族人統。過是，則寸餘□不可用矣。」其敢易欺覿。蓋無前不至。然初謂漢津皇祐中嘗陳指尺，是時仁廟已近四十[囧]，則三八之說，不攻自破矣。樂成，實崇寧丙戌秋也。賜名大晟，府置大司樂、典樂、樂令主簿、協律郎。漢津積官至太中大夫，老病卒。

惟京見悅其孟浪敢言。漢津謂：「以秬黍定律，乃常談不足用，今當以天子指定之。」恐不為天下所信，則鑿空為言漢津所傳，乃黃帝、后、夔法，皇祐中，嘗典房庶同召至京師，陳指尺之法[三]，會阮逸作黍律已成，遂見排擯。其詆偽率合如此。時好事者言京為漢津撰腳色樂，局官又從而為之說曰：「昔禹以身為度，即指尺也。」

3.1　穴砚斋本卷下第 35 条

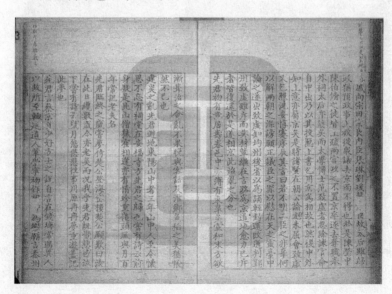

3.2　北大本卷下第 35 条

先君言蔡京自少好方士之說，自言在錢塘嘗遇異人，以故所至輒延道人覽章，初作相即爲徽廟書秦州。

此夢也。

下嘗有詩云歲月悠悠能畫事，川原典祖夢重進蓋記。

在此日親戴載令我，卒矣而況我平先君說言已跎寧。

先君臨終之前藏嘗夢特葊公登山樓，蔡公顧謂曰：汝

年常記老夫名。

身疑是此山僧，猶疑相逢亦有情，珍重煩頭鳳與月有。

思之不忘，有祠堂在安福寺。方先君之歸也，嘗有詩云：前

建炎之亂，先君避地東陽山中者三年，山中人至今懷。

然不已也。

漸萌治之會亂不果脫與客語及淮鄉魚稻之美猶悵。

先君初有意居壽春邑中亦薄有東車矢宣和末方欲。

者皆復還於是逐相京此治前之分也。

州致虛雖斥而吳材繼在京道地愈力已斥。

論之遂出致虛知均州後者以爲禍福封還通判郢。

以解兩朝之深謗顧正議臣之罪以慰在天之靈臺中。

又乞照洗安博賽辰其言曰若不明二臣之非奉何。

自中出乃以其校勘矣而太學博士晁說曾隆臣命。

知上意亦屬京矣是時諸賢士晁上書乞用京爲相故。

外祠太后赤帽屬京而太學博士晁說上疏致虛等職春。

陳伯脩之徒以上疏兩宮攻之不置今年遂去等職春。

政猶預政事上欲從衆議去京而不得也於是陳堂中。

外戚向宗良內臣張琳劉瑗裴迪臣故太后雖歸。

3.3　孔校本卷下第 35 条

矣。若周公朝夕教誨輔翼，而成王終爲中才不變，則周公何以爲聖人，而成王又安得與偶、湯、文、武並稱君子哉！且以守成不失道爲中才，而必以大有爲爲賢者，正近世懦者之藏也。當成王之世，不知語守文〔武〕之業，而復思大有爲，吾見其妄作以禍天下矣而已。」安時著書數百卷，不幸遭亂，無復傳者。

安時亦死於兵。有子曰牧兒，獨得脫。先君物色求之，竟不遇，每以爲恨。

35　先君言：楚公龍政，吳材章疏也。先是材及王能甫交章論呂希純、劉安世不當還職，堅守詔書。公又語勝其章於朝堂。徽宗曰：「已降詔，且進曰：「此詔，臣願必死守之。」元祐人不可不痛治。」材大不快，復求對，力論元祐詔書。公又語勝其章於朝堂。徽宗曰：「已降詔，且進曰：「此詔，臣願必死守之。」元祐人不可不痛治。」其乃爲人，正恐相及耳。」明日，乃上章專論公。曰：「位雖丞輔，者，陸棠也。」然章乃不出。但中批謂名在黨籍也。是晚，遂命蔡京代爲左丞，因言「元符之壬年六月。然章乃不出。方是時京爲翰林學士承旨，適者謂必去矣。而京自者，則皆曰末，臺諫論蔡卞，欲專付以所朝史事也。俄而太后歸政，猶預政事。上欲從衆議去京而不得也。太后主之，則曰京結外戚向宗回、宗良、內臣張琳、劉瑗、裴迪臣。故太后雖歸政，猶預政事。上欲從衆議去京而不得也。於是，陳瓘中、

家世舊聞下

三五

4.1　穴砚斋本卷下第 39 条

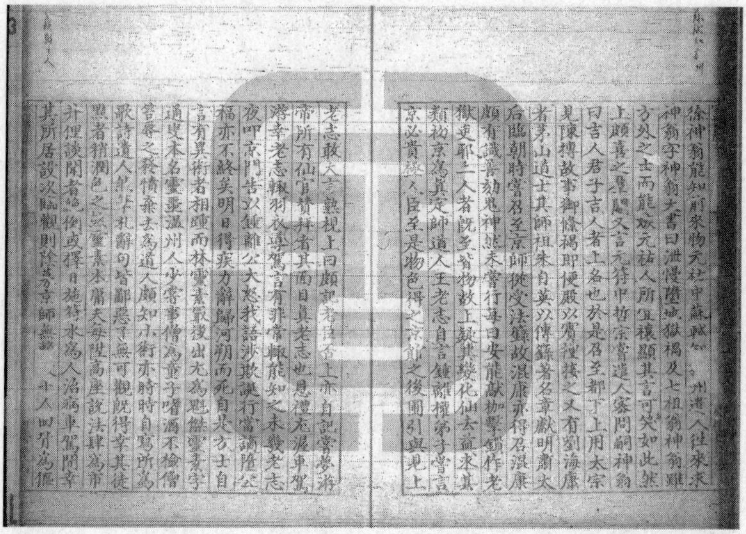

徐神翁能知前來物元祐中蘇軾知揚州遣人往求
神翁字神翁大書曰泄慢墮地獄禍及七祖翁神翁雖
方外之士而能嫉元祐人所宜稱顯其言可笑如此然
上頗喜之羣閹又言元符中哲宗嘗遣人密問嗣神翁
曰吉人君子吉人者上名也於是召至都下上用太宗
見陳摶故事御絛褐即便殿以賓禮接之又有劉混康
者茅山道士其師祖朱自英以傳籙著名章獻明肅太
后臨朝時嘗召至京師從受法籙故混康亦得召混康
頗有識善劾鬼神然未嘗行每曰安能敲枷撃鎖作老
獄吏耶二人者既至皆物故上疑其變化仙去益求其
類初京為真定帥道人王老志自言鍾離權弟子嘗言
京必貴極人臣至是物色得之京館之後圃引與見上
老志敢大言熟視上曰頗記老臣否上亦自記嘗夢遊
帝所有仙官贊拜者其面目真老志也恩禮尤渥車駕
游幸老志輙別以導駕言有非常輙能知之未幾老志
夜叩京門告以鍾離公大怒我語泄欺誕行當謫墮公
福亦不終矣明日得疾力辭歸河朔而死自是方士自
言有異術者相踵而林靈素最後出尤為魁傑靈素字
通叟本名靈噩溫州人少嘗事僧為童子嗜酒不檢僧
嘗辱之移情棄去為道人頗知小術亦時自寫所為
歌詩遺人字札辭句皆鄙惡了無可觀既得幸其徒
黑者猶潤色之以靈素本儒夫每陞高座說法肆為市
井俚談聞者

4.2　孔校本卷下第 39 条

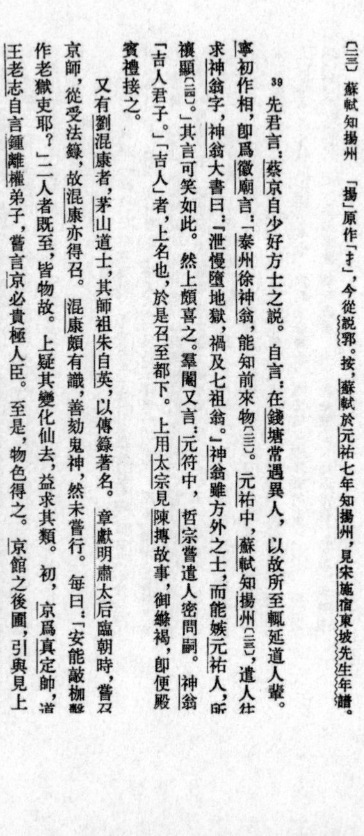

〔三〕蘇軾知揚州　「揚」原作「扌」，今從說郛。按，蘇軾於元祐七年知揚州，見宋施宿東坡先生年譜。

39 先君言：蔡京自少好方士之說。自言：在錢塘常遇異人，以故所至輒延道人輩。寧初作相，即爲徽廟言：「泰州徐神翁，能知前來物〔三〕。元祐中，蘇軾知揚州〔三〕，遣人往求神翁字，神翁大書曰：『泄慢墮地獄，禍及七祖翁。』神翁雖方外之士，而能嫉元祐人，所褒顯〔四〕。」其言可笑如此。然上頗喜之。羣閹又言：元符中，哲宗嘗遣人密問嗣。神翁「吉人君子。」「吉人」者，上名也，於是召至都下。上用太宗見陳摶故事，御絛褐，即便殿賓禮接之。

又有劉混康者，茅山道士，其師祖朱自英，以傳籙著名。章獻明肅太后臨朝時，嘗召京師，從受法籙，故混康亦得召。混康頗有識，善劾鬼神，然未嘗行。每曰：「安能敲枷盤作老獄吏耶？」二人者既至，皆物故。上疑其變化仙去，益求其類。初，京爲真定帥，道王老志自言鍾離權弟子，嘗言京必貴極人臣。至是，物色得之。京館之後圃，引與見上志敢大言，熟視上，曰：「頗記老臣否？」上亦自記，嘗夢遊帝所，有仙官贊拜者，其面目青

4.3　北大本卷下第 39 条

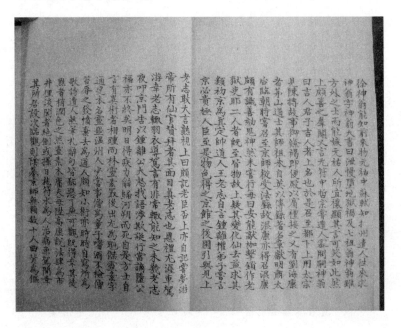

5.1　穴砚斋本卷下第 34 条

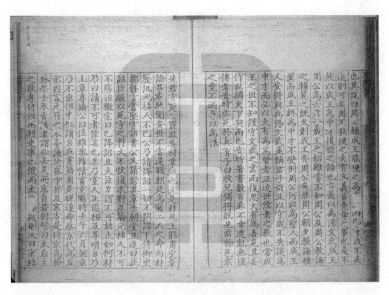

5.2　孔校本卷下第 34 条

非也。其说曰：「周公辅成王，能使之为成王而已矣。」守成不失道，则可矣。固不能使之大有为矣。黄、虞、舜之事也。是不然，以成王为中才，後世之庸也。古盖以禹、汤、文、武、成王、周公为六君子。成王之幼，虽曾不知周公，及周公教诲之、辅翼之，既久，则成王亦周公

矣。若周公朝夕教诲辅翼，而成王终为中才不变，则周公何以为圣人，而成王又安得舆禹、汤、文、武并稱君子哉！且以守成不失道为中才，而必以大有为为贤者，正近世儒者之蔽也。当成王之世，不知述守文、武之业，而复思大有为，吾见其妄作以祸天下矣而已。』安时著书数百卷，不幸遭乱，无复傳者。安时亦死於兵。有子曰牧儿，獨得脱。先君物色求之，竟不遇。每以为恨。

³⁵先君言，想公龊政，吴材章疏也。先选材及王能甫交章论吕希纯，刘安世不当遺職，朝廷為疑二人之命。而材歷诋元祐君子哉！公乃詔降詔一切不问。诏下，侍御史鄒餘旨當坚守詔書。公又诘勝其章於朝堂，徽宗曰：「已降詔，且進曰：『此詔，臣廟以死守之。』安時元祐人不可不病治。徽宗曰：「已降詔，且大臣力謂不可。姑止，如何？」材乃曰：「諸不可者，陛菜也。某乃嘗人，正恐相舆耳。」明日，力上章專論公曰：「位難丞輔，悟實駑魁。」時末。意辣論蔡下，并及京。方是時，迷命蔡京代為左丞。因言『元符之末。意辣論蔡下，并及京。方是時，俄而太后歸政。則又曰京結外戚向宗回、宗族壬午六月。然章乃不出，但中批謂名在薰籍之者，陛菜也。欲專付以所朝史事也。故太后雖歸政，猶预政事。上欲從衆鑟去京而不得也。於是，陳瑩中、琳、劉庚、裴迪臣。

_{家世舊聞下}

一二五

6.1　严一萍选辑《百部丛书集成》排印张本二卷足本

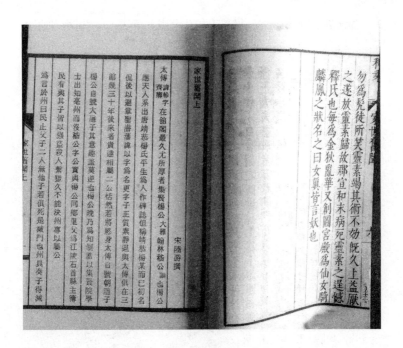

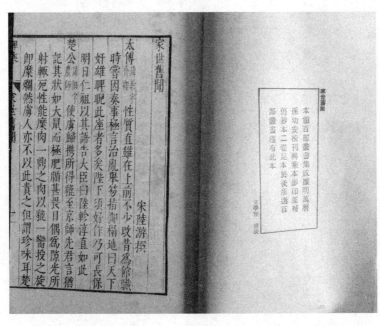

6.2 台北新兴书局出版《笔记小说大观》第三十九辑影印张本

放翁家世舊聞上

太傅諱好字

大雅翰林硈公頴也楊公應天人系出唐靖

恭楊氏平生為人作碑誌但稱靖恭楊某而

巳初名侃後以避章聖潜藩諱以字為名史

字子正質素靜退與太傅俱在三館歷三十

年後米省貴達相屬二公怡然若將終身太

傅自號朝隱子楊公自號大隱子其意趣蓋

莫逆也楊公晚乃為知制誥以集賢院學士

此書似宜鈔一本付影印流傳

胡適 敬記

○八·二·六

7.1 北京大学图书馆藏景穴砚斋本

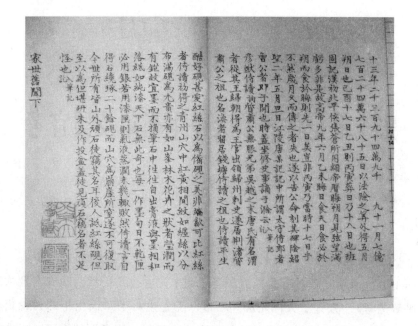

7.2　中国科学院图书馆藏萃闵堂钞本（依次为函套、初钞本、重钞本）

宋末笔记作者罗大经生卒年及罢官考

北京师范大学文学院　李小龙

　　《鹤林玉露》是一部声名颇著的笔记，其作者罗大经的生平事迹一直晦而不彰，幸赖《鹤林玉露》点校者王瑞来先生搜罗资料，撰成《罗大经生平事迹考》，方有了大体轮廓。不过，王先生对于罗氏生年的讨论仍较疏略，从而也影响了对罗氏生平事迹的某些判断。笔者不揣谫陋，以作芹献，并求教于王先生与方家。

　　王瑞来先生在《罗大经生平事迹考》一文中，据《鹤林玉露》乙编卷四《月下传杯诗》条的记载，即"余年十许岁时，侍家君竹谷老人谒诚斋，亲闻诚斋诵此诗（月下传杯诗），且曰：'老夫此作，自谓仿佛李太白'"一段，指出罗大经随其父拜见杨万里时，"当在诚斋晚年辞官家居之时。所以，罗大经谒诚斋的时间，最迟不应晚于开禧二年。大经自云当时'十许岁'，我们姑且把这年罗大经算作十一岁，由开禧二年逆推十一年，则罗大经生年当不应晚于宋宁宗庆元元年（1195）"①。

　　这其实只是一个初步的推测：一来"十许岁"本是概数，宽泛一些说从十一岁到十九岁都可以，当然依国人用语习惯来看，称"十许岁"者，应该不会太大，若说在十一岁到十六岁的区间里或许没有大问题，这里定为十一岁，便有五年的空间；二来杨万里家居的时间又长达十五年，逆推的基点定在最后一年，前边又有十四年的空间。也就是说，客观地讲，庆

---

　　① 参见王瑞来点校《鹤林玉露》之附录，中华书局 1983 年版，第 350—351 页。

元元年只是其生年的下限，而上限当在淳熙五年（1178）。虽然王先生也谨慎地说"生年当不应晚于宋宁宗庆元元年"，确实只标出了下限，但事实上在此文及后来的一系列文章中，王先生都把庆元元年当作罗大经的生年来进行论述。比如《罗大经生平事迹考》论述罗大经的登第，据《吉水县志》与《江西通志》知为宝庆二年（1226），便说"根据前面对罗大经生年的推算，罗大经这一年约为三十一岁"；在最新发表的文章《小官僚大投射：罗大经仕履考析——宋元变革论实证研究举隅之三》中亦云在范应铃做吉州知州的嘉定三年（1210），"根据笔者对罗大经生平的考证，是时罗大经尚是十五六岁的少年"①。

这一把区间置换为固定时间的生年做法也逐渐为学界所接受，正如王先生在一篇文章的提要中所说："作者于 30 年前曾刊布有《〈鹤林玉露〉作者罗大经考》。迄今，该文对有名的宋代笔记《鹤林玉露》作者罗大经生平考证的许多结论，仍为各种论著与辞书所援引。"② 如有学者称罗大经"约生于宁宗庆元初年"③；网络上的百度百科甚至直接标为（1196—1252 年后）。当然也有工具书未采纳这一成果而标为"生卒年不详"或缺而不论。④

在这一推论中，最关键的时间是罗大经随父谒诚斋的时间，但这个时间似不用放到杨万里漫长的家居时期中去，因为大体上是可以确定的，其线索便在杨万里的《月下传杯诗》。其诗原名为《重九后二日同徐克章登万花川谷月下传觞》，收于《退休集》中。诚斋之诗原无精详的整理，2011 年，薛瑞生先生的编年笺注本出版，为我们提供了利用诚斋诗的可靠资料。

---

① 王瑞来：《小官僚大投射：罗大经仕履考析——宋元变革论实证研究举隅之三》，《文史哲》2014 年第 1 期。

② 王瑞来：《〈鹤林玉露〉著者罗大经生平事迹补考》，《中国典籍与文化》2012 年第 2 期。

③ 参见穆公点校《鹤林玉露》点校说明，《笔记小说大观》本，上海古籍出版社 2001 年版，第 5151 页。

④ 如《中国文学家大辞典·宋代卷》（中华书局 2004 年版，第 558 页）及《全宋诗》（北京大学出版社 1997 年版，第 37920 页）、《全宋文》（上海辞书出版社 2006 年版，第 345 册第 59 页）小传均标为不详。另外，李裕民先生最新出版的《宋人生卒行年考》（中华书局 2010 年版）一书未收罗大经。

　　此诗向前数十首则有《甲寅二月十八日牡丹初发》诗，为绍熙五年（1194）二月十八日作，从此诗以下直到《重九后二日同徐克章登万花川谷月下传觞》，时间连贯，如依次有《赏牡丹》《上巳日，周丞相少保来访敝庐，留诗为赠》《芍药宅》《初夏即事》《四月三日登度雪台感兴》《尝桃》《菊夏摘则秋茂，朝凉试手》《六月初四日往云际院，田间雨足，喜而赋之》《夏夜诚斋望月》《诚斋步月》《六月将晦，夜出凝归门》《秋凉晚酌》《同子文、材翁、子直、萧巨济中元夜东园望月》《十六日夜，再同子文、巨济、叔粲南溪步月》《重九前四日昼睡独觉》等作。① 据此，这一首"重九后二日"的诗当作于绍熙五年九月十一日。

　　那么，罗大经听诚斋诵此诗的上限便是绍熙五年。再揆之人情惯例，一般诗人都会向来客诵自己的新作，何况诚斋诵诗后尚有"老夫此作，自谓仿佛李太白"的自得之语，不大可能是翻旧账。如此一来，这个时间便应在绍熙五年（1194）或庆元元年（1195）。

　　其实，这里还有一个旁证，即罗大经是随同其父"竹谷老人"去谒见诚斋的，那么竹谷老人是谁呢？学界一直以来都不明所以。王瑞来先生《〈鹤林玉露〉著者罗大经生平事迹补考》一文据文献资料尤其是与罗大经同时、同乡的胡知柔《象台首末》中所收《竹谷罗茂良》诗，知为罗茂良。② 而罗茂良正是杨万里的弟子，今存最早的《诚斋集》端平本末署有"嘉定元年春三月男长孺编定，端平元年夏五月门人罗茂良校正"的字样。③ 细检诚斋诗集，此《月下传杯诗》后第六题为《乙卯春日三三径行散有感》曰："东园一日走千巡，又见龙飞第一春。桃李成阴侬已老，江山依旧岁还新。穿花蹈影浑无日，隔径闻声不见人。学省同寮各星散，白云珍重伴闲身。"乙卯春是宋宁宗改元的第一年春天，诗中云"又见龙飞第一春"便是此意。下句云"桃李成阴侬已老"，从句意看与"侬已老"对比的"桃李成阴"四字当非直指景物，而是代指自己的门生（薛笺亦谓

---

① 参见薛瑞生校笺《诚斋诗集校笺》，三秦出版社 2011 年版，第 2448—2479 页。
② 王瑞来：《〈鹤林玉露〉著者罗大经生平事迹补考》，《中国典籍与文化》2012 年第 2 期。
③ 参见［日］岛田翰撰《古文旧书考》，杜泽逊、王晓娟点校，上海古籍出版社 2014 年版，第 207—208 页。

此指"门生满天下"），则知此日多有门生谒见。二证相合，可证罗茂良携其"十许岁"的儿子进谒诚斋确在此时。时距《重九后二日同徐克章登万花川谷月下传觞》诗的写成仅过数月，对客诵此诗亦若合符节。

诚斋诵诗之时若定于庆元元年，此年罗大经"十许岁"，据前所论，当在十一岁至十六岁之间，则其生年在淳熙七年（1180）至十一年（1184）之间。

当然，以此为证还并不能完全定案，所以我们还需要其他的证据，细阅《鹤林玉露》，果然发现了一条比较确凿的材料，其丙编卷四有《日本国僧》一条云：

> 予少年时，于钟陵邂逅日本国一僧，名安觉。自言离其国已十年，欲尽记一部《藏经》乃归。念诵甚苦，不舍昼夜。每有遗忘，则叩头佛前，祈佛阴相。是时已记《藏经》一半矣。

此处所云之安觉即日本平安—镰仓时期的僧人安觉良祐（1160—1242），据《讲谈社日本人名大辞典》载，他于日本的文治三年（1187，相当于淳熙十四年）来到中国，安贞二年（1228，相当于绍定元年）方归，在中国滞留四十二年之久。① 那么，他邂逅罗大经时"自言离其国已十年"，则时间为庆元二年（1196），此时罗大经为"少年"，当然，"少年"一词也并不精确，但若定于十三岁到十七岁是符合国人用语习惯的，这样得到的生年区间与上基本相同，则亦可证明前文对诚斋诵诗时间的推测无误。事实上，仅此材料，便可以推翻王瑞来先生所持的庆元元年（1195）说了，因若为元年生，此年刚刚两岁，绝非"少年"，亦不能与日本国僧邂逅，并记载日僧所说诸多的日语发音。②

那么，我们可以暂时将其生年假设在这一区间的中间点上，即淳熙

---

① 参见［日］上田正昭等监修《讲谈社日本人名大辞典》，讲谈社2001年版，第96页。

② 此条国内传本皆无后半之日语发音，而日本所传十八卷足本皆有，王瑞来先生校点《鹤林玉露》底本即为日传足本。对于其所记日语发音的讨论，参见笔者《〈鹤林玉露〉十八卷本》（《文史知识》2014年第12期）一文。

九年（1182）——事实上，随着进一步的研讨，我们会发现，罗大经的生年很可能就是这一年。而这一研讨的关键却在于罗大经遭弹劾的时间及原因。

《鹤林玉露》丙编前有作者的自序：

> 余为临川郡从事逾年，考举粗足，侍御史叶大有忽劾余罢官。临汝书院堂长黄贞亮曰："鹤林纵未通金闺之籍，殆将增玉露之编乎？"余谢不敢当也。还山数月，丙编遂成。时淳祐壬子，庐陵罗大经景纶。

王瑞来先生通过此序指出，"罗大经是受到朝廷中官僚之间的矛盾斗争波及而被罢官"。淳祐十二年七月右司郎中徐霖上疏弹劾谏议大夫叶大有，引起宋理宗不满，从而被贬知抚州，到任仅三个月便又"以言去"，王先生认为，"可见在徐霖知抚州后，叶大有并未放过，而继续加以弹劾"，并得出结论，"作为抚州知州的幕职官罗大经亦自不能免。这就是一个小小的从八品属官被弹劾罢官的原因"。

此论已被学界接受，很多资料介绍罗大经时均言其"因事被劾罢官"[①]，实即指此。但细思则仍有滞碍难通之处。

一是据《宋史》牟子才本传载："左司徐霖言谏议大夫叶大有，帝大怒，逐霖。给事中赵汝腾缴之，徙他官。汝腾即出关，子才上疏留之。大有遂劾汝腾。子才上疏讼汝腾诬及大有之欺。未几，罢大有言职。"[②]《历代名臣奏议》卷一五二收有牟子才的长篇奏文，中亦有"霖则陛下既予之郡矣，然犹有愚见"之语，合而观之，则是徐霖出知抚州后叶大有很快也被牟子才所劾去职，王先生认为叶大有在徐霖任职抚州数月后"并未放过，而继续加以弹劾"，从而再知衡州，同时又弹劾了罗大经——但据《宋史》可知，徐霖知抚州时叶大有也已去职，自身难保，怎么能再弹劾徐、罗二人而且还都成功了呢？

---

① 如前引穆公点校《鹤林玉露》的校点说明。
② （元）脱脱等撰：《宋史》，中华书局 1977 年版，第 12356 页。

二是从情理上来看，徐、叶二人互劾，徐被贬知抚州，即使叶有能力继续弹劾徐霖，但立刻连带着也弹劾抚州原任的军事推官，很不近情理。这种推测把叶大有设计成为一个大奸大恶的人——王先生的另一篇文章中甚至有"作为政治斗争的胜利者叶大有，依然没有罢手，放过徐霖，而是实施了进一步的迫害"①的话。但叶大有真的是这样吗？此人《宋史》无传，但《莆阳文献传》中有据《仙溪志》等书辑成的传记如下：

> （叶大有）迁右谏议大夫，辞；除刑部尚书，累辞。御笔云："卿性质醇雅，议论和平，擢之大常伯，职之大司寇，所以示优宠也。朕之待卿有加无替。"大有力以母病辞，除宝章阁学士，知温州。上又批谕云："朕之用卿，以其中和。"又云："朕之念旧，难释眷怀。"大有不获已，奉母之官。未几，丁母忧，感疾终于家，年四十七。遗表闻，上为不怿者累日。出入馆阁言路凡十余年，前后敷陈百二十余奏，皆士论所归。但其排击程公许、黄师雍、牟子才诸人，议者不以为然。②

这是传记的结尾部分，并不全面，但可以看出他应该不是奸邪之徒，与徐霖之争或不无可议，却仍然在士大夫意气之争的范畴里。

三是以上两条都只能说明叶大有因徐霖而弹劾罗大经的可能性很小，却不能彻底否定这种可能性。但《鹤林玉露》丙编卷四《日本国僧》前一条，也是《鹤林玉露》中的名文《山静日长》条却可以提供坚实的反证：

> 唐子西诗云："山静似太古，日长如小年。"余家深山之中，每春夏之交，苍藓盈阶，落花满径，门无剥啄，松影参差，禽声上下。午睡初足，旋汲山泉，拾松枝，煮苦茗啜之。随意读周易、国风、左氏传、离骚、太史公书及陶杜诗、韩苏文数篇。从容步山径，抚松竹，

① 王瑞来：《〈鹤林玉露〉著者罗大经生平事迹补考》，《中国典籍与文化》2012年第2期。
② 参见郑岳辑《莆阳文献传》，《续修四库全书》第548册，上海古籍出版社2002年版，第245页。

与麋犊共偃息于长林丰草间。坐弄流泉，漱齿濯足。既归竹窗下，则山妻稚子，作笋蕨，供麦饭，欣然一饱。弄笔窗间，随大小作数十字，展所藏法帖、墨迹、画卷纵观之。兴到则吟小诗，或草《玉露》一两段。再烹苦茗一杯，出步溪边，邂逅园翁溪友，问桑麻，说粳稻，量晴校雨，探节数时，相与剧谈一饷。归而倚杖柴门之下，则夕阳在山，紫绿万状，变幻顷刻，恍可人目。牛背笛声，两两来归，而月印前溪矣。味子西此句，可谓妙绝。然此句妙矣，识其妙者盖少。彼牵黄臂苍，驰猎于声利之场者，但见衮衮马头尘，匆匆驹隙影耳，乌知此句之妙哉！人能真知此妙，则东坡所谓"无事此静坐，一日是两日，若活七十年，便是百四十"，所得不已多乎！

王先生认为这里所述正是罗大经"还山数月"的情形，实际上并不妥当。因为据前所引，徐霖贬知抚州为淳祐十二年七月事，依王先生的推测，罗大经是因为与新任知州徐霖的交往而被弹劾的，那至少也应在七月之后了。但上段文字中却云"每春夏之交，苍藓盈阶"，等等，细看全文，所谓"春夏之交"，确为实情。如果他是七八月被劾还山，而且"还山数月，丙编遂成"，小序所署日期仍为淳祐十二年，那便与这里的"春夏之交"产生了矛盾。

这三点都是王先生的推测无法解决的隙漏。

事实上对第三点进一步考察是可以确定罗大经被弹劾的大致时间的。由于《鹤林玉露》的乙编完成于淳祐十一年四月（据其乙编自序），所以收入丙编的文字不可能是淳祐十一年四月前所作，上引《山静日长》在丙编卷四，自然当作于这一日期之后了；明弘治十五年（1502）编纂的《抚州府志》卷八八记载了罗大经在抚州任军事推官的具体时间："从事郎，淳祐十一年。"前引罗大经序文中说"余为临川郡从事逾年，考举粗足"，可知，淳祐十一年他开始任职为抚州军事推官，那本年便不可能有文中所描绘"家深山之中"的隐居情景，则此文所写的"春夏之交"显然并非淳祐十一年。那就只有一个可能：此为淳祐十二年的春夏之交。这样一来，罗大经的被劾时间就只能发生在淳祐十二年"春夏之交"之前了。这样的话，罗大经遭弹劾就并非受徐、叶二人之波及，因为那时徐霖还没有上疏弹劾叶大有，也没有被贬抚州。

如果不是受到牵连，那叶大有为什么会弹劾罗大经呢？因资料所限，我们目前还很难知道历史的真相。但据现有材料，叶大有为福建人，罗大经为江西人；叶举绍定五年（1232）进士，罗举宝庆二年（1226）进士；及第后叶为英德府教授，历馆职，除刑部尚书，辞，授宝章阁学士、知温州①，而罗则一直沉沦下僚，老死选海：可知二人全无交集。所以，叶大有之所以忽然弹劾千里之遥、素不相识的罗大经，应当没有个人恩怨，其原因只能从公事的角度来看，那就很可能与官员的考核有关。

前引丙编作者自序有"考举粗足，侍御史叶大有忽劾余罢官"之语，之后临汝书院堂长黄贞亮又对罗说"鹤林纵未通金闺之籍"的话。"金闺之籍"指京官或朝官，从这两句可知叶大有弹劾罗大经是在罗改官之时。作为一个地方小吏，罗大经只有通过改官才算正式进入仕途。而改官在宋代是一项十分严格的制度，考课必须足三任六考（即六周年），毫无通融余地；必须有举主五人，其中一人必须是监司（帅司、漕司、宪司的合称）官，经吏部考察合格，始得由吏部具历纸（履历表）、改官状，送刑部审查其举主有无犯赃罪过失者，如无，始能聚集京师，由皇帝亲自召见，合格者授予京官，超擢者可越过京官直至朝官之较低阶。了解了宋代的改官制度，再来看其自序中十分重要的"考举粗足"四字，这就是说罗大经的考课与举主均已满足改官的要求，沉于选海二十余年的作者终于有资格改官了，但就在他要改官以"历金门，上玉堂"的时候，却被叶大有弹劾了。叶大有在罗大经改官时弹劾他的原因很可能是他改官中出现了问题。

前文已提及，罗大经说自己"考举粗足"：考课必须满足三任六考，绝不可通融，自然没有什么问题，因为他出仕已二十余年，不可能不足六考；举主的多少却有一定的灵活性，即举主不足时，可以用增加考课来弥补。所以在改官时会有选人贿赂举主；当然也有选人贿赂吏部为之作弊；刑部在审查举主时，也可能作弊。因此选人改官时皇帝召见，实际上是对

---

① 参见傅璇琮主编《宋登科考》，江苏教育出版社 2005 年版，第 1529 页。

选人、举主、吏部、刑部的多重审查。但若刑部在审查举主时作弊，或举主与吏部作弊，均与选人无大关隘，最多是不许改官，仍在选人七阶内循资续迁。而罗大经却因"改官"时被劾"罢官"，就只能是他自己作弊，既然"考举粗足"，那需要作弊的唯一内容就是隐瞒年龄，这是起码要贿赂吏部，甚或要贿赂举主的①。

　　其实，答案很可能就在上文假设的那个生年上。王瑞来先生曾说："至于罗大经在这次罢官后是否得以起复继续做官，无资料可考。但估计此后罗大经不大可能再继续做官。因为根据前面对罗大经生年的推算，此时罗大经已经年近六十，即使徐霖在上述斗争中转败为胜，像罗大经这样一个年老而又无足轻重的从八品小官，也未见能重新起用。"事实上根据前文划出的区间来看，罗大经此时最少也有六十八岁了，而非"年近六十"；据我们暂时假定的生年来看，则已经七十一岁，据当时的制度已经要致仕了。

　　综合上举数端，笔者推测，叶大有的弹劾很可能是因为罗大经已经到了致仕的年龄却未请辞之故。宋代尤其是南宋的致仕规定很严格，一般官员到七十岁时要按规定请辞，如果贪恋禄位，则御史台可以纠察弹劾，《宋史·职官志》即载包拯、吴奎曾上言朝廷："愿令御史台检察年七十已上，移文趣其请老，不即自陈者，直除致仕。朝廷未行。奎复言：……七十致仕，学者所知，而臣下引年自陈，分之常也；人君好贤乐善而留之，仁之至也。自三代以来用此以塞贪墨，耸廉隅。近者句希仲、陆轸等，皆以年高，特与分司，初欲风动群臣，而在位殊未有引去者，是臣言未效也，详请前奏施行。于是诏：少卿监以下年七十不任厘务者，外任令监司、在京委御史台及所属以状闻。"② 但罗大经已至致仕之龄，监司却并未"以状闻"，足见他确实隐瞒了年龄而申请改官，才被侍御史叶大有发现而弹劾罢官的。

　　如果罗大经确于淳祐十二年春因致仕问题而遭弹劾的话，那么按理应该在淳祐十一年满七十岁——当然，本来也可能在淳祐十一年之前就满七

---

① 以上关于改官的论述，承薛瑞生先生开示津梁，特此致谢。
② （元）脱脱等撰：《宋史》，中华书局 1997 年版，第 4089 页。

十岁了，但问题是他恰恰于淳祐十一年开始为抚州军事推官，如果他在此前便已满七十岁的话，那获得新职位的可能性也便很低了，所以他最有可能的是这一年才满七十岁，这样的话，他的生年便恰恰是前文所估计的淳熙九年（1182）。

绾结而言，罗大经随父谒诚斋的绍熙五年（1194）为"十许岁"，庆元二年（1196）遇日本国僧时为"少年"，淳祐十一年（1251）"考举粗足"时忽被素昧平生的叶大有弹劾罢官，种种证据都表明其生年确当为淳熙九年（1182）。

生年即明，最后再探讨一下罗大经的卒年。王瑞来先生推测"罗大经的卒年不可考，但最早当不能早于宋理宗淳祐十二年（1252），即《鹤林玉露》的写作完成之前"。这个上限当然也没有错，只是仍嫌含糊。

事实上，仔细分析文献资料，罗氏在丙编完成后再无后续，则当没于此后不久。因为罗氏此书之写作其实开始甚早，淳祐八年（1248）正月完成甲编时曾说"久而成编，因曰《鹤林玉露》"，淳祐十一年（1251）四月完成乙编，次年春罢官，"还山数月，丙编遂成"，可以看出甲、乙、丙三编的写作越来越快，甲编当用了很多年，乙编大致算三年，而丙编则只用了一年出头。以此准之，如果丙编完成后他再活一年，则有可能完成丁编，即使不能写完一编，但应当会有积累的稿子，只要能成卷，后人整理刊刻时就应会纳入，但现在的三编十八卷本首尾完足①，并无参差。此外，罗氏著此书友人尽知，故前引临汝书院堂长黄贞亮有"殆将增玉露之编"的话，而罗大经则说："余谢不敢当也。还山数月，丙编遂成。"可见他也颇以还山著书为务，再结合上引《山静日长》的文字来看，都应该可以证明，丙编完成后，如无大的变故，他还会"增玉露之编"的，但事实上是没有，那么可以推测，罗大经正是在写完丙编后不久去世的，最晚也不会晚于宝祐元年（1253）。

因此，罗大经的生卒年可定为（1182—1253?），享年七十二。

---

① 国内所存《鹤林玉露》均为十六卷本，实有散佚，并非完整的版本，而日本庆长、元和年（1596—1624）活字本及庆安元年（1648）刊印本、宽文二年（1662）再印本均为十八卷全本，王瑞来先生点校本即以日本刻本为底本，笔者亦藏有宽文本。

宋代笔记与士人的形象建构

宋代笔记的谐谑倾向与士大夫的愉悦写作姿态

北京师范大学文学院　周剑之

　　笔记以其广博的内容、丰富的记载，历来被视为史料的一种。宋代笔记勃兴，由于广泛涉及政治、经济、军事、思想、学术、文学等诸多层面，遂成为宋代史学、文学研究者相当重视的文献类型。随着《唐宋史料笔记丛刊》《宋元笔记丛书》及《全宋笔记》等丛书的编纂与陆续出版，宋代笔记的文献整理已取得显著成果，学界对笔记的思考也渐趋深入，史学、文学、文化学等方面的宋代笔记研究①也陆续面世。尽管如此，由于长期以来将笔记用为史料的思维惯性以及笔记自身庞杂琐细的特点，使得文学层面的笔记研究仍然相对薄弱。直面笔记本身、发掘笔记作为一种"具有文学体裁意义的写作体制"的内在属性②，进而对其文学风格、形态、品质等有所揭示，仍是值得深入的课题。事实上，与其说宋代笔记庞杂琐细，不如说它拥有千姿百态、万种风情，只待有心人的发现和欣赏。本文即从一个微小的角度切入，尝试展示宋代笔记"万种风情"中颇为突出的一种。

---

　　① 参见宫云维《20 世纪以来宋人笔记研究述论》，《浙江社会科学》2010 年第 1 期。

　　② 朱刚的《北宋笔记的"话题"研究——从十二部笔记的类目入手》一文指出了这一点。发表于复旦大学举办的"文学视野下的宋代笔记研究"研讨会，2015 年 4 月。又见本书导言。

一 "两个"刘攽

刘攽（1023—1089），字贡父，北宋著名史学家、文学家。他是宋人笔记中出现频率颇高的人物之一，其逸事趣闻散布于众多笔记中。笔记中的刘攽有着极为鲜明的特征，一言以蔽之，性滑稽而善谐谑。《涑水记闻》称其"好滑稽"①，《渑水燕谈录》称其"滑稽善谑"②，《东轩笔录》说他"滑稽，喜谑玩"③，《谈苑》说他"性滑稽，喜嘲谑"④，《春渚纪闻》则曰："刘贡父舍人，滑稽辨捷，为近世之冠。"⑤ 滑稽、谐谑，可以说是刘攽的标签。笔记中关于刘攽的这类记载极多，往往令人忍俊不禁，甚至捧腹大笑。

《渑水燕谈录》记载了这样一段趣事：刘攽某日恭贺馆阁同僚王汾曰："君改赐章服，故致贺尔。"王汾一头雾水，表示"未尝受命"。刘攽回答："旦早闻阁门传报，君但询之。"王汾派人前往询问，并没有王汾的任命诏书，只下了一道圣旨："诸王坟得用红泥涂之。"⑥ 原来刘攽利用"汾""坟"谐音，故意打趣王汾。与此相关的另一条"段子"，也颇为有趣，见于《东轩笔录》：刘攽与王汾一同上朝，上朝时有知班吏唤"班"声，王汾笑谓刘攽："紫宸殿下频呼汝。"没想到刘攽应声答曰："寒食原头屡见君。"⑦ 同样是利用"汾""坟"谐音，以清明寒食时节上坟扫墓的情形调侃王汾。反应之敏速，反击之精准，几乎让人想见王汾哭笑不得的模样。

这类"段子"还有很多。又如《东轩笔录》卷十二所载：

① （宋）司马光：《涑水记闻》卷十五，中华书局1989年版，第300页。
② （宋）王辟之：《渑水燕谈录》卷十，中华书局1981年版，第123页。
③ （宋）魏泰：《东轩笔录》卷八，中华书局1983年版，第89页。
④ （宋）孔平仲：《谈苑》卷二，《全宋笔记》第二编第五册，大象出版社2006年版，第310页。
⑤ （宋）何薳：《春渚纪闻》卷六，中华书局1983年版，第95页。
⑥ （宋）王辟之：《渑水燕谈录》卷十，中华书局1981年版，第125页。
⑦ （宋）魏泰：《东轩笔录》卷十一，中华书局1983年版，第124页。

　　　　王平甫学士躯干魁硕而眉宇秀朗，尝盛夏入馆中，方下马，流汗
浃衣。刘攽见而笑曰："君真所谓汗淋学士也。"①

　　由"翰林学士"到"汗淋学士"，读音一样，意义却悄然转换，重要
的是切合其人其境，令人莞尔。又如，孙觉、孙洙同在馆职，称呼时极易
混淆。两人皆有胡须，而身形不同，孙觉高而肥，孙洙矮而瘦，刘攽戏称
二人为"大胡孙""小胡孙"②。"胡孙"音同"猢狲"，在对二人做出区分
的同时，还包含浓浓的调笑意味。

　　与馆阁同僚相处，毕竟属于相对轻松的交往语境，刘攽的玩笑可说是
信手拈来。而即便在一些严肃的场合，刘攽也会不时一展谐谑功底与滑稽
本性。刘攽担任开封府试官时，试题为《周易》中的《临》卦，有考生上
前请教："此卦大象如何？"意欲获得更多与试题相关的信息。刘攽的回答
却是："要见大象，当诣南御苑。"③ 将卦的"大象"坐实为动物"大象"，
想要看到动物"大象"，自然要前往养着大象的南御苑了。看似答非所问，
却极为巧妙地回避了考生的问题。

　　也是在担任开封府试官时④，刘攽与同为试官的王介意见不同。当时考生
文章中多用"畜"字，王介认为"畜"字与神宗名讳"顼"字相近，属于犯
讳，应当黜落。刘攽则认为不必黜落。两人争执，以致双双被罚，罢去试官之
职。开封府推官雍子方，有意调侃刘攽，云："据罪名，当决臀杖十三。"值此
受罚之际，刘攽也不忘调侃，答曰："然吾已入文字矣。其词曰：'切见开封府
推官雍子方身材长大，臀腿丰肥，臣实不如，举以自代。'"⑤ 一般来说，推举
比自己更合适的人才，才会用"举以自代"的说法。刘攽的"举以自代"，
却是让雍子方代他受所谓的"臀杖十三"。无怪乎"合坐大笑"。

　　综观宋人笔记对刘攽的记载，谐谑逸事占据主要篇幅。在笔记的反复

---

① （宋）魏泰：《东轩笔录》卷十二，中华书局1983年版，第138页。

② （宋）魏泰：《东轩笔录》卷十一，中华书局1983年版，第125页。

③ （宋）魏泰：《东轩笔录》卷八，中华书局1983年版，第89页。

④ 刘攽曾于治平三年、熙宁二年两度担任开封府试官。此次事件发生于熙宁时。见颜中其
《刘攽年谱》（《资治通鉴丛论》，河南人民出版社1985年版，第340页）。

⑤ （宋）魏泰：《东轩笔录》卷十一，中华书局1983年版，第125页。

记载与多方描绘中，刘攽的形象得以基本定型。这个刘攽，不但聪明机智，反应敏捷，更重要的是幽默滑稽，风趣异常。不过，当我们将目光移至笔记之外，去看史籍、文集等其他类型的文献时，却赫然发现，笔记之外存在"另一个"刘攽。

《东都事略》中的《刘攽传》，一如列传式的常规写法，依次叙述刘攽家世生平、仕宦履历及主要为官事迹。如记载刘攽主张经筵侍讲者不宜坐，认为"人主命之坐，与人主不命而请之，逆顺分矣"，时议虽不一，然终如刘攽所言——由此表现刘攽对于朝政的贡献。又记载刘攽治理曹州，法尚宽平，曹州盗贼不久即息——由此表现刘攽的为官才能与出色政绩。而对于刘攽的谐谑，传记只在最后部分轻轻带过一句"然不修威仪，喜谐谑，杂以嘲诮"①，仅此而已。《宋史》里的《刘攽传》基本上以《东都事略》为蓝本，在内容上未有太多变化，对刘攽谐谑的处理也相似。因此，史籍中的刘攽，看上去全然没有幽默风趣的特点，反而显得正襟危坐。

除了传记，我们还可以看到许多同时代人物对刘攽的评价。欧阳修推荐刘攽担任馆职，称其"辞学优赡，履行修谨，记问该博，可以备朝廷询访"②。苏轼《乞留刘攽状》盛赞刘攽："名闻一时，身兼数器，文章尔雅，博学强记。政事之美，如古循吏，流离困踬，守道不回。"③ 曾巩被任命为中书舍人时，上书请辞，并推举刘攽担任此职，说他："广览载籍，强记洽闻。求之辈流，罕有伦比。……累历州郡，治行可称。至于文辞，亦足观采。"认为刘攽才是中书舍人最佳人选。④ 苏辙欣赏刘攽"多闻直谅，文有师法，才力通敏，所至称治"⑤，上《乞擢任刘攽状》请求擢升刘攽，又在《刘攽中书舍人制》中称："能读坟典丘索之书，习知汉魏晋唐之故，中秉直谅，发为谋猷，方其流落之中，益闻恺悌之政。"⑥ 将这些评

① （宋）王称：《东都事略》卷七六《刘攽传》，《二十五别史》，齐鲁书社2000年版，第634页。
② （宋）欧阳修：《举刘攽吕惠卿充馆职札子》，《欧阳修全集》卷一一三，中华书局2001年版，第1715页。
③ （宋）苏轼：《乞留刘攽状》，《苏轼文集》卷二七，中华书局1986年版，第782页。
④ （宋）曾巩：《授中书舍人举刘攽自代状》，《曾巩集》卷三四，中华书局1984年版，第496页。
⑤ （宋）苏辙：《乞擢任刘攽状》，《苏辙集》卷三七，中华书局1990年版，第648页。
⑥ （宋）苏辙：《刘攽中书舍人制》，《苏辙集》卷二八，中华书局1990年版，第475页。

价加以总结，我们会看到，时人眼中的刘攽，是一位博学多闻、守道不回、吏治可称的典型文官。

除了为政方面，还有学术方面的评价。刘攽擅长史学。所作《东汉刊误》，尤为人称道。司马光修《资治通鉴》，汉代部分主要交由刘攽负责。司马光之子司马康对此表示："《资治通鉴》之成书，盖得人焉。"①

在与时人的往来交游中，刘攽也大抵为我们留下了类似的印象。如王安石《送刘贡父赴秦州清水》："笔下能当万人敌，腹中尝记五车书。"②也许只有同样风趣幽默的苏轼，才会在诗篇中偶尔留下一缕调笑的痕迹。③

笔记之内与笔记之外，我们看到了两个不同的刘攽形象。笔记之外，我们看到的刘攽是严肃的，是"正经"的，是在道德、才学、能力等各方面都极其优秀的宋代典型文官。然而，我们并不容易将他与其他拥有类似品质的士大夫清楚区分开来。而在笔记之内，我们看到的是另一个刘攽，这个刘攽是诙谐幽默的，他善于开玩笑，喜欢调侃他人，在玩笑与调侃中又处处体现出其机智与博学。他的面目不是类型化的，而是深具个性魅力的。

二　两种态度

将笔记内外加以对照，二者记述的重点显然有所不同。与其他类型的文体相比，笔记更偏重于记录片断的逸事趣闻，而这其中的许多内容，往往是史籍及其他正统诗文所不记的。因而二者塑造出的刘攽形象，也就有了显著的区别。不过，在两个刘攽形象的差别之外，值得进一步关注的，

---

① （宋）晁说之：《送王性之序》，《嵩山文集》卷一七，《四部丛刊续编》本。

② （宋）王安石：《送刘贡父赴秦州清水》，《王荆文公诗笺注》卷三六，上海古籍出版社2010年版，第903页。

③ 苏轼有《次韵刘贡父西省种竹》云："要知西掖承平事，记取刘郎种竹初。旧德终呼名字外，后生谁续笑谈余。"自注云："昔李公择种竹馆中，戏语同舍：'后人指此竹，必云李文正手植。'贡父笑曰：'文正不独系笔，亦知种竹耶？'时有笔工李文正。"苏轼在诗中将刘攽谐谑之语作为典故使用。自注虽涉谐谑，诗歌本身却不失严肃。见《苏轼诗集》，中华书局1982年版，第1501页。

是存在于笔记之内与笔记之外对于"谐谑"的两种不同态度。

《东都事略·刘攽传》中谈及刘攽谐谑的那几句话，其实颇可玩味，我们不妨再看一遍：

> 然不修威仪，喜谐谑，杂以嘲诮。

表示转折的"然"字，已显露出批评、叹惋的意味，意指刘攽的"谐谑""嘲诮"是其"缺点"，与上文所载的守道、勤政等"优点"形成落差。《宋史·刘攽传》的表述则是这样的：

> 为人疏俊，不修威仪，喜谐谑，数用以招怨悔，终不能改。[①]

这里虽然没有出现"然"字这样的转折，却在《东都事略》的基础上补了一句："数用以招怨悔，终不能改。"从正史的角度看来，刘攽的谐谑，是导致他数招怨悔的根源，亦即其仕途不顺、困踬流离的重要原因。"终不能改"，一个"改"字，明确表达了正史角度的价值判断：谐谑是缺点而绝非优点。而"终不能"的惋惜语气中，则包含隐性的批评态度。这也是《刘攽传》的最后一句话，以无限叹惋间接传达作传者对刘攽的基本评价。

李焘《续资治通鉴长编》也曾提到过刘攽的谐谑。英宗治平三年九月，马默被罢去监察御史里行一职。《长编》附载了数条马默任职期间弹劾不当的事实，其中一条即与刘攽有关。马默曾弹劾刘攽"轻薄无行""不可为开封试官"，这是由于"默除御史时，攽有戏言，默用此怒，故妄弹奏攽"[②]。"戏言"为何，《长编》未录。留下的仅是结果：刘攽曾因谐谑而导致被弹劾。这正与《宋史·刘攽传》中的叹惋相互呼应。

谐谑的内容，似乎难以被涵容在常规的历史记录中。宋人笔记却为这

---

① （元）脱脱等：《宋史》卷三一九《刘攽传》，中华书局1977年版，第10388页。

② （宋）李焘：《续资治通鉴长编》卷二〇八"英宗治平三年九月乙丑"，中华书局1985年版，第5062页。

样的内容保留了充分空间。据《东轩笔录》，马默弹奏刘攽轻薄，不当置在文馆。刘攽闻而叹曰："既为马默，岂合驴鸣?"[1] 由马默的名字加以引申，将马默的弹劾比拟成"驴鸣"，作成一副天然对仗，且暗含辛辣的讽刺，既好笑，又绝妙。另据邵博《邵氏闻见后录》，刘攽还曾立占一篇《马默驴鸣赋》，其中有"冀北群空，黔南技止"之句[2]。前一句是与马有关的典故，后一句则与驴有关，同样极为巧妙地讥讽了马默。这两处记载，有可能并非《长编》所说"默除御史时"刘攽的戏言，然而对于《长编》所载事实来说，这仍是极佳的补充。有了如此鲜活的细节，马默对于刘攽的怨忿可以推想而知。

通过这样的对比，我们发现，与史籍对"谐谑"的价值判断有所不同，笔记中刘攽的谐谑，是一种可宝可贵、可堪赏玩的质素。笔记中的谐谑，不再是刘攽的人生缺陷，也不再是守道、贤德的对立面，而是刘攽的亮点，是他特有的标签。尽管一些笔记作者也会偶尔提及，刘攽的谐谑确实招致了他人怨怼，但在记述的字里行间，却充满了对谐谑本身的兴趣。如《闻见后录》所记：

> 刘贡父呼蔡确为"倒悬蛤蜊"，盖蛤蜊一名"壳菜"也。确深衔之。[3]

这一谐谑的结果固然导致了蔡确对刘攽的怨怼，然而此后蔡确如何释放这种怨怼，则不再是这条笔记关心的内容。事实上刘攽确实因得罪蔡确而导致了仕途的曲折。[4] 但对笔记作者而言，这似乎属于另一个领域，也许史籍会需要记录这样的事实，但就笔记而言，却不必出现。作者的重心，在于"壳菜"与"蔡确"在读音上的微妙关联，在于刘攽对这一关联

---

① （宋）魏泰：《东轩笔录》卷八，中华书局 1983 年版，第 89 页。

② （宋）邵博：《邵氏闻见后录》卷三十，中华书局 1983 年版，第 239 页。

③ 同上。

④ 熙宁七年，神宗本欲以史官召刘攽，然蔡确进言不可，此事遂止。据颜中其《刘攽年谱》，《资治通鉴丛论》，河南人民出版社 1985 年版，第 347 页。

的谐谑发现。同样的情形也出现在《默记》中，虽然有王安石"大叹而心衔之"的记录，但让人在阅读时产生兴趣的，仍然是刘攽戏拆王安石名字的调笑之语："失女便成宕，无宀真是妒。下交乱真如，上交误当宁。"①

不少笔记在记载刘攽谐谑趣事时，甚至还有夸赞之语。《渑水燕谈录》记录了刘攽的某件谐谑趣事后，称"贡父之警辨多类此"②。尤具代表性的是关于涸梁山泊一事。这条逸事在宋人笔记中出现频率极高，《涑水记闻》《渑水燕谈录》《明道杂志》《闻见后录》等均有记载。其中时间较早且较为详细的记载，见于《涑水见闻》：

> 集贤校理刘攽贡父好滑稽，尝造介甫，值一客在坐，献策曰："梁山泊决而涸之，可得良田万余顷，但未择得便利之地贮其水耳。"介甫倾首沉思，曰："然。安得处所贮许多水乎？"贡父抗声曰："此甚不难。"介甫欣然，以谓有策，遽问之，贡父曰："别穿一梁山泊，则足以贮此水矣。"介甫大笑，遂止。③

在这一事件中，刘攽显示了一贯的谐谑与睿智。涸梁山泊以得良田，其实是不现实的。刘攽"别穿一梁山泊"的回答，故意沿着这一不现实的思路延伸，得出一个明显不合理的结论，从而点醒听者：此路不通。无须直接反驳，听者自然心明如镜。对于刘攽此次谐谑，笔记作者几乎一致给予好评。司马光虽未直接称赞，而"介甫大笑，遂止"的结语间接表达了其倾向。《渑水燕谈录》则曰："坐中皆绝倒，言者大惭沮。"④ 张耒《明道杂志》的赞美最为直接："贡父滑稽而解纷多此类。"⑤

不同笔记对刘攽同一逸事的反复记载，同样说明了谐谑对于笔记作者的吸引力。从较为常见的宋人笔记可以看到，刘攽有不少逸事是被记载在复数

① （宋）王铚：《默记》，《全宋笔记》第四编第三册，大象出版社 2008 年版，第 142 页。
② （宋）王辟之：《渑水燕谈录》卷十，中华书局 1981 年版，第 123 页。
③ （宋）司马光：《涑水记闻》卷十五，中华书局 1989 年版，第 300 页。
④ （宋）王辟之：《渑水燕谈录》卷十，中华书局 1981 年版，第 123 页。
⑤ （宋）张耒：《明道杂志》，《全宋笔记》第二编第七册，大象出版社 2006 年版，第 15 页。
《明道杂志》将梁山泊记为太湖，应为误记。

的笔记中。同一逸事见于两种或两种以上笔记，这其中又有两种不同情况。第一，一种笔记的写作时间较晚，所记逸事有可能是对较早笔记的复述。如"汗淋学士"一条，除《东轩笔录》外，也被记录在南宋时期曾慥的《高斋漫录》中，且文字相差不甚大，可能是曾慥从《东轩笔录》中摘录而成。第二，几种笔记的出现时间相差不远，很难判定谁先谁后，且所记内容虽大体相同，具体细节却有不小的差异。这很可能是不同作者同时对这一逸事产生兴趣，故而形成了不同的记载版本。如大小"胡孙"一条，《东轩笔录》的记载非常简明，而《师友谈记》则详细记录了大小"胡孙"的由来：

> 孙巨源内翰从贡父求墨，而吏送达孙莘老中丞。巨源以其求而未得让刘。刘曰："已尝送君矣。"已而知莘老误留也。以其皆取姓孙而为馆职，故吏辈莫得而别焉。刘曰："何不取其髯为别？"吏曰："皆胡而莫能分也。"刘曰："既是皆胡，何不以其身之大小为别？"吏曰："诺。"于是馆中以孙莘老为大胡孙学士，巨源为小胡孙学士。①

记载的差别，一方面说明刘攽谐谑趣事传播之广，另一方面则说明不同作者对这些趣事的兴趣之浓。如果没有笔记作者充满兴趣的层层渲染，恐怕未必能形成如此精彩的刘攽形象。

将笔记之内与笔记之外进行对比，我们会发现，在对刘攽这样同一个人物的表现上，不仅记录的重心各有偏重，它们对于谐谑的态度也存在极为鲜明的落差。这种落差表明，笔记作为一种文体，有其特定的取向，并承载着某些独特的、有别于正统著述的文学功能及风格。

三　谐谑：宋代笔记的一种倾向

宋代笔记堪称繁盛，体制虽大体沿袭前代，但在创作意旨、内容选择、风格趣尚等方面却有诸多发展变化，形成了属于自身的品格。谐谑之

---

① （宋）李廌：《师友谈记》，中华书局 2002 年版，第 33 页。

风即是宋代笔记凸显出来的一种倾向。我们会发现，在宋人笔记中，谐谑
并非刘攽这个人物的特殊印记，而是充斥在笔记中的一种鲜明特色。刘攽
具有典型性，却绝非唯一的谐谑者。

　　笔记中另一位以谐谑著称的人物——石中立，他的趣事也非常多见。
石中立（972—1049）主要生活在真宗、仁宗两朝，"好谐谑，士大夫能道
其语者甚多"①，可见其谐谑的声名远播，备受时人关注。与刘攽相似，石
中立也是机智幽默、反应敏捷的谐谑者。如《谈苑》所载这则逸事：

　　　　天禧为员外郎，时西域献狮子，畜于御苑，日给羊肉十五斤，率
　　同列往观，或曰："吾辈忝预郎曹，反不及一兽。"石曰："若何不知
　　分？彼乃苑中狮子，吾曹园外狼耳，安可并耶？"②

　　石中立利用"园外狼"与"员外郎"谐音，既是打趣，也是自嘲。
　　与刘攽相似，笔记内外的两种态度，也同样发生在石中立身上。他
的谐谑趣事主要出现在笔记中。到了朝堂之际，对于石中立谐谑的评价，
立刻有了鲜明不同的立场。苏舜钦《诣匦通疏》是将其"诙谐"作为缺
点来陈述的：

　　　　石中立顷在朝行，以诙谐自任，士人或有宴集，必置席间，听其
　　语言，以资笑噱。今处之近辅，不闻嘉谋，物望甚轻，人情所忽，使
　　灾害屡降而朝廷不尊。③

　　韩琦亦曰："中立在位，喜诙笑，非大臣体。"④ 石中立由此被罢参知
政事。然而石中立并未因他人的劝诫而有所转变。对于这一点的记载，史
籍与笔记同样显现出微妙的不同。《续资治通鉴长编》云：

---

① （宋）欧阳修：《归田录》卷一，中华书局 1983 年版，第 2 页。
② 《谈苑》卷二，《全宋笔记》第二编第五册，大象出版社 2008 年版，第 311 页。
③ 《续资治通鉴长编》卷一二一"仁宗宝元元年正月乙卯"，中华书局 1985 年版，第 2853 页。
④ （元）脱脱等：《宋史》卷二六三《石中立传》，中华书局 1977 年版，第 9104 页。

中立性疏旷，少威仪，好谐谑……及参大政，或谏止，中立曰："诏书云'余如故'，安可改！"人传以为笑。①

《谈苑》则记曰：

一日，又改授礼部郎中，时相勉之曰："主上以公清通详练，故授此职，宜减削诙谐。"对曰："某授诰云：特授礼部郎中，余如故。以此不敢减削。"②

"余如故"是官职任免诏书中的常见用语，意谓其他方面的职任、勋爵等一如此前，没有变化。石中立却将"余如故"有意解读为谐谑可以"如故"。在《长编》中，"人传以为笑"的表述，即便不是贬义，也绝非褒义。紧随其后的是这样两句："然练习台阁故事，不汲汲近名。"由"然"的转折可以看出，"然"之后为褒扬，"然"之前属批评。笔记的记载却将这一情景描绘得绘声绘色，他人的劝勉与石中立睿智幽默的回答形成对照，充满趣味。如果说这里有"笑"，那一定不是"人传以为笑"的嘲笑，而是令人莞尔的微笑。

在刘攽、石中立以外，还有不少类似的人物。苏轼也具有这样的特点。苏轼与刘攽又是好朋友，不少谐谑趣事即发生在他们二人之间。如《后山谈丛》所记，刘攽因与苏轼有诗歌唱酬，以致在乌台诗案中被牵连罚金，刘攽因而故意调侃苏轼，称自己在曹州任职时，有盗贼窃得举子所作诗歌一卷，就当铺典当，当铺主人深爱其诗，后盗窃之事败露，官吏索还诗卷，主人不舍，表示："吾爱其语，将和之也。"官吏回答："贼诗不中和也。"刘攽编造这个故事，是为了调侃苏轼之诗为"贼诗"。苏轼听后，也不示弱，娓娓道来：

孔子尝出，颜、仲二子行而过市，而卒遇其师，子路趑捷，跃而

① 《续资治通鉴长编》卷一百六十七"仁宗皇祐元年八月甲申"，中华书局1985年版，第4013页。
② 《谈苑》卷二，《全宋笔记》第二编第五册，大象出版社2008年版，第311页。

升木，颜渊懦缓，顾无所之，就市中刑人所经幢避之，所谓"石幢子"者。既去，市人以贤者所至，不可复以故名，遂共谓"避孔塔"。①

据说刘攽晚年因病导致鼻梁塌陷，苏轼这个看似正经的故事，其实是绕着弯儿笑刘攽"鼻孔塌"。苏轼的逸事趣闻极多，散见于众多笔记。笔记中关于苏轼诙谐幽默的逸事趣闻，从一个重要侧面塑造了苏轼的形象。在一定程度上可以说，苏轼之所以成为我们今天眼中的"苏轼"，笔记的记载功不可没。

除了刘攽、石中立这样的谐谑典型，宋人笔记中还有许许多多其他人物的谐谑趣事，从而汇聚成颇为突出的一股潮流。欧阳修《归田录》是宋人笔记中较早且影响颇大的一种，其中就有不少。如其中两条：

> 故参知政事丁公（度）、晁公（宗悫）往时同在馆中，喜相谐谑。晁因迁职，以启谢丁，时丁方为群牧判官，乃戏晁曰："启事更不奉答，当以粪墼一车为报。"晁答曰："得墼胜于得启。"闻者以为善对。②
>
> 杨文公尝戒其门人，为文宜避俗语。既而公因作表云："伏惟陛下德迈九皇。"门人郑戬遽请于公曰："未审何时得卖生菜？"于是公为之大笑而易之。③

类似条目在《归田录》中还有许多。后来的很多笔记也都不同程度地体现出了相似的偏好。一些笔记甚至为此专设一类，如《渑水燕谈录》卷十即"谈谑"类。王得臣《麈史》也专设"谐谑"一门。又如南宋江少虞编《事实类苑》，共分二十四门，"谈谐戏谑"即为其中一门，占五卷篇幅之多。与此相近的，还有沈括《梦溪笔谈》中的"讥谑"门等。谐谑趣事已构成宋代笔记中一道亮丽风景。

---

① （宋）陈师道：《后山谈丛》卷五，中华书局 2007 年版，第 70 页。
② （宋）欧阳修：《归田录》卷一，中华书局 1983 年版，第 2 页。
③ 同上书，第 16 页。

　　宋代笔记之所以形成鲜明的谐谑倾向，原因是多方面的。刘攽、石中立等人自身所具备的谐谑特点，这固然是重要的条件，但更为重要的，则是笔记这一文体的特性以及笔记作者的态度和取向。

　　笔记这种文体非常复杂，大体来说有两个基本特点：从形式上说，特点在于"散"，长短随意，记叙随宜；从内容上说，特点在于"杂"，凡事可录，无所拘束。① 笔记起源很早，自诞生之初，便具有杂记琐事的特点。到了唐代，随着形制的基本稳定与成熟②，这一特点越发鲜明。如李肇《唐国史补》，即在序中明确说明该书记录的标准："言报应，叙鬼神，述梦卜，近帷箔，悉去之；纪事实，探物理，辨疑惑，示劝戒，采风俗，助谈笑，则书之。"虽列出诸多不记的类型，但大体是基于某些特定的价值判断而选择"去之"，就内容本身而言，并未降低其繁杂的特性。

　　李肇的这一标准被后来的欧阳修《归田录》引以为基本法则③（尽管从深层来看二者仍存在许多不同）。诚如《归田录序》所言，"朝廷之遗事，史官之所不记，与夫士大夫笑谈之余而可录者，录之以备闲居之览也"④。《渑水燕谈录》的序言中则称："接贤士大夫谈议，有可取者，辄记之……以为南亩北窗、倚杖鼓腹之资。"⑤ 燕谈之余，杂记闻见，以备谈资，这是宋人笔记的重要出发点。笔记自身的文体特性，使得大量繁杂琐细之事可以被涵容到这一文体中来。既然如此，那么谐谑戏笑之事，也自然成为笔记的题中应有之义。笔记自身所具备的特性，为宋代笔记谐谑之风的盛行打开了大门。

　　不过，与笔记本身的包容性相比，进一步促使谐谑之风步入坦途的，却是笔记作者的创作取向。补史之阙，这曾是许多笔记作者的写作目的。李肇《唐国史补》，从书名中即可看出其意旨。到了宋代，写作目的趋于多元化。一些笔记，甚至可以说，有相当一部分笔记，非但不再积极强调

---

① 笔记的基本特点，参见刘叶秋《历代笔记概述》，北京出版社 2011 年版，第 6 页。

② 同上书，第 91 页。

③ （宋）欧阳修：《归田录》跋云："余之所录，大抵以肇为法。"（中华书局 1983 年版，第 37 页）

④ 同上书，第 3 页。

⑤ （宋）王辟之：《渑水燕谈录》，中华书局 1981 年版，第 3 页。

补史之阙，反而体现出与历史记载的有意疏离。《归田录序》虽表示记录的是"朝廷之遗事，史官之所不记"，但细味全序，欧阳修所看重的，其实正是这些不会被史官记载的内容；之所以记载这些内容，也不是为了给正史增添一两笔的素材，而是"录之以备闲居之览也"，是基于个人的兴趣和需要。王辟之《渑水燕谈录序》其实也有相似的表达，他强调自己"今且老矣，仕不出乎州县，身不脱乎饥寒，不得与闻朝廷之论、史官所书"，自己的身份本身就远离朝廷，而记载这些"贤士大夫谈议"，目的是作为"南亩北窗、倚杖鼓腹之资"，是隐居故庐的消遣方式。叶梦得《石林燕语序》亦云："余既卜别馆于卞山之石林谷……嵌岩之下，无与为娱，纵谈所及，多故实旧闻，或古今嘉言善行……下至田夫野老之言，与夫滑稽谐谑之辞，时以抵掌一笑。"① 对叶梦得来说，这些闲谈燕语，实为一种娱乐消闲的重要资源。他的《避暑录话序》表达了相似的意思："泛语古今杂事、耳目所接，论说平生出处，及道老交亲戚之言，以为欢笑。"②

尽管补史意识仍是宋人笔记的重要创作动机之一，但在不少笔记作者那里，补史意识确实有所减少，与之相应的，则是个人自娱意识的增多。许多作者不再试图让笔记承担社会化的责任，而倾向于将笔记纳入更为个人化的创作空间，注重个人的消遣与娱乐。宋代笔记的谐谑倾向，正是笔记作者个人化的创作取向、自娱意识增强的结果。谐谑在笔记中大行其道，促使宋代笔记日益发展出一种轻松愉悦的态度。

四　愉悦的士大夫与愉悦的写作姿态

古代亦有滑稽诙谐的传统，不过以刘攽为代表的宋代笔记中的谐谑，却并非对既往滑稽诙谐传统的被动延续，而具有相当明显的时代特色。

滑稽诙谐的传统由来已久，在发展过程中形成了不同的支流，其中三

---

① （宋）叶梦得：《石林燕语》，中华书局 1984 年版，第 1 页。
② （宋）叶梦得：《避暑录话》，上海书店出版社 1990 年版，第 1 页。

条比较重要。第一条以《史记·滑稽列传》《文心雕龙·谐隐》为代表，属于比较正统的路数。《史记·滑稽列传》，其中记载的淳于髡、优孟、优旃等人，均以滑稽俳谐之言，纠正君王的不当言行。对司马迁而言，滑稽是手段，通过手段达到"谈言微中，亦可以解纷"的效果，才是为这些人物列传的关键。《文心雕龙·谐隐》列举了包括淳于髡、优孟、优旃等在内的诸多"谐辞隐言"事例，可说是对这一传统的一次系统梳理。刘勰所看重的，同样并非"谐辞隐言"中的愉悦，而是肯定其"意在微讽，有足观者"①，对于单纯调笑、没有匡正之功的"滑稽"风气，则是持批判态度的。这一支流，大体为后世的史传等正统文学所继承。

第二条支流则属于单纯的俳谐调笑，以魏邯郸淳《笑林》、隋侯白《启颜录》等笑话故事集为代表，也包括后世杂剧中的插科打诨，并不追求什么"微讽""解纷"，只为供人一笑。

第三条支流则介于前两条之间，既非"意在微讽"，也有别于单纯调笑，而在风趣诙谐的同时，包含智慧的思维或深长的意味，也可以称为一种"幽默"。比较早的代表，是《世说新语·排调》，其中记载了不少嘲笑、戏弄、讽刺的故事，体现着魏晋风度的一个侧面。如其中两则：

> 支道林因人就深公买印山，深公答曰："未闻巢、由买山而隐。"
> 张吴兴年八岁，亏齿，先达知其不常，故戏之曰："君口中何为开狗窦？"张应声答曰："正使君辈从此中出入！"

后来笔记中的谐谑传统与这一支流渊源更近。只不过《世说新语》更看重人物的表现，突出人物反应的机敏、回答的切中要害，落脚点在人物之风度，不在谐谑本身。

唐代笔记中的谐谑嘲戏已有不少，如《大唐新语》卷十三有"谐谑"门，共十四条。《唐国史补》《朝野佥载》中，也有一些类似的记载。不过

---

① （南朝梁）刘勰：《文心雕龙注》，范文澜注，人民文学出版社1958年版，第270页。

总体而言，唐人笔记中的"谐谑"更偏于"嘲讽"①。以《大唐新语》为例，记载唐太宗宴请近臣，"令嘲谑以为乐"，长孙无忌嘲讽欧阳询形似猕猴："耸膊成山字，埋肩不出头。谁家麟阁上，画此一猕猴？"欧阳询反唇相讥，称其为："索头连背暖，漫裆畏肚寒。只由心溷溷，所以面团团。"②这些嘲谑非常直接地针对对方身体缺陷，虽然敏捷，却近乎人身攻击。又如记载侯思止发音不标准，惹人嘲笑，武则天听说其事，非但不处罚嘲笑者，自己也乐得大笑。③

与唐代笔记相比，宋代笔记中以讥讽、嘲笑为乐的内容有所减少，以渊博学识为基础而激发出的谐谑趣事明显增多。刘攽的谐谑趣事，就往往包含深厚的学养。《渑水燕谈录》云：

> 熙宁中，学士以《字解》相上，或问贡父曰："曾得字学新说否？"贡父曰："字有三牛为奔（犇）字，三鹿为粗（麤）字。窃以牛为粗而行缓，非善奔者；鹿善奔而体瘦，非粗大者。欲二字相易，庶各会其意。"闻者大笑。④

当时王安石《字说》盛行一时，然对字的解释有许多牵强附会之处。刘攽对"犇""麤"二字的解释，其实是套用了王安石《字说》常用的一套法则，由这一法则引出结论："犇""麤"二字应当相互调换才能"各会其意"。如此解字，可见《字说》异想天开的成分。乍一听刘攽此说，如此在理，如此煞有介事，然而细想来却又如此可笑。若非有大学问者，不能得此精彩之语。

又如刘攽曾调侃王汾口吃："恐是昌家，又疑非类。不见雄名，惟闻

---

① 李颖：《唐代笔记小说谐谑之风审度》（《求索》2012 年第 10 期）一文虽以"谐谑"为题，但具体论述中主要使用的却是"嘲谑"一词，由此可见一斑。李锦：《唐代幽默文学研究》（博士学位论文，陕西师范大学，2006 年）中有一节《文人幽默笔记中塑造的幽默形象》，主要讨论的也都是唐代文人笔记对愚蠢、吝啬、糊涂之人的嘲笑讥刺。

② （唐）刘肃：《大唐新语》卷十三，中华书局 1984 年版，第 188 页。

③ 同上书，第 190 页。

④ （宋）王辟之：《渑水燕谈录》卷十，中华书局 1981 年版，第 126 页。

艾气。"① 周昌、韩非、扬雄、邓艾，都是历史上有名的口吃人物。四句中
每句都暗用一个口吃人物的名字，意思上却又取这个字本身的意思，形成
谐谑效果。用典巧妙，对仗工整，调笑中包含如此功夫，确实精彩绝伦。
将刘攽为代表的宋人"谐谑"与唐人"谐谑"相比，确乎存在差别。宋人
"谐谑"融入了更多智性的成分。

　　除了内容取向的差别，在记述的态度上，唐宋笔记也显示出微妙的不
同。在唐人笔下，记载"谐谑"之事时，字里行间，嘲讽的态度更为鲜
明。如《大唐新语》记载果州司马元宗逵之吝啬，家中婢女去世，竟不舍
得买一口新棺装殓，只命人买口旧的。此事传扬开来，"一州以为口实"②。
又记载道人李荣作诗嘲讽僧人，虽然此诗颇为巧妙，受人赞誉，然而李荣
本人却"声称从此而减"③。类似的表述反复出现，间接流露出笔记作者对
待所记之事抱持的消极态度。

　　相较之下，宋人笔记对于谐谑的记录，包含更多正面的判断与主观的
愉悦感。或许也有皮里阳秋之处，如刘攽以谐谑方式讽刺王安石《字说》，
但这并非笔记有意着墨之处。谐谑人物的聪慧敏捷、谐谑之事本身的奇思
妙想以及谐谑所带来的欢愉，才是宋人笔记在记载谐谑趣事时的着眼点。
正如上文所言，笔记作者自娱意识的增强，促使宋代笔记更多关注故事的
趣味性与欢愉感。参与其事的人是愉悦的，记录者也是愉悦的，读者同样
是愉悦的。我们常常可以看到笔记在记载谐谑趣事之后的补笔，是不同形
式的"笑"。如《东轩笔录》记载刘攽调侃雍子方之事，末记："合坐大
笑。"又如《后山谈丛》记苏轼"避孔塔"，末称："坐者绝倒。"又如
《曲洧旧闻》卷五记载刘攽调侃沈括之事，末云："众悟其为戏，乃大笑而
去。"不是嘲笑，也不是讪笑，而是一种欢乐开怀的笑。

　　总结宋代笔记中的谐谑，我们会发现，其所代表的是一种士大夫的
智性愉悦。宋代笔记中谐谑倾向之所以具备独特的魅力，很大程度上离
不开这一要素。这样一种谐谑的形式在宋代笔记中表现得如此突出，其

---

① （宋）魏泰：《东轩笔录》卷十一，中华书局 1983 年版，第 124 页。
② （唐）刘肃：《大唐新语》卷十三，中华书局 1984 年版，第 189 页。
③ 同上书，第 190 页。

实映射着宋代士大夫对智性愉悦的欣赏与诉求，以及宋代士大夫的幽默所达到的高度。

我们从宋人对谐谑的记载中触摸到了一种鲜明的愉悦，这份愉悦恰是宋人笔记所提供的一种新的文学质素。欧阳修《归田录》或许起到了某种引领作用。

关于《归田录》中的谐谑趣事，宋人有过一种解释。据朱弁《曲洧旧闻》记载，《归田录》初成，书未出而序先传，引起宋神宗关注，命令欧阳修进呈该书。欧阳修觉得某些条目不宜被神宗读到，因此"尽删去之"，又担心所剩内容太少，故"杂记戏笑不急之事，以充满其卷帙"①。所以后来人们所看到的，就是这本经过删补的《归田录》。对于这一说法，美国学者艾朗诺的意见非常值得重视。艾朗诺表示，欧阳修的进呈本与原本有所不同，这是可信的。但若导致后人认为"戏笑不急之事"皆为毫无意义、不值一提的填补作品，则不能令人信服。与此相反，艾朗诺认为，这正是欧阳修笔记创作的新意与价值所在。尽管欧阳修表示基本遵循李肇《国史补》序中提到的原则，但实际上"就主题和风格而言，欧阳修的作品与李肇有本质区别"②。与李肇不同，欧阳修运用了很强的个人语气，"是以一种很愉快的心情来记录这些快乐时光的"。尽管艾朗诺所说的，并不只是针对那些诙谐幽默的记载，而是指《归田录》记录的整体态度。不过，这一发现正说明，《归田录》的确充溢着一种愉悦的心情，体现着欧阳修愉悦的写作姿态。作为影响颇大的一部笔记，其创作意旨与风格取向都对后来笔记有深远影响。

以刘攽为引子，通过对宋人笔记谐谑记载的考察，我们发现，一种愉悦的写作姿态在笔记中蔓延开来。这种愉悦虽非笔记唯一的特性，却是笔记极为重要的一种特性。我们可以从许多笔记作者那里感受到这样一种轻松从容的态度，并由此造就了宋代笔记一种幽默诙谐的特质。

再往深一层说，愉悦是宋代文学极为重要的品质之一。日本学者吉川

---

① （宋）朱弁：《曲洧旧闻》卷九，中华书局 2002 年版，第 217 页。

② ［美］艾朗诺：《美的焦虑：北宋士大夫的审美思想与追求》，杜斐然、刘鹏、潘玉涛译，上海古籍出版社 2013 年版，第 50 页。

幸次郎在苏轼那里发现了宋诗对"悲哀"的扬弃①；德国学者顾彬认为宋代士大夫的自然观与前代相比有新的变化，哀伤不再是生活的主调，而寻找到了一种欢快的宁静②；艾朗诺则看到了以欧阳修为代表的北宋士大夫所获得的愉悦③。综观宋代文学的发展趋向与审美趣味，愉悦的写作姿态确实渗透在方方面面，并影响了宋代文学整体面貌的形成。而笔记因其内容多元、形式随意的特点，使这种愉悦体现得最为直接而鲜明。

总之，宋代笔记的谐谑倾向，体现出作者愉悦的写作姿态。通过笔记写作传达某种愉悦，甚而达成某种愉悦，并且孕育成一种包含深深愉悦之美的文学质素，这是宋代笔记对文学的重要贡献之一。

---

① ［日］吉川幸次郎：《宋诗的人生观——对悲哀的扬弃》，《宋元明诗概说》，复旦大学出版社 2012 年版，第 19—22 页。

② 参见顾彬《中国文人的自然观》，上海人民出版社 1990 年版，第 227 页。

③ 艾朗诺《美的焦虑》一书多次提到了"愉悦"或类似的词语，如第一章欧阳修收藏铭文的"愉悦"（第 13 页），第二章欧阳修《归田录》记载贡院唱和事件时所体现出的"愉快"心情（第 52 页），第三章《洛阳牡丹记》体现了作者任由自己陷入某种"喜悦"等（第 102 页）。

话题,身份与选择:宋代笔记中的人物形象

复旦大学中文系　　赵惠俊

诗人写诗,或感于哀乐,或缘事而发,因为言志抒怀是诗歌最重要的发生机制与写作传统。而笔记作家记笔记则是因为某件人事勾起了他的兴趣,或欲记下备忘,或欲为此评论,或欲辨析疑义,或欲以供谈资……勾起兴趣的人事就是每一则条目的话题,无论条目的性质是小说故事,是历史琐闻,还是辩证考据,它们的背后都离不开话题。宋人好言本朝人事,本朝人物即是宋代笔记中一个重要的话题来源。这些成为话题的人物林林总总,谈论的条目又多散见于不同作者的笔记中,但如果我们将以同一人物为话题的条目汇总起来,则可以看出是他们的哪些性格特点或个人经历成为笔记作者的话题。同时,我们又可以发现人物在成为某种笔记的话题之后,便不再是其本身,而成为被该笔记作者塑造的形象,这种形象往往又会成为后代笔记作者的话题,如此循环下去,人物形象最终会在笔记世界里被符号化定型。本文拟以宋初文士杨亿、晏殊与石曼卿为例,探讨本朝人物形象如何成为笔记作者的话题,笔记作者如何在话题中选择谈论点,又如何在话题的谈论中塑造出笔记特色的形象。

一　杨亿:"神童"与翰林学士

人是社会属性的动物,每一个人都带有若干种社会身份,而这些身份的集合又构成了自我。无论他人还是自我,都需要通过身份来认识自己、

定义自己,随之又通过身份来寻找同类与归宿,从而形成社会群体。对于这样形成的群体来说,一个拥有他人皆不具备的特殊身份的人物,往往会成为其间的焦点,成为引起群体兴趣的话题。杨亿,一个由"神童"成长起来的士大夫,是士大夫及其周边文人经常谈论的人物,"神童"便是最先入话柄的特殊身份。与士大夫关系密切的僧人文莹就写下了这样一则笔记条目:

> 杨大年年十一,建州送入阙下,太宗亲试一赋一诗,顷刻而就。上喜,令中人送中书,俾宰臣再试。时参政李至状:"臣等今月某日,入内都知王仁睿传圣旨,押送建州十一岁习进士杨亿到中书。其人来自江湖,对扬轩陛,殊无震慑,便有老成,盖圣祚承平,神童间出也。臣亦令赋《喜朝京阙诗》五言六韵,亦顷刻而成。其诗谨封进。"诗内有"七闽波渺邈,双阙气岩巍。晓登云外岭,夜渡月中潮"。断句云:"愿秉清忠节,终身立圣朝"之句。
>
> 文莹《湘山野录》卷上①

文莹选择的话题谈论点是杨亿应"神童"试之事。绝大多数士大夫的科举经历在程序和现场两方面基本大同小异,没有谈论的必要。但杨亿所应之"神童"试则不然,这对于宋人来说是陌生的,会引起他们的好奇。然而引起文莹兴趣的不是杨亿应"神童"试的程序,而是杨亿何以成为"神童"。因此记叙中穿插进"顷刻而就""顷刻而成"的两处重复,强调杨亿敏捷的才思,又通过援引试诗中的句子证明年少的杨亿确有非凡的文才,告诉读者杨亿的"神童"并非浪得虚名。文莹节引的李至状表中"盖圣祚承平,神童间出也"一句似乎不能轻易放过,他将此句保留在有限的篇幅中正意味着对其的重视,因为它道出了"神童"存在的意义——太平盛世的标志与点缀。

"神童"有过于常人的文才,杨亿因为具备了此能力而获得"神童"身份,而又必须时时展现此能力以维护他的身份。正如朱刚所指出的那

---

① (宋)文莹:《湘山野录》卷上,郑世刚整理,朱易安、傅璇琮等主编《全宋笔记》第一编第六册,大象出版社 2003 年版,第 12—13 页。

样:"如果进士们可以把写作诗赋的能力当作敲门砖,通过考试后便不妨丢弃,那么'神童'就必须追求终生具备写作方面的特长,否则就显得名不副实。"① 太平盛世的点缀是"神童"拥有此身份后需尽之义务,杨亿又必须通过展现文才能力以履行此义务。杨亿在"神童"试之后屡屡进献谀颂之文②,将自己卓越的文才投放在对升平时代的称颂中,以此捍卫着自己的身份,又以此获得官位的升迁。这样一来,杨亿自身的行为就不断强化他"神童"身份的特质,为士大夫提供了许多此类话题谈论点,但他们多还是以摘引句子的方式进行谈论。

> 杨文公亿,初入馆时年甚少。故事,初授馆职必以启事谢先达。时公启事有曰:"朝无绛、灌,不妨贾谊之少年;坐有邹、枚,未害相如之未至。"一时称之。
>
> 徐度《却扫编》卷上③

> 杨文公初为光禄寺丞,太宗颇爱其才。一日,后苑赏花宴词臣,公不得预,以诗贻诸馆阁曰:"闻戴宫花满鬓红,上林丝管侍重瞳。蓬莱咫尺无因到,始信仙凡迥不同。"诸公不敢匿,以诗进呈。上诘有司所以不召,左右以未贴职,例不得预。即命直集贤院,免谢,令预晚宴,时以为荣。
>
> 王辟之《渑水燕谈录》卷七④

---

① 朱刚:《唐宋"古文运动"与士大夫文学》,复旦大学出版社2013年版,第125页。
② 《宋史》本传记载:"淳化中,诣阙献文,改太常寺奉礼郎,仍令读书秘阁。献《二京赋》,命试翰林,赐进士第,迁光禄寺丞。属后苑赏花曲宴,太宗召命赋诗于坐侧;又上《金明池颂》,太宗诵其警句于宰相。明年三月,苑中曲宴,亿复以诗献。至道初,太宗亲制九弦琴、五弦阮,文士奏颂者众,独称亿为优,赐绯鱼。"(元)脱脱:《宋史》卷三百五,中华书局1985年版,第10080页。
③ (宋)徐度:《却扫编》卷上,朱凯、姜汉椿整理,朱易安、傅璇琮等主编《全宋笔记》第三编第十册,大象出版社2008年版,第126页。
④ (宋)王辟之:《渑水燕谈录》卷七,金圆整理,朱易安、傅璇琮等主编《全宋笔记》第二编第四册,大象出版社2006年版,第72页。

杨亿作《二京赋》既成,好事者多为传写。有轻薄子书其门曰:"孟坚再生,平子出世,《文选》中间,恨无隙地。"杨亦书门答之曰:"赏惜违颜,事等隔世,虽书我门,不争此地。"

袁褧《枫窗小牍》卷上①

杨文公大年美须髯。一日,早朝罢,至都堂,丁晋公时在政府,戏谓之曰:"内翰拜时须扫地。"公应声曰:"相公坐处幕漫天。"晋公知其讥己,而喜其敏捷,大称赏之。

曾敏行《独醒杂志》卷一②

　　摘引之句并不局限于所进赋颂中,还包括平日的应答妙语。但各条目关注的话题点却和文莹一样,都感兴趣于杨亿非凡的文才与敏捷的才思。二者是杨亿得以拥有"神童"身份的前提,他也因此受到帝王与大臣的赏识。"神童"是引起笔记写作的话题,但就在条目写就的同时,"神童"随即退于幕后,我们在文本中看不到任何"神童"的影子,上述两大要素已经成为士大夫杨亿形象的两大特征。当然,并非所有笔记作者都对此抱以赞赏,《儒林公议》中就有一则条目叙述了时人对于杨亿及其西昆体诗风的贬斥③,这也是当时的一股重要潮流,但依旧属于上述话题下的论说,只不过以不同的立场,与上述诸条一起,构成了话题中的正反两面。

　　"神童"不可能一直在秘阁读书,当其长成之后,就需要给他安排一个合适的官职。这时,"神童"的身份又一次提醒人们注意其文采斐然与才思敏捷的特征。这正是负责草拟文诰诏令的翰林学士必备素质,那么授予其这个官职是为人尽其才了。那么再反过来说,当人们看到一位具有翰

　　① (宋)袁褧:《枫窗小牍》卷上,俞纲、王彩燕整理,朱易安、傅璇琮等主编《全宋笔记》第四编第五册,大象出版社2008年版,第215页。
　　② (宋)曾敏行:《独醒杂志》卷一,朱杰人整理,朱易安、傅璇琮等主编《全宋笔记》第四编第五册,大象出版社2008年版,第120页。
　　③ (宋)田况:《儒林公议》,储玲玲整理,朱易安、傅璇琮等主编《全宋笔记》第一编第五册,大象出版社2003年版,第87页。

林学士身份的人时，会想当然地认为他肯定具备这两点特征。

翰林学士本身就是一个宋代笔记中的常见话题，笔记作者在这个话题下除了讨论翰林学士的文才之外，往往还会将早期翰林当作笑料来谈说，似乎觉得他们的人品并不怎么样，带上了作者的轻视与偏见。杨亿之前，最能引起笔记作者话题的翰林学士莫过于陶谷，而话题的谈论点多集中在这件事上。

> 陶谷，自五代至国初，文翰为一时之冠。然其为人倾险狠媚，自汉初始得用，即致李崧赤族之祸，由是缙绅莫不畏而忌之。太祖虽不喜，然藉其词华足用，故尚置于翰苑。谷自以久次旧人，意希大用。建隆以后，为宰相者，往往不由文翰，而闻望皆出谷下。谷不能平，乃俾其党与因事荐引，以为久在词禁，宣力实多，亦以微伺上旨。太祖笑曰："颇闻翰林草制，皆检前人旧本，改换词语，此乃俗所谓依样画葫芦耳，何宣力之有？"谷闻之，乃作诗书于玉堂之壁，曰："官职须由生处有，才能不管用时无。堪笑翰林陶学士，年年依样画葫芦。"太祖益薄其怨望，遂决意不用矣。
>
> 魏泰《东轩笔记》卷一①

可以看出，时人对陶谷的道德操守颇有微词，他的长处只在能写出华美的篇章，故而只将其置于翰苑。叙述中引录的"依样画葫芦"云云表明太祖并不把翰林学士的工作当回事，也并不觉得陶谷的文学才能是什么了不起的事情，但陶谷本人却颇以此自傲并因而生怨。魏泰即将此拿来组成了话题中的矛盾，从而展现出一个没有自知之明又略带酸腐猥琐色彩的陶谷形象，对他抱以轻蔑与讽刺的态度。但是笔记作者并非仅仅这样认识翰林学士陶谷，往往也会将其迁移到所有早期翰林学士身上，特别是那些以文才捷思著称于世的学士。由于杨亿经常在"神童"话题中被谈及，从而文才与捷思是其形象的重要标志，于是到了翰林学士话题中，他也成为一

---

① （宋）魏泰：《东轩笔记》卷一，燕永成整理，朱易安、傅璇琮等主编《全宋笔记》第二编第八册，大象出版社 2006 年版，第 8 页。

个与陶谷相似的穷酸文人。试对比下面三则条目。

　　祥符中，杨文公以母疾，不俟报，归阳翟。初，真皇欲立庄献为皇后，文公不草诏，庄献既立，不自安，乃托母疾而行。上犹亲封药，加以金帛赐之。

范镇《东斋记事》卷一①

　　杨文公亿少以文进，而以方直自守，乃以母病有阳翟之行。公恐人害之，白上，遣使赐医药。既而言者日有弹击，以亚卿分司。上语辅臣曰："闻杨亿好谤时政。"公曰："杨亿文人，幼荷国恩，若谐谑过当，臣恐有之，讪谤则保其不为也。"

王素《文正王公遗事》②

　　杨文公在翰林，母处外被疾，请告，不待报即去。上遣中使赐御封药洎金帛以赐，谓辅臣曰："亿侍从官，安得如此自便？"王文正对曰："亿本寒士，先帝赏其词学，寘在馆殿，陛下矜容，不然颠踬久矣。然近职不当居外地。"遂除太常少卿分司。夫近侍轻肆，而圣君优假，大臣又善为之地，真幸遇矣。

高晦叟《珍席放谈》卷上③

　　这三则条目的话题都是翰林学士杨亿，不仅如此，三者的谈论点都是杨亿因为母亲病重，未报请朝廷而擅自归阳翟事。这件事有两个焦点，一个是杨亿自作主张回家探母，另一个则是真宗对此的反应，他并没有以违

---

　　① （宋）范镇：《东斋记事》卷一，汝沛永成整理，朱易安、傅璇琮等主编《全宋笔记》第一编第六册，大象出版社 2003 年版，第 196 页。
　　② （宋）王素：《文正王公遗事》，储玲玲整理，朱易安、傅璇琮等主编《全宋笔记》第一编第五册，大象出版社 2003 年版，第 190 页。
　　③ （宋）高晦叟：《珍席放谈》卷上，孔凡礼整理，朱易安、傅璇琮等主编《全宋笔记》第三编第一册，大象出版社 2008 年版，第 189 页。

反朝廷礼制而处罚杨亿，反而赐予医药，以示安抚。三者中范镇的讨论应为最早，语句也最为平实，只是将这个谈论点简单地叙述了一下。他之所以要谈论此事，是因为他想交代下杨亿擅自归阳翟的原因，故而他在两个焦点之间插叙了杨亿拒绝为章献皇后起草册立诏书之事，并将之认作杨亿行为的原因。依照范镇的叙述，翰林学士杨亿俨然具备了一些后来君子士大夫形象中的某些素质，而他违背朝廷礼法的行为就在此形象中被悄悄掩盖。不过，"庄献既立，不自安"云云还是与后世君子士大夫的硬气有所差距，此种畏首畏尾、敢作不敢当的行为泄露了杨亿作为翰林文人的柔弱。

范镇选取的谈论点也引起其他士大夫的兴趣，故而我们会看到上引两条重复谈论此事的条目。但是二者的讨论却与范镇不同，他们没有交代杨亿拒绝草制之事，而将讨论转移到了真宗为何没有惩罚杨亿上。这种同中有异的讨论可以看作后二者对于范镇讨论的回应，尽管他们没有点名论辩，但也可看出其间对范镇论说的不满。王素在叙述中拉入了先祖王旦，将真宗对此事的决定归因于王旦的求情。尽管没有直说杨亿为何如此行事，但王旦"杨亿文人，幼荷国恩，若谐谑过当，臣恐有之"之语则暗示王素认为杨亿的行为就是其本身性格所致。所谓谐谑就是开玩笑，就是像陶谷那样写首诗发发牢骚，玩笑与牢骚之间也透露着其恃才放旷，对礼法与帝王并不是那么尊重。而这种性格是杨亿本身确实具有，还是旁人根据其文人、翰林学士的身份做出的推断我们不得而知，但王素一定认可这种性格与翰林学士的身份有着较为密切的联系。到了高晦叟那里，这种性格被坐实在杨亿身上，"夫近侍轻肆"一语便是直接给杨亿形象增添了一笔灰色。高晦叟认为杨亿的擅自离京根本不是害怕章献皇后，也没有别的深层原因，就是源于他轻肆的行为习惯，使得其接到母病消息后就自说自话地离开京城。事情的真相究竟如何并不重要，关键的是范镇和高晦叟的谈论都是不加考辨的叙述，他们都相信自己说的就是对的，他们认为事情就应该是这个样子，翰林学士杨亿就应该会做出这样的行为。那为何杨亿就应该会做出这样的行为？或许就是因为翰林学士的身份给人们带来的先入之见，无论是柔弱还是轻肆，都是这个身份的典型形象特征。笔记作者没有史传作者统筹全局、考辨事实的义务，他们在撰写笔记条目的时候只要抓吸引谈论的重点就可以了。

范镇抓的重点是柔弱，而王素和高晦叟抓的重点都是轻肆，可见在时人眼中，与翰林学士身份最为对应的形象特征就是轻肆。其间带有的偏见与轻视也使得翰林学士的地位很低，他们似乎就是和倡优类似的俳谐之官，高晦叟口中的"圣主""大臣"云云便是将杨亿的身份排除在了士大夫之外，甚至连杨亿自己也有类似的看法。

> 旧翰林学士地势清切，皆不兼他务。文馆职任，自校理以上皆有值钱，惟内外制不给。杨大年久为学士，家贫请外，表辞千余言，其间两联曰："虚忝甘泉之从臣，终作莫敖之馁鬼。""从者之病莫兴，方朔之饥欲死。"
>
> 沈括《梦溪笔谈》卷一①

杨亿用甘泉宫与东方朔两个典故诉说着自己虽贵为清要的翰林学士，但实际身份却类似于汉武帝身边的俳谐侍从。他只是凭华彩辞章立命的文人，没有权利参与军国重事的讨论。由于参与国事决策是士大夫的本职工作，故而他似乎在自我承认被排除于士大夫群体之外，与前辈陶谷一样过着年年依样画葫芦的日子。杨亿的自我陈词确实达到引起同情的目的，但沈括这样撰写条目却起到了反面的效果。条目中已经明说"表辞千余言"，可沈括为何偏偏就引用了这二十六个字？那只能是因为这些是勾起兴趣的谈论点，而他要谈论的就是翰林学士杨亿其实与东方朔、司马相如之类的文字侍从相同，尽管文采斐然又才思敏捷，但却性格戏谑轻肆，无法委以重任，只能在文字游戏中耍耍小聪明，终老于文字之间。沈括的谈论兴趣与谈论话题就是翰林学士的此种尴尬身份，因此杨亿的这两句话才会在千余言的表文中脱颖而出。

综上可见，"神童"与翰林学士的身份让杨亿成为士大夫间的话题，

---

① （宋）沈括：《梦溪笔谈》卷一，胡静宜整理，朱易安、傅璇琮等主编《全宋笔记》第二编第三册，大象出版社 2006 年版，第 13 页。

而士大夫在谈论此话题时又根据这两种身份来建构杨亿的形象，于是我们发现，通过一条条笔记的记载，杨亿逐渐被定型为文采斐然又才思敏捷的翰林学士形象，但这里的翰林学士是陶谷式的翰林学士，与后世苏轼式的翰林学士迥然不同。

二　晏殊："神童"与富贵宰相

拥有特殊身份的人物会成为群体中其他人的话题，但话题的谈论点却并非人尽相同，因为某些原因，拥有同样身份的人物很可能会被谈论成迥异的面貌。晏殊与杨亿都是"神童"，都会因"神童"的身份而成为人们谈论间的话题，但笔记作者在同样的"神童"话题下却谈出了不一样的东西。

> 晏元献公为童子时，张文节荐之于朝廷，召至阙下。适值御试进士，便令公就试。公一见试题曰："臣十日前已作此赋，有赋草尚在，乞别命题。"上极爱其不隐。
>
> 沈括《梦溪笔谈》卷九[①]

沈括以晏殊应"神童"试为谈论点，但却没有像文莹以此点谈论杨亿时那样引用应制赋颂中的句子。看来沈括的谈论兴趣并非是说明晏殊的非凡文才，而是要展现他超于常人的道德水准。"不隐"在成年大臣那里都是值得称赞的品质，何况这么一位年仅十四岁的小孩。沈括似乎有意识地隐去晏殊早慧的文才，欲告诉读者晏殊更是因为他早慧的德行而得以成为"神童"。不仅是沈括，其他笔记作者也很少在话题中引用晏殊赋颂的文句。但是晏殊毕竟是"神童"，他一定和杨亿一样有着斐然的文才与捷思，也同样会写大量的赋颂文字以履行"神童"的身份与职责。他在真宗东封西祀之时就写过大量的应制文字，从《东封圣哲颂序》《连理木赞》《大酺

---

① （宋）沈括：《梦溪笔谈》卷九，胡静宜整理，朱易安、傅璇琮等主编《全宋笔记》第二编第三册，大象出版社 2006 年版，第 80 页。

赋》《河清颂》《景灵宫赋》《会灵观赋》《维德动天颂》等篇名中就可以看出早年的晏殊和杨亿并没有什么不同①，我们有理由相信这些文章一定也工整华丽，受到时人的称颂与帝王的青睐，毕竟晏殊是和杨亿齐名的当代四六大家。② 但是笔记作者对这个谈论点集体失声，我们甚至很难在他们的谈论中找到晏殊赋颂的散句。不过"神童"身份总归会吸引人们去谈论他的文学才华，但是笔记作者悄悄地将话题的谈论点从点缀升平的赋颂转移到了诗。

> 晏相国，今世之工为诗者也。末年见编集者乃过万篇，唐人已来所未有。然相国不自贵重其文，凡门下客及官属解声韵者，悉与酬唱。
>
> 宋祁《宋景文公笔记》（上）③

> 晏元献公喜评诗，尝曰："'老觉腰金重，慵便枕玉凉'未是富贵语，不如'笙歌归院落，灯火下楼台'此善言富贵者也。"人皆以为知言。
>
> 欧阳修《归田录》卷二④

> 晏元献公虽起田里，而文章富贵，出于天然。尝览李庆孙《富贵曲》云："轴装曲谱金书字，树记花名玉篆牌。"公曰："此乃乞儿相，未尝谙富贵者。故余每吟咏富贵，不言金玉锦绣，而唯说其气象。若'楼台侧畔杨花过，帘幕中间燕子飞'，'梨花院落溶溶月，

---

① 详见夏承焘《唐宋词人年谱·二晏年谱》，《夏承焘集》第一册，浙江古籍出版社、浙江教育出版社 1997 年版，第 205—208 页。

② 《耆旧续闻》卷六云："本朝名公四六，多称王元之、杨文公、范文正公、晏元献、夏文庄、二宋、王岐公、王荆公、元厚之、王履道。"（宋）陈鹄：《耆旧续闻》，储玲玲整理，朱易安、傅璇琮等主编《全宋笔记》第六编第五册，大象出版社 2013 年版，第 76 页。

③ （宋）宋祁：《宋景文公笔记》（上），储玲玲整理，朱易安、傅璇琮等主编《全宋笔记》第一编第五册，大象出版社 2003 年版，第 48 页。

④ （宋）欧阳修：《归田录》卷二，储玲玲整理，朱易安、傅璇琮等主编《全宋笔记》第一编第五册，大象出版社 2003 年版，第 254 页。

柳絮池塘淡淡风'之类是也。"故公自以此句语人，曰："穷儿家有这景致也无？"

吴处厚《青箱杂记》卷五①

善评诗、善作诗当然需要非凡的文才与深厚的学养，从这个角度来说"神童"身份也可以做到。但诗尊贵的文体地位远非赋颂能及，它是属于士大夫的必备技能，是士大夫的身份象征，而当时的诗歌评价标准更是充满科举士大夫的立场。这样来看，"神童"的才华是写好诗的必要条件，但远非充分，还需具备极高的道德修养才能胜任。杨亿写的诗就广受士大夫的斥责，因为他于"神童"之外的身份只是以文字立命的翰林学士，他写的诗也是与其身份相符的应制赋颂之作，并不能写出科举士大夫立场下的好诗，反而是在道德标准下不被士大夫认可的诗，于是他也就没有资格对士大夫诗指手画脚。但同为"神童"的晏殊却拥有杨亿所无的宰相身份，而他又积极提携了大量著名科举士大夫，备受这一群体的尊重。于是笔记作者似乎不会简单以翰林学士来定义晏殊，而将视线落在相国身份上。在宋祁的笔下，晏殊俨然成为士大夫间的诗坛宗主，与其宰相身份十分相配。不过笔记作者选择宰相身份作为话题，也因为宰相晏殊身上有一般士大夫没有的富贵气质。这对于宋代科举士大夫来说非常罕见，因为这是贵族士大夫的特点，需要诸如四世三公的世家才能沉潜涵养得出。在贵族消亡的宋代，士大夫必须经过科举才能走上仕途，因此他们少年的读书都带上了很强的目的性与实用性，唯有如此，他们才能顺利通过科举。当他们步入仕途之后，还必须努力获取功业或被帝王赏识，否则就失去了升迁的机会。但晏殊与之不同，"神童"出身的他获得了在秘阁读书的机会，自由地增强学养，涵育风神。这与贵族子弟的读书心态非常近似。此外，仁宗伴读的身份让他在仁宗亲政后顺利进入宰辅系统，既获得了避免潦落词臣一生的幸运，又有着近似贵族的稳定，因此才能拥有富贵生活与富贵气质。笔记作者不仅谈论晏殊诗歌中体现的富贵气象，还乐于从宴饮中表

---

① （宋）吴处厚：《青箱杂记》卷五，夏广兴整理，朱易安、傅璇琮等主编《全宋笔记》第一编第十册，大象出版社 2003 年版，第 219—220 页。

现其富贵气质里的风流与从容。

> 晏元献公虽早富贵，而奉养极约，惟喜宾客，未尝一日不燕饮，而盘馔皆不预办，客至，旋营之。顷有苏丞相子容尝在公幕府，见每有嘉客必留，但人设一空案、一杯，既命酒，果实蔬茹渐至，亦必以歌乐相佐，谈笑杂出，数行之后，案上已粲然矣。稍阑，即罢遣歌乐曰："汝曹呈艺已遍，吾当呈艺。"乃具笔札相与赋诗，率以为常。前辈风流，未之有比。
>
> 叶梦得《避暑录话》卷上①

　　贵族喜好宴饮并以此为乐不会招致太多的非议，因为宴饮行为是其身份的一种象征，他可以这样做，他也需要这样做，故而叶梦得在叙述完这一谈论点后发出了"前辈风流，未之有比"的感叹，既是羡慕晏殊的富贵气质，也是表明晏殊这样的人物在北宋已经十分罕见。但是没有贵族身份也没有类似贵族经历的科举士大夫却不能像晏殊这样生活，他们如果沉迷宴饮会被批评为游手好闲、不思进取，也会招致诸如骄奢淫逸的道德指责。于是宰相晏殊就与普通科举士大夫群体在富贵气质上产生了矛盾，这是一个绝佳的话题，高晦叟就在这个话柄下展开谈论。

> 富文忠、杨隐甫，皆晏元献公婿也。公在二府日，二人已升贵仕。富每诣谒，则书室中会话竟日，家膳而去。杨或来见，则坐堂上，置酒从容，出姬侍，奏弦管按歌舞以相娱乐。人以是知公待二婿之重轻也。二婿之功名年位，亦自不相伦矣。
>
> 高晦叟《珍席放谈》卷下②

---

① （宋）叶梦得：《避暑录话》卷上，徐时仪整理，朱易安、傅璇琮等主编《全宋笔记》第二编第三册，大象出版社2006年版，第267页。
② （宋）高晦叟：《珍席放谈》卷下，孔凡礼整理，朱易安、傅璇琮等主编《全宋笔记》第三编第一册，大象出版社2008年版，第187页。

尽管富弼与杨察已升贵仕，但他们并非一劳永逸地安处于高位，而是随时都有丢掉高位的危机。因此，他们需要继续不断地研习修身治国平天下的道理，继续提高自己的学识和道德水准，甚至在日常的闲暇时光也不忘怀。晏殊对富弼就是如此要求，可以想象书室中的对话是以言道为主，夹杂着家长里短的寒暄。而晏殊对杨察则是延续着惯常的富贵习气，在私人生活空间里就该宴饮相乐，不必去管庙堂生活空间里的天下之忧。尽管晏殊认识到了自己的生活方式与普通科举士大夫的差异，但还是会因为行为的特殊与一些执拗的士大夫发生纠纷，这种矛盾的爆发是笔记作者更为喜爱的，比如他与欧阳修之间的纠纷便常见于话头。

> 庆历中，西师未解，晏元献为枢密使，大雪，置酒西园，欧阳永叔赋诗云："须怜铁甲冷彻骨，四十余万屯边兵。"晏曰："昔韩愈亦能作言语，赴裴度会，但云'园林穷胜事，钟鼓乐清时'，不曾如此合闹。"
>
> 孔平仲《谈苑》卷四①

> 庆历中，西师未解，晏元献公殊为枢密使，会大雪，欧阳文忠公与陆学士经同往候之，遂置酒于西园。欧阳公即席赋《晏太尉西园贺雪歌》，其断章曰："主人与国共休戚，不惟喜悦将丰登。须怜铁甲冷彻骨，四十余万屯边兵。"晏深不平之，尝语人曰："昔者韩愈亦能作言语，每赴裴度会，但云'园林穷胜事，钟鼓乐清时'，却不曾如此作闹。"
>
> 魏泰《东轩笔记》卷十一②

欧阳修将军国之事引入晏殊的私人生活空间，于是引起晏殊的不满，这是两人不同的生活方式导致的观念差异。孔平仲看到了这种差异，于是将此作为谈论点在话题中抛出，但他没有给出自己的看法。其后的魏泰重

---

① （宋）孔平仲：《谈苑》卷四，池洁整理，朱易安、傅璇琮等主编《全宋笔记》第二编第五册，大象出版社 2006 年版，第 332 页。

② （宋）魏泰：《东轩笔记》卷十一，燕永成整理，朱易安、傅璇琮等主编《全宋笔记》第二编第八册，大象出版社 2006 年版，第 86 页。

复了孔平仲的话头，稍稍将内容说得详细了些，但还是没有个人意见。或许这对于笔记作者来说是一个两难的问题，难以做出孰对孰错的判断。可以想象，同有科举士大夫身份的孔平仲应更倾向欧阳修一些，但晏殊毕竟还有欧阳修座师的身份，连欧阳修自己也只能通过"富贵悠游五十年，始终明哲保身全"的话语暗暗透露出自己的不满，那么晚辈后学又怎能对祖师出言不逊？倒是魏泰下层士人的身份能让他的说话空间稍微宽裕一些，于是他先用类似的条目回应孔平仲，又在同书其他的文本中对此回应做了一番自我回应：

> 欧阳文忠素与晏公无它，但自即席赋雪诗后，稍稍相失。晏一日指韩愈画像语坐客曰："此貌大类欧阳修，安知修非愈之后也。吾重修文章，不重它为人。"欧阳亦每谓人曰："晏公小词最佳，诗次之，文又次于诗，其为人又次于文也。"岂文人相轻而然耶？①

这只能算各打五十大板，按照魏泰的理解，晏、欧二人是以各自的身份去审视对方，结果当然是互相看不顺眼。欧阳修不应该对富贵宰相晏殊的私人生活空间指手画脚，晏殊也不必对从下级官员一步步升上来的欧阳修太过斤斤计较，否则就是文人相轻的举动。至于魏泰的这番回忆看似不太真实，但是在笔记的逻辑中却非常顺当。既然晏、欧二人之间会发生即席赋雪诗事件，那么当然也会发生类似的互相攻击对方为人的事情，二者在本质上是一样的，都是由于身份的不同导致的行为差异，那么在话题谈论中自然会由此引彼。而且无论作者还是读者，必须要相信晏、欧二人之间确实发生过这两件事，否则话题无法展开，作者与读者也无法发生谈论与互动。因为此番谈论的话题与谈论点是由晏殊不同于一般科举士大夫的富贵宰相身份引出的，他必然要做一些符合富贵宰相身份的事。

晏殊话题被谈论到这个地步，也出现了一种被固定在某个侧面上的现象，但其与杨亿的不同很大程度是缘于最终不同的身份。晏殊的形象告诉

---

① （宋）魏泰:《东轩笔记》，佚文，燕永成整理，朱易安、傅璇琮等主编《全宋笔记》第二编第八册，大象出版社 2006 年版，第 120 页。

我们，"神童"出身的翰林学士杨亿也是科举士大夫，他完全具备一个士大夫应该拥有的素质。而杨亿的形象告诉我们，"神童"出身的富贵宰相晏殊也有辞章立命的时候，也有翰林学士的文才和捷思。只不过，笔记作者在谈论与二人相关的话题时总是记挂着二人最终的身份，因而在此先入之见下每每选择与身份相适应的谈论点，而且其后的谈论者都沿袭着那些话题，于是不断强化着原初选择的形象侧面，从而造就了二人在笔记中的形象。

三　石曼卿：未中举的豪士

上文对比了杨亿与晏殊的笔记形象，可以看出笔记作者在谈论人物的时候是根据自己的兴趣选择复杂人物形象之一端。同样未经正常科举渠道入仕的石曼卿更加典型地体现着笔记作者在谈论人物时的此种特色。石曼卿终其一生也没有做到学士以上的大官，流传至今的生平事迹并不丰富，因此可以很清晰地考察出笔记作者面对的是一个怎样的石曼卿，他们在谈论他的时候选择了什么，丢弃了什么。

石曼卿幸运地结交到了欧阳修这么一位朋友，欧公为其撰写了一篇墓表与一篇祭文，今日我们所了解的石曼卿生平基本来源于欧阳修的《石曼卿墓表》。在这篇墓表中，欧阳修主要记载了石曼卿生平四事，一是在张知白的劝说下接受三班奉职的恩赐；二是拒绝阿谀之臣范讽的援引；三是敏锐指出西夏之患，并在西夏犯边时成功募集数十万乡兵；四是平生意气雄豪，颇好剧饮。[①]从墓表的记载来看，石曼卿是一位有气节、有才华的士大夫，同时具备杰出的军事才能和敏锐的政治判断力，当然还有落拓不羁的一面。这四个方面就是今日我们可知的完整石曼卿形象，四者都是很好的谈论话题，但笔记作者却偏偏只对其中的一点感兴趣。有意思的是，正是欧阳修首次撰写了以石曼卿为话题的笔记条目。

---

① （宋）欧阳修撰：《欧阳修诗文集校笺》，洪本健校笺，《居士集》卷二十四，上海古籍出版社 2009 年版，第 665 页。

　　石曼卿磊落奇才，知名当世，气貌雄伟，饮酒过人。有刘潜者，亦志义之士也，常与曼卿为酒敌。闻京师沙行王氏新开酒楼，遂往造焉，对饮终日，不交一言。王氏怪其所饮过多，非常人之量，以为异人，稍献肴果，益取好酒，奉之甚谨。二人饮啖自若，傲然不顾，至夕殊无酒色，相揖而去。明日都下喧传王氏酒楼有二酒仙来饮，久之乃知刘、石也。①

　　正因为欧阳修写就了《石曼卿墓表》，因而我们可以断定他以剧饮为谈论点是他有意识的选择。笔记中的逸事没有被写入墓表，可见欧阳修不是认为此事虚妄，就是认为这件事显得石曼卿太过狂放，有损墓主形象，但这些却完全不是笔记的顾虑。既然是闲谈，那么这样一个曲折离奇的事情才非常合适，而且条目中的石曼卿狂饮一日不醉又符合其本人喜剧饮的性格，完全一副煞有其事的样子。不管欧阳修到底相不相信事件的真实，他将此事记入笔记正说明笔记就是需要这种样子的话题，而读者或听者也就是期待这种文本的。

　　欧阳修在笔记中谈论石曼卿得到了后世充分的回应，但无一不是接续着欧阳修的话头，只是醉酒故事变得更为虚诞，同时也会融入纵豪不羁的特点。

　　石曼卿居蔡河下曲，邻有一豪家，日闻歌钟之声。其家僮仆数十人，常往来曼卿之门。曼卿呼一仆问豪为何人？对曰："姓李氏，主人方二十岁，并无昆弟，家妾曳罗绮者数十人。"曼卿求欲见之，其人曰："郎君素未尝接士大夫，他人必不可见，然喜饮酒，屡言闻学士能饮酒，意亦似欲相见。待试问之。"一日，果使人延曼卿，曼卿即着帽往见之，坐于堂上，久之方出。主人着头巾，系勒帛，都不具衣冠。见曼卿，全不知拱揖之礼。引曼卿入一别馆，供张赫然。坐良久，有二鬟妾各持一小槃至曼卿前，槃中红牙牌十余。其一槃是酒，

　　①　（宋）欧阳修撰：《归田录》卷二，储玲玲整理，朱易安、傅璇琮等主编《全宋笔记》第一编第五册，大象出版社2003年版，第267页。

凡十余品，令曼卿择一牌，其一牌肴馔名，令择五品。既而二鬟去，有群妓十余人各执肴果乐器，妆服人品皆艳丽粲然。一妓酌酒以进，酒罢乐作，群妓执果肴者萃立其前，食罢则分列其左右，京师人谓之"软槃"。酒五行，群妓皆退，主人者亦翩然而入，略不揖客。曼卿独步而出，曼卿言：豪者之状，懵然愚駭，殆不分菽麦而奉养如此，极可怪也。他日试使人通郑重，则闭门不纳，亦无应门者。问其近邻云："其人未尝与人往还，虽邻家亦不识面。"古人谓之"钱痴"，信有之。

沈括《梦溪笔谈》卷九①

沈括谈论的这个故事估计欧阳修都没有听过，但其还是抓住嗜饮一点展开叙述，条目的内容较刘、石对饮更为虚诞，若再被别人谈论下去，很有可能就要说出个遇女仙入彼境的故事了。相较于嗜酒的谈论点，诗豪得到的反映就少得多，除了王辟之在《渑水燕谈录》卷九中复述了《归田录》条目外②，其他的笔记作者均围绕着嗜酒展开谈论，而纵豪之不羁也被融入了这一谈论点的叙述中。

石曼卿与刘潜、李冠为酒友。曼卿赴海州通判，将别，语潜曰："到官可即来相见，寻约痛饮也。"既半载，往见。到倅厅门，其阍者迎谓曰："自此入客位，勿高声也。"既见谒者，问知无官，请衣襕幞。潜曰："吾酒友也。"典客者曰："公勿怒，既至此，无复去之理，我为借以衣。"不得已衣之。坐几两时，胸中不胜愤。典谒者言："通判歇息，未敢传。"坐几三时，馁甚。忽报通判请，赞者请循廊。曼卿道服仙巾以就坐，不交一谈，徐曰："何来？"又久之曰："何处安下？有阙示及。"一典客从旁赞曰："通判尊重，不请久坐。"潜大怒

---

① （宋）沈括：《梦溪笔谈》卷九，胡静宜整理，朱易安、傅璇琮等主编《全宋笔记》第二编第三册，大象出版社 2006 年版，第 74—75 页。

② （宋）王辟之：《渑水燕谈录》卷七，金圆整理，朱易安、傅璇琮等主编《全宋笔记》第二编第四册，大象出版社 2006 年版，第 76 页。

索去。云:"献汤。"汤毕,又唱:"请临廊。"潜益愤,趋出。曼卿曳
其腰带后曰:"刘十,我做得通判过否?扯了衣裳,吃酒去来!"遂仍
旧狂饮,数日而罢。

王铚《默记》①

王铚似乎是将沈括谈论中的宾主调换了位置,不过他对铺陈酒席之盛
不感兴趣,倒是在意石曼卿的言论与神态。石曼卿给老朋友开了一个不大
不小的玩笑,表现出他谐谑的一面。当石曼卿摆出通判的架子时,狂饮
不能发生,而放下通判的身份之后,狂饮才能够如期而行。这似乎表明石曼
卿的狂饮习气与士大夫的身份有所矛盾,狂饮代表着轻狂不羁的个性,通
判则代表着士大夫身份,当石曼卿说"我做得通判过否"时,是在主动消
解士大夫身份,可见要做士大夫则不能有轻狂不羁,要想轻狂不羁,那就
不能厕身于士大夫群体。这则条目中的石曼卿能让我们回想起被笔记作者
塑造为谐谑轻肆的杨亿,笔记作者的兴趣点还是在于与士大夫群体相异的
行为、情感与风习。我们还可以看到一些类似的围绕着酒与谐肆的条目,
尽管它们的内容各不相同,但都是从这个话题与谈论点中衍生出来的。

石曼卿为集贤校理,微行娼馆,为不逞者所窘。曼卿醉,与之
较,为街司所录。曼卿诡怪不羁,谓主者曰:"只乞就本厢科决,欲
诘旦归馆供职。"厢帅不喻其谑,曰:"此必三馆吏人也。"杖而遣之。

沈括《梦溪笔谈》卷二十三②

石曼卿一日谓秘演曰:"馆俸清薄不得痛饮,且獠友镵之殆遍,
奈何?"演曰:"非久引一酒主人奉谒,不可不见。"不数日,引一纳
粟牛监簿者,高赀好义,宅在朱家曲,为薪炭市评,别第在繁台寺

① (宋)王铚:《默记》,汤勤福、白雪松整理,朱易安、傅璇琮等主编《全宋笔记》第四
编第三册,大象出版社 2008 年版,第 162 页。

② (宋)沈括:《梦溪笔谈》卷二十三,胡静宜整理,朱易安、傅璇琮等主编《全宋笔记》
第二编第三册,大象出版社 2006 年版,第 172 页。

西，房缗日数十千。……演因是携之以谒曼卿，便令置官醪十担为赆，列酝于庭。演为传刺。曼卿愕然问曰："何人？"演曰："前所谓酒主人者。"不得已因延之，乃问甲第何许，生曰："一别舍介繁台之侧。"其生粗亦翔雅。曼卿闲语演曰："繁台寺阁虚爽可爱，久不一登。"其生离席曰："学士与大师果欲登阁，乞预宠谕，下处正与阁对，容具家蔌在阁迎候。"石因诺之。一日休沐，约演同登。演预戒生，生至期果陈具于阁，器皿精核，冠于都下。石、演高歌褫带，饮至落景，曼卿醉喜曰："此游可记。"以盆渍墨，濡巨笔以题云："石延年曼卿同空门诗友老演登此。"生拜叩曰："尘贱之人幸获陪侍，乞挂一名以光贱迹。"石虽大醉，犹握笔沈虑，无其策以拒之，遂目演，醉舞伴声讽之曰："大武生牛也，捧砚用事可也。"竟不免，题云："牛某捧砚。"

文莹《湘山野录》卷下①

秘书省之西，切近大庆殿，故于殿廊辟角门子以相通。……诸学士多得蹂角门子至大庆殿，纳凉于殿东偏。世传仁祖一日行从大庆殿，望见有醉人卧于殿陛间者，左右亟将呵遣，询之曰："石学士也。"乃石曼卿。仁庙遽止之，避从旁过。

蔡絛《铁围山丛谈》卷一②

在这三条中，石曼卿的身份都是馆阁学士，他的形象再次与杨亿发生重合，关于学士的先入偏见又一次出现。未经科举而入仕的石曼卿没有做到晏殊的地位，因此在士大夫眼里他最多就是个学士，既然如此，他的嗜酒、他的疏狂、他的谐谑、他的轻肆也就都变得合情合理。目无礼制地醉卧宫中会让我们想到醉卧沉香亭下的李白，而这个形象也来自笔记，而其

① （宋）文莹：《湘山野录》卷下，郑世刚整理，朱易安、傅璇琮等主编《全宋笔记》第一编第六册，大象出版社2003年版，第43页。
② （宋）蔡絛：《铁围山丛谈》卷一，李国强整理，朱易安、傅璇琮等主编《全宋笔记》第三编第九册，大象出版社2008年版，第160页。

身份也是翰林学士,可见以文字立命的侍从之臣一直都是笔记作者乐道的话题,而笔记作者也多带着几分轻薄。石曼卿的传闻比杨亿曲折离奇得多,甚至还会出现关于他死后成仙的传说①,但无论哪则条目,他都是以醉客的形象出现,以至于被固化在嗜酒豪士之上,《宋史》本传更把欧阳修记叙的对饮故事收了进来。士大夫对于"神童"出身,并得谥"文"的杨亿还是给予了几分尊重,并没有过分铺衍。但对于石曼卿这么个未中举的豪士来说,就不用顾虑太多,可以在此话题下肆无忌惮地说开去,越说越离奇与浮夸,至于真实与否,形象全面与否则不是他们需要考虑的问题,因为笔记中就是需要这种虚幻色彩的话题,真实与全面是墓表、传记文的任务。或许,石曼卿要想摆脱学士身份带来的偏见,唯一的途径就是拥有晏殊的身份。但是晏殊是罕出的,绝大多数未由正常科举渠道晋身的文学之士都停留在学士身份上,他们身上与科举士大夫相异的性格行为一直都是笔记作者的话柄。

四　余论:形象聚群与作者立场

笔记种类多样,内容芜杂,本身的文体属性非常模糊,故而难以对其进行有效的分类或定义。刘叶秋在结合前人尝试的基础上将笔记大致分成"小说故事类、历史琐闻类、辨证考据类"三类②,虽然有些笼统粗略,但是较为公允合理,可以作为参考。不过,笔记内部条目与条目之间大多各自独立,无甚关联,经常也不是作者短时期内有规划地写就,故而我们在为每一种笔记归类时每每有难以统摄全篇之感。比如以小说故事类为主的《夷坚志》也带有大量的历史琐闻条目,而小说故事类的条目也是以辨正考据为主的《容斋随笔》中的常客。这样来看,我们或许可以换一种思路,不必过于纠缠每种笔记的定性或分类,而将焦点放到每一则条目之

①　(宋)欧阳修:《六一诗话》,郑文点校,人民文学出版社1962年版,第15页;(宋)文莹撰:《湘山野录》卷上,郑世刚整理,朱易安、傅璇琮等主编《全宋笔记》第一编第六册,大象出版社2003年版,第23—24页。

②　刘叶秋:《历代笔记概述》,北京出版社2011年版,第1—5页。

上。一位诗人的诗集中当然不会只有咏史诗，其间还会包含诸如记事、咏物、纪行、感兴等众多体裁。同样地，我们不能强求每一位笔记作家都只能记载一种类型的条目，他的笔记中完全可以既有小说故事类条目，也有辨证考据类条目。对于宋代笔记来说，这种特征尤为明显，多数宋代笔记是由一则则独立的条目组成，其种类多样，并没有什么题材的局限或束缚。也就是说，多数笔记先有一则则条目，再有汇编而成之书，而非先有一个类别大构想，再往里面填入一则则相关条目。而上文对于宋初三位文士的笔记形象分析，正是在抽出各笔记的相关条目为基础上展开的。

如此说来，每一则笔记条目都有一个话题，笔记作者抓住话题之后，再通过选择谈论点来完成条目的撰写，每一则条目都可以被归入通过话题分出的类属中，于是就构成了一组组条目聚群。同样的话题是聚群赋予的共性，而聚群中的每一则条目又从各自侧面构成了话题的整体面貌。就人物形象而言，每一则条目只能反映人物的一个故事、一个侧面，而由不同条目构成的形象聚群才能呈现这个人物在笔记中的整体形象。人物的某种身份为笔记作者提供了话头，成为每一则条目文本中的身份，而文本身份的集合又构成了一种形象主体，我们可以通过这些材料重建这个人物形象。在笔记构成的形象聚群之外还存在一个更大的形象聚群，笔记形象聚群只是笔记作者从更大的形象聚群中选择的结果。比如欧阳修的《石曼卿墓表》叙述了石曼卿的四种形象特征，这是从现存文献中能看到的最大的石曼卿形象聚群。所有关于石曼卿的笔记条目构成了石曼卿笔记形象聚群，只不过聚群中的每一则条目都是选择嗜酒狂豪作为话题，围绕这个话题讲出的每一个独立故事就成为不同作者撰写的每一则笔记条目。除了人物自身的形象聚群之外，人物与人物之间也构成一个个类属聚群。杨亿、晏殊、石曼卿三人就构成了一类人物形象类属聚群，他们由同样的未经正常科举渠道而入仕的身份聚合在一起，又分别代表了这一类人物中的一方面。杨亿以词臣终老，晏殊顺利晋身高位，石曼卿潦倒于下层，可以说囊括尽了此类人物可能会有的人生道路。但是，由于构成类属聚群的人物聚群是经过选择的，所以笔记中展现的类属聚群同样也是经过选择的。

　　笔记形象聚群是出于笔记作者的选择,而每一则条目的撰写也是笔记作者将事实混杂在想象中的产物。根据《石曼卿墓表》,我们可以大致相信好剧饮是真实的人物性格。然而从上引材料可知,以之谈论开来的醉酒故事则有很大程度的虚幻与失真,可以大致确认是经过虚构处理的。但是虚构处理的故事和真实的性格却有着内在的联系,故事是作者根据人物性格想象出的一种潜在发生可能。于是勾起笔记作者谈论兴趣的并不全是话题带出的故事本身,而是这个话题能让人们想象出的潜在可能,这些可能往往是现实中不太常见的,甚至是完全不会发生的。挖掘事物的潜在可能需要笔记作者的想象力和思辨力,也正是这两点构成了笔记文体的最大魅力。笔记作者希望将自己的想象力和思辨力展现给读者,而笔记读者也期待阅读到富有想象力的可能,最好是与自己不尽相同的想象,从而可以与之讨论,重新写下同一话题的不同条目。笔记作者面对形象聚群构成的现实世界,根据自己的需要选择相应的形象,之后便将这一世界捣毁,通过笔记条目撰写重建了一个新的笔记世界,而这一新世界既非描述的人物对象本身,也不是纯出作者之想象,而是现实与想象的融合。笔记文本与历史文本的区别也正在这里,尽管我们无法断言什么才是真实存在过的那个形象,但是笔记文本融汇的想象显然要远多于历史文本。笔记作者在文本里追求带有自我思辨色彩的可能性,笔记读者也期待着从中看到多样化的可能;而历史文本的作者和读者都在追求一种趋同的可能性,于是必须按照一套标准的想象模式展开论述。文本就是这样以作者与读者之间达成的某种共识为基础的,正是基于这样的共识,我们才会觉得笔记文本夹杂了太多的虚构,其性质更多偏向于文学文本。

　　那么笔记作者根据什么进行选择?他们又是如何展开想象的呢?正如没有无本之木、无源之水一样,想象总是根据现实的经验展开,与作者的现实生活息息相关,是自我意志的显现,标明自我的本质,也表明作者对现存世界的某种态度。笔记作者大多数是科举士大夫,偶然出现的非士大夫作者也都紧密相伴于士大夫的生活中,可以被定性为士大夫周边文人。因此,笔记文本更多呈现的是科举士大夫的立场,表明的是科举士大夫对于自我人格的追求与强调。这种态度主宰着笔记话题的选择与形象的建构，这样我们或许可以理解为何杨亿、晏殊、石曼卿三者的形象聚群都是单调的，因为科举士大夫想借他们三人引出的话题谈论他们不认可的东西，以之强调他们眼中的应有之义。对于这三个人物形象来说，其背后正蕴含北宋真宗、仁宗朝特定的士风变局。这在石曼卿身上最为明显，毕竟笔记作者在谈论他的时候不需要太多的顾虑。

> 天圣、宝元间，范讽与石曼卿皆喜旷达，酣饮自肆，不复守礼法，谓之"山东逸党"，一时多慕效之。庞颖公为开封府判官，独奏讽，以为苟不惩治，则败乱风俗，将如西晋之季。时讽尝历御史中丞，为龙图阁学士。颖公言之不已，遂诏置狱劾之，讽坐贬鄂州行军司马。曼卿时为馆阁校勘，亦落职，通判海州。仍下诏戒励士大夫，于是其风遂革。

> 叶梦得《石林燕语》卷七①

叶梦得还是从嗜酒狂肆的话题入手，但却明确指出这是败乱风俗的行为。变革士风是当时的主流话题，是一场以"庆历士大夫"为代表的科举士大夫改变士风的行动。他们按照自己的理想呼吁士大夫应该有的品质与人格，诸如石曼卿这种无视礼法、放肆清狂的行为是与士大夫自律稳重的人格完全格格不入的，要予以坚决的打击与斗争，庞籍就是这一群科举士大夫的杰出代表。翰林学士杨亿代表着另一层面的弊端，作为文字侍从的他，不应该只满足于唯帝王之命是从，并将自己出众的文才全用在点缀升平的赋颂上，他应该利用自己草诏的身份，在军国大事上给出自己的判断，坚持自己的立场，这是庆历士大夫最为看重的品质，也是他们首开的先河。

> 官制未改时，知制诰今之中书舍人，但演词而已，不闻缴驳也。康定二年，富文忠为知制诰。……文忠适当草制，封还，抗章甚力，

---

① （宋）叶梦得：《石林燕语》卷七，徐时仪整理，朱易安、傅璇琮等主编《全宋笔记》第二编第三册，大象出版社2006年版，第105页。

随併寝其旨。外制缴词头，盖自此始。

王明清《挥麈后录》卷二①

富弼是最主要的"庆历士大夫"之一，他开启的封缴词头被后世的士大夫继承，并成为宋代政治令人艳羡的现象。既然这个风气从富弼开始，那么在他之前的杨亿当然从未如此，他就只是在那里演词而已。而发生在晏殊与欧阳修之间的矛盾故事，同样也蕴含庆历士大夫对富贵生活方式的不满。于是，在这种立场下的三人形象聚群只能这么狭窄，因为他们不是科举士大夫认为的完美自我形象，从而需要不断强调他们与应有形象的差异，并对此展开批判。而当话题人物变成科举士大夫理想中的完美人物时，我们就能从形象聚群中找到各不相同的风姿，这些面貌交代着士大夫应该有哪些品性。苏轼形象便是此类最好的代表。而当笔记作者身份疏离于科举士大夫的时候，他们所持的立场决定科举士大夫追求的消失，因而会出现一些特别的笔记条目，稍微丰满形象聚群的样态。比如恩荫得官的章炳文在《搜神秘览》中就讲述了一位以相术大师身份出场的杨亿②，这是科举士大夫笔下绝不可能出现的内容，因为其在重建世界时运用的想象与科举士大夫完全不同，从而也就想象出一个不一样的笔记形象，展现出一个不一样的笔记世界。

如是可知，聚群可以庞大，形象可以复杂，话题可以多变，关键在于笔记作者持怎样的立场进行选择，又如何想象选择出的既定事物的潜在可能，在选择与想象中标明自我的本质，展现自己对现实世界的态度。杨亿、晏殊、石曼卿的形象不是科举士大夫的理想人格，因而以士大夫为主的笔记作者选择出的笔记形象聚群就展现着先入的偏见，终究无法跳出立场为其设置好的藩篱，呈现着扁平的样貌，只展现其人之一面而已。

---

① （宋）王明清撰：《挥麈后录》卷二，燕永成整理，朱易安、傅璇琮等主编《全宋笔记》第六编第一册，大象出版社 2013 年版，第 115 页。

② （宋）章炳文撰：《搜神秘览》卷上，储玲玲整理，朱易安、傅璇琮等主编《全宋笔记》第三编第三册，大象出版社 2008 年版，第 111 页。

笔记中的传奇:由宋入金的文士施宜生

华中师范大学文学院　林　岩

　　南宋初年,正当高宗皇帝在金兵追击之下四处流亡的时候,福建地区一个太学出身的学官,恰好在中原沦陷之前回到了故乡。在动荡的时局中,他的家乡发生了叛乱,为首的人物是一个盐商私贩范汝为。这场叛乱持续了两年之久,最终被大将韩世忠的精锐部队剿灭。其间,他曾试图通过招安的方式来敉平这场叛乱,并积极参与其事,但结果未能奏效。他因此以"同情反叛"的罪名被抓捕并押解到临安接受审讯。在路上,他的两个重要的同案犯蹊跷地死去,这使得在后来的审讯中无法弄清他的案情,因此得以从轻发落。但不久就有朝廷官员重提此案,认为他是"祸根罪首",要求加重处罚,结果他被流放海南。也许是意识到这次流放可能凶多吉少,于是他想法在押解途中逃脱。在经历了几年隐姓埋名的逃亡生涯之后,他冒险偷越宋金边界,进入了当时已被女真金朝占领的华北。然而谁也没有想到的是,他却由此时来运转,命运发生了戏剧性的变化,后来不仅跻身金朝的高级官僚之列,而且还一度作为金朝的使臣出使南宋,并向南宋官员秘密透露了金人即将入侵的消息。最后,他竟然平稳地活到七十三岁,死于北方。

　　这个传奇故事的主人公就是施宜生(1091—1163)。虽然他的经历看似离奇曲折,令人难以置信,然而他却并非是一个虚构出来的文学人物,而是一个真实的历史存在。施宜生的参与叛乱、冒险逃亡和重新发迹,多少可以说是一个历史的异数。然而他这段由宋入金的曲折经历,却折射出

13 世纪上半叶宋、金两方面社会的诸多情形，为我们考察南渡之初士人的政治动向、金朝初年士人文化的形成，乃至南宋初期宋、金之间的外交关系提供了一个生动的切入点。

在现存的宋、金文献中，涉及施宜生的记述不少，但是这些记述真伪掺杂、彼此出入较大，颇有令人不知所从之感。南宋士大夫尤其津津乐道于他的逃亡和发迹故事，在笔记小说中更做了不少充满想象力的发挥，甚而影响到了后来《金史·施宜生传》的撰述。因此，在前人研究的基础上，本文首先试图还原一个真实的施宜生人生轨迹。其次，宋人为什么热衷于施宜生的故事，他们的兴趣点集中在哪些方面，这也是一个值得探讨的问题。但更为重要的是，一个南宋的逃犯，何以能够在金朝重新发迹，跻身高级官僚的行列，是哪些契机或者说巧合，促成了施宜生命运的改变，并使其跌宕起伏的人生成为一个传奇。这是本文特别关注的一个焦点。换言之，在本文中所要探讨的是，在施宜生那跌宕起伏的戏剧性人生背后，有着怎样的必然性在里面呢？

一　身份的转换：从施逵到施宜生

施宜生其人，学界以往甚少关注，但是近年来，他的这段传奇经历却引起了一些学者讨论的兴趣，尤其对于其生平的一些重要细节进行了深入的考察，虽然也存在一些晦昧难明之处，但毕竟使我们对其生平有了一个大致清晰的了解。① 因此，有必要利用现有的研究成果，先简要勾勒施宜生由宋人金的人生轨迹。至少这方面的综合论述，目前似乎还很少

---

① 关于施宜生的研究，目前所见到的研究成果，主要集中在他出使南宋时是否存在泄密这一事件上，连带着对他出使回朝之后的结局也进行了考辨。这方面的研究论文有：刘浦江《书〈金史·施宜生传〉后》，《文史》1992 年第 35 辑；景新强《施宜生通敌事件辨正——一个史源学的考察》，《西北大学学报》2007 年第 3 期；邹春秀《施宜生使宋泄密事件与南宋士大夫的歧议》，《江苏大学学报》2001 年第 3 期。另外，牛贵琥《金朝传奇诗人——施宜生》（《文史知识》2009 年第 6 期）一文，代表了文学方面的研究。但此文似乎未能汲取上述研究成果，因而存在不少论述上的错误。王庆生所编订的《施宜生年谱》，用功甚深，可说是目前施宜生之生平研究的最佳成果，本文即以此为主要依据，稍作阐发。参见王庆生《金代文学家年谱》，凤凰出版社 2005 年版，第 100—110 页。

见到。

　　根据王庆生的考证，施宜生出生于宋哲宗元祐六年（1091），卒于金世宗大定三年（1163）。当他生活在南宋之时，他原名施逵，字必达。[①] 入金之后，才改名施宜生，字明望，晚年又自号"三住老人"。[②] 但是，关于他的家乡籍贯，却有两种不同的说法，一说是福建邵武军人，一说是福建建宁府人。[③] 据陈鹄说，施逵的祖坟在邵武军建宁县施村；又据洪迈引述当时人的说法，施逵曾在邵武军学读书[④]，那么施宜生大概与邵武的关系更密切一些。

　　洪迈《夷坚三志》壬集卷五有一条记载云：

　　　　邵武吴郛说，其父顷当三舍时，居军学，与郡士吴淑、黄铸、施逵同学。……后以舍选登政和七年贡士第，为第四人。又数年，贪以败官。

　　如果这条材料可信，那么施宜生早年曾在邵武军学读书，后来又进入了太学，并通过舍选登第。与之可以参证的另外两条材料，一是《金史》卷79《施宜生传》云：

　　　　施宜生字明望，邵武人也。博闻强记，未冠由乡贡入太学。宋政和四年，擢上舍第，试学官，授颍州教授。

---

　　①　见曹勋《松隐集》卷37"记施逵事"、陈鹄《西塘集耆旧续闻》卷6"施逵入虏受重用"条、苏天爵《滋溪文稿》卷25《三史质疑》。
　　②　见魏道明《萧闲老人明秀集注》卷1《永遇乐》"正始风流"注、元好问《中州乐集第二》"施宜生小传"、《金史》卷79《施宜生传》。
　　③　如熊克《中兴小纪》卷9、李心传《建炎以来系年要录》卷40、《金史·施宜生传》、苏天爵卷25《三史质疑》，都说他是邵武军人；而魏道明《萧闲老人明秀集注》、元好问《中州乐集第二》"施宜生小传"都说他是建安浦城人，陈鹄《西塘集耆旧续闻》则说他是建阳人，浦城、建阳都是南宋福建路建宁府的属县，即说他为建宁府人。
　　④　陈鹄：《西塘集耆旧续闻》卷6"施逵入虏受重用"条、《夷坚三志》壬卷第五"道人相施逵"条。

另一则是《滋溪文稿》卷25《三史质疑》云:

> 施宜生,邵武人,本名逵。宋政和间,擢上舍第,为颍州教授。

对照这几条材料来看,施宜生应是在政和年间由舍选登第,但具体时间则有些出入。据王庆生考证,政和四年有舍选赐第的记载,政和七年则无此举,故施宜生之舍选登第,应在政和四年（1114）,时年二十四岁。随后他即被授职颍州教授这样一个学官之职。这在当时也是对太学出身者的一个常见的任命。据说,他在颍州教授的任上时,与宗室赵令畤有了交往。① 这大概也是他后来深受苏学影响的一个重要渊源。

至于他何时又因何故回到福建家乡,金朝方面的记载相当模糊;而宋朝方面,洪迈说他"贪以败官",陈鹄则说是"秩满而归"。大概可以确定的是,他应该是在北宋灭亡之前回到了家乡。因为从他舍选登第到北宋灭亡,中间有长达十余年的时间,他应该不会在颍州教授任上待这么久。

在施宜生居乡的那几年,正是宋朝国势最为动荡的时期,在经历了中原的沦陷之后,连高宗皇帝都在金兵的追击之下到处躲藏。正是在这样的局面中,他的家乡邵武军发生了叛乱,为首的是盐贩头目范汝为。他领导的这场叛乱持续了两年多的时间,一度成为朝廷的心腹之患,最终被韩世忠的军队镇压。② 在这场叛乱中,范汝为曾一度接受朝廷的招安,据南宋的官方史料记载,促成其事的主要人物之一就是施宜生(逵)。如熊克《中兴小纪》卷9载:

> 初福建制置使辛企宗驻邵武,距贼洞二百余里。时遣兵攻贼,率为所败。邵武有选人施逵者,尝为颍上教官,以策干企宗,辟充幕

---

① 魏道明《萧闲老人明秀集注》卷1《永遇乐》"正始风流"注云:"朋望名宜生,建安浦城人。宣、政间以文章知名,试颍学教授,与宗室赵德麟友善。"

② 关于范汝为叛乱的研究,参见华山《南宋初的范汝为起义》,收入华山《宋史论集》,齐鲁书社1982年版;[韩]李瑾明《南宋初范汝为起义与招安策的施行》,《宋史研究论丛》第3辑,河北大学出版社2012年版。

属。而逵反为贼游说，欲得招安。

又，《建炎以来系年要录》卷40"建炎四年十二月丁酉"条载：

> 先是神武副军都统制辛企宗驻邵武军，距贼洞二百余里，时遣兵
> 攻贼，为所败。有从事郎施逵者，邵武人，上舍高第，自颍昌府府学
> 教授代还，以策干企宗，反为贼游说，而本路监司亦以招安为便。乃
> 募国学内舍生叶昭积往招之，至是授汝为武翼郎合门祗候、充民兵都
> 统领。其徒叶铁最骁健，亦以为忠翊郎，更名彻。昭积补下州文学，
> 而逵还承直郎。时汝为慕得官，且惧大军继至，故听命，然未肯散其
> 徒。企宗驻军邵武军不能制。

又，《建炎以来系年要录》卷49"绍兴元年十一月庚戌"条载：

> 承议郎知铅山县姚舜恭言：建贼范汝为等，乍臣乍叛，首尾二
> 年，中间谢䛒、叶棠、施逵等三人皆以招安为职，反为贼计，俾其固
> 守巢穴。辛企宗提兵本路，经今及年，而企宗初不识汝为之面。

由这些材料来看，在参与招安范汝为的过程中，施宜生（逵）始终是
一个重要的角色，另外两人谢䛒、叶棠也积极参与招安一事。

但招安终归失败了，于是参与招安的谢䛒、叶棠、施宜生以"同情反
叛"的名义被抓捕并押送到临安接受审讯。据《建炎以来系年要录》卷52
"绍兴二年三月甲午"条载：

> 承直郎施逵除名，婺州编管，坐为范汝为游说辛企宗也。初，宣
> 抚使孟庾械逵及招抚官谢䛒、叶棠赴行在，且言䛒等三人，与汝为同
> 情反叛，杀戮生灵，不可数计，闻尚有人为之多方营救，不知何意。
> 䛒、棠未至都，道死，上益疑有为之地者。下逵台狱，命中丞沈与求
> 穷治（二月丙子降旨），逵至狱，因得以归罪二人。刑寺当逵依随企

宗,不多方措画攻讨,追二官,罚铜十斤。

没料到的是,施宜生的两个同案犯在押解途中死去,结果他得以推脱罪责,被从轻发落,只是被剥夺官员身份,交由婺州编管。但半年之后,又有官员重提此案,认为对于施宜生(逵)的罪责处罚太轻,要求加重处罚。于是他就被流放到了海南岛。据《建炎以来系年要录》卷58"绍兴二年九月丙戌"条载:

> 婺州编管人施逵,移琼州编管。以孟庚言范汝为残破闽中,逵实祸根罪首,乞窜海外以谢福建荼毒之民,故有是命。逵中道逸去,后改名宜生,奔伪齐。

可能是预料到此次被流放海南,注定凶多吉少,他竟然从中途逃脱,并跨越边境,跑到了女真扶植的傀儡政权伪齐统治下的华北。

然而谁也没有料到的是,他的这一投奔敌国的行为,竟然让他时来运转,由此重新发迹。先是在伪齐做官,后来伪齐被废后,又进入金朝做官,并且官运亨通,得以跻身金朝高级官僚的行列。对于他入伪齐、入金的这段仕宦经历,《金史》卷79《施宜生传》有最为精练的概括。

> 复以罪北走齐,上书陈取宋之策,齐以为大总管府议事官。失意于刘麟,左迁彰信军节度判官。齐国废,擢为太常博士,迁殿中侍御史,转尚书吏部员外郎,为本部郎中。寻改礼部,出为隰州刺史。天德二年,用参知政事张浩荐宜生可备顾问,海陵召为翰林直学士,撰太师梁王宗弼墓铭,进官两阶。正隆元年,出知深州,召为尚书礼部侍郎,迁翰林侍讲学士。

从这段他仕宦履历的介绍中,我们可以发现,施宜生入金之后,先后经历熙宗、海陵王两朝,官职一直在升迁,尤其受到完颜亮的赏识。

大概让施宜生也没有想到的是,他竟然还有机会重回南宋的疆域之内。正隆四年（1159）冬，海陵王命他出使南宋。据《金史》卷79《施宜生传》载："四年冬，为宋国正旦使。宜生自以得罪北走，耻见宋人，力辞，不许。"这说明他本来是极其不情愿的。可以与之参证的是另一条材料，见《滋溪文稿》卷25《三史质疑》：

> 正隆四年冬，偕伊喇辟离使宋。宜生自陈"昔逃难脱死江表，义难复往"。力辞，不许。盖是时海陵谋伐宋，故以宜生往使，以系南士之心，与用蔡松年为相之意同。宜生既归，以辟理剌至宋不逊，不即以闻，被杖。

虽然他表示不情愿出使南宋，但不得不完成这趟差使。甚至还因为副使在南宋的失礼行为，连带遭受了杖刑。[1] 据说他在出使南宋时曾有泄密的行为，但在金朝方面却没有这样的记载，反之，倒是南方的士大夫在各种著述中进行了大事渲染。

南宋方面一个流传甚广的说法是，施宜生在这次出使泄密之后，归朝后立即被残忍地处死。但苏天爵却根据《世宗实录》和他死后的《行状》，对施宜生的人生归宿做了如下交代：

> 五年，除翰林学士。次年，中风疾。大定二年，致仕。三年六月卒，年七十三。

可见真实的情形却是，施宜生回去不仅继续升迁，而且平稳地活到了73岁，最后因病去世。[2]

二 走向传奇：宋人笔记中的传闻异说

施宜生这样一个叛逃者，他的离奇经历，显然引起了南宋士大夫的极

---

[1] 金朝副使的失礼行为，亦见《宋史》卷386《金安节传》。
[2] 相关考证，参见刘浦江《书〈金史·施宜生传〉后》。

大兴趣，纷纷在自己的私家著述中加以记载。但由于大多来自口耳传闻，导致彼此之间颇多出入，甚而不乏想象发挥之处。但通过这些宋人的私家著述，尤其是笔记中的各种记载，我们恰可以从中发现他们一些共同的关注点，从而揭示出南宋社会的某些情形与当时士大夫阶层的意识。下面试分述之。

1. 叛乱与逃亡

上文通过正史的记载，我们知道施宜生是因参与招安范汝为而被卷入叛乱之中，其主要的罪名就是"同情反叛"，因而酿成恶果。但是，在南宋人笔下，关于施宜生（逵）因何被卷入叛乱之中，却有了不同的说法。其一是"胁从说"，见于陈鹄《西塘集耆旧续闻》卷六：

> 施逵，字必达，建阳人。少负其才，有诗名。建炎间早擢上第，为颍州教官，秩满而归。时范汝为为寇，据建城，执逵而胁之，令书旗帜，遂陷贼党。

其二则是"投奔说"，见于《朱子语类》卷 133《本朝七·盗贼》：

> 建贼范汝为本无技能，为盗亦非其本心。其叔积中，却素有包藏，阴结徒党，置兵器满仓箱中。其徒劝之举事，每每犹豫，若有所待。有不快于中者，辄火十数家，且杀人，因劫之为首，其人终不肯，但曰："时未可，我决不能为，汝辈可别推一人为主。"众遂拥戴汝为，势乃猖獗。建之士如欧阳颖士、施逵、吴琮者，善文章，多材艺，或已登科，皆望风往从之。置伪官，日以萧、曹、房、杜自相标置，以汉祖、唐宗颂其功德。汝为愚人，偃然当之。

其三则为"命相说"，既见于洪迈《夷坚三志》壬集卷 5，又见于岳珂的《桯史》，后者则做了更多发挥。《桯史》卷 1 "施宜生"条云：

宜生方踬场屋，不胜困，欲投笔，漫征前说，以所向扣之。僧出酒一壶，与之藉草饮，复援其手曰："面有权骨，可公可卿，而视子身之毛，皆逆上，且覆腕，然则必有以合乎此，而后可贵也。"时范汝为订建剑，宜生心欲以严庄、尚让自期，而未脱诸口，闻其言大喜，杖策径谒，干以秘策，汝为恨得之晚，亟尊用之。

从这三种说法中，我们其实可以看出南宋士大夫对于士人参与叛乱的几种理解。第一种认为士人不过是被迫参与叛乱；第二种则认为士人在动荡的政治局势中有图谋功业的野心；第三种则用南宋流行的命相说将之解释成一种命中注定的选择。

范汝为叛乱遭韩世忠剿灭之后，施宜生被抓捕送审，与他一同被押解的两个同案犯却在路上死去，结果导致他的案情不明，被从轻发落。后来他被再次追责，加重处罚，要被流放海南时，他竟然得以逃脱，跑到了女真占领下的北方。正史关于这些事情的经过，本来没有提供太多的细节，基本是陈述事实。然而半个多世纪后，却激发了当时士大夫诸多的想象，让他们有了发挥的余地。如朱熹的说法是施宜生（逵）设计害死了自己的两个同案犯，才得以开脱罪行。

贼败，欧阳颖士、吴琼先诛死，陆（棠）、谢（嚮）、施逵以槛车送行在。至中途，逵谓二人曰："吾辈至，必死。与其戮于市朝，且极痛楚，曷若早自裁？"二人曰："何可得自死？"逵曰："易尔。"乃密令人为药三元，小大形色俱相似，一乃无毒者。逵取无毒者服之，余二人服即死。逵既至行在，归罪于二人，理官无所考证，迄从末减，但编置湖南某州。

但是他后来逃亡的情形，却记述得较为简略。

中途又逃去，或为道人，或为行者，或为人典库藏，后迤逦望淮去。有喜其材者，以女妻之。住数月，复北走降虏，改名宜生，登伪科，后擢用甚峻。①

到了陈鹄那里，施宜生逃亡的故事，具有了更多传奇色彩。据《西塘集耆旧续闻》卷6：

朝廷命韩世忠讨之。城破，乃捕逮，付军帐至临安，送府狱编隶湖外。离家之日，度此去必无生还，乃嘱其妻令改适，其妻悲泣，鬻奁具所有，以给行囊。及出狱，赂防送卒使缓其行。买一获自随，所至宿舍，纵其通淫。行至中途村舍，一夕，多市酒肉，令恣饮，中夜酣卧，手刃二卒及婢，乃变衣易姓名，窜于淮甸、滁、黄间。

后，朝廷图影重赏捕之甚急。逮乃为僧，行入边界山寺中。主僧见其执役惟谨，亦异顾之，疑其必非凡夫。一日，以事役其徒众使出，独留逮在。……预作一书，并白金数两，取出赠之，云："可速入彼界，寻某寺僧某投之。"逮拜谢而去，遂至某寺。

这其中增添了施逮之妻鬻奁具赠行，施逮设计谋杀押解公差，以及投入寺庙得主僧指引北去等情节，从而使其逃亡经历有了离奇的成分。然而，进一步将施宜生逃亡经历戏剧化，并使其更具传奇色彩的则是岳珂。《桯史》卷1载：

亡何而汝为败，变服为佣，渡江至泰。有大姓吴翁者，家僮数千指，擅鱼盐之饶。宜生佣其间，三年，人莫之觉也。翁独心识之。……翁曰："官购方急，图形遍城野，汝安所逃？龟山有僧，可托以心，余交之旧矣。介以入北，策之良也。"从之，翁赆之金，隐之衲，至寺服缁童之服以求纳。主僧者出，俨然乡校之所见也，启缄而留之。余数旬，持桡夜济宜生于淮，曰："大丈夫富贵命耳！予无求报心，天实命汝，知复如何，必得志，毋忘中国，逆而顺，天所佑也。"虏

① 《朱子语类》卷133《本朝七·盗贼》，中华书局1986年版，第3187页。

法无验不可行,遂杀一人于道,而夺其符,以至于燕。

在岳珂笔下,施宜生的逃亡经过,不仅有了更丰富的细节,而且更加戏剧化,也越来越近乎小说家的创作。

2. 廷试状元与律赋

另一个关于施宜生的故事,在金朝方面的文献中几乎没有涉及,但是却成了南宋士大夫中的热点话题。那就是关于施宜生在北方科举考试中高中榜首的传闻。如曹勋《松隐集》卷37"记施逵事"载:

> 建人施逵,字必达,顷在上庠,小才无所成。建炎间,贼叶浓陆梁闽部,逵密佐之。后官兵获浓,而朝廷以逵书生,偶然相从,宥其死,只从编置。后逃入燕中,改名宜生。就燕登第,其赋题曰《帝日射三十六熊》。逵赋破头曰:"天子内修文德,外偃武功。云屯一百万骑,日射三十六熊。"后进用至翰林待制。

又《西塘集耆旧续闻》卷6云:

> 岁余,主寺见其能书翰,甚喜之。逵于暇日,买房庭举业习之,易名宜生,举进士。廷试《天子日射三十六熊赋》,云:"圣天子内敷文德,外扬武功。云屯一百万骑,日射三十六熊。"遂冠榜首,仕于房中。后为中书舍人,入翰苑。

又《桯史》卷1"施宜生"条云:

> 房有附试畔归之士,谓之归义,试连捷。逆亮有意南牧,校猎国中,一日而获熊三十六,廷试多士,遂以命题,盖用唐体。宜生奏赋曰:"圣天子讲武功,云屯八百万骑,日射三十六熊。"亮览而喜,擢为第一。不数年,仕至礼部尚书。

又，谢伯采《密斋笔记》卷4云：

> 施宜生北走降金，试《日射三十六熊赋》，擢高科，入翰林。

这些记载都试图说明，施宜生逃到北方之后，曾参加了金朝的科举考试，且在廷试中以《天子日射三十六熊赋》一举夺魁。而这个赋题却是海陵王所出，施宜生也由此得以进入仕途，受到重用。

但根据史料的比勘和学者的研究，这个说法其实大有问题。首先，施宜生最初是逃入傀儡政权伪齐的辖境，而伪齐曾举行过两次科举考试，一在阜昌四年（1133），一在阜昌七年（1136）。施宜生既然是在绍兴二年（1132）脱逃，又经过几年的逃亡生涯，那么他如果是在北方参加科举考试，也一定是在伪齐阜昌七年登科才对。① 金朝文献中几乎不提及他登科的经历，也正可说明，他并非在金朝登科。其次，金朝是在天会十五年（1137）撤销了伪齐政权，完颜亮登基更是迟至皇统九年（1149），如果施宜生到那时才参加科举考试，他已经57岁，恐怕年岁就太大了。所以，我们肯定如果施宜生确曾在北方科举登科，那也应是发生在伪齐统治时期。而宋人之所以津津乐道于施宜生科举登科一事，更多的是体现了当时南宋内部对于科举的狂热，也间或能从施宜生登科之说感受到南方文化的优越感。

3. 出使与泄密

还有一件事关宋、金外交的重大事件，金朝方面绝不见记载，而宋朝方面则传得沸沸扬扬，此即正隆四年（1159）施宜生出使南宋时，是否透露了完颜亮即将发动南侵的消息。在南宋私家著述，普遍涉及的就是所谓施宜生"泄密事件"。如洪迈《夷坚三志》壬集卷5载：

> 建炎末，陷范汝为贼中，卒亡降金虏，骤显秩。绍兴二十九年，
> 以侍读学士来贺正旦，命吏部尚书张忠定公馆伴，虽庠序旧识，无由
> 敢发一言。浙江亭观潮，乘引接使臣不在侧，介注目栏外，仅能出微

---

① 参见王庆生的考证，《金代文学家年谱》，第104页。另外，伪齐两次科举考试的记载，见《大金国志校证》卷31《齐国刘豫录》，第437、438页。

词，有自为备之语。

又，《西塘集耆旧续闻》卷 6 云：

> 绍兴庚辰，逆亮谋侵淮，先遣逵为贺正使，凭狐据慢。朝廷以尚
> 书张焘为馆伴使，每以"首丘""桑梓"之语动之，意气自若。临岐
> 顾张曰："北风甚劲。"张因奏早为备。

再如张端义《贵耳集》卷中云：

> 后六十年有施宜生，改名方，南人也，入大金。曾为奉使来朝，
> 金主欲南牧，登北高峰，发一语云：北风甚紧。次年金主来。

南宋士大夫几乎普遍相信施宜生在出使时，确曾有向南宋官员暗示完
颜亮即将发送南侵的举动。而且还认为他这一泄密举动，导致其在归国后
被处死。如朱熹就说：

> 逆亮将犯淮时，犹为之奉使。比来时，黄尚书通老为馆伴。黄幼与
> 之同笔砚，雅相好，至是不欲见其人，以故辞。遂改召张子公。宜生犹
> 问子公："通老安在？"子公以实对。欲扣虏中事，不可得。因登六和
> 塔，子公领客，宜生先登，亟问之曰："奉使得无首丘之念乎？"宜生
> 曰："必来。"言方终而介使至，宜生色为之变。既归，即为敌所诛。①

又，岳珂《桯史》卷 1 载：

> 绍兴三十年，虏来贺正旦，宜生以翰林侍讲学士为之使。朝廷闻
> 之，命张忠定焘以吏部尚书侍读，馆之都亭。时戎盟方坚，国备大

---

① 《朱子语类》卷 133《本朝七·盗贼》，中华书局 1986 年版，第 3187 页。

弛，而谍者传造舟调兵之事无虚日，上意不深信。馆者因以首丘风
之，至天竺，微问其的。宜生顾其介不在旁，忽庚语曰："今日北风
甚劲。"又取几间笔扣之曰："笔来！笔来！"于是始大警。及高景山
告衅，而我粗有备矣。宜生实先漏师焉。归为介所告，烹而死。

虽然这些材料中，关于施宜生在何种场合透露了消息，各执一词，但对
于其泄密的行为却不加怀疑，而且也相信其泄密给自身带来了悲剧性后果。

然而有意思的是，金朝方面却见不到有关施宜生"泄密"的任何记
述，而且事实上他也没有被处死，而是得以平稳度过余生。那么此事之真
伪如何？近年经过学者的细致考证，学界得出的一个基本共识是，施宜生
在出使南宋时，确有"泄密"的举动，但是在当时为了保密的缘故，南宋
方面并没有宣扬此事。只是等事过多年之后，人们根据当时南宋方面馆伴
使臣张焘等人的言说，才得以知晓此事，然后才传扬而来。因为时过境
迁，施宜生早已去世，所以没有了保密的必要。①

施宜生"泄密"事件的先隐后显，不仅反映出宋、金双方作为敌国，
在外交活动中既互相防备又相互刺探消息的微妙关系，也反映出南宋方面
很善于利用施宜生的故国之情来做谍报工作。后来南宋方面的大肆宣扬，
固然一方面是要表彰张焘的外交活动，另一方面也是试图表明一个叛国者
身上仍有故国之情。当然，他们对这种泄密行为的严重后果也做了最坏的
估计。这个事例也表明，在宋、金频繁的外交活动中，其实隐藏着不少惊
心动魄的内幕。

三　施宜生与金朝士大夫政治及文化

虽然在宋人的笔下，作为叛逃者的施宜生，其人生经历早已被传奇
化，但是在金朝方面的文献中，他却表现为一个典型的高级文人官僚。也

---

① 相关研究，可参见景新强《施宜生通敌事件辨正——一个史源学的考察》，《西北大学学报》2007 年第 3 期；邹春秀《施宜生使宋泄密事件与南宋士大夫的歧议》，《江苏大学学报》2001年第 3 期。

正是通过这些记载，让我们得以了解他在金朝的士大夫政治与文化中扮演过怎样的一个角色。

从他在北方的仕宦经历来看，他先是在伪齐政权中为官，但似乎并不是很得意，一度还被贬官。据《金史》卷 79《施宜生传》记载，说他"复以罪北走齐，上书陈取宋之策，齐以为大总管府议事官，失意于刘麟，左迁彰信军节度判官"。天会十五年（1137），金朝撤销伪齐政权，在汴梁设行尚书省（称行台），他继续留在行台任官，从此开始有了平稳的升迁。据《金史》本传记载云："齐国废，擢为太常博士，迁殿中侍御史，转尚书吏部员外郎，为本部郎中。"在几年之内，他从太常博士升任了吏部郎中。也正是在行台为官的时候，他与金初重要的汉族人士蔡松年有了密切的交往。据蔡松年自述说："建安施明望，与余同僚三年，心期最为相得，其政术文章，皆余之所畏仰。"①

皇统七年（1147），金朝内部发生了"田毅党狱"事件，导致原先占据优势地位的辽系汉人在金朝势力的衰落，而宋系汉人得以崛起。② 大约就是在这一年，他从汴梁行台被调任上京，成为礼部郎中。开始正式进入金朝的核心权力机构。当他任礼部郎中时，礼部尚书则为张浩③，大约颇得张浩的赏识，这为他后来的升迁铺平了道路。

天德二年（1150），也即完颜亮登基两年后，经由已升任参知政事的原上司张浩的推荐，他被召为翰林直学士。从此，终海陵王一朝，他一直在学士院任职，并最终升任翰林学士。正是在学士院的任职，他得以撰写金朝一系列的制诰和碑版文字，如册立皇太子、追谥永宁宫皇后的册文，都是出自他的手笔；曾统军入侵南宋的金朝宗室宗弼（兀术）的墓志铭也是由他撰写；另外一些重要的寺庙宫观的碑铭，也出自他手，如《大万寿寺碑》《戒坛寺碑》《渔阳重修宣圣庙碑》等。④ 这些大手笔文字，无疑有助于确立他在金朝文坛中的领导地位和影响力，同时也让

---

① 魏道明：《萧闲老人明秀集注》卷 1《永遇乐》"正始风流"之自序。
② 参见陶晋生《金代的政治冲突》，（台湾）"中研院"历史语言研究所集刊，1971 年第 1 期。
③ 参见《金史》卷 83《张浩传》。
④ 参见王庆生《金代文学家年谱》，凤凰出版社 2005 年版，第 106—110 页。

其跻身金朝的高级官僚之列。金朝文人一般习惯称他为"施内翰"，即是缘于此。

施宜生在金初之所以能够得到重用和迅速升迁，有一个重要的时代背景不可忽视。也就是当他在金熙宗和海陵王两朝任官时，也正是金朝内部大力推行汉化政策、走向中央集权的关键时期。为了改变金朝内部原先的部落权力分配结构、限制宗室权力的坐大，从熙宗开始，就采取了一系列效仿汉族王朝的制度和政策，以加强中央集权；而海陵王更是不惜以血腥手段来提升君主的专制权力。[①] 伴随着这一汉化运动，宋系汉族文士的地位无疑也由此得到提升。

同样重要的是，施宜生所处时代的两位皇帝熙宗和海陵王也都从小深受汉文化的熏陶，成为汉文化的倾慕者。熙宗自小长于太祖庶长子宗干的家庭，而完颜亮则是宗干的儿子。宗干本人从太宗朝时，就是汉化运动的积极推动者，而且聘请了中国学者来教育自己的子孙。正是在这样的环境下，熙宗和完颜亮都十分亲近汉文化。如史书中描述熙宗说：

> 熙宗自成童时聪悟，适诸父南征中原，得燕人韩昉及中国儒士教之，后能赋诗染翰，雅歌儒服，分茶焚香，弈棋象戏，尽失女真故态矣。视开国旧臣，则曰："无知夷狄。"及旧臣视之，则曰："宛然一汉户少年子也。"[②]

这即是说，在经过汉化教育之后，在女真朝臣的眼中，熙宗皇帝已俨然成为一个汉族家庭的孩子。而海陵王完颜亮，更是自小接触汉族儒士，甚至能够用汉文赋诗填词，史书说他自小"好读书，学弈象戏、点茶，延接儒生，谈论有成人器"[③]。又说他"一吟一咏冠绝当时"，当非虚词。大概正是由于金朝皇帝对于汉文化的推重，施宜生才会格外得到重用吧。

---

① 参见陶晋生《女真史论》第三章《政治汉化：1135—1161》，（台北）稻乡出版社 2003 年版。

② （宋）宇文懋昭撰：《大金国志校证》卷 12《熙宗孝成皇帝四》，中华书局 1986 年版，第 179 页。

③ （宋）宇文懋昭撰：《大金国志校证》卷 13《海陵炀王上》，中华书局 1986 年版。

　　从当时的金朝士大夫文化圈来看，随着辽系汉人势力的衰落，宋系汉族士人无疑逐渐成为金朝汉文化主要的传播者，他们随之也将汉地流行的文化品位带到了金朝。而施宜生无疑也是这个汉族士人圈中重要的一员。当然，在金初的汉族文士中，蔡松年理所当然处于领袖的地位，正是在他的身边聚拢了一批宋系汉人文士，施宜生正在其列。① 从前面所引的蔡松年自述来看，他与施宜生交情匪浅，而当施宜生去世之后，则有蔡松年之子蔡珪撰写了行状。这说明施宜生与蔡氏父子一直保持着很好的关系。

　　最能体现金初汉族文士的文化趣味以及施宜生与蔡氏父子关系的事例，也许要算是《苏文忠书李太白诗卷题跋》了。在清人卞永誉所撰《世古堂书画汇考》卷10，收录了这篇题跋。② 根据描述，金代曾流传一幅据说是苏轼墨迹的《苏文忠公书李太白诗卷》，诗卷内容是录写苏轼的方外之交丹元所传的两首李白诗歌。在诗卷之后，则留下了蔡松年、施宜生、刘沂、高衎、蔡珪五人的题跋。

　　在诗卷之后，蔡松年的题跋是：

　　　　老坡平生多与异人遇，此诗帖云传于丹元。丹元者，道人姚安世自号也。先生将赴定武前两月，与姚相会于京师，出南岳典宝东华李真人像，及所作二诗，言近有人于海上见之，盖太白云。虽事涉荒怪，然法非烟火食肉人所能赝作。嗟夫！二公未遗世时，世皆以谪仙目之。今当相从于阆风弱水之上，醉笑调歌，灵音相答，皆九霞空洞中语众不可。盖后复有神游八表者，传诵而来，洗空万古俗气，吾老矣尚或见之。正隆四年闰六月，西山蔡松年题。

　　从题跋内容来看，蔡松年主要介绍李白这两首诗歌的来源以及苏轼与丹元的交往情形，意在说明这两首诗虽出假托，但仍有其收藏价值。

　　紧随其后的则是施宜生题跋：

　　① 参见孟繁清《论蔡松年》，《宋史研究论丛》第11辑，河北大学出版社2012年版。
　　② 参见卞永誉《世古堂书画汇考》卷10《苏文忠公书李太白诗卷》，《文渊阁影印四库全书》本。

颂太白此语，则人间无诗；观东坡此笔，则人间无字。今有丞相蔡卫公所题，则人间无所启其喙。纵复妄发，适为滓秽清虚，此卷当有神物护持，自非凤缘，留名十洲三岛者，未易得见，矧擅有而藏之者，岂陆行人哉？二公仙去已久，卫公且谓复有传九霞空洞中语而来。仆敢言萧闲住世，今此身是，何谓尚或见之耶？施宜生谨书。

在题跋中，施宜生分别对李白的诗、苏轼的字和蔡松年的题跋表示了赞叹，而且更断言蔡松年即是当今的太白、东坡。由此可见出他对蔡松年的钦佩之情以及蔡松年在当时汉族士人中的地位。

最后则是蔡珪的题跋，云：

玉局传东华之诗，萧闲题玉局之字，三住老仙发扬之，金阙侍郎秘藏之。虽至宝所在，有物护持，终恐六丁持去。如珪辈薄福之人，或不得时见之也。此所以捧玩再四，迟迟其还，是月中休日，蔡珪谨书。

作为晚辈，蔡珪认为这份诗卷汇集苏轼传录的李白之诗、蔡松年和施宜生的题跋，实为难得之宝物，十分珍贵。从他的表述来看，施宜生似乎是可以与蔡松年比肩的人物，这或许代表当时汉族士人的一个普遍看法吧。

明人张弼则在题跋中指出："松年而下，用笔皆稍似苏者。当时程学行于南，苏学行于北，金之尊苏与孔子并，故习其余风皆有类耳。"据此可以看出，蔡、施等人在题跋中的书法，都是效仿苏轼。而且早在翁方纲之前，明代人就已指出当时存在"程学行于南、苏学行于北"的现象，而金人甚至在书法方面都在学习苏轼。可以证明此点的另一条，则见于周密的笔记《癸辛杂识别集》卷上"汴梁杂事"条：

《普贤洞记》石碑甚雅，金皇统四年四月一日，奉议大夫、行台吏部郎中、飞骑尉施宜生撰并书，所谓方人者也。后为金相，字步骤东坡。

根据汴梁所见的施宜生撰《普贤洞记》，也可看出施宜生的书法是效法苏轼。这或许可以说明，在苏学向金朝传播的过程中，施宜生或许也是一个重要的代表性人物。金朝文献中说他曾与赵令畤交往，而赵令畤恰好是苏轼的崇拜者，施宜生与苏轼发生关系，或许就渊源于此吧。

四　结语

施宜生作为宋代一个读书应举出身的士人，如果生活在太平时代，也许最终不过成为一名庸庸碌碌的中级官僚，然而在动荡的时局中，他却被卷入叛乱，随后又冒险逃亡，并在敌国重新发迹，跻身高级文官之列，因而拥有了一个跌宕起伏的人生，同时也成就了自身的传奇，这是13世纪中国历史中一个奇特的案例，所以具有特别的意义。

应该说，他曾经努力按照传统的荣身途径来塑造自己，而且也不能说不成功。作为天下举子最多的福建地区的士人，他能进入太学，而且通过舍选登第，应该说是其同时代士人中的佼佼者，如果政局稳定，他今后的仕途前景应该是可以预期的。然而国势的飘摇，使他的命运发生了转向，偏离了正常的轨道。他在福建地区的叛乱中从事招安工作，也许意在成就一番功业，可惜事与愿违，却落得了一个身陷囹圄的境地。他或许原本就不甘心，而当境遇进一步恶化的时候，他选择了逃亡并投奔敌国，成了一个叛逃者。

然而故事的戏剧性就在于他的命运竟然从此峰回路转，不仅在金朝重新入仕，而且得到高官的庇护和皇帝的赏识，一路升迁，最后竟然跻身高级文官之列，成为礼部侍郎、翰林学士，也算是享受了荣华富贵。真的似乎是上天在和他开玩笑，让他在南方失意，却让他在北方按下了自己人生的"重启键"。

当他有机会以金朝使臣身份重新回到故国的时候，或许是故国之情未泯，也可能是为自己的过往救赎，他向南宋透露了金人南侵的机密。然而，正是这一"泄密"的举动，使他成为南宋士大夫笔下热议的人物，而他以往的叛乱和逃亡经历则被不断传奇化，近乎成为一个小说故事。

　　但是，当我们经过理性的考察之后，我们发现，施宜生之所以能够重新发迹，其实是因为他身处一个微妙的历史境遇中。宋、金之间共有的文化基础，促成了他在北方科场中的成功；金朝的汉化运动以及金朝君主对于汉文化的推重，促成了他在仕途上的升迁；而金朝吸纳的大批宋系汉族士人的存在，也让他得以融入其中，并成为苏学在北方的传播者。所以，从政治的角度来看，施宜生是南宋的叛国者；而从文化的角度来看，他却促成了汉文化在金朝的传播，也算是回报了故国。施宜生，不愧为一个传奇人物。

宋代笔记专书的文学史研究

《宋景文公笔记》的字学好尚与文章观念[*]

——兼论唐宋散文发展中的语言革新问题

北京师范大学文学院　谢　琰

宋祁《宋景文公笔记》（下文简称《笔记》），包含明确的学术好尚，具有清醒的自我学术定位。除去卷三《杂说》（此卷性质不同，后曾单行），剩下两卷《释俗》与《考古》谈论的大部分是字学问题[1]，或是从用字角度观照文献与文学。这种学术好尚，迥异于同时巨子欧阳修、孙复、胡瑗等；而这种好尚影响下的文章观念及创作实践，与唐宋散文发展的主线亦合亦离、关系微妙。本文拟对上述问题展开论析，希望认清《笔记》的学术好尚及得失、文章观念及价值，并在此基础上对唐宋散文发展中的语言革新问题提出新看法。

一　《说文》为中心：《笔记》的字学好尚

宋祁与其兄宋庠皆好字学。《归田录》卷2载："宋丞相庠早以文行负

＊ 本文为国家社会科学基金青年项目"唐宋转型视野下的散文演变研究"成果，项目编号14CZW026；国家社科基金重大项目"中国古代散文研究文献集成"成果，项目编号14ZDB066。

① 《清波杂志》卷10"为文三易"条："向传《景文笔录》，复得一编名《摘粹》，四十八事，如辨碑刻及字音三四条，皆互出。"见（宋）周煇《清波杂志校注》，刘永翔校注，中华书局1994年版，第428页。可见宋时流传宋祁笔记，至少有两种，互有重叠。宋代其他文献如《云谷杂记》《颍川语小》，皆引作"《摘碎》"，应是"《摘粹》"之讹。《宋史·艺文志》将宋祁《摘粹》著录于经部小学类，可见其书性质，亦由此可知《笔记》之性质。

重名于时，晚年尤精字学，尝手校郭忠恕《佩觿》三篇，宝玩之。"① 又《邵氏闻见后录》卷27："大儒宋景文公学该九流，于音训尤邃，故所著书用奇字，人多不识。"② 有关二宋用字、解字的逸闻趣事，在宋元笔记中屡见不鲜。这种素养，得力于五代至宋初几代人的学术积累。《笔记》对此有清醒的认识，卷中云："唐末文籍亡散，故诸儒不知字学。江南惟徐铉、徐锴，中朝郭恕先，此三人信其博也。锴为《说文系传》，恕先作《汗简》《佩觿》。时蜀有林氏作《小说》，然狭于徐、郭。太宗朝，句中正亦颇留意。予顷请刻篆、楷二体《九经》于国学，予友高敏之笑之。"③ 可见，二宋自居于五代宋初字学传承的学术脉络之中。

宋人所谓字学，包括《说文》学、金石学、正字学，还包括书法字体之学。文字是记录声音、承载意义的符号系统，治字学者必会涉及音韵和训诂。唯有以《说文》为中心，才能对形、音、义形成全面研究和综合判断，才是字学的正道。对此点，二宋认识极为深刻，《笔记》常说："学者不读《说文》，余以为非是"，"学者多不知，不读《说文》之过也"。④ 尤其可贵的是，二宋不仅推崇官方定本即大徐本，而且对小徐《系传》也十分重视。《系传》卷40苏颂跋尾云："嘉祐中，予编定集贤书籍，暇日因往见枢相宋郑公。谓予曰：'知君校中秘书，皆以文字订正，此正校雠之事也。'又曰：'文字之学，今世罕传。《说文》之外，复得何书？'予以徐公《系传》为对，公曰：'某少时观此，未以为奇。其后兄弟留心字学，当世所有之书，访求殆遍。其间论议，曾不得徐公之仿佛。其所考据，以今所得校之，十不及其五六，诚该洽无比也。'"⑤ 小徐本的价值体现在注释中的训诂学成绩。检《笔记》，颇有几处证据可见二宋对《系传》之笃信。比如《笔记》卷上："捣辛物作蓝，南方喜之，所谓金蓝玉脍者。古

① （宋）欧阳修：《欧阳修全集》，李逸安点校，中华书局2001年版，第1933页。

② （宋）邵博：《邵氏闻见后录》，刘德权、李剑雄点校，中华书局1983年版，第212页。

③ （宋）宋祁：《宋景文公笔记》，朱易安等主编《全宋笔记》第一编第5册，大象出版社2003年版，第51页。

④ 《全宋笔记》第一编第5册，大象出版社2003年版，第52页。

⑤ （南唐）徐锴：《说文解字系传》，中华书局1987年版，第334页。

说䕩曰曰受辛，是臼中受辛物捣之。"① "䕩""䤅""䤍"三字同，《说文》中"䤍"与"䤑"互训。大徐本释"䤑"只云："䤅也。从韭，隊声。"而小徐云："古谓今朘醋合和者䤍，故有受辛之言。古人言金䤍、玉朘䤍，以黄姜汇为之，故黄。今人多谓菹为䤍也。"可见宋祁"受辛"之说或得自小徐。再如《笔记》卷中："李阳冰深于篆、隶，而名作冰，音凝。故参政王公尧臣但读'阳凝'。予曰阳凝无义，唯阳冰有'不冶'之语。"② 大、小徐释"冰"字皆作："水坚也。"并且都注明："凝，俗冰从疑。"但是小徐本释"冶"字（与"冰"同在仌部）云："冶，消也。从仌，台声。臣锴曰：木玄虚《海赋》曰：'阳冰不冶。'"可见宋祁解"冰"字所用文献依据，与小徐相合，或可证明他在研读小徐本时注意到各字训释之间的关系。又如《笔记》卷中："亘从二间舟。隶改舟为曰。何法盛以再一为舟航字。"③ 大徐本云："楅，竟也。从木、恒声。舟，古文楅。"但没有解释这个古文字体。而小徐则解释云："舟竟两岸也。《诗》曰：'造舟为梁。'梁，横亘也。"这就不仅解释了造字本意，而且引用了经典证据。宋祁说"亘从二间舟"，显然深会小徐的用心细密之处。以上几例，解字都与小徐《系传》吻合，应该不是偶然。

周祖谟先生指出，小徐的《说文》学成就体现在六个方面：一、以许训解古书，二、说明古书的假借，三、说明古今字，四、说明引申义，五、兼举别义，六、辨声误。④ 其中，一、二、三、六条，二宋都有继承及发挥。而在二徐之外，北宋前期有关《说文》、金石学、音韵学的论著还有很多，比如徐锴除《系传》外还著有《韵谱》⑤，吴淑"取《说文》有字义者千八百余条，撰《说文五义》三卷"⑥，释梦英效法林

① 《全宋笔记》第一编第5册，大象出版社2003年版，第45页。
② 同上书，第52页。
③ 同上书，第62页。
④ 周祖谟：《徐锴的说文学》，《问学集》，中华书局1966年版，第847页。
⑤ 曾枣庄、刘琳主编：《全宋文》第2册，上海辞书出版社、安徽教育出版社2006年版，第194—195页。（以下引自此书者，均出自该本，兹不再赘）
⑥ （元）脱脱等：《宋史》卷441《吴淑传》，中华书局1985年版，第13041页。

罕作《偏旁字源目录》①，李建中新修《汗简》②，夏竦撰古文字新编《古文四声韵》③，还有《广韵》《礼部韵略》《集韵》相继修纂，都为二宋的字学研究提供了丰厚的历史条件；更何况，《礼部韵略》《集韵》的修纂宋祁还亲历其中④，而且他还参与编写《崇文总目》⑤，有机会尽览馆阁藏书。因此，合天时、人力而观之，二宋的确具有较为深厚的字学功底，故能领略《说文》的精妙之处并应用发挥。

首先，《笔记》重视字之本义，好用《说文》解释语词名物。《笔记》卷中："焉，本鸟名；能，兽名；为，猴名；乚，燕名；借凤为朋党字（朋本音凤）。学者多不知，不读《说文》之过也。"⑥ 这些都是重视本义。其中，"乚"字应作"乙"。《说文》："乙，玄鸟也。"小徐本辨析得很清楚："《尔雅》：'燕燕，乙。'此与甲乙之乙相类，此音轧，其形举首下曲，与甲乙字异也。"宋祁可能把"乚"和"乙"字形相混淆了，不过也有可能是传抄中出错。总体来说，《笔记》对本义的索求还是常起到积极作用的。比如《笔记》卷中："莒公言：《诗》有《常棣之华》，逸诗有《唐棣之华》，世人多误以'常棣'为'唐棣'，于兄弟用之，因'唐'误'常'。且常棣，棣也。唐棣，栘也。栘，开而反合者也，此两物不相亲。"⑦《说文》："栘，棠棣也。""棣，白棣也。"可见并非一物。又如《笔记》佚文："维扬后土庙有花，色正白，本曰玉蕊。王禹偁爱赏之，更

---

① 《全宋文》第 3 册，郭忠恕《答英公大师书》，第 50 页；第 5 册释梦英《偏旁字源目录序》，第 392 页。

② 《全宋文》第 15 册李直方《汗简后序》，第 410 页。"《汗简》，郭宗正忠恕集成之后，儒家罕有得者，余访之久矣。近闻秘阁新本，乃集贤李公衍修。"

③ 《全宋文》第 17 册夏竦《古文四声韵序》，第 150 页。

④ 《全宋文》第 19 册丁度《集韵韵例》，第 171 页。

⑤ （宋）李焘：《续资治通鉴长编》卷 114，中华书局 2004 年版，第 2681 页。"（景祐元年闰六月）辛酉，命翰林学士张观，知制诰李淑、宋祁，编三馆、秘阁书籍。仍命判馆阁盛度、章得象、石中立、李仲容覆视之。"又可参见（宋）程俱《麟台故事校证》，张富祥校证，中华书局 2000 年版，第 75 页。据《麟台故事》，参修者不是宋祁，是宋庠。宋庠原名宋郊，"郊""祁"二字极易混淆。本文从《长编》，作"宋祁"。

⑥ 《全宋笔记》第一编第 5 册，大象出版社 2003 年版，第 52 页。

⑦ 同上书，第 51 页。

称曰琼花。按许慎《说文》云：'琼，赤玉也。'王不领其义，非白花名也。"① 这也是借《说文》来训名物。另外，宋祁文集中有一篇《王杲卿字说》，也纯是利用《说文》来解"名"和"字"："字之言滋也，名之外滋其一称。""旭者，日之旦也，本君含章自内，不待于外也。杲者，日之出也，本君厥修时敏，寖升以著也。"② 检《说文》："字，乳也。"也就是"孳乳"，即"字之言滋"。又《说文》："旭，日旦出皃。""杲，明也，从日在木上。"可见宋祁所言皆扎实有据。

其次，《笔记》时能辨明假借现象。如《笔记》卷上："古无正字，多假借。以中为仲，以说为帨，以召为邵，以间为闲。"③ 又卷中："唐吕温作《由鹿赋》曰：'由此鹿以致他鹿，故曰由鹿。'予案：《说文》曰：率鸟者，系生鸟以来之，名圝。圝音由。吕得其意，而不知说文有此圝字也。"④ 后一例尤为精彩，是破假借、明本字。不过，《笔记》对假借现象的理性认识还比较模糊，有时会混淆字形，以为是假借。比如《笔记》卷中："古文卯本柳字，后借为辰卯之卯。北本别字，后借为西北之北。"⑤《说文》："栁（柳），小杨也。从木、丣声。丣，古文酉。"而"卯"字篆文字形是两个反"户"，古文字形亦是"开斥之象"，皆与"丣"不同。古书多假"栁"为"酉"，但不会假"栁"为"卯"。同样的道理，说"北本别字，后借为西北之北"，也是误会字形。小徐本释"乖"字云："戾也。从竹而兆，兆，古文别。臣锴曰：兆，重八也。"又释"北"字云："乖也，从二人相背。"可见，"兆"本"别"字，而"北"与"兆"字形相似，宋祁遂误以为"北本别字"。

再次，《笔记》对古今用字也偶有辨析。如《笔记》卷中："唐玄宗始以隶、楷易《尚书》古文，今儒者不识古文，自唐开元始。予见苏颋撰《朝觐坛颂》，有乩虞氏字，馆阁校雠官辄点'乩'字侧云'疑'，不知

① 《全宋笔记》第一编第 5 册，大象出版社 2003 年版，第 73 页。
② 《全宋文》第 24 册，第 353 页。
③ 《全宋笔记》第一编第 5 册，大象出版社 2003 年版，第 46 页。
④ 同上书，第 52 页。
⑤ 同上书，第 55 页。

'乩'即'稽'字。"① 这里涉及古今用字不同的现象。

复次,《笔记》特别重视辨声误、辨正俗字,这与其重视本字、本义是一脉相承的。比如《笔记》卷上:"儒者读书多随俗呼,不从本音,或终身不悟者。凡读廷(音定)皆作廷(音亭),故廷中、廷争、栢者鬼之廷、游神之廷皆作庭。假借之假(音嫁),皆作假(音贾)。朝请(音才姓切),皆作请(屈请之请)。烂脱(音夺),皆作脱。太守(音狩)作守。周身之防(去声)为防。廷尉评(去声)为评。中(去声)兴为中兴。若此甚众。"② 又卷中:"汉陈平封曲逆侯,萧何为酂侯,霍去病为骠姚将军,今学者读'曲逆'为去遇,'酂'作醝,'骠'为漂遥,不作本音何耶?"③ 这两例都是求本音、辨声误。又如《笔记》卷上:"后人以亂旁为舌,揖下无耳,黿鼉从龜,奪奮从雀,席中从帶,惡上安西,鼓外设皮,鑿头生毁,離则配禹,牽乃施豁,巫混經旁,皋分澤外,獵化为獦,業左益土,靈底著器,其何法哉?"④ 又宋祁《乞禁便俗字奏》一文云:"以夲为本,以毋为母,以撿为檢,以開为閞,斯则字讹音变,尤难行远。"⑤ 这两例都是辨正俗字。

最后,《笔记》还利用字学知识考辨典籍,尤其在《汉书》音义方面颇有研究。据《长编》,宋庠(原名宋郊)在景祐二年至景祐三年,曾与张观、余靖、王洙、李淑等共同校勘《汉书》⑥,而今存《汉书》诸版本中保存有不少宋祁校语⑦,可证二宋对于《汉书》之用力。校考当然包括版本校雠,但《笔记》最青睐的却是考辨文字。卷中保存了已失传的萧该《汉书音义》的珍贵片段(共 7 则),宋祁自己也喜考辨《汉书》中的音义问题。如卷中:"《汉书·黄霸传》云:京兆尹张敞舍鹖雀飞集丞相府,

---

①　《全宋笔记》第一编第 5 册,大象出版社 2003 年版,第 51 页。

②　同上书,第 45 页。

③　同上书,第 62 页。

④　同上书,第 46 页。

⑤　《全宋文》第 23 册,第 237 页。

⑥　(宋)李焘:《续资治通鉴长编》卷 117,第 2755 页;卷 118,第 2777 页。(本文引自该书者,均为中华书局 2004 年版)

⑦　参见李丛竹《〈汉书〉宋祁校语辑校》,硕士学位论文,南京师范大学,2011 年。

霸以为神爵，议欲以闻。颜师古曰：'此鷸音介，字当作鳼，此通用耳。鳼雀大而青，出羌中，非武贲所载鷸也。'今官本介字误作芬，鳼字作鳻。鳻亦音芬，鳻是鸟聚皃，非鸟名也。予见徐锴本亦如此改定。"① 又卷中："《汉书·李广传》'数奇'注，切为所角反，故学者皆曰'数（音朔）奇'。孙宣公奭，当世大儒，亦从曰'数'（音朔）。后予得江南本，乃所具反。由是复观颜注，乃颜破'朔'从'所具反'云，世人不之觉。"② 这两条材料对读，会发现"徐锴本"与"江南本"似为一本，乃南唐徐锴所藏所校。《十国春秋》卷28《徐锴传》载："少精小学，故所雠书尤审谛。每指其家语人曰：'吾惟寓宿于此耳。'江南藏书之盛为天下冠，锴力居多。"③ 可见徐锴完全有藏、校《汉书》的可能。又查小徐本《说文》："鷸，似雉，出上党。从鸟，曷声。""鳼，鸟似鷸而青，出羌中。从鸟，介声。""鳻，鸟聚皃也。一曰飞皃也。从鸟，分声。"可见徐锴对三字辨识甚明，官本《汉书》误作"鳻"，徐锴本作"鳼"。宋祁亦能明字义，从而做出正确判断。宋祁还有一篇《字说》④，也是借《说文》来纠正《汉书》颜注，此不具论。

　　总之，《笔记》的字学好尚体现在：以《说文》为中心，强调本字、本音、本义，同时吸收金石学、音韵学相关成果，注重字学之应用、经典音义之考辨，呈现出较为全面且深湛的字学素养。这种学术好尚，迥异于理学先驱孙复、胡瑗等，也与古文家柳开、尹洙、欧阳修等人不相接壤。从《笔记》对唐宋字学的梳理以及北宋前期的字学撰述来看，主宰这一学术脉络的是一批馆阁文士，如徐铉、吴淑、夏竦、陈彭年、丁度、贾昌朝、宋庠、宋祁。他们与遵守汉唐经学旧规的儒生孙奭、邢昺、冯元等人，具备相近的身份与相通的好尚⑤，同属经筵、馆阁、学馆一路，是汉

---

① 《全宋笔记》第一编第5册，大象出版社2003年版，第52页。

② 同上。

③ （清）吴任臣：《十国春秋》，徐敏霞等点校，中华书局1983年版，第404页。

④ 《全宋文》第24册，大象出版社2003年版，第363页。

⑤ 孙、邢等儒生深受宋祁尊重，并对其有推荐之恩。参见《宋史》卷284《宋祁传》，第9593页。又宋祁撰有《孙仆射行状》《仆射孙宣公墓志铭》《赠尚书右仆射孙奭谥议》，见《全宋文》第25册，第64页；第25册，第122页；第23册，第309页。

宋学术转关中的过渡人物。到仁宗朝，孙奭一脉的旧儒生逐渐被胡瑗为代表的新儒生所取代，以西昆派为代表的旧文人被欧苏等古文大家所超越，但是，字学的好尚却一直不温不火地存留发展下去。王圣美、王观国、李焘、郑樵，都在字学方面取得成绩和突破①，这些成就，是中国传统语言文字学发展过程中的必备一环，理应成为宋代学术的重要组成部分，也应启迪我们重新审视汉学与宋学的复杂关系。因此，即便《笔记》在具体考辨方面时有失误，但其学术好尚本身，就是一笔重要的学术财富。

二　用字为本位：《笔记》的文章观念

宋祁在学术谱系上属于馆阁文士一脉，具体而言，又属于兼擅文学与字学的一支。在宋祁及其兄宋庠那里，字学不仅是学术好尚，而且深刻影响了其文章观念。《笔记》一书直接、鲜明地表达了以用字为本位的文章观念，并列举了有力论据，是一份非常珍贵的证明。

《笔记》卷上自述云："余少为学，本无师友，家苦贫无书，习作诗赋，未始有志立名于当世也，愿计粟米养亲，绍家阀耳。年二十四，而以文投故宰相夏公，公奇之，以为必取甲科。吾亦不知果是欤。天圣甲子，从乡贡试礼部，故龙图学士刘公叹所试辞赋，大称之朝，以为诸生冠。吾始重自淬砺，力于学，模写有名士文章，诸儒颇称以为是。年过五十，被诏作《唐书》，精思十余年，尽见前世诸著，乃悟文章之难也。虽悟于心，又求之古人，始得其崖略。因取视五十已前所为文，赧然汗下，知未尝得作者藩篱，而所效皆糟粕刍狗矣。夫文章必自名一家，然后可以传不朽。若体规画圆，准方作矩，终为人之臣仆。古人讥屋下作屋，信然。陆机曰：'谢朝华于已披，启夕秀于未振。'韩愈曰：'惟陈言之务去。'此乃为文之要。五经皆不同体，孔子没后，百家奋兴，类不相沿，是前人皆得此旨。呜呼，吾亦悟之晚矣。虽然，若天假吾年，犹冀老而成云。"② 这里表

---

① 参见姚孝遂主编《中国文字学史》，吉林教育出版社 1995 年版，第 173—188 页；何九盈《中国古代语言学史》，广东教育出版社 1995 年版，第 176—186 页。

② 《全宋笔记》第一编第 5 册，大象出版社 2003 年版，第 47 页。

达了"陈言务去""自名一家"的文章观念，表面看是老生常谈，但结合《笔记》的学术好尚及其所举文章实例来看，则又有深意。

《笔记》卷中云："柳子厚云'嘻笑之怒，甚于裂眦；长歌之音，过于恸哭'，刘梦得云'骇机一发，浮谤如川'，信文之险语。韩退之云'妇顺夫旨，子严父诏'，又云'耕于宽闲之野，钓于寂寞之滨'，又云'持被入直三省丁宁顾婢子语，刺刺不得休'，此等皆新语也。"① 仔细揣摩其中范例，"险语"大概与修辞手法有关，如"裂眦"之用夸张、"如川"之用比喻，但又不止于此。如"浮"有"泛"义，与"川"搭配十分贴切；"恸"原本就是"大哭"之义，是哭的极端状态，现在说"长歌"比"恸哭"更胜一筹，可见出情感之深沉，且与"裂眦"（怒的极端状态）相呼应，准确地揭示出情感表达的辩证法。至于"新语"，似乎更与修辞无关，而纯粹是炼字的结果。比如"父诏"之"诏"，义为告命，而"严"本义为"教命急"，即紧急、急迫，可见儿子对父命的绝对遵守，这和《论语》说的"君命召不俟驾而行"是同样道理。再如"宽闲"之"闲"，本字是"闲"，义为间隙，与"宽"近义，后面的"寂""寞"二字亦是近义，对偶工整。类似的例子还有《笔记》卷中评论《谷梁传》："古人自有文语卓然可爱者，《谷梁子》曰：'轻千乘之国则可矣，蹈道则未也。'故柳宗元以为洁。'三军之士粲然皆笑'，粲，明也，知万众皆启齿，齿既白，以粲义包之。"② "粲"本义是经过反复加工的白米，故有"白"义，用来形容启齿而笑，最为贴切。可见，《笔记》所谓"新语""险语"，实质是希望文章作者能从汉字本义出发，进行细致辨析和选择；因为汉字本义里往往包含最具特色的义素，这些义素在语言文字发展过程中，或失落消泯，或与他字混淆，导致近义词之间的区分越来越模糊，最终影响表义的精确性和丰富性。在《笔记》看来，好的文章用字，并不一定要拘泥本义，而是以本义为基点进行词义辨析，作为选字、炼字的依据，最终达到以故为新、复古还雅的语言效果。

如果说以上两例倡导了一种以用字为本位的文章观念的话，那么卷三

---

① 《全宋笔记》第一编第 5 册，大象出版社 2003 年版，第 58 页。

② 同上书，第 62 页。

《杂说》中摘录的诸多警句，则可视作这种观念的自我举证。这些警句，既讲治国道理，也讲社会习俗、人生哲学，考虑到宋祁曾"侍上讲劝凡十七年"①，又《杂说》末尾保存了几段类似家训的文字，所以这些警句可能是经筵讲劝之语或家教庭训之词。其语言之警策、雕篆，正是宋祁晚年的风格。比如："植表挺挺，下无曲影。善声之唱，应无丑响。"② 其中，"植""表""挺"都有"直"义，与"曲"形成强烈对比；"唱"是倡导、发歌，"应"是相当、相对，"声"是发声，"响"是回声，这四个字之间两两对应，极为精确。再如："水渊则回，道衍则圣。"③《说文》："渊，回水也。""衍，水朝宗于海也。""圣，通也。"可见用字之严。又如："恶来掩纣之耳，武王翱师于孟津之滨；宰嚭掩夫差之目，勾践嚓笑于会稽之隑。"④ 其中，"会稽之隑"无非是指代会稽山之地名，但不用其他表示"山"的字，而单用"隑"字，原因应是"隑"即崖，表示山边，恰与表示水边之"滨"字相对偶。同样道理，《笔记》卷中云："庄周曰：'送君者皆自涯而反，君自兹远。'每读至此，令人萧寥有遗世之意。"⑤ 这个句子之所以让宋祁有"萧寥遗世之意"，很可能也是因为"涯"字与"反""远"二字之间的词义关系："涯""崖"都表山边或水边（今本《庄子》作"自崖而反"），在边际之处，有人远去，有人归去，正是极大的感情冲击。又如："厵贾乱廛，窳农败田；谗夫挠邦，害马污群。""羿于场者鸡至，嗟于牢者豕集，惠于国者天下来。"⑥ 这两段话雕琢之至，把极简单的道理说得一唱三叹，用字尤其煞费苦心。比如"羿"义为"呼鸡重言之"，所以与"鸡至"搭配，"害"有受伤、生病之义，所以与"污"字搭配，等等。

在宋祁文集中，同样存在众多炼字精审的警句。宋祁文章整体上以文采斐然著称，早年多骈俪，善作赋，中年之后学殖日进，用字更趋老辣，

---

① 《全宋笔记》第一编第 5 册，大象出版社 2003 年版，第 71 页。
② 同上书，第 64 页。
③ 同上书，第 68 页。
④ 同上书，第 66 页。
⑤ 同上书，第 59 页。
⑥ 同上书，第 68 页。

行文更趋散化。比如作于 22 岁的《春日同赵侍禁游白兆山寺序》①，纯是骈句，精工密丽；作于 45 岁的《寿州风俗记》，则铿锵顿挫，颇似樊宗师《绛守居园池记》，如写景："由霍而外，巇峥岑罗，迆麓崇冈，奔沓相联，犹肱臂然。材章竹箭，刊伐菌薉，连千树而下，衍给旁郡。"② 这里的一连串形容词和动词，从"巇""迆""奔沓""联"到"连""下""衍""给"，非常精确地描绘了蜿蜒旁逸的地势地貌。晚年在益州作《益部方物略记序》，更是脱去繁靡，唯取精准，一个难字也不用，而同样达到"状难写之景如在目前"的效果："左阻剑门，右负夷蕃，内坦夷数百里，环以长江，裹以复岑。川陆盛气，碍而不得东，回薄蜿蜒，还负一方。为珍木，为怪草，为鸟鱼芋稻之饶。日暘雨雨，嘘和吐妍，层出杂见，不可胜状。"③ 其中，剑门险峻故称"阻"（阻即险），夷蕃势大故称"负"（负既有凭靠义又有承担义，这里偏向于承担一义），江"长"故可以"环"，岑"复"故可以"裹"（裹即层层缠绕），语皆不苟，且形象性很强。这种用字风格，似尤适合叙事——能在叙事简明的同时保证细节的丰满。如《上三冗三费疏》："数口之家，不能自庇，于是相挺逃匿，化为盗贼者，不可胜算。"④ 这里，"挺"即拔，"相挺逃匿"写出了相互提携、仓皇逃窜的情态。又如《御戎论·篇之三》："何承矩始畜陂障，建屯田，塍而畦之，限敌驰突。……敌常埽穷庐而来，厉壮马，走平地，以大众加中国。"⑤ 其中，"塍"是土埂，而"畦"是一片田，"塍而畦之"正是屯田的进程。又"埽"字，《说文》："埽，弃也。"《毛诗·豳风·东山》："洒埽穷窒，我征聿至。"可知"埽穷庐而来"之出处，可见敌军来势之迅猛。又同篇云："夫敌人惟劲镞遗胸，长刀築胁乃怖耳。当抄骑之出，我若以边人逻士邀之，或庲其左，或厃其右，蔽林伏垠，掩所不防，但令无所获而走。"⑥ 检《说文》："築，捣也。""庲，广也。""厃，隘也。"都十分贴

---

① 《全宋文》第 24 册，第 366 页。
② 同上书，第 368 页。
③ 同上书，第 331 页。
④ 同上书，第 225 页。
⑤ 同上书，第 343 页。
⑥ 同上书，第 344 页。

切，连属而观，有精悍雄峻的气势。宋祁还有一篇作年不详的寓言《舞熊说》，似尤能代表其叙事简明而情状丰腴的文风，如写舞熊表演的一段："教为蹲舞之技，以丐市中。先开迥场，震之严鼓，市人项背山立。俄以巨梃鞭熊，应手皆舞，躨跜腾蹋，悉中音节。伎殚曲阕，兰子放梃四顾，踌躇满志。"① 有时候，宋祁并不堆垛辞藻，而只勾勒、点染，有"一字千钧"的效果，如《石少师行状》写石中立："所至乐善下贤，虽非辈行，犹与之钧。"② 其中"钧"字，既表均等，也表权衡，尽显长者之风。

以上文章，固然用字严审、时有巧思，但在宋祁自己看来，也许仍然新意不足。根据《笔记》中的自述，似只有"精思十余年"的《新唐书》，才是宋祁最满意的文章。宋祁撰写《新唐书》，向来有"言艰思苦"之评，宋元笔记中多有记载，而最著名的也许是《事文类聚》别集卷 5《文章部》"文不必换字"条："宋景文公修唐史，好以艰深之辞文浅易之说。欧公思有以讽之，一日，大书其壁曰：'宵寐匪贞，札闼洪休。'宋见之曰：'非夜梦不祥、题门大吉耶？何必求异如此？'欧公曰：'《李靖传》云：震雷无暇掩聪。亦是类也。'宋公惭而退。"③ 这个"段子"有不同版本，今本《新唐书》作"震霆不及塞耳"④。从日常用字角度看，当然"震霆"要比"迅雷"晦涩，但若从字的本义来看，宋祁最终改定的版本，其实是最精确的。小徐本《说文》："震，劈历振物者。从雨，辰声。《春秋传》曰：'震夷伯之庙。'臣锴以为：霆，其急激者也；震，所以加物之称也。""靁，阴阳薄动，靁雨生物者也。从雨，晶象回转形。臣锴曰：阴阳相荡薄。《易·系》曰：'雷，风相薄，雷出则万物出也。'""霆，靁余声也，铃铃所以挺出万物。从雨，廷声。臣锴按：阴阳相薄而为雷，激而为霆，霹历也。"从这三条训释可见："雷""霆""震"虽然都指同一种自然现象，但侧重点不同："雷"侧重于现

---

① 《全宋文》第 24 册，第 355 页。
② 《全宋文》第 25 册，第 71 页。
③ （宋）祝穆：《新编古今事文类聚》，[日本] 中文出版社 1989 年版，第 1560 页。
④ （宋）欧阳修、宋祁：《新唐书》卷 93《李靖传》，中华书局 1975 年版，第 3812 页。

象的成因及过程，即"阴阳薄动"；"霆"则专指现象的结果，尤其指声音，即"靁余声"，即"霹历"；"震"则又是"霆"的结果，即声音振物。所以，"震霆"翻译成现代汉语就是"能够振动物体的雷声"，声音会入耳震耳，而阴阳相薄之雷并不会入耳震耳；就字义而言，"震霆"当然比"迅雷"更准确。

若将《新唐书》纪传部分与《旧唐书》的相应篇章对读，就更能看出宋祁作文炼字的精勤刻意。比如《李白传》写李白醉酒赋诗一段，《旧唐书》作"以水灑面"①，"灑"是"洒"的借字；而《新唐书》则作"以水頮面"②。检《玉篇·水部》："頮，洗面也。"又《说文》："洒，涤也。"段注："浴，洒身也。澡，洒手也。洗，洒足也。"可见，"洒"是洗涤通称，而洗涤不同部位，古人用不同字来表达，"頮"则专指洗面。就表意的精确性而言，"頮"当然胜过"洒"，它承载了古人对于生活的细致观察和区分。再比如《裴度传》，《旧唐书》载："二年三月，度至京师，既见先叙克融、廷凑暴乱河朔，受命讨贼无功，次陈除职东都，许令入觐。辞和气劲，感动左右。度伏奏龙墀，涕泗呜咽，帝为之动容，口自谕之曰：'所谢知，朕于延英待卿。'初，人以度无左右之助，为奸邪排摈，虽度勋德，恐不能感动人主。及度奏河北事，慷慨激切，扬于殿廷，在位者无不耸动。虽武夫贵介，亦有咨嗟出涕者。"③《新唐书》则记曰："帝悟，诏度由太原朝京师。及陛见，始陈二贼畔涣，受命无功，并陈所以入觐意，感慨流涕。伏未起，谒者欲宣旨，帝遽曰：'朕当延英待卿！'始，议者谓度无援奥，且久外，为奸憸抿抑，虑帝未能其忠。及进见，辞切气怡，卓然当天子意。在位闻者皆竦，毅将贵臣至齌咨出涕。"④两段对比，宋祁改"辞和气劲"为"辞切气怡"，改"助"为"援奥"，改"奸邪排摈"为"奸憸抿抑"，改"耸动"为"竦"，改"武夫贵介"为"毅将贵臣"，改"咨嗟"为"齌咨"，有些可能是故作古雅，有些则是力图表意精

---

① （后晋）刘昫等：《旧唐书》卷190下，中华书局1975年版，第5053页。
② （宋）欧阳修、宋祁：《新唐书》卷202，中华书局1975年版，第5763页。
③ （后晋）刘昫等：《旧唐书》卷170，中华书局1975年版，第4424页。
④ （宋）欧阳修、宋祁：《新唐书》卷173，中华书局1975年版，第5214页。

确。比如"捱抑"表压制，而"排摈"侧重于排挤，裴度此前"用兵山东，每处置军事，有所论奏，多为（元）稹辈所持"[1]，可见主要是被"捱抑"，而不是被"排摈"。再如"竦"字，表敬肃，比"耸动"更有心理深度，更切合群臣心境。又如"咨嗟""齎咨"义近，但前者既可表赞美也可表叹息，后者则侧重于叹息，且往往与流涕相搭配，如《周易·萃卦》有"齎咨涕洟无咎"之语，故宋祁选用"齎咨"。凡此种种，皆可证宋祁炼字之苦心：他紧密结合当下语境，权衡思考细微的词义差异，从而最终选定用字。此种"言艰思苦"之举，会让文章呈现出一种超迈流俗的新鲜气象，仿佛处处与流俗表达不同，但实际上又极朴实、极真率、极复古。这是从古老的语感中开出的鲜花。

总之，《笔记》的文章观念是：以用字为本位，强调用字的准确性，崇尚以故为新、复古还雅的语言效果。这种文章观念，既契合唐宋散文诸家有关语言革新的倡议，又与宋祁自身的学术好尚和创作实践相结合，包含独到眼光和深刻见解。而唐宋散文语言革新的复杂生态，也可借用《笔记》这条重要参照系而进行重新审视。

三　用字与造句：唐宋散文语言革新的复杂生态

韩愈提出的"陈言务去""词必己出"的文章观念，影响唐宋几代散文家。此观念极为复杂，后代文人学者的理解有诸多向度。或以文体解之，或以语言解之，甚或以内容解之，如《艺概·文概》："所谓陈言者，非必剿袭古人之说以为己有也。只识见议论落于凡近，未能高出一头，深入一境，自'结撰至思'者观之，皆陈言也。"[2] 诚然，语言表达方式会影响文体风貌，也与思想境界密切相关，但归根结底，语言有其独特的应用法则和发展规律，值得专门研究。文学史家通常关注的是思想和文体，对于语言革新的研究，往往局限于造句、修辞、语言风格等问题。而文学和语言的最根本元素，即用字情况，通常被忽视。

---

① （后晋）刘昫等：《旧唐书》卷 170，中华书局 1975 年版，第 4421 页。

② （清）刘熙载：《艺概》，上海古籍出版社 1978 年版，第 22 页。

　　借宋祁之眼，我们会看到一幅更具语言深度的唐宋散文谱系。《笔记》称道"惟陈言之务去""文章必自名一家"，主要着眼点是文字而非句法、文风。当然，他不是只看重文字，他对散文家的思想出新和句法创新同样欣赏。比如《笔记》卷中："柳子厚《正符》《晋说》，虽模写前人体裁，然自出新意，可谓文矣。刘梦得著《天论》三篇，理虽未极，其辞至矣。韩退之《送穷文》《进学解》《毛颖传》《原道》等诸篇，皆古人意思未到，可以名家矣。"① 又卷上："柳州为文，或取前人陈语用之，不及韩吏部卓然不丐于古，而一出诸己。"② 可见，宋祁并重"意""辞"，且对韩、柳、刘三家做了比较：柳辞不足而意有余，刘意不足而辞有余，韩愈则辞、意兼备，"皆古人意思未到"；而所谓"卓然不丐于古，而一出诸己"，既与"取前人陈语用之"相对而论，则应该意指句法之类，非谓用字。所以，宋祁对三家文是有全面认识的。他是在综合考量的前提下，比别人更自觉、更集中地进行文字层面的探讨。

　　宋祁对《进学解》的称道尤值玩味。从现代眼光看，此文在文体、造句、立意等多方面皆有创新，是"陈言务去""词必己出"的最佳范例之一。尤令人称奇的是，"《进学解》一篇之中就有'业精于勤''刮垢磨光''贪多务得''含英咀华''佶屈聱牙''同工异曲''动辄得咎''俱收并蓄''投置闲散'等等，都已传为流行的成语；还有一些成语如'提要钩玄''焚膏继晷''闳中肆外''啼饥号寒'等，也是从这一篇的语句中凝缩而来的。……这样的辞章造诣，在他前后，很少有人企及。"③ 诚然，这些"成语"都创造了崭新的句式结构，但其质料却并非率意取舍——韩文用字是极为严谨的。这一点，宋祁一定看得很清楚。比如"佶屈聱牙"：佶屈，即"诘诎"之借字。《说文叙》有"随体诘诎"语。《说文》："诎，诘诎也。"段注："二字双声，屈曲之意。"而"聱牙"稍难解。"聱"字见《说文》新附字，训为"不听也"。"牙"字，《履斋示儿编》卷19指出："《进学解》'佶屈聱牙'，《唐·元结传》作'聱齖'。"④ 检《新唐书·元

---

①　《全宋笔记》第一编第 5 册，大象出版社 2003 年版，第 55 页。

②　同上书，第 48 页。

③　郭预衡：《中国散文史》（中册），上海古籍出版社 2011 年版，第 188 页。

④　（宋）孙奕：《履斋示儿编》，侯体健、况正兵点校，中华书局 2014 年版，第 321 页。

结传》，此为元结《自释》文①。宋祁既如此引用，必然知道"聱牙"的本字、本义。检《玉篇·齿部》："齵，齿不平。"可知"齵"为本字，"牙"为借字，"聱牙"意为耳不听、齿不平，就是听不清、念不明，说明文字艰涩难读，如此方通。可见韩愈的创新"无一字无来处"。再如"含英咀华"：《说文》："咀，含味也。""华，荣也。""英，艸荣而不实者。"可见用字之不苟。又如"同工异曲"：现代汉语通常理解为不同的乐曲有相似的巧妙，但细味韩文，原义似非如此："《春秋》谨严，《左氏》浮夸，《易》奇而法，《诗》正而葩；下逮《庄》《骚》，太史所录，子云相如，同工异曲。先生之于文，可谓闳其中而肆其外矣。"② 检《说文》："工，巧饰也，象人有规榘也。""曲，象器曲受物之形。"所以"同工异曲"意谓皆有规矩但又各有委曲，"工""曲"皆作形容词讲，这才能与"谨严""浮夸""奇""正"等形容词相呼应。还有这段文字中的"《诗》正而葩"，段玉裁注《说文》"葩"字即引之云："凡物盛丽皆曰华。韩愈曰：'诗正而葩。'谓正而文也。"还有"闳其中而肆其外"，"闳"即"宏"之借字，表内部深广，"中"是内心，而"肆"表穷极陈列，是外向的，"闳""肆"相衬，可见内心世界与文学世界的关系，极为恰切。凡此种种，都证明韩愈严守字义，辨析清晰，从而制造出既新颖又扎实的语句。

宋祁对刘禹锡的称赏也同样值得品味。"其辞至矣"，也与用字有关。又《笔记》卷上："李淑之文，自高一代。然最爱刘禹锡文章，以为唐称柳、刘，刘宜在柳柳州之上。淑所论著多似之，末年尤奥涩，人读之至有不能晓者。"③ 李淑曾与宋祁同修《崇文总目》《礼部韵略》《集韵》，也善字学。其文或有"奥涩"之弊，但刘禹锡文章只"奥"不"涩"。如《连州刺史厅壁记》："环峰密林，激清储阴，海风驱温，交战不胜，触石转柯，化为凉飔。城压赭冈，踞高负阳。土伯嘘湿，抵坚而散，袭山逗谷，化为鲜云。"④ 这段

---

① （宋）欧阳修、宋祁：《新唐书》卷143，中华书局1975年版，第4685页。
② （唐）韩愈：《韩昌黎文集校注》，马其昶校注，马茂元整理，上海古籍出版社1986年版，第46页。
③ 《全宋笔记》第一编第5册，大象出版社2003年版，第47页。
④ （唐）刘禹锡：《刘禹锡集笺证》，瞿蜕园笺证，中华书局1989年版，第218页。

写景极为精彩，用字皆考究。如"激清储阴"，《说文》："清，朖（朗）也。激水之皃。""清"形容水之明，但强调的不是亮度，而是质地、状态，即澄定之貌。所以"激清"正是由静而动，十分贴切。又如"袭山逗谷，化为鲜云"，《说文》："逗，止也。"可见湿气先沿山而行，再留止于谷中，才化为云。凡此用字，都能准确捕捉景物之微妙处，堪称典奥精严。而用字之精严，实乃中唐诸贤的普遍素养。

只有从用字角度切入，才能理解韩愈为什么以"文从字顺各识职"①来称道行文极为怪涩的樊宗师。《说文》："职，记微也。"段注："纤微必识是曰职。"可见"文从字顺各识职"说的不是谋篇造句之顺畅，而是用字之精微，即斟酌字义的细微差异以保证用字表意的准确性。又牛希济《文章论》云："又有释训字义，幽远文意，观之者久而方达，乃训诂雅颂之遗风，即皇甫持正、樊宗师为之，谓之难文。"② 可见"难文"之"难"，在于字义幽远。比如樊宗师《绛守居园池记》开头一段："绛即东雍，为守理所。禀参、实沈分气，蓄两河润，有陶唐冀遗风余思，晋韩魏之相剥剖。世说：总其土田士人，令无硗杂扰，宜得地形胜，泻水施灢，岂新田又蕞狸不可居。州地或自有兴废，人因得附为奢俭，将为守悦致平理与，益侈心耗物害时与，自将失敦穷华，终披夷不可知。陴緉孤颠，跚倔，玄武踞。守居割有北，自甲辛苞大池，泓横，硖旁，潭中。癸次、木腔瀑三丈余，涎玉沫珠。子午梁贯，亭曰'泂涟'，虹蜺雄雌，穿鞠觑厴，碍很岛坻，淹淹委委，莎靡缦，萝蔷翠蔓红刺相拂缀。南连轩'井阱'，中踊曰'香'，承守寝'晬思'。西南有门曰'虎豹'：左画虎搏立，万力千气底发，蟲匿地，努肩脑口牙快抗，雹火雷风，黑山震将合。右胡人脀，黄帒累珠，丹碧锦袄，身刀，囊鞾，捫綹，白豹玄斑，饫距掌胪意相得。"③ 从造句来看，这段文字当然有重大缺陷，即刻意仿古，尤喜省略主谓

① （唐）韩愈：《韩昌黎文集校注》《南阳樊绍述墓志铭》，马其昶校注，马茂元整理，上海古籍出版社 1986 年版，第 542 页。

② （清）董诰等编：《全唐文》，中华书局 1983 年版，第 8877 页。

③ 此文有元人赵仁举、吴师道、许谦三家注本，近人岑仲勉又有《绛守居园池记集释》，最为精审。此处文字及断句皆从岑文，见《岑仲勉史学论文集》，中华书局 1990 年版，第 600 页。

语和虚词，导致句意难明。比如“令无硗杂扰”应补全为“令田无硗，人无杂扰”，“木腔瀑三丈余”应补全为“木腔出瀑三丈余”（木腔为激水之器），“涎玉沫珠”应作“涎如玉，沫如珠”，“万力千气底发”应作“万力千气，发于其底”，“饫距掌胛”应作“豹饫其距，胡人掌其胛”，等等。然而，樊宗师之所以敢于如此造句，是因为他相信自己用字皆能反本溯源，不存歧解。比如“剥剖”，“剥”义为裂，“剖”义为判，谓三家分晋事，不可解为剥削。再如“硗”，义为土石坚硬，所以只能形容田，无须赘言“田无硗”。又如“灋”，为“法”之古字，之所以从水，是因为“平之如水”，这里用其本义，不能解作“礼法”。又如“碍佷岛坻”，“碍”即阻止，“佷”即“很”，有行难之义，两字皆形容“岛坻”之形势，而下句谓岛则淹淹然出没水中，坻则委委然曲折水边，又可见体物用字之苛严。后世不明樊文用字之例，故常作歧解，或苦思难通。此外，樊文还喜用双声叠韵之联绵词，如“穹鞠”“陴緬”（音睥睨，疑为陑）、“披夷”“靡缦”“怏抗”等，都是极为古拙的用字，后世不明其例，拆词解字，往往牵强。当然，樊文有时也会误用字义。比如“饫距”，文意似是白豹自以舌舐其距，然《说文》：“距，鸡距。”又《玉篇·食部》：“饫，食过多。”可见这两字都不贴切。但整体而言，樊文用字恪守古义，辨析细微，可当“文从字顺各识职”之誉。

如前文所述，宋祁对文章用字的强调，是想达到以故为新、复古还雅的语言效果。这一点，也恰恰是韩、柳、刘、樊诸家散文在语言革新方面的重要特征。相比于骈文和赋，散文在用字方面有先天缺陷：骈文和赋通过对偶和铺陈，容易实现对字义的鲜明区分与精致编排，并且早已积累了极为丰富的经验；而散文要变偶为奇，化整为零，缺乏前后文的映衬与互补，只能更为孤立地处理字间关系，连缀成句，同时还缺乏现成的写作模板，很容易在用字的准确性和丰富性方面输给骈文和赋。散文要想提高用字效果，或者说要想保留骈文和赋的文字功底，就不仅要取材于今（如韩、柳散文中不乏精致的骈句），更要取法于古，也就是学习五经、诸子、《楚辞》《史》《汉》之用字。而这些经典的用字，往往遵从本义，或据本义而引申，皆有根底和理据，故能与《说文》《玉篇》等字书相合。韩、柳、刘、樊以至二宋皆好古宗经，故其文章用字亦多合古义。可见，“文从字顺"之提出，是对"陈言务去""词必己出"观念的重大补充；二者关系，并非同一层面的自由与法度的关系，即造句的创新性与合理性的统一，而是分别针对用字和造句，在不同层面之间实现了复古与创新的对立统一。一言以蔽之：用字复古而造句创新，这是韩愈给出的散文语言发展的康庄大道，也是散文语言革新的完整内涵。

从中唐到北宋，散文语言革新走过了极为复杂的历程。无论就观念而论，还是就创作实绩而言，韩愈都是这个历程的制高点，应该说为唐宋散文语言定下了健康基调。然而其后的发展，却不得不因为种种复杂的原因而产生分歧。用字复古者大多趋于深雅，造句创新者大多趋于条畅，摇摆于其间者亦大有人在，偏激矫造者也时有出现。① 晚唐宋初的文坛，若从语言文字角度分析，实在混乱，远没有从内容、文体、风格角度划分得那么清楚。为这条语言革新之路确立最终方向的是欧阳修。他并没有明确宣称放弃旧有的用字之法，但他的创作实践，事实上是将造句问题放在了文章写作的首要位置。苏洵所总结的欧文特点，"纡余委备，往复百折，而条达疏畅，无所间断；气尽语极，急言竭论，而容与闲易，无艰难劳苦之态"②，显然与用字无关，而主要指句法安排。比如《醉翁亭记》的 21 个"也"字，正是这种文章观念的典型象征：他对实词的锤炼，明显降低了要求，而着意于使用虚词，摇曳文势。③ 再如宋祁所激赏的韩文警句"耕于宽闲之野，钓于寂寞之滨"，到欧阳修手里就变成了"故穷山水登临之美者，必之乎宽闲之野、寂寞之乡而后得焉"④ 这样纡余委备的长句，这也是欧文着力于造句的一个好例子。又如《幕府燕闲录》载："欧阳文忠在翰林日，常与同院出游。有奔马毙犬于前。文忠顾曰：'试言其事。'同院曰：'有犬卧于通衢，逸马蹄而杀之。'

---

① 用字不古或造句不伦，容易产生"险怪""怪涩"的效果。不过，文章之"怪"，有极为复杂的原因，有的是语言问题，有的是思想问题，有的是人格风格问题。大致来看，中晚唐的"怪文"更多是语言问题，而北宋前期的"怪文"更多是思想问题。北宋的情况，可参见朱刚《北宋"险怪"文风：古文运动的另一翼》，《中国社会科学》2010 年第 1 期。

② （宋）苏洵：《嘉祐集笺注》《上欧阳内翰第一书》，曾枣庄等笺注，上海古籍出版社 1993 年版，第 327 页。

③ 参见［日］东英寿《从虚词使用看欧阳修古文的特色》，《复古与创新：欧阳修散文与古文复兴》，王振宇等译，上海古籍出版社 2013 年版，第 85 页。

④ 《欧阳修全集》《有美堂记》，李逸安点校，中华书局 2001 年版，第 584 页。

文忠曰：'使子修史，万卷未已也。'曰：'内翰以为何如？'文忠曰：'逸马杀犬于道。'"① 这个例子中恰可与"震霆不及塞耳"之例相比照，可见宋祁是改字，而欧阳修是压缩、调整句法。文章以用字为重，还是造句为重？正是在这一关键问题上，欧、宋产生了根本分歧。

章太炎先生指出："宋世效韩氏为文章者，宋子京得其辞，欧阳永叔得其势。"② 若把"辞"理解为文字，把"势"理解为句法，应该不会距离章氏原意太远。由于复杂的历史原因，欧、宋分野并没有扩大化，没有成为文学史的主线。其后欧门独盛，而宋门无继，则更使这种分野长期以来隐没不彰。语言的发展，尤其是字义的变迁，是极为潜隐的过程，但其对文学的影响，往往具有难以想象的控制力和渗透力。宋祁的文章观念与创作成就，虽不足以主导唐宋散文发展之大势，但其深思与笃行，为散文语言的健康发展留下了珍贵的参照与提醒——用字复古，是造句创新的前提，也是文章能够服人、动人的根本。让人欣慰的是，正如字学未曾在宋代学术中消亡，用字为本位的文章观念也没有在宋代文学中被遗忘。如苏轼《密州宋国博以诗见纪在郡杂咏次韵答之》云："吾观二宋文，字字照缣素。渊源皆有考，奇险或难句。"③ 又唐庚《书宋尚书集后》："仁庙初，号人物全盛时，而尚书与其兄郑公以文章擅天下。其后郑公作宰相，以事业显于时，而尚书独不至大用，徘徊掖垣十数年间，故其文特多特奇。兄弟于字学至深，故其文多奇字，读者往往不识。其将殁也，又命其子慎无刊类文集，故其秘而不传于世。元符二年，其子衮臣为利路转运判官，予典狱益昌，始得尚书平生所为文，读之粲然。东坡所谓'字字照缣素'，渠不信哉？文集二百卷，予得九十有九卷，其余云在曾子开家。衮臣谓余'他日当取之，并以授子'云。"④ 这些品鉴和记载，是对宋祁的字学好尚及文章观念的尊重与纪念。

---

① （明）陶宗仪编：《说郛》第 3 册卷 14，中国书店 1986 年版。
② 章太炎：《章太炎全集》第 5 册《天放楼文言序》，上海人民出版社 1982 年版，第 152 页。
③ （宋）苏轼：《苏轼诗集》，（清）王文诰辑注，孔凡礼点校，中华书局 1982 年版，第 841 页。
④ 《全宋文》第 139 册，第 343 页。

《扪虱新话》与宋代诗学

南京大学文学院　　王林知　卞东波

一　引言

　　天水一朝建立之后，自太祖赵匡胤就奠定了稽古右文的国策，优待士大夫，遂形成有宋三百年文化极大繁荣之局面。宋代文化的发达表征之一就是士大夫之学的兴起，在中国文化史上出现了体现文人士大夫品位的新型文化，为我们留下了一大批文学与文化遗产，其中宋人的笔记可谓宋代士大夫文化的代表性产物。

　　自北宋初年开始，士大夫就创作了大量的笔记，早期的宋人笔记仍步武唐代笔记以逸事为主的风格，而随着宋人理性精神的发展，士大夫们不再满足于记录奇闻逸事，而开始转向以学术探讨为主的笔记。刘叶秋先生认为由于宋代学术并重记载与考证，宋代笔记以历史琐闻一类最为发达，考据辨证类的笔记也相应发展，超越前人，并引《五朝小说》序言："唯宋则出士大夫手，非公余纂录，即林下闲谈。所述皆生平父兄师友相与谈说，或履历见闻、疑误考证；故一语一笑，想见先辈风流。其事可补正史之亡，裨掌故之缺。"[①] 标明了宋代笔记不同于前代的特点，及其因此产生的价值。宋代士人具有一种新的士大夫人格，往往是文人、学者、官僚三

---

　　① 刘叶秋：《历代笔记概述》，北京出版社 2011 年版，第 92—93 页。

位一体，他们在学问上兼涉并包，在经学、史学、文学等各个领域都取得了颇高的造诣，也正因为此，宋代的笔记更加丰富且具有创见，有时虽然这些笔记显得短小芜杂，却是研究宋代士大夫文化不可或缺的资料。

两宋之际陈善所著的《扪虱新话》是一部非常重要而有研究价值的笔记。此书虽然内容略嫌杂乱，却充分反映了南北宋之交的文人在经学、史学、佛老、诗学等方面的修养，并多有创见，具有较高的研究价值。然而《扪虱新话》自问世以来就关注者鲜，学者很少进行专门的研究，钱曾①、黄丕烈②等学者在其书目题跋中尽量收集了当时可见的版本，并对《扪虱新话》的版本流传提出了自己的意见，而黄丕烈、张秋塘、缪荃孙等学者也对本书进行了初步的校理。即便如此，《扪虱新话》的作者生平和版本流传等基本情况依旧不太明朗，存在混乱讹误的问题，思想内容方面的论述更是几乎空白。清人所编《四库全书总目》虽然有此书之提要，然而评价极低并加以诋毁，以至于仅作存目，其评价更是颇有讹误。近年来，逐渐有研究者关注到《扪虱新话》，基本厘清了《扪虱新话》的作者、版本等问题③，为进一步的研究打下了基础，且有学者开始把注意力放在了此书的思想内容的研究上。虽然目前《扪虱新话》的研究取得了一定的进展，但研究余地仍很大。首先，结合《扪虱新话》的内证，可以重新梳理作者陈善的生平与交游；其次，《四库全书总目》对《扪虱新话》的评价很低，有必要对此进行重新审视；再次，陈善的诗学思想颇有真知灼见，应该给予相应的重视；最后，对于反映在《扪虱新话》中的经学、史学、佛老思想也值得从宋代文化史的脉络中加以梳理。

---

① 钱曾：《读书敏求记》卷三，中华书局1985年版，第86页。

② 黄丕烈：《黄丕烈书目题跋》，《荛圃藏书题识》卷五，中华书局1993年版，第115页。

③ 关于《扪虱新话》作者陈善生平的考证可参见李红英《〈扪虱新话〉及其作者考证》（《中国典籍与文化》2002年第1期）、陈名琛《去伪存真：〈扪虱新话〉作者考》（《大庆师范学院学报》2009年第5期），这两篇文章厘清了陈善与淳熙年间另一陈善的区别，并对《扪虱新话》的作者生活年代、平生事迹做了初步考订。关于《扪虱新话》版本问题，可参见李红英《〈扪虱新话〉版本源流考》（《中国典籍与文化》2007年第3期）一文，作者将《扪虱新话》的版本分为分类本和不分类本，并进行考察，认为明抄《儒学警悟》本比较接近该书的原貌，价值要高于其他诸本。

二　陈善生平与交游新考

关于《扪虱新话》的作者，比较一致的看法是陈善。《扪虱新话》卷首有陈善门人陈益的序言，其中说：

> 先生名善，字子兼，福州罗源人。其曰《窗间纪闻》者，先生尝易以今名《扪虱新话》云。①

既是当时人所言，陈益又和陈善关系亲近，当无疑义。然而，《四库全书总目》卷一百二十七"《扪虱新话》提要"中却说：

> 善，字敬甫，号秋塘。史绳祖《学斋占毕》称其字子兼，盖有两字。②

事实上，《四库全书总目》的说法是错误的。《扪虱新话》的作者陈善与"陈善（敬甫）"是两个不同的人，而并非一人两字，《四库全书总目》误将南宋淳熙年间的另一个陈善与《扪虱新话》的作者相混淆，后代学者对此多有辨正。③ 厘清这个问题之后，就可以来探讨陈善的生平以及《扪虱新话》的成书情况了。

据《淳熙三山志》卷二十九《人物》：

> 绍兴三十年（1160），梁克家榜（是举经义诗赋兼行）：陈善，祚

---

① 俞经、俞鼎孙编：《儒学警悟》，中华书局 2000 年影印本。本文所引《扪虱新话》原文皆出此书，下略。

② 《钦定四库全书总目》，中华书局 1997 年版，第 1692 页。

③ 关于南宋年间陈善（子兼）与陈善（敬甫）的考辨，可参见钱锺书先生《宋诗纪事补正》卷五十六（辽宁人民出版社 2003 年版），陈新等人补正的《〈全宋诗〉订补》卷二六七六（大象出版社 2005 年版），张如安、傅璇琮《求真务实　严格律己——从关于〈全宋诗〉的订补谈起》（《文学遗产》2003 年第 5 期）等文章，都对陈善的生平加以考订，并与另一陈善做了区别。

之从弟，字子兼，终太学禄。

从上可见，陈善生活在南北宋之交。他虽然中了进士，但是却并没有得到很高的官爵，也没有做出什么值得称道的功业。唯一的著述《扪虱新话》也在很长时间内不受人重视，因此流传下来的关于陈善生平的资料并不非常充分。关于陈善生平，《扪虱新话》上卷所存陈益跋、陈善自序各一篇，下卷所存张谦跋、陈善自序各一篇，明刊本《潮溪先生扪虱新话》十五卷存无名氏序，是比较可信的资料。同时在《扪虱新话》中，陈善也留下了一些关于他平生行迹交游的记录，可为参证。

明刊本《潮溪先生扪虱新话》十五卷存无名氏序比较详细地记载了陈善早年的生活情况：

> （善）天资颖悟，九龄能暗诵五经，甫弱冠游郡庠，泮教得其所为文，大惊异之，曰："崔、蔡不足多也。"时闽文学甲他郡。岁大比，试者至十万人，子兼独步称雄场屋中，名震一时，老师巨儒，皆为之倾动。绍兴间为太学生，所与游者，天下名士。

可以看出，陈善少年成名，在福建颇有文名。他随即进入太学，关于他这一经历，各种材料上都有述及。陈益序中说："先生由太学登甲科。"《扪虱新话》上集卷三"文贵精工"条有"予每见同舍临文之际"之语，也可见他有在太学学习的经历。

陈善在太学时"慷慨言论，慕何蕃、陈东之为人，尝力诋租议为非是，不徇俗，俯仰浮湛"①。因此遭到当权者的顾忌，不能中第得官。此时陈善除了闭门读书，有所著述之外，需要注意的是，这个时候陈善的心情相当平和，"不以得丧喜戚动其心"，《扪虱新话》上集卷二"酒局清谈"条：

> 予尝造故人林邦翰于东坡酒库，因与仪真艾慎几邂逅，遂为倾盖

---

① 见明刊本《潮溪先生扪虱新话》十五卷存无名氏序。

之交。时乙丑（1145）三月也，予以再不利去官，而二公者亦倒获谴于簿书，皆宜有不遇之叹。然当此时，都人士女方幸一时之无事，日日出游湖上；而予乃日陪二公坐酒局中，清谈终日，语不及荣利。视其貌，皆无不足之色，其迂如此。一日邦翰自城中归，语予曰："钱塘门外真如锦绣矣。"予次日复为艾文言之，坐间相与叹息。予因咏莱公句曰："野水无人渡，孤舟尽日横。"遂不觉相视而笑。

陈善在绍兴十五年（1145）"以再不利去官"，这与他在《扪虱新话》自序中所言"正戊辰（1148）春，以三上不第，薄游姑苏，无所用心"的时间是相吻合的。在科举不利的情况下，陈善和朋友起坐锦绣之地，却"语不及荣利"，亦"无不足之色"。所诵寇准之诗也是清淡而自得其趣，其人风采志向，可见一斑。《四库全书总目》说陈善是"不得志而著书者也"，陈善在仕途上或许是不得志的，但是他本身却能心态平和，无怨怼穷困之态。

陈善在读书科举的同时，也来往于江浙一带，游历了一些地方。见于记载的有苏州、镇江、永嘉等地。陈善在《扪虱新话》自序中提道："以三上不第，薄游姑苏。"在《扪虱新话》中存有陈善在苏州的一些游迹。下集卷一"题沧浪亭"条：

　　苏子美居姑苏，买水石作沧浪亭……予尝访其遗迹，地经兵火，已数易主矣。……予每至其上，徘徊不能去……予尝有《游西园》诗戏述其事，其卒章云："不到沧浪亭上望，那知此句是天成。"

下集卷三"西施洞庶子泉为僧改易"条：

　　姑苏灵岩寺本吴王别馆。……予游灵岩寺，有诗云："山僧不好古，改作任所欲。洞荒径已迷，廊空响谁续。"盖谓此也。

可见陈善在苏州过沧浪亭、灵岩寺，颇多游历，而且也有题诗。

据《扪虱新话》上集卷四"倒用印法"条说"然予过镇江",可见陈善游迹亦曾及镇江。又据《扪虱新话》上集卷一"辩论东坡《书传》"条有"予在永嘉"之语,下集卷一"酒楼捧砚,池亭乞书"条有"予过永嘉,偶造一人家园中"之语,说明陈善曾到过浙江东南的永嘉。

关于陈善的交游,在《扪虱新话》中姓名可考者,有艾慎几、陈元智、陈善之兄庆长、兄子丞、陈文寿、林邦翰、李季长、僧文晓、吴世英、僧惠空、林元龄、朱漕十二人,大部分的生平已经不可考,但也有几位可以找到一些记录。

林邦翰,即林安国,字邦翰,福州(今属福建)人,绍兴十二年(1142)进士,南宋丞相林安宅之弟,曾任承议郎监建康府榷货务,见《淳熙三山志》卷二十八。

释惠空(1096—1158),福州人,俗姓陈氏。十四岁出家,即游诸方,遍谒诸老,后师泐潭善清,遂为其法嗣。绍兴二十三年(1153),应福建路安抚使张宗元之请,开法福州雪峰东山寺,绍兴二十八年卒。传见《五灯会元》卷五十八。著有《东山慧空禅师语录》《雪峰空和尚外集》。

林元龄,即林仁寿。字符灵,福州人,绍兴三十年进士,见《淳熙三山志》卷二十九。

可以看出,陈善所交游者,从地域上看,多为其福建乡党;从社会地位上看,则多是处于中下层的知识分子,或有功名而沉于下僚,或本就是布衣,或是一些缁衣衲子,这也可以从一个侧面看到陈善本身所处的社会地位。

关于陈善的卒年,陈益序中说:"尝以示二百,则为所业,投献□国陈公,以为著书立言,宜为学官。遂俾录成均之教政,时则干道之己丑也。惜乎!负抱儒业,晚得一命之爵,曾不得食寸禄而死,识者悲之。"也即陈善领学官之职,但未及上任便已身亡,"己丑年"是乾道五年(1169),把陈善的卒年定在这一年,是可信的。

由上可见,陈善大致生活在徽、钦、高、孝四朝,年轻时颇有文名,但后来在科举功业上并不顺利,因此潜心著述,行踪主要集中在江浙一带,所交往的也都是中下层知识分子。晚年中进士,但并没有真正做官就去世了。

三　《扪虱新话》"绍述余党"考辨

《扪虱新话》的思想内容，其弟子陈益赞为"贯穿经史百氏之说，开抉古人议论之所未到。求而读之，中心跃然，如入武库，且喜且愕"。既言其议论之广，也赞其议论精警。然而后世对《扪虱新话》的评价却非常低。《四库全书总目》中说：

> 大旨以佛氏为正道，以王安石为宗主，故于宋人诋欧阳修、诋杨时、诋陈东、诋欧阳澈，而诋苏洵、苏轼、苏辙尤力，甚至议辙比神宗于曹操。于古人诋韩愈、诋孟子……观其书，颠倒是非，毫无忌惮，必绍述余党之子孙，不得志而著书者也……①

稍晚一些的《郑堂读书记》对《扪虱新话》的批评更为严厉：

> 中摘论经史子集，及出治处世之道，与夫草木、虫鱼、山川古迹，各有论说，多空言而无实际。其宗旨在佛氏，而党附王介甫。故于欧阳永叔、苏氏父子暨杨龟山、陈少阳诸人，俱加以诋毁，可谓无是非之心者矣。盖当南渡以后，不得志于时者，姑借著书以舒其愤懑耳。而不料其流传至今也。②

其说法基本上是承袭《四库全书总目》而言，并未做仔细地考虑。由于《四库全书总目》影响甚大，也影响到后人对《扪虱新话》价值的判断，故对其评论之语有必要做一番分疏。陈善写作《扪虱新话》的年代在陈善自跋中有比较清晰的记载，第一集成于绍兴己巳（1149），第二集成于绍兴二十七年（1157），此时正是南宋初年党争严重的时候。事实上，高宗即位后，其用人的一个重要原则就是党元祐，对新党或倾向于新党的

---

① 《四库全书总目》，中华书局 1997 年版，第 1692 页。
② （清）周中孚：《郑堂读书记》卷六二，中华书局 1993 年版，第 1117 页。

人往往视为奸邪小人，斥而不用，尤其是南渡以后，士林视王安石与蔡京为靖康之乱的罪魁祸首，更对新党中人极力加以排斥。应该说，此时秦桧主导的"绍兴党禁"要比北宋后期蔡京主导的"崇宁党禁"更为严重。

陈善在《扪虱新话》中对王安石确实颇有理解赞扬的态度。如下集卷三"苏氏作《辩奸论》"条中有"然后学至今莫不党元祐而薄王氏，宁不可笑"之语，对王安石颇为同情，这在当时极力排斥新党的政治气氛下是不常见的。下集卷二"免役之法"条、下集卷三"免役法"条，同时提到了"熙宁变法"中的"免役法"，认为免役法"至今行之，民以为便，何终始不可之有？"认为不可拘泥于祖宗之法，当以"生民为念"。陈善在《扪虱新话》中史论颇多，但是论及本朝当代的政治，却是非常谨慎的。因此，确实可以说，陈善对王安石其人、其法都持同情之态度。

大概就是因为这个原因，《四库全书总目》和《郑堂读书记》都将陈善归入王安石一党，并因此片面看待陈善对属于旧党的欧阳修、苏轼等人的评价。但是实际上的情况并非如此。

陈善对王安石的缺陷与问题并不因此讳饰，相反他对王安石其人及新党也有若干批评。如上集卷三"三舍文弊"条中说："崇、观三舍一用王氏之学。及其弊也，文字语言习尚浮虚，千人一律。"记录了王安石学术对当时造成的不良影响；又如下集卷四"王荆公推尊孟子"条，针对王安石"以孟子为圣人"的观点，提出"虽要推尊孟子，然不必如此立论也"的反对意见。

由此可见，与《四库全书提要》的说法恰恰相反，陈善对人物的评价相当中肯，即使对于抱有好感的人物，陈善也并没有一味抬高。将他视为新党中人，并因此认为他诋毁旧党，是不合适的。而《四库全书提要》中所举的若干例子："于宋人诋欧阳修、诋杨时、诋陈东、诋欧阳澈，而诋苏洵、苏轼、苏辙尤力……于古人诋韩愈、诋孟子……"在《扪虱新话》中，陈善几乎对上述的每一个人都有褒扬之词，并没有一味贬低的情况出现。况且陈善立论能够持中，就事论事，不及其他。如上集卷一的"东坡文字好谩骂"条，认为"予观山谷浑厚，坡似不及。坡盖多与物忤，其游戏翰墨，有不可处……"然而也肯定苏轼晚年经历仕途坎坷之后，"痛自摩治，尽去圭角，方更纯熟"的变化，这是很有见解的看法，自然说不上诋毁。

因此可以说，陈善在品评诗文人物时，持论相当圆融通达，党争所常常出现的那种黑白对立、非此即彼的情况，在陈善这里得到了避免。因此在研究《扪虱新话》的经学、文学、史学、佛老等思想时，有必要撇开《四库全书提要》为陈善贴上的"绍述余党之子孙"的标签，客观地观察其中的思想内容。

四　《扪虱新话》与宋代诗学

陈善的诗学思想，向来被认为是杂乱而缺少体系性的。这与《扪虱新话》笔记的体例有关，也表明了陈善并没有意图将他的文学思想构建出一个完整体系。然而，陈善所生活的绍兴年间，正是"江西诗派"诗风最为盛行的时候，陈善的诗文思想的主体，很大程度上是对当时居于主流的"江西诗派"及其文学主张的一种回应。

陈善受"江西诗派"的影响是很明显的。陈善在《扪虱新话》上集卷三"韩文、杜诗无一字无来处"条中说："文人自是好相采取，韩文、杜诗号不蹈袭者，然无一字无来处，乃知世间所有好句，古人皆已道之，能者时复暗合孙吴尔。大抵文字中自立语最难，用古人语又难于不露筋骨……"上集卷二"文章有夺胎换骨法"一条中，则接过上文的话，解释如何能把古人都作尽的诗文翻出新意："文章虽要不蹈袭古人一言一句，然古人自有夺胎换骨法，所谓'灵丹一粒，点铁成金'也。"这两条合在一起，正好敷衍了黄庭坚关于作诗最有代表性的一段论述："自作语最难。老杜作诗，退之作文，无一字无来处。盖后人读书少，故谓杜、韩自作此语耳。古之能为文章者，真能陶冶万物，虽取古人之陈言入于翰墨，如灵丹一粒，点铁成金也。"① 同时，陈善也注重炼字，他在《扪虱新话》卷一"文章造语有工拙"条中说："文字意同，而立语自有工拙。"这正与"江

---

① （宋）黄庭坚：《黄庭坚全集》，刘琳、李勇先等校点，四川大学出版社 2001 年版，第 475 页。

西诗派"讲求"冶择工夫"的观点如出一辙。

然而，"江西诗派"的炼字工夫如果求之过深，就会出现因为过分讲究琢句用字而落于滞涩生硬、尖巧僻塞。因此，陈善在推崇黄庭坚"夺胎换骨""点铁成金"的诗歌技巧的同时，也强调"气韵""格高"这些更高层面的东西。

《扪虱新话》上集卷一"文章以气韵为主"条中说：

> 文章以气韵为主，气韵不足，虽有词藻，要非佳作也。乍读渊明诗，颇似枯淡，久久有味。东坡晚年酷好之，谓李杜不及也。此无他，韵胜而已。韩退之诗，世谓押韵之文尔，然自有一种风韵……且如老杜云："黄四娘家花满蹊，千朵万朵压枝低。"此又可嫌其太易乎？论者谓子美"无数蜻蜓齐上下，一双鸂鶒对浮沉"，便有"关关雎鸠，在河之洲"气象。予亦谓渊明"蔼蔼远人村，依依墟里烟。犬吠深巷中，鸡鸣桑树颠"，当与《豳风·七月》相表里，此殆难与俗人言也。

历代论者多言陈善以"气韵"论诗，然而"气韵"二字到底所指为何，却一直众说纷纭。《扪虱新话》下集卷一"诗有格高有韵胜"条，与上文对读，颇有启发。

> 予每论诗，以陶渊明、韩、杜诸公皆为韵胜。一日见林倅于径山，夜话及此。林倅曰："诗有格有韵，故自不同。如渊明诗是其格高，谢灵运'池塘春草'之句乃其韵胜也。格高似梅花，韵胜似海棠花。"予时听之，蘧然若有所悟，自此读诗顿进，便觉两眼如月，尽见古人旨趣。然恐前辈或有所未闻。

这就不难看出，陈善以"格高""梅花"推许陶渊明，绝不只是基于陶渊明的诗歌创作，更多的是因为陶渊明安贫乐道，不为五斗米折腰的清傲风骨，这种风骨气质反映到其诗作中，自然格调高远，不同一般寻章摘句之徒。

相对来说，"韵胜"的概念相对模糊。"韵胜"的一个层面是浑然丰满。陈善以"韵胜"来推崇谢灵运《登池上楼》"池塘生春草"一句，并说杜甫"无数蜻蜓齐上下，一双鸂鶒对浮沉"之句，有"关关雎鸠，在河之洲"的气象。这些诗句，虽然不事雕琢，却能浑然天成，兴象玲珑。就仿佛海棠花开，自然而然地流露出风流明艳的色彩。认真体味陈善的论述，陶渊明"颇似枯淡，久久有味"的风格对应着高洁清寒的梅花，然而于"韵胜"则独以娇艳繁盛的海棠作比，可以看出陈善所谓的"韵胜"，便多少带了些充盈热烈、气韵丰满的意味，从这个角度进入，便可以窥见陈善在诗学上的主张和好恶。他在下集卷三"杜诗意度闲雅不减渊明"条中说：

> 陶渊明诗："采菊东篱下，悠然见南山。"采菊之际，无意于山，而景与意会，此渊明得意处也。而老杜亦曰："夜阑接软语，落月如金盆。"予爱其意度闲雅不减渊明，而语句雄健过之。每咏此二诗，便觉当时清景尽在目前，而二公写之笔端，殆若天成，兹为可贵。

陶渊明和杜甫两人诗句都"殆若天成，兹为可贵"，符合了陈善一直推崇的浑然天成的"韵胜"的境界。除此之外，他尤其喜爱杜甫诗的"雄健"。

"雄健"这个概念是"韵胜"的另一个层面。《扪虱新话》中对诗歌"雄健"的推崇还见于上集卷二"帝王文章富贵气象"条，陈善赞赏宋太祖所作"未离海底千山暗，才到中天万国明"一联，是"虽无意为文，然出语雄健如此"，这其中，陈善推崇宋太祖诗歌中表现出来的英雄气象，不是李煜的"寻常说富贵语"可比。同时，陈善批评过于"清寒"的诗风，认为"盖文字固不可犯俗，而亦不可太清，如人太清则近寒，要非富贵气象，此固文字所忌也"（上集卷四"文章忌俗与太清"条），此中的"富贵"，并非指奢靡柔艳的花柳富贵，而是一种浩荡矫健的英雄之气。他的弟子陈益在序跋中称许陈善的文章"不肯蹈袭时文畦径，独出硬语，横空排奡"。把陈善自己的文章风格，在文学鉴赏中表现出来的崇尚"雄健"的审美倾向与他在太学时表现出的"慷慨言论，慕何蕃、陈东之为人"的举动三者联系在一起，有利于更深入全面地了解陈善的人格气质，从而更准确地把握他在文学创作及文学批评上的态度。

而高洁的人格和丰盈雄健的气韵反映在具体的诗文创作上，就不只表现为"江西诗派"的雕章琢句，一意出新。而更多地表现为结构文气上的错综钩贯，回环往复。陈善说："文章铺叙事理，要须往复，上下宛转钩贯，令人一读终篇，不可间断，方为尽善。"又说："文章要宛转回复，首尾俱应，如常山蛇势。"（上集卷二）陈善同时提出"诗中有文，则词调流畅"（上集卷一），试图用文章具有的流畅宛转，来摆脱"江西诗派"可能出现的生涩瘦硬之弊。

由此，我们可以看出，陈善虽然受到江西诗风的影响，然而他推崇"格高"的人文品格、"韵胜"的诗歌风格，从而以对诗文流转错综的气韵上的要求，脱离了江西诗派带来的汲汲于尖新字句而远离真性情、丢却作诗本意的危险。

五 余论

宋代士大夫们广泛地涉猎经学、历史、文学、政治、宗教等各个领域，并不局囿于某一方面的知识。陈善的《扪虱新话》充分表现了宋代士大夫学问上的这个特色，体现了南宋士人的基本修养。

《扪虱新话》对经学讨论甚多，涉及《论语》《尚书》《周易》《诗经》《礼记》《春秋》等儒家经典，每每论之，言而有物，创见独出。陈善本人也有不俗的经学修养。他在下集卷三"汉儒误读《论语》"条中说："予旧曾为《中庸说》，谓《中庸》者，吾儒证道之书也。"在同卷"梦见孔子"条中，也有"予尝作《孔子论》一篇"的记载，陈善所作《中庸说》《孔子论》，现已亡佚不可见，但是依旧可以看出陈善在经学上的心得。需要说明的是，《四库全书总目》中说陈善"于古人诋孟子"，实为不确。陈善在《扪虱新话》中确实对孟子颇多议论，但是他在上卷卷三"孟子之书难读"条说："学者遂立一说以非孟子，所谓'蚍蜉撼大树，可笑不自量'者耶？"可见他与宋代出现的"非孟"思潮是有一定距离的。

《扪虱新话》中同样有很多对史学的论述。其中所引材料，自《史记》《汉书》直到《新唐书》《新五代史》，涉及材料既广，而又能提出自己的观点，如下集卷一"柳子厚罪在朋党，然有功不可掩"条，引述史料，杂以前人论述，并提出自己的观点，虽杂于笔记之中，却已经是一篇史论文章了，显示出陈善比较好的史识。

《四库全书总目》中说《扪虱新话》"大旨以佛氏为正道……甚至谓江西马师在孔子上"，陈善确实写有很多表现他佛教思想的篇章，同时他与禅师交往甚密，这都表现出陈善与佛教的密切关系。在南宋初期的诗坛上，出现了以禅论诗的倾向，试图用"禅悟"来解决诗歌生涩之弊，然而陈善在《扪虱新话》中多引前人机关偈语，却并没有将禅学和诗学联系在一起，不为无憾。必须指出的是，陈善虽然对佛教表现出了深厚的兴趣，甚至认为佛教的禅师是可以与孔子比肩的圣人，然而他在文中每每以"吾儒"自称，却依旧是以儒家士人自居的。

《扪虱新话》中的内容相当丰富，除去上面所说，或考订名物，或记录逸闻，充分反映出宋代士人丰富的学养以及笔记诗话"辨句法，备古今，纪盛德，录异事，证讹误也"[①] 的特色。

《扪虱新话》内容丰富驳杂，不同于唐五代笔记那种多记奇闻逸事的风格，而是记录了陈善在经学、史学、文学、政事等方面的见解，并多有创见，反映了宋代学术型笔记的兴起，在宋代笔记史上具有重要价值。《扪虱新话》反映了两宋之际的学术风气，不管是对王安石所持的同情理解的态度，还是对江西诗派文学思想的回应，都记录或回应了当时的时代风会，具有学术上的价值。因此，《扪虱新话》虽然论述比较零散，但是其学术与思想价值值得进一步考察分析。

――――――――――

① （宋）许顗：《许彦周诗话》，《历代诗话》本，中华书局 1985 年版，第 1 页。

笔记与诗文评:《爱日斋丛抄》文学史价值发覆

复旦大学中文系　侯体健

在丰富的宋代笔记著作中，宋末叶真的《爱日斋丛抄》似乎并无出类拔萃之处，加之此书原貌已不可考，今日所见不过是四库馆臣从《永乐大典》中辑录出来的部分条目，故而此书价值并不为学界所重视。但是，《爱日斋丛抄》所处的时代是兵燹频仍的宋末，这个时段毁坏的书籍数量极为庞大，它能够存留部分，已属幸运。① 同时，此书留存篇幅虽小，但所记多是亲睹亲闻，所论也能独抒己见，而鲜有稗贩旧书、蹈袭他作之弊，所以它就成为我们考察宋末士人知识兴趣、学术焦点、文学主张、士林心态的有限的几种重要资料之一，具有相当的学术意义，特别是从文学史角度审视，更有不可替代的价值。

一　《爱日斋丛抄》原书体例臆测

黄虞稷《千顷堂书目》记载叶真《爱日斋丛抄》原书十卷，该书题名为"丛抄"，但从现存的五卷本条目来看，"抄"的内容并不是主体，名之为"丛抄"应属作者自谦之言，这就好比赵彦卫的《云麓漫钞》、黄震的

---

① 《爱日斋丛抄》的作者在诸多书目中长期阙如，可窥此书命运之一斑。余嘉锡《四库提要辨证》卷十五据黄虞稷《千顷堂书目》著录考订作者，才确定此书乃叶真所撰。

《黄氏日钞》那样，并非以摘抄为主，乃重在辨析论述，不可据以纳入资料汇编式笔记的范围，应将其看作是一部表达作者论学见解的综合性学术笔记。傅璇琮先生在《全宋笔记·序》中曾指出："比较起来，宋人笔记，小说的成分有所减少，历史琐闻与考据辨证相对加重，这也是宋代笔记的时代特色与历史成就。"① 也就是说，宋代笔记在史料和考辨两方面，有了新的突破，成为一代笔记的新风尚，其中综合性学术笔记在南宋的逐渐定型就是明证。因而，我们有必要把《爱日斋丛抄》放到这一大背景中去认识它的性质。

宋代的笔记内容繁复，类型也较多，刘叶秋先生将它们分作三类，即小说故事类、历史琐闻类和考据辨证类，大抵不错。② 第一类偏重故事叙述，特点在人物、情节，有时还带有虚构色彩；第二类偏重史料记载，举凡史实、地理、名物、轶事均可纳入；第三类实为学术笔记，落脚于学术观点的表达。毫无疑问的是，具体到某部笔记，它们三者会有重叠，只是主体部分表现出某一类的倾向性。而仅就学术笔记来看，根据内容和形式，还可细分为三种：第一种是单独某一方面的学术成果结撰成书，它们或偏重小学训诂（如唐李涪《刊误》、宋王观国《学林》），或偏重历史考证（如宋李心传《旧闻证误》、清赵翼《廿二史札记》），或偏重诗文衡鉴（如一般的诗话、文话、词话），等等，都相对集中于作者擅长或感兴趣的领域；第二种则内容涵盖较广，没有明显偏重，但主要以丛谈形式撰集，不分条目，不做编排，随笔记录，如宋祁《宋景文笔记》、洪迈《容斋随笔》、史绳祖《学斋佔毕》、戴埴《鼠璞》之类；第三种则和前两种很不相同，它不但内容不局限在某一领域，将考察范围扩展涵盖至经、史、子、集四部文献，而且形式上也基本以四部作为全书的结构，有明显的编撰体例。这三类学术笔记各有特色，但从内容的深广度和影响力来看，第三种最能全面地展现古代士大夫的学术成果与知识兴趣，算得上古代学术笔记中最高成就的代表。比如清代顾炎武的《日知录》、钱大昕《十驾斋养新录》、赵翼《陔余丛考》等，都是其中佼佼者。它们典型地以经、史、子、

---

① 傅璇琮：《全宋笔记·序》，大象出版社 2003 年版，第 6 页。
② 刘叶秋：《历代笔记概述》，北京出版社 2003 年版，第 4 页。

集、小学作为全书框架，常常是始于经书《周易》，而结于字词考辨。学界一般认为，这种结撰风气乃自宋末大儒王应麟的《困学纪闻》开辟①，但仔细检视古代笔记发展史，就会发现这种大体以四部分类为结构的学术笔记，在南宋多部笔记著作中已经渐显端倪。

从笔者目前的考察情况来看，虽然在南宋之前，如北宋沈括的《梦溪笔谈》作为当时学术笔记的翘楚，已经比较注重按类编排，涵盖范围极广，但它的面貌比起一般的笔记更复杂，许多条类都溢出了学术笔记的框限，它的编撰格局并没有得到后人的继承。而符合上述以经、史、子、集、小学为主体框架的笔记，则大概可以南宋吴曾《能改斋漫录》、王楙《野客丛书》为雏形，经程大昌《考古编》、孙奕《履斋示儿编》、叶适《习学记言序目》、黄震《黄氏日钞》等笔记作者的沉淀、调整，最后形成了以王应麟《困学纪闻》为代表的新的学术笔记撰述传统。这些学术笔记，其本质已是"学术著作"，侧重的是观点的表达，而非史实的记录；是独得之见的辨析，而非他人意见的汇录；是自具体系的编撰之作，而非任意排列的丛谈杂议。它们常有自己的体系，是经作者按照一定的逻辑方式编排出来的，比较系统地反映作者知识结构。这一学术笔记发展情势，是和宋代士人的知识结构逐渐趋向一致大体相应的。由于当时书籍出版的发达，士人们不但有条件广涉四部典籍，而且对格物致知表现出前所未有的热情，而《爱日斋丛抄》应该就是这种新的笔记撰述传统下的产物。

我们不妨将现存五卷本《爱日斋丛抄》及佚文做简单分析，便可清楚它和以《困学纪闻》《日知录》为代表的那种泛猎四部文献的笔记具有何等的相似性。

据孔凡礼先生整理本，此书五卷 145 则，加佚文 7 则，合 152 则。其中，就经部来看，有言"礼"者 10 余则，实可对应经部的三《礼》研究，

① 如陈祖武《〈困学纪闻〉与〈深宁学案〉》就说："厚斋先生之学，尤其是所著《困学纪闻》，影响有清一代学术甚巨。三百年间儒林中人，无不深得厚斋先生之学术沾溉，顾炎武之《日知录》，阎若璩之《潜丘札记》，钱大昕之《十驾斋养新录》，赵翼之《陔余丛考》，陈澧之《东塾读书记》，等等，每多引为矩矱，颇见遗风。"见《困学纪闻》（全校本），上海古籍出版社 2008 年版，第 1 页。

如第一卷第 1 则 "释奠、释菜",所涉正在《礼记》《周礼》《仪礼》等文献;第 5 则论冠名礼,亦以《礼记》开篇。孔凡礼先生总结第一卷 18 则(实为 20 则)有 10 则是言礼的。笔者怀疑,这一部分在原书中应是比较集中地对三《礼》进行阐述的,《永乐大典》记录下来,四库馆臣得以辑出,而该书其他论经部典籍的部分,则已亡佚了。

史部来看,卷一第 13 则谈《史记·田敬仲世家》,第 15 则谈《史记·夏本纪》,第 16 则谈《史记·高帝纪》,第 19 则论 "魏太武诏毁浮屠形像",第 20 则亦以《北史》为引子,论佛寺兴替;卷二列论历史人物与事件,涉及战国田单、公子虔、商君,西汉楚元王刘交、张良、樊哙、朱博、王莽,东汉杨璇等,乃至魏晋人物一直到宋朝当代史,是明显的论史札记。

子部来看,有卷二《列子》、卷五《子华子》《吕氏春秋》《颜氏家训》等,相对较少,而这个特征也正好和其他的宋代学术笔记是一致的。比如《履斋示儿编》没有专谈子部典籍;《习学记言序目》五十卷,涉及子部的只有五卷;《黄氏日钞》以经史在前,"读诸子" 在后,九十七卷的篇幅中亦仅占四卷;《困学纪闻》只在第十卷下半部分有 "诸子" 一目,占比也较少。宋代学术笔记的论述对象为何子部典籍涉及较少,很值得注意,不过这已是另外一个话题,但它们所体现的共性,在现存的《爱日斋丛抄》中也表现明显,这恐怕并非巧合。

集部来看,卷三、卷四共 68 则基本都是论述诗文,此外卷一、卷二、卷五也有不少是论诗文的,这一点是现存《爱日斋丛抄》的主体部分,也是本文的考察重点,我们下文详说。

其他就是关于文字、名物等的考辨了,如卷一第 4 则论 "挂罳",第 10 则论 "铜人铜马",第 12 则论 "莲炬";卷五论 "九百" 词意,佚文论 "犹豫" 词意以及各种关于名字、称呼的风俗与训诂考释,等等,都在小学范围之内,可作 "杂考" 之属。可见,《爱日斋丛抄》至少从现存内容上来判断,是存在按类编撰的基础的。

综上所述,考虑到四部分类式笔记这种新的编撰传统的影响力以及《爱日斋丛抄》现存内容的相关性,笔者以为十卷本的《爱日斋丛抄》非常可能具备了如《履斋示儿编》《黄氏日抄》《习学记言序目》等书一样的四部分类法统摄全书的框架。《四库全书总目·爱日斋丛抄提要》认为"其体例与张淏《云谷杂纪》、叶大庆《考古质疑》仿佛相近",庶几得其要旨,张、叶二书正是囊括四部的综合笔记。① 本文甚至有个大胆的猜想,准四部体例重新编辑《爱日斋丛抄》现存的 152 则,可能比现在的编撰法更符合原书面貌。② 当然,这只是一个没有太多实证材料的猜测,也可能只是想当然的"应然",无法完全坐实,因为保不准叶寘此书就是真正的"丛抄"而已。然而,即便如此,这种猜测对于我们认识该书的性质仍当有所助益吧。

《爱日斋丛抄》和其他此类体例的笔记相比,还有一个独特之处,就在于叶寘在论述问题时,总和当代学界关联在一起,这一点其他学术笔记中也会有,但没有这么突出,这恐怕要从叶寘的社会身份和时代处境角度窥测。

二 叶寘的社会身份与《爱日斋丛抄》的撰述特点

由于北宋之前书籍主要还以抄本流播,人们的知识涉猎范围相对较小,因而此前的学术笔记很少引入当代学界的论述进行对话交锋。但到了宋代,特别是刻书产业蓬勃发展的南宋,士人阅读的信息量急剧扩大,可资利用的本朝学术笔记也至为丰富,这让当时的知识分子与本朝前彦时贤有了及时对话的可能。南宋时期的学术笔记,多有引述时人笔记者,而《爱日斋丛抄》无疑是此类笔记的杰出代表。该书不但对当时文坛活动多有记录,而且许多学术话题都引用了可观的当代学人笔记的观点,进行辩驳、补充、引申等。如卷一第 4 则论"挂罳",除了崔豹《古今注》、郑玄《礼记》注、颜师古《汉书》注、苏鹗《演义》《文宗实录》《酉阳杂俎》《开宝遗事》《大业杂记》等书外,还特别提到了南宋的洪兴祖《杜诗辨

---

① 非常可惜的是,张淏《云谷杂纪》、叶大庆《考古质疑》二书也已散佚,今本亦只四库馆臣辑录《永乐大典》而已。

② 四库馆臣的五卷本其实也注意到了四部分类的编撰,如三、四卷就是集中论文学,只是贯彻得不够彻底。

证》、赵次公《杜诗注》、赵彦卫《拥炉间记》（即《云麓漫钞》原名）、周必大《泛舟游山录》等著作，具有明显的时代印记。即使是论述经典作家，也常常和当世文坛关联，引证相关诗文作为佐证。如卷三第 6 则论"荆公诗多举贞观"，罗列王安石诗作多首后，便引了石九成文诗句①和吴子良《荆溪集》中诗句。另外像第 38 则，提到了"近时《江湖诗选》"，也是我们揣度《江湖集》丛书与选刊的重要记录。四库馆臣也曾指出此书："凡前人说部如赵德麟、王直方、蔡絛、朱翌、洪迈、叶梦得、陆游、周必大、龚颐正、何薳、赵彦卫诸家之书，无不博引繁称，证核同异。"这一现象的出现，原因是多方面的，但最终还要落实到叶寘对待文献资源、文坛信息的态度上来。毕竟，虽然大环境相似，而《爱日斋丛抄》反映时代文坛信息的丰富性仍值得注意。

叶寘，字子真，号坦斋，池州青阳人。关于叶寘的生平与材料，孔凡礼先生已有基本的梳理，可参看。② 他一生大部分时间似乎是隐居在九华山度过，但他与洪咨夔、魏了翁、刘克庄都有交往，可见叶寘并不是一个真正的隐士，而只是未深涉官场而已，他在地域社会中活动颇为频繁，故而他对当时文坛有比较清楚的认知。叶寘性格刚直，学问富赡，然关于他的资料实在较少，《宋诗纪事补遗》说"宋末监司论荐，补迪功郎、本州签判"已是目前叶寘行迹最具体的记载。孔凡礼先生说叶寘为监司论荐"说明叶寘的为人和文学都十分突出，民意所在，监司不能不论荐"③，这种猜测本算合理，但我们现在有更明确的材料说明叶寘被论荐的原因。

《永乐大典》卷七三二五载有吴泳《叶寘因搜访进书特补迪功郎制》一文，全文云：

---

① 原文为"比见石九成文诗云：忽思往事三代前，今有罪者亦可怜"。所谓"石九成文"不知何许人也，但细味语气，应为时人。

② 见中华书局整理本《爱日斋丛抄·点校说明》及附录资料。孔凡礼先生的资料辑录不全，如洪咨夔还有《答叶子真劄子》即未辑入。

③ 《爱日斋丛抄》，中华书局 2010 年版，第 6 页。下文所引均据此版，随文注出，个别句读有所修改。

敕某：粤昔绍兴，当兵戈俶扰中，搜遗举逸，曾无虚岁。有以布
衣郑樵所著书献之朝者，乃特命以官，恩至渥也。尔经明行饬，学有
源流。翳然九华之颠，恬退不竞。部刺史以论著来上，朕阅故典，可
不以高宗之所以命樵者而命汝耶？勉尔递思，服我休命。可。①

吴泳此文，虽是代王立言，但信息量也不少。首先，可以肯定的是，
题中的"叶寘"正是《爱日斋丛抄》的作者，因为文中有"翳然九华之
颠"之语，恰相符契；其次，从题目即可知道，叶寘被论荐补迪功郎，
乃是因为"搜访进书"之故；最后，文中说叶寘"经明行饬，学有源
流"，可见他在当时主要是以学问为世所重，而不是文学创作。一个人会
因搜访进书而被论荐加官，这在历史上并不多见，吴泳文中将叶寘的行
为与郑樵以布衣献书而得命官相提并论，这更是反映叶寘博学的重要旁
证。郑樵在四十四岁时"按秘书省所颁《阙书目录》，集为《求书阙记》
七卷、《外记》十卷，又总天下古今书籍，分类为《群玉会记》三十六
卷"，从而献书皇帝，荐为迪功郎。② 郑樵是宋代少见的杰出文献家，藏
书富赡，著述丰硕，特别是《通志》之作乃文献巨著。吴泳将这样一位
成就非凡的文献家与叶寘作比，我们可以猜想叶寘在当时文献上所花的
工夫有多深，说叶寘是当时著名的藏书家，想必离事实不会太远。正是
因为叶寘藏书家的身份，才可以解释《爱日斋丛抄》何来如此丰富的文
献征引。

除了广博的征引文献之外，《爱日斋丛抄》中蕴藏的当时文坛的信息
更为引人注目。从他和魏了翁、洪咨夔、刘克庄的交往，洪咨夔给他的信
件以及刘克庄对他的评价诸方面判断，叶寘的年龄大体和刘克庄差不多，
出生在 1200 年前后，活跃于宋理宗朝。此时的文坛，呈现出多元化的格
局，地域性文人群体勃兴③，而叶寘因长年未出仕，活跃在地方上，对东
南一带的文坛信息多有掌握，比如对刘克庄《梅花百咏》引起的当时广泛

---

① 《全宋文》据《永乐大典》辑录，见《全宋文》第 315 册，第 419 页。
② 参见徐有富《郑樵评传》，南京大学出版社 1998 年版，第 282 页。
③ 参见拙文《国家变局与晚宋文坛新动向》，《华南师范大学学报》2010 年第 1 期。

的唱和活动的描述，就是佳例。淳祐十年（1250）十二月，刘克庄作《梅花十绝答石塘二林》，石塘二林即刘克庄内侄林仝（字子真）、林合（字子常）又依此次韵往复十遍，得梅花绝句一百首。① 刘克庄的梅花绝句引起了一批诗人的次韵唱酬，乃至笺注者，这在刘克庄的文集中有比较全面的反映，他也为此作了不少序跋。但是，关于这一文学活动的正面记载与评价很少，《爱日斋丛抄》不但将此次活动的诸多信息记载下来了②，而且还把它与此前的咏梅活动进行比较，给出了历史的定位："梅绝句以十计，维杨公济蟠通守钱塘赋此，东坡和之。再，剑南诗亦两赋，十十而百，李氏之后，莆田唱酬为盛。"（卷三，第58页）

与此相似的，是《爱日斋丛抄》记录的关于王迈所撰箴言一事。卷四"箴仕箴"条先是叙述周必大、彭龟年等人的箴言，认为"此近代先正之家训传于文字者，非私言也"，然后把王迈根据真德秀的四字箴言创作的一组作品加以引述（卷四，第95—96页）。王迈的这四篇箴言，已不见于今本《臞轩集》，它保留了王迈文学的另一种面相，是重要的佚文。③ 更重要的是，它还告诉我们，这组作品是王迈在任南外宗学教授时所作，并且是基于真德秀提出的廉、仁、公、勤的四字劝说而作的阐发，可以说，王迈的这四篇箴恰是真德秀为官思想的投射。

由于晚宋文坛资料散佚严重，《爱日斋丛抄》记载的晚宋文坛信息就更为弥足珍贵。这些文学史实的揭出，不但有助于我们理解文学作品产生的动因，更为我们还原历史图景，触摸文学原生态，描绘复杂的文学史面貌，提供了活泼生动的材料。

洪咨夔在《答叶子真书》中说"某畴昔过九芙蓉下，知有隐君子之庐在"，又问"琴书何时过潜山"④ 云云，实可见出虽然叶实"隐居"在九华山下，但这里的"隐"只是相对于"仕"而言罢，并非隔绝于俗世。叶

---

① 关于此次唱和情况，可参拙著《刘克庄的文学世界——晚宋文学生态的一种考察》，复旦大学出版社2013年版，第71—73页。

② 由于《后村先生大全集》的缺损，某些信息正赖《爱日斋丛抄》补全。

③ 《全宋文》辑录了这四篇箴言，但所据为明代郑岳的《莆阳文献》，未免舍近求远了。

④ 《平斋文集》卷十三，《洪咨夔集》，浙江古籍出版社2015年版，第315页。

真如此迅捷地掌握当时文坛的信息，可以猜想他在地域社会中是活跃的，否则洪咨夔也就不会有"琴书何时过潜山"之问了。换言之，叶寘除了是一位藏书家之外，还是一位地方文人，而正是基于藏书家和地方文人两重身份，让《爱日斋丛抄》表现出两个撰述特色，即广博的文献征引和丰富的时代信息，而这也成为该书文学史价值最突出的亮点。

三　作为诗文评的《爱日斋丛抄》

作为学术笔记，《爱日斋丛抄》文本本身的文学价值是匮乏的，它在叙述人物活动时，侧重于学术观点的表达与文学作品的引述，而于事件情节、人物言行鲜有形容①，缺乏审美效果。从文学史角度审视，它的价值在于记载的内容多有文人活动和文学作品，辨析的问题多有诗文技巧和语汇流变，而不在于文本本身的言辞之美或叙事之意。章学诚《文史通义·诗话》认为诗话论诗有"及事"和"及辞"之分②，《爱日斋丛抄》虽非诗话，但综合性笔记中论集部部分，其实和一般的诗话、文话并无二致。我们分析《爱日斋丛抄》的文学史价值，大抵也就"事"与"辞"两方面来看。结合所存五卷文本，兹分五类予以陈说。

（1）散佚文献辑录。叶寘广泛引用各类典籍，保留了许多已经散佚的文献，在《全唐文》《全宋词》《全宋诗》《全宋文》等一代总集的辑佚中，《爱日斋丛抄》出现的频率并不算低。比如陈尚君《全唐文补编》卷八一收温庭筠《补陈武帝与王僧辩书》"罘罳昼卷，间阖夜开"佚句，卷八七收柳玭《柳氏家训序》佚文，均辑自《丛抄》卷一③。唐圭璋《全宋词》补陈无咎"失调名"一阕，高似孙"失调名"词一句"红翻茧栗梢头遍"，均辑自《丛抄》卷四。④《全宋文》也据《丛抄》辑录了五篇佚文，

---

① 叶寘的另一笔记著作《坦斋笔衡》存有部分佚文，似乎就更偏向于史实轶事的叙述，文笔生动许多，恐怕叶寘自己对此二书的性质区别比较有自觉性。

② 章学诚：《文史通义校注》卷五，叶瑛校注，中华书局1985年版，第559页。

③ 分别见陈尚君《全唐文补编》（中册），中华书局2005年版，第990、1067页。

④ 分别见唐圭璋《全宋词》，第2269、3019页。

包括王安石《报巩仲至帖》、李格非《书战国策后》、李焘《请以司马光苏轼等从祀疏》、张缵《赋梅自序》、吴泳《与唐伯玉少卿帖》。[①] 至于《全宋诗》，据《丛抄》所辑佚诗就更多了，涉及钱昭度、吕夷简、晏殊、范镇、刘巨、王安石、徐俯、黄裳、曾几、胡铨、洪迈、陆游、姜夔、余玠、林洪等 15 人[②]的 15 题诗作。除此已被收录的散佚作品外，我们还可以从《爱日斋丛抄》中继续辑录如下《全宋文》《全宋诗》未收散句。

由《爱日斋丛抄》所辑部分散句

作　者	散佚作品内容	《丛抄》卷数	备　注
洪　迈	《素馨花赋》：纷末丽兮，已老非待。	佚文	《全宋文》失收。
赵汝谈	宫井城鸦欲动时，春猿梦断北山移。揽衣拟草归田赋，犹是金莲烛半枝。	卷三	此诗《咸淳临安志》收录，题作《初直玉堂和李壁二绝》之一，另一首"白头来试枕函时，拂石看题叹柏梁。剩有故情无话处，山茶今日是甘棠"。《全宋诗》均失收。
吴子良	嗟汝建隆元元之子孙。	卷三	《全宋诗》失收。
刘克庄	和篇亹亹逼衰陈，肯犯齐梁一点尘。	卷三	《全宋诗》失收。
林希逸	《序乐轩诗签》：师学之传，岂直以诗，诗又不传，学则谁知？后千年无人，已而已而；后千年有人，留以待之。奈何，噫！	卷三	《全宋文》失收，刘壎《隐居通议》卷三有全文。

作为一部已经散佚的笔记，仅据目前所留存的部分即能辑佚出如此丰富的诗文，可以想见，倘若此书全秩皆存，将有多大文献价值。

（2）艺术渊源分析。诗文品评，自钟嵘《诗品》开始就有源流探析的

---

① 分别见《全宋文》第 64 册第 258 页，第 129 册第 282 页，第 210 册第 198 页，第 257 册第 21 页，第 316 册第 297 页。其中张缵《赋梅自序》中已包括他的散佚诗句，《全宋诗》以序文方式收录。另承华东师范大学刘成国教授赐告，《报巩仲至帖》并非王安石作品，应属朱熹。

② 其中黄裳诗句"更高千万丈，还我上头行"，《全宋诗》（第 58 册第 36755 页）误系刘克庄名下，当改。另外《全宋诗》还据《爱日斋丛抄》卷二辑得陈与义一句"老对白桂花"（见第 31 册 19586 页），实为破句误读。

传统，叶寘在谈论诗文时，也常常将它们放在诗文发展史中观察，最擅长解读其中的诗文渊源。如论陶渊明诗"结庐在人境，而无车马喧"与杜甫诗"虽有车马客，而无人世喧"，认为杜甫乃"就古语一转，正使事之法"（卷三，第56页）；论"荆公诗多举贞观"，列举了王安石大量诗作之后，又指出石九成文、吴子良的诗句，"用荆公语"（卷三，第57页）；论苏洄"更上鸡笼山上望，一间茅屋晋诸陵"惨然类韩诗"犹有国人怀旧德，一间茅屋祭昭王"（卷三，第63页）；论白居易"谁能更学孩童戏，寻逐春风捉柳花"与杨万里"日长睡起无情思，闲看儿童捉柳花"同中之异，认为杨作"默阅世变，中有感伤"（卷三，第68页）；论高似孙"添尽好香哪得睡，月痕如水浸梨花"乃如王安石"春色恼人眠不得，月移花影上阑干"景致（卷四，第82页）；又说："东坡诗以'鸡头鹘'对'牛尾狸'，此出梅圣俞诗'沙水马蹄鳖，雪天牛尾狸'。"（卷四，第84页）等等，均能烛照幽微，提示线索，眼光犀利，独具慧心。特别是论文章的因袭变化两则，更可见叶寘博学而有识。第一则是论林希逸文（卷三，第60页），叶寘先是就林希逸文的句式特点，溯源至舒元舆的铭文，再是从文中所表现的对时间的感慨，对个人在历史中的渺小之叹，对往者来人的追问等内容，历数东方朔诸人，连类比较，评论虽短，却涉及文章语言形式和精神内涵两方面，启人遐思。另一则主要就语言而论，从欧阳修《醉翁亭记》、苏轼《酒经》开始，溯源全篇多用"也"字句的文章，自《易经》《公羊传》《谷梁传》，乃至韩愈《潮州祭神文》等，广引其他笔记言论，又断以己意，是一段非常精彩的文章学专论，从而将文章用"也"字并寓韵于上之一体，阐述得非常清晰，读者由此对此体源流变化了然于胸矣。以上种种，善别源流，在《爱日斋丛抄》中俯仰皆见，实为叶寘论诗文之大宗。

（3）作品本事笺释。笔记对文学作品"本事"的关注，也是中国文学批评中"知人论世"传统的表现，它通过对相关诗文产生背景的记载，给读者指明了解读作品的方向。前文已经提到过《丛抄》所记王迈撰写为官四箴一事，就是典型的例子。而关于陈亮、叶适、朱熹《抱膝吟》的信件往复，记载更是详尽，足见作品背后的故事性（卷三，第70—72页）。在

《丛抄》中对诗文本事的关注，还有不少。比如其记陈师道诗："有黄生名充者，初冬无衣，陈无己赠背子，坚不受，于是以朱氏所赆二疋寄之，有诗云：'割白鹭股何足难，食鸱鸺肉未为失。'"（卷五，第109页）这里所记与陈师道诗宋注本略同，如无背景介绍，陈师道这联诗就有点不知所云了。又如谈到陆游《送兄仲高造朝》和《复菴记》的对读（卷四，第85—86页），将陆游对陆升之的态度揣摩得鞭辟入里，所述历史与传闻，又和陆诗、陆文交织呼应，让读者在感慨陆升之命运之时，也对陆游诗文有了更为深刻的理解。这种详述人事关系的笺释方法，可谓是笔记解读诗文作品最具优势的地方。

（4）诗文审美赏鉴。《爱日斋丛抄》的三、四卷集中了大量诗文的鉴赏，它们或从词汇特征总结，或从诗意角度对比，每能见出作品细微的审美效果，显示出叶寘敏锐的艺术感觉。他善于从个别词汇入手，体味其中的意涵，比如他总结杜诗结语，多用"安得"一词，认为乃效法《大风歌》，以此表达"壮语"；又说杜甫"一洗万古凡马空"的"空"字，即韩愈文章"吾所谓空，非无马也，无良马也"，都是抓住一字一词，深入探析诗句的情感色彩。叶寘于诗句背后的情感起伏，也能微妙把握，如云李商隐"夕阳无限好，只是近黄昏"之句"意似迫促"，而程颢"未须愁日暮，天际是轻阴"却有"悠然无尽之味"，等等。他喜欢通过各时期相类似诗句的对比，从中鉴衡诗歌得失，大量的诗句对比在《丛抄》中出现，不仅仅是揭示那些诗句的前后相承，渊源有自，更是从比较中见诗人匠心，从比较中见各自优长，如言郑獬"中使传宣内翰家，君王令草侍中麻。紫泥金印封题了，红烛才烧一寸花"一诗是"矜敏捷"，而赵汝谈"宫井城鸦欲动时，春猿梦断北山移。揽衣拟草归田赋，犹是金莲烛半枝"则是"思退"，而两诗"辞致各清丽"。

叶寘也关注诗法理论，如引杨万里"半山便遣能参透，犹有唐人是一关"之句，认为"一关，殆言一膜之隔未尽透彻者"，并进一步议论道："近世诗人，正缘不曾透得此关，而规规于近局，故其所就皆不满人意。"这里所谓的"透得此关"其实就是学习唐人，从唐诗中汲取养料，和唐诗佳处总有"一膜之隔，未尽透彻"。联系晚宋江湖诗人效法唐诗，却未能超越唐诗的现实来看，叶寘对当时诗坛的弊病是颇有洞见的。

除了诗歌，《爱日斋丛抄》对散文也有不少评议，他引欧阳修所作《苏子美文集序》《尹师鲁墓志》等文章，阐述了对北宋古文运动的看法，是剖析这一文学现象的重要资料。他还从艺术角度评论曾巩《南齐书目录叙》和李格非《书战国策后》两文，云："二序述古文记事之妙，其说精矣，以书之二典，能传二帝之深微。盖为史者亦圣人之徒。列国之策士，能发人疾隐，由三代文物未尽，议论高远，玩文词者可知叙述之难工，而系乎世变矣。"散文的艺术鉴赏最难，叶寘寥寥数语，虽未充分展开对此二文艺术之美的辨析，却仍体现出对比中所见的审美评判。

（5）体裁流变剖析。《爱日斋丛抄》会对个别诗句的艺术手法予以溯源，也会对某一类诗文体裁的流变加以论述，上文提到它对文中连用"也"字的文章的溯源可为一例。而在此书中还有两处辨析体裁流变的重要材料，即对六言诗和上梁文源流的探讨。

六言诗和上梁文都是比较边缘的诗文体裁。六言诗的创作，在宋代以前数量很少，但到了宋代，特别是到了以苏黄为代表的元祐诸人手中，开始大量创作。叶寘从刘克庄编选绝句集阑入六言绝句一事入题，认为刘克庄的六言诗"事偶尤精"，然后分析六言诗发展的简要脉络，提及项安世的观点，认为《诗经》"我姑酌彼金罍"为六言滥觞，又引《文章缘起》"始于汉大司农谷永"之说，进而指出嵇康六言诗则已在体制上基本完成（卷三，第65页）。这是关于六言诗体研究不可多见的材料，不仅勾勒的脉络清楚，而且对刘克庄六言艺术的判断也非常精准。[①] 上梁文的体制发展，到了宋代也形成了新的格式，叶寘先引用吴曾《能改斋漫录》的论述，指出最早的上梁文是后魏温子升《阊阖门上梁祝文》，与宋代有诗语的上梁文体制两异，再引用楼钥关于"儿郎伟"的考证，"儿郎伟"即"儿郎懑"，叶寘对此未作断定，但他继续引用《吕氏春秋》《淮南子》"邪、许、岂、伟，亦古者举木隐和之音"等观点，似认同了楼钥的看法。这段材料虽未深论，却也算上梁文研究中的一家之言。

---

① 参见拙作《刘克庄六言诗初探》，《刘克庄的文学世界——晚宋文学生态的一种考察》附录四，复旦大学出版社 2013 年版。

　　总而言之,《爱日斋丛抄》是一部综合考述四部文献的学术笔记,它的撰述特色与作者叶寘作为藏书家和地方文人的身份密切相关。现存《爱日斋丛抄》的主体部分是论诗谈文,它既能提供丰赡的史料,又能辨析艺术的细节,还能表达学术的洞见,特色鲜明,价值突出,视其为一部重要的文学批评著作,亦未尝不可。

宋代笔记的文体研究

北宋笔记的"话题"研究

复旦大学中文系　朱　刚

"笔记"一名，可以指一本书，也可以指书中的每一条文字。在后一种意义上，以一条"笔记"为一个作品，则由许多条"笔记"汇集而成的书，也可以叫作"笔记集"（Notes），与常见的诗文集相似。不过，在传统的书籍分类系统中，笔记一般不入集部，它们被当作专书看待，却又因内容、结构上比其他专书散漫而受到指责。我们讨论笔记的文体问题，首先便要对此加以反思。

一　笔记作为专书或"作品集"

在传统的书目里，笔记由其内容的差异而被归入不同的门类。李银珍曾对《全宋笔记》前八编的三百二十余种笔记在《四库全书总目》中的著录情况进行统计，结果如表1所示①。

表1　　　三百二十余种笔记在《四库全书总目》的著录统计

史部	杂史类	21	子部	儒家类	2			
	传记类	12		艺术类	3			
	载记类	9		杂家类	104			
	地理类	15		类书类	2			
	职官类	3		小说家类	74			
	政书类	1		释家类	1	集部	诗文评类	3
	史评类	2		道家类	1		词曲类	1
	合　计	63		合　计	187		合　计	4

---

① 参见李银珍《宋代笔记研究》第二章"宋代笔记的分类"，博士学位论文，复旦大学，2014年。

经过比对，有 254 种笔记被著录于《四库全书总目》，主要归属于史部、子部，没有属经部的，归属集部的也相当稀少。这当然与《全宋笔记》收书的范围有关，比如同样是笔记体的诗话、词话，因为被看作文学批评方面的专门著作，而且已经有《历代诗话》《词话丛编》加以收录整理，故不列入编纂范围。不过，这一统计依然能告诉我们：子部的杂家类和小说家类，是大部分笔记的归属门类，其次是史部的杂史类。

其实，我们完全可以反过来认为，这几个类目在很大程度上就是为笔记而设的。谈论内容比较集中的笔记被归入地理类、艺术类、诗文评类等含义确定的类目，剩下数量最多的内容芜杂的笔记就由杂史类、杂家类和小说家类收录。"小说家"是个含义模糊的类目，《四库全书总目》把它进一步细分为"杂事""异闻""琐语"三个部分，而以上收入小说家类的 74 部宋代笔记中，绝大部分（67 部）被归入"杂事之属"。至于杂家类，则被进一步细分为杂学、杂考、杂说、杂品、杂纂、杂编六个部分，收入杂家类的 104 部宋代笔记中，35 部被划归"杂考之属"，56 部被划归"杂说之属"，占了绝大部分。这"杂考""杂说"与"杂事"的区别何在呢？大概只因后者偏于叙事吧。至于同样偏于叙事的被归入"杂史类"的笔记，其与"杂事"的区别，按四库馆臣的意见，是在于前者记录的多为军国大事，而且有资于考证，故与"小说家"所记的"杂事"不同。要之，254 种笔记中，有 179 种属"杂史""杂考""杂说""杂事"，占 70%（详见表 2）。而且，带有"杂"字的这些门类名称，本身呈现出明显的设计性。可见，笔记的写作特点，"杂"，在相当程度上影响了四库馆臣的类目设计。

表 2　　　　　　　　　　254 种笔记所属类目统计

史部 杂史类	子部 杂家类（104）						子部 小说家类（74）		
	杂学 之属	杂考 之属	杂说 之属	杂品 之属	杂纂 之属	杂编 之属	杂事 之属	异闻 之属	琐语 之属
21	8	35	56	1	4	0	67	3	4

归属于史部、子部，而又以"杂"名其门类，显示了前人面对笔记时的矛盾态度，一方面把此类书籍视为专书，另一方面又指责其内容的散漫芜

杂。但是，笔记在宋代被大量写作，得益于其在新的传播环境中展现的优越性——轻便，而这一优越性正与它被指责的散漫性密切相关。正因为每一条都短小轻便，内容各异，才会造成其快速传播，而同时带来全书内容的散漫。然而，这样的写作体制获得流行，说明与此相应的阅读方式也被认可，此种阅读方式显然与阅读专书不同，本来就应该满足于每一条所提供的信息本身，而不应该去期待它们之间的内容上的联系。我们由此不难想见，笔记的阅读方式，其实与一般史部、子部书籍相异，而与集部书籍却极为相似，即满足于每一首诗词、每一篇文章自身的内容，不必要求其间具有联系。

这样一来，恰恰是把笔记视为"作品集"的看法，与笔记作者或刊行者所预期的阅读方式相应。正如我们从不指责某一部诗集的内容过于散漫，各篇之间缺乏联系，等等，当我们把笔记视为"作品集"，与集部书籍并置时，其内容上的散漫性将不再受到指责。这样说，并不意味着我们主张把笔记移归集部，而是要强调改变观念的必要性。只要我们愿意参照看待一部诗集的态度来看待笔记，我们就能获得一系列研究笔记的方法。比如，虽然每一首诗歌的内容各异，但对整部诗集所涉及的"题材"做总体的考察，乃是文学研究中常用的方法，我们完全可以使用与考察诗歌"题材"同样的方式，来展开对于笔记"话题"的考察。

在传统的诗集编纂方式中，有编年、分体、分类诸法，使散漫的内容略显有序化。其中分类一法，因为其类目大抵与"题材"相当，故多年以前，笔者曾依据类编诗集来考察宋诗的"题材"①。那么笔记的情形如何呢？除了简单罗列以外，也有一部分作者在有序化方面有所追求，把他所记的条目分类编集起来，我们也可通过这些类目，来考察笔记的"话题"。因笔者使用的资料为《全宋笔记》，鉴于其出版进度，这里的考察范围暂时限于北宋笔记。

二　北宋笔记的"话题"与类目

《全宋笔记》所收的北宋笔记中，有十二部是分类编纂的，而其所标的

---

① 参见朱刚《从类编诗集看宋诗题材》，《文学遗产》1995 年第 5 期。

类目，基本上就可以看作对于"话题"的归纳。故分析这些类目的结构以及各类目之下的作品数量，大致可以呈现北宋笔记"话题"的概貌。

　　周靖静曾对这十二部笔记的类目加以辑录，列为表格①，现据本文论述的需要，对她的表格略做顺序上的调整，移录于下（见表3）。

表 3　　　　　　　　　　　十二部笔记类目

作者、书名	分　类	类　目
A 类		
孔平仲《续世说》	38	德行、言语、政事、文学、方正、雅量、箴规、品藻、识鉴、夙慧、捷悟、赏誉、宠礼、任诞、容止、术解、巧艺、排调、自新、企羡、简傲、尤悔、栖逸、轻诋、贤媛、惑溺、黜免、伤逝、汰侈、［直谏］、忿狷、仇隙、纰漏、俭啬、假谲、［邪谄］、谗险、［奸佞］
王谠《唐语林》	52	德行、言语、政事、文学、方正、雅量、识鉴、赏誉、品藻、规箴、夙慧、豪爽、容止、自新、企羡、伤逝、栖逸、贤媛、术解、巧艺、宠礼、任诞、简傲、排调、轻诋、假谲、黜免、俭啬、侈汰、忿狷、谗险、尤悔、纰漏、惑溺、仇隙、［嗜好、俚俗、记事、任察、诙诞、威望、忠义、慰悦、汲引、委属、砭谈、僭乱、动植、书画、杂物、残忍、计策］
B 类		
陶谷《清异录》	37	天文、地理、君道、官志、人事、女行、君子、么么、释族、仙宗、草木、竹木、百花、百果、蔬菜、药品、禽名、兽名、百虫、鱼、肢体、作用、居室、衣服、装饰、陈设、器具、文用、武器、酒浆、茗荈、馔羞、熏燎、丧葬、鬼、神、妖
乐史《广卓异记》	6	帝王、后妃王子公主、臣下（贵盛之极者、显达之速者）、杂录、选举、神仙
C 类		
王得臣《麈史》	44	睿谟、国政、朝制、官制、国用、任人、礼仪、音乐、台议、忠谠、惠政、利疚、贤德、志气、度量、知人、不遇、治家、场屋、神授、体分、学术、经义、诗话、论文、碑碣、书画、辨误、明义、姓氏、古器、风俗、奇异、盛事、戒杀、鉴戒、真伪、谗谤、占验、语谶、博弈、谐谑、杂志、乖谬
王辟之《渑水燕谈录》	17	帝德、谠论、名臣、知人、奇节、忠孝、才识、高逸、官制、贡举、文儒、先兆、歌咏、书画、事志、杂录、谈谑
苏象先《丞相魏公谭训》	26	国论、国政、家世、家学、家训、行己、文学、诗什、前言、政事、亲族、外姻、师友、知人、善言、鉴裁、游从、荐举、恬淡、器玩、饮膳、道释、神祠、疾医、卜相、杂事

①　参见周靖静《北宋笔记研究》，硕士学位论文，复旦大学，2014 年。

续表

作者、书名	分类	类目
沈括《梦溪笔谈》	17	故事、辨证、乐律、象数、人事、官政、权智、艺文、书画、技艺、器用、神奇、异事（异疾附）、谬误（谲诈附）、讥谑（谬误附）、杂志、药议
苏轼《东坡志林》	29	记游、怀古、修养、疾病、梦寐、学问、命分、送别、祭祀、兵略、时事、官职、致仕、隐逸、佛教、道释、异事、技术、四民、女妾、贼盗、夷狄、古迹、玉石、井河、卜居、亭堂、人物、论古
宋祁《宋景文公笔记》	3	释俗、考古、杂说
何薳《春渚纪闻》	7	杂记、东坡事实、诗词事略、杂书琴事（墨说附）、记墨、记砚、记丹药
D 类		
徐兢《宣和奉使高丽图经》	28	建国、世次、城邑、门阙、宫殿、冠服、人物、仪物、仗卫、兵器、旗帜、车马、官府、祠宇、道教、民庶、妇人、皂隶、杂俗、节仗、受诏、燕礼、馆舍、供帐、器皿、舟楫、海道、同文

　　以上十二部笔记在类目的设计上显示出不同的特征，故笔者将它们分为四类。先说 D 类，这是一个出使归来的外交官以笔记形式所写的报告，涉及对方国家的各个方面，其类目设计与一般笔记都不同，是个特例，基本上不必成为我们的考察对象。与此情况相似的是 B 类，陶谷《清异录》与乐史《广卓异记》，产生时代都较早。《清异录》的类目从天文、地理到各种人物、动植、器具等，显然采用了唐人类书的类目，是一个庞大无比而又无所不包的系统，《广卓异记》的类目则截取了这个系统中有关人物的部分。就类目设计而言，并无时代特色，亦可不论。

　　A 类的两部笔记《续世说》和《唐语林》，都继承了《世说新语》的类目而有所增加。这些类目大致反映出贵族"风度"的诸多侧面，自成一个系统。虽然模仿《世说新语》的笔记在后代不断出现，似乎蔚为传统，但实际上随着贵族时代的过去，士人气质、趣味、价值观和生活状态的改变，按这个类目系统来编辑笔记是非常勉强的。值得注意的倒是两部笔记新增的类目，即表格中加［　］的部分。《续世说》新增的"直谏""邪谄""奸佞"三个类目，与原有的类目相比，都显出道德评判上的明确性或极端性，这才是与宋代士大夫言行习尚相适应的类目。《唐语林》新增的类目较多，共17个，其中"谀佞""忠义""僭乱""残忍"也是道德评判明确的类目，其余类目则反映出士人政治生活和日常生活的一些侧面，总体上看，这些新增类目呈现出与C类相似的结构特点。

被笔者归在C类的7部笔记，在类目上并未直接呈现出相同的设计思路，有的偏重国事，有的偏重私事，也有的专记学问、文艺，但与A类承唐人类书、B类承《世说新语》不同的是，C类笔记没有参照一个现成的类目系统，应该是按照每一条笔记所谈及内容的实际情况来加以分类编集的，所以，笔者认为这类笔记标示的类目最能显示北宋笔记的"话题"系统。这个系统既不像《世说新语》那样专从人物言行风度立目，也不似唐人类书一般无所不包，其涉及面显然比前者广阔，但广阔之中又具有重点，反映出宋人的实际关注范围。这个系统在有的笔记类目中呈现得较为全面，有的只呈现出一部分，所以必须对C类7部笔记的所有类目以及B类2部笔记的新增类目综合起来加以考察，才能彰显这个系统的结构特点。

三　北宋笔记的类目结构

虽然我们经常以为笔记的写作、编纂具有相当的随意性，但对于分类编集笔记的类目名称，宋代的作者或编者有的也并不随意，如苏象先《丞相魏公谭训》所云：

> 祖父取平日抄节分门类，令子孙辈传写，几二百册，故今类书莫及焉。常云："门类最难撰名。"①

与写作一样，"抄节"也是笔记形成的方式之一。当然同样"抄节"而成的还有类书，但既然跟类书相比，又为何不用现成的类书之门目，而要自撰门类名称，并为之伤透脑筋呢？对于散漫的条目，加以分类编集是

---

① （宋）苏象先：《丞相魏公谭训》卷三，《全宋笔记》第三编第三册，大象出版社2008年版，第60页。

一种使之有序化的操作，在此过程中，不愿削足适履地将新获的内容塞入前人提供的类目，而思考一种更合适的分类方案，是值得赞赏的努力。宋人在这方面付出的努力，令我们可以根据其所撰类目的结构特点来考察笔记的"话题"系统。

当然，从上述 C 类笔记的类目（以及 B 类笔记的新增类目）来看，各人所撰的类目名称都自有特点，大抵不会互相剿袭，但名称虽然不同，实际所指内容相似的类目也不少，不妨归并、梳理一番。周靖静在她的论文里尝试了这一工作，她将各种类目名称加以综合，归纳为十六个"话题"①。现将这些"话题"区分到"朝廷""社会""个人"三个领域（见表4）。

表 4   三个领域的十六个话题

朝　廷	社　会		个　人
帝德谠论	奇节忠孝	前朝逸闻	歌咏书画
名臣士行	文儒才识	趣闻谈谐	文献存留
故事旧制	风土名物	神仙高逸	考订杂说
本朝事实	知人先兆	神怪奇闻	日常琐事

如周靖静本人所交代的那样，这一综合工作是以《渑水燕谈录》的类目为基础，汲取其他几种笔记的类目，剪裁而成的。这种剪裁可能包含失当之处（比如"贡举"一目未获彰显，似须重新考虑），但大致仍能体现出类目系统的结构特点。士大夫文人的政治关怀、社会联系、见闻和个人的知识趣味构成了类目的几近全部内容。就笔记的具体条目而言，自然不可能绝无例外，但在"门类最难撰名"的苦恼之余提供出来的"撰名"方案，即类目系统，却最终符合撰者的身份特征。在以科举士大夫为中坚的北宋社会，包括笔记在内的一切精神产品，无一不具此种特征。不再是贵族，而是科举文人掌控一切的时代，如此鲜明地呈现在我们眼前。

类目如此，具体每一条笔记的内容又如何呢？周靖静也统计了《渑水燕谈录》十卷共352条笔记与她归纳的十六个"话题"的对应情况，现据其所述制成表5。

---

① 参见周靖静《北宋笔记研究》，硕士学位论文，复旦大学，2014年。

表5		《渑水燕谈录》笔记与十六个话题的对应情况				单位：条	
朝 廷		社 会				个 人	
帝德谠论	29	奇节忠孝	28	前朝逸闻	<10	歌咏书画	37
名臣士行	52	文儒才识	14	趣闻谈谑	29	文献存留	<10
故事旧制	31	风土名物	16	神仙高逸	22	考订杂说	<10
本朝事实	19	知人先兆	25	神怪奇闻	10	日常琐事	<10
合 计	131条	150 条左右				60 条左右	

由此看来，《渑水燕谈录》确实颇具代表性，在"个人"之外，区分"朝廷"和"社会"两个领域的必要性也借此可以说明。属于这两个领域的条目在这部笔记中拥有相近的数量，而关乎"个人"的条目则近乎其半数。"社会"本来是比"朝廷"广阔得多的领域，但在科举士人的眼里，"朝廷"的重要性不言而喻，《渑水燕谈录》的作者一定认为以上的条目分布是合理的。

当然，因被考察的范围所限，这里反映出的只是北宋的情形，到了南宋，随着"非士大夫文人"① 的增多，他们所撰的笔记在关心重点即主要"话题"的选择上，理应有所变化。而且，要获得对宋代笔记"话题"之时代特征的确切认识，还必须与之前的唐代、之后的明代笔记相比较，这些都是待续的课题。不过，从本文对北宋笔记"话题"或类目的考察，我们已经获知，当时的作者精心为门类"撰名"，而这"撰名"的结果与笔记内容的实际侧重面相应，说明他们对待笔记的态度，并不如其经常声称的那样随意。已经有学者认为，中国文人所撰的笔记，从"外向"的"记录"起步，到南宋后逐渐朝"内向"的从而各具个性的"自我表达"发展，使笔记成为一种与诗、词、古文可以并列的"文体"。② 从上述北宋笔记的情形来看，即便还没有从"外向"的"记录"发展到具备"内向"的与诗词相仿的"自我表达"之功能，也已经显露出撰作者所属阶层的群体表达特征。就此而言，北宋笔记已经可以被看作士大夫文学的一个组成部分。

---

① 关于南宋"非士大夫文人"的崛起，请参考拙著《唐宋"古文运动"与士大夫文学》第三章第七节，复旦大学出版社 2013 年版。

② 安达：《宋元之际文坛中的周密及其文学》，硕士学位论文，复旦大学，2014 年。

百代之中：宋代行记的文体自觉与定型

华东师范大学对外汉语学院　成　玮

　　"行记"系"行程记"的省称，又名"行纪""行录"等，独立成书，按时序记录旅程见闻，兼及考辨、议论等内容。它起源很早，最迟魏晋间已有之，逶迤发展至两宋，体制与观念又产生若干新变，影响后世极深。宋代在行记文体演变史上的意义，不可谓不重要。然而迄今为止，关于两宋行记的体制研究，仍似为数不多①。本文尝试做些探索。②

一　文体自觉与叙事空间

　　宋代行记的文体自觉，较之前代有所增强。这表现在两个方面。

　　第一，传记列举传主著述时，普遍语及行记。如尹洙撰王曙（962—1034）《神道碑》，称"再使北虏，作《戴斗奉使录》二卷"③；范镇撰宋

---

　　① 本文外审时，承两位匿名专家提出详尽建议，谨致谢忱。近年来行记研究，当推李德辉先生用力最勤，涉及宋代行记者有《中国古行记的基本特征》（《宁夏大学学报》2003年第5期）、《古代行记亟待整理》（《古籍整理出版情况简报》2005年第1期）、《论宋人使蕃行记》（《华夏文化论坛》，吉林大学出版社2008年版）、《论汉唐两宋行记的渊源流变》（《中华文史论丛》2010年第3期）等文，本文从中受益匪浅。但在文体上，李先生视宋代行记为唐代的自然延续，对其新变方面着墨不多。

　　② 本文所用"行记"及邻近概念如"游记"等，若无特别说明，均指独立著述，不包括单篇文章。

　　③ （宋）尹洙：《文康王公神道碑铭》，《全宋文》卷五八八第28册，上海辞书出版社、安徽教育出版社2006年版，第55页。（下文所引均自此版，兹不赘述）

敏求（1019—1079）《墓志》，举出《三川官下录》二卷①，苏颂为其撰《神道碑》，又增《入蕃录》二卷②；周必大为范成大（1126—1193）撰《神道碑》，称传主"使北有《揽辔录》，入粤有《骖鸾录》《桂海虞衡志》，出蜀有《吴船录》，各一卷"③，其中《揽辔》《骖鸾》《吴船》均为行记；李壁撰周必大《行状》，也详载《辛巳亲征录》一卷、《癸未日记》（按即《归庐陵日记》）一卷、《丁亥游山录》三卷、《庚寅奏事录》一卷、《壬辰南归录》一卷④，等等。

　　事实上，唐人传记已偶有提及行记之例，如中唐李翱撰马宇（739？—818）《墓志》，即载其《新罗纪行》一种⑤，不过并未形成定式。宋代这一现象的普遍存在，显示出行记文体地位的固定化。尤其在周必大一例中，《奏事录》《南归录》两作，内容、文笔极为干枯，实不足以言著述。李壁《行状》不稍遗漏，不会是对于两书有多看重，只能理解为行记的文体身份，时已牢固树立起来，故仍依例载之。

　　第二，行记开始编入别集。陆游（1125—1210）自编《渭南文集》，收有《入蜀记》六卷（卷四三至四八）。嘉定十三年（1220）陆子通刊行，作跋记其语："如《入蜀记》《牡丹谱》、乐府词，本当别行，而异时或至散失，宜用庐陵所刊欧阳公集例，附于集后。"⑥ 这段话透露出不少信息：一是陆游特意解释，可见行记入集，此时尚未形成惯例，犹属新鲜现象。二是他所依仿的先例，是周必大稍前在庐陵主持编刊的《欧阳文忠公（修）集》，中有行记《于役志》一卷（卷一二五）。三是收录理由，是恐

---

　　① （宋）范镇：《宋谏议敏求墓志铭》，《全宋文》卷八七三第40册，第313页；（元）脱脱等：《宋史》卷二〇三《艺文志二》著录为《三川官下行记》二卷，中华书局1985年版，第5120页。

　　② （宋）苏颂：《龙图阁直学士修国史宋公神道碑》，《全宋文》卷一三四一第62册，第24页。

　　③ （宋）周必大：《范公成大神道碑》，《全宋文》卷五一七九第232册，第240页。

　　④ （宋）李壁：《周文忠公行状》，《全宋文》卷六六八六第293册，第410页。

　　⑤ （唐）李翱：《秘书少监史馆修撰马君墓志》，（清）董诰等编《全唐文》卷六三九，中华书局1983年影印本，第6452页。按《墓志》仅言："公讳某，字卢符。"经与其他资料比勘，始知为马宇，参见周祖譔主编《中国文学家大辞典·唐五代卷》，中华书局1992年版，第16—17页。

　　⑥ （宋）陆子通：《渭南文集跋》，（宋）陆游《陆放翁全集》，中国书店1986年版，第319页。

其散失，故附入集中，但这理由不见得充分。《渭南文集》编定之际，《入蜀记》固无单行本，可是陆游另一部《老学庵笔记》也未刊行①，同样有散失之虞，却不曾收入。就篇幅言，前者六卷，后者十卷，相去无多，并不构成取舍的决定因素。何况周必大等人编欧阳修集，是也收入笔记《归田录》的。由此观之，《入蜀记》入集，除上述外在原因，多少也反映了陆游对这部行记本身的重视。

正是在陆游的时代，行记入集之风逐渐盛行起来。周必大（1126—1204）《周益国文忠公集》也将其五部行记《亲征录》（卷一六三）、《归庐陵日记》（卷一六五）、《泛舟游山录》（卷一六七至一六九）、《奏事录》（卷一七〇）、《南归录》（卷一七一）悉数阑入。陈振孙《直斋书录解题》卷一八著录，称："其家既刊《六一集》，故此集编次，一切视其凡目。"②可知也是受周必大本《欧阳文忠公集》影响。稍后吕祖谦（1137—1181）《东莱吕太史文集》收《入越录》《入闽录》（均卷一五），楼钥（1137—1213）《攻媿先生文集》收《北行日录》（卷一一九、卷一二〇），皆承其风而来。这些别集，都由家人门生编刻，颇可代表当时风气，或许也代表作者本人的意思。

其实，行记收入别集，更早于绍熙年间（1190—1194）、庆元年间（1195—1200）周必大编刻欧《集》。如郑刚中（1088—1154）《北山文集》便收有《西征道里记》（卷一三，中集卷一）。其子郑良嗣《北山集序》说："《北山》初、中二集，先君所自名，且手所分类也。"③可证行记入集，系作者本人所定。绍兴十四年（1144）郑刚中自叙，述及初、中集各自收文时限④，足见两集此年已编成。又如张舜民《画墁集》，绍兴二十一年（1151）周紫芝《书浮休生画墁集后》提到，自己在"今临川雕浮休《全集》"中，得见张氏《南迁录》⑤，知绍兴刻本也收有行记。所以至

---

① 参见（宋）陆游《老学庵笔记》，李剑雄、刘德权"点校前言"，中华书局 1979 年版，第 2—3 页。

② （宋）陈振孙：《直斋书录解题》，上海古籍出版社 1987 年版，第 541 页。

③ 曾枣庄、刘琳主编：《全宋文》卷五七一八第 254 册，第 344 页。

④ （宋）郑刚中：《北山集叙》，曾枣庄、刘琳主编《全宋文》卷三九〇五第 178 册，第 271 页。

⑤ 《全宋文》卷三五二二第 162 册，第 192 页。

迟在南宋初年，已然不乏行记入集的现象。

这两个较早的例子中，张舜民集今佚，无可深论，郑刚中却有可说。其《北山文集》分类收文，卷一三除《西征道里记》外，另有《忠义堂记》《溧水县学记》《知旨斋记》《思耕亭记》等单篇文章。换言之，他是将行记与单篇记体文等量齐观了。宋人确也有把单篇游记称作"行记"之例，如黄庭坚《黔南道中行记》《游中岩行记》三篇、《游泸州合江县安乐山行记》《南浦西山行记》《香山寺行记》《石笋上行记》《中兴颂诗引并行记》①，均为单篇游记，甚至仅有简单的题名。郑氏或因此而致混淆。但其《西征道里记》排日记叙，主旨散杂，又远超出单篇文章的篇幅，与黄庭坚之文显非同科。从这点来看，他对作为单独著述的行记，文体认知尚不清晰。相反，周必大、陆游、吕祖谦、楼钥诸家别集，包括周必大所编欧《集》，行记皆单列，不与寻常记文杂厕。他们在把握住行记的独立性这一前提下，编之入集，才使其文体意识进一步清晰起来。

行记发展至宋代，文体自觉不仅增强，且又有所变化。这从行记的目录学归类上，可以窥知一二。

《隋书·经籍志》"史部地理类"，已著录法显《佛国记》《慧生行传》《魏聘使行记》、江德藻《聘北道里记》《李谐行记》、蔡允恭《并州入朝道里记》等行记。② 嗣后五代《旧唐书·经籍志》、北宋《新唐书·艺文志》因袭其例，著录行记，大都归入这一类。③ 及至南宋，情况有了变化。既可看到依旧归入"史部地理（或作地里）类"者，如尤袤《遂初堂书目》、郑樵《通志·艺文略》④；又可看到改归他类者，如晁公武《郡斋读书志》著录路振（957—1014）《乘轺录》、王曙《戴斗奉使录》、张舜民《使辽录》，均在"史部伪史类"；陈振孙《直斋书录解题》著录行记，则

①　（宋）黄庭坚撰：《黄庭坚全集辑校编年》，郑永晓整理，江西人民出版社 2011 年版，第 748—749、923、1080—1081、1085—1086、1086—1087、1088、1259—1260 页。

②　（唐）魏征等：《隋书》卷三三《经籍志二》，中华书局 1973 年版，第 983—986 页。

③　（后晋）刘昫等：《旧唐书》卷四六《经籍志上》，中华书局 1975 年版，第 2014—2016 页；（宋）欧阳修等：《新唐书》卷五八《艺文志二》，中华书局 1975 年版，第 1502—1508 页。

④　（宋）尤袤：《遂初堂书目》，商务印书馆 1935 年版，第 15—16 页；（宋）郑樵：《通志二十略·艺文略四》，中华书局 1995 年版，第 1583—1586 页。

多归入"史部传记类"①。晁、陈两书目，史部皆辟有地理类，却几乎不收行记，对其文体性质的认识，明显不同于上述书志。伪史、传记类以叙事为主，地理类则以记录道里风土、山川胜迹为主，功能有别。行记归属由后者向前者迁移，证明其叙事方面的功能，在南宋日渐引人注目。当然这个转变，中间尚有曲折，如赵希弁继晁公武而作《郡斋读书附志》，卷上著录范成大《揽辔录》，便重又列入"史部地理类"②，恰与晁氏背道而驰。不过，最终还是晁公武、陈振孙的变革胜出。特别是陈振孙把行记派入"传记类"，成为从《文献通考·经籍考》《宋史·艺文志》到《四库全书总目》③，后世书目的常规做法。这也标志着行记的叙事性格，获得了普遍认同。

应该指出，陈振孙并非自我作古。前代佛徒行记，在释氏门中，原也视为"传记"之一种。如《隋书·经籍志》所录法显《佛国记》，记其赴天竺求法往返行程，又有《法显传》等诸多异名④，僧祐《出三藏记集》卷一五《法显法师传》末称："其（求法）所闻见风俗，别有传记。"⑤ 即指此书，与僧祐之传骈行而侧重点各异。⑥ 后者系普通意义上的人物传记；前者专叙经行见闻，却同样以"传"为名。南宋以降行记归类之新变，同时也可看作南朝佛门观念的隔代重演。

除此之外，宋代行记叙事功能的强化，更直接体现在创作体式上。晚

①　（宋）晁公武撰：《郡斋读书志校证》卷七，孙猛校证，第282—284页；（宋）陈振孙：《直斋书录解题》卷七，上海古籍出版社1987年版，第193—223页。

②　（宋）晁公武撰：《郡斋读书志校证》，孙猛校证，上海古籍出版社1990年版，第1131页。

③　（元）马端临：《文献通考》卷一九九《经籍考二六》，中华书局1986年影印版，第1669页；（元）脱脱等：《宋史》卷二〇三《艺文志二》，中华书局1985年版，第5110—5125页；（清）纪昀等：《钦定四库全书总目》卷五七，中华书局1997年版，第818—821页。

④　参见（东晋）法显撰《法显传校注》"法显传校序"，章巽校注，中华书局2008年版，第5—8页。

⑤　（南朝梁）释僧祐：《出三藏记集》，中华书局1995年版，第576页；朱东润先生也视之为人物传记，参见朱东润《八代传叙文学述论》（复旦大学出版社2006年版，第121—127页）；又可参见李德辉《六朝行记二体论》（《文学遗产》2012年第3期）。

⑥　有意思的是，《佛国记》一旦易名为《法显行传》，《隋志》即将之纳入了"史部杂传类"，造成一书两出，这也是此类所收唯一一部行记。（唐）魏征等：《隋书》卷三三《经籍志二》，中华书局1973年版，第979页。

清薛福成说:"日记及纪程诸书,权舆于李习之(翱)《来南录》、欧阳修《于役志》。"① 单论纪程之作,出现实早于唐代李翱(772—841),观上引《隋书·经籍志》著录可知;但薛氏指出了一个要点,即日记体行记出现,却是中唐以后的新事物。② 通观两宋行记,自北宋初路振《乘轺录》,至南宋末严光大《祈请使行程记》,绝大多数采用日记形式。有些今佚的行记,据记载,知也多为日记体,如刘涣(998—1078)《刘氏西行录》,"往返系日以书";韩元吉(1118—1187)《朔行日记》,题目就表明了体制;姚宪(1119—1178)《乾道奉使录》,也系"使金日记"③。不妨比较一下,前代行记现已散失泰半,传世作品,文士中仅李翱一部,余皆僧徒求法之作,如东晋法显《佛国记》、北魏《慧生行记》④、唐代玄奘与辩机《大唐西域记》等。这类作品基本采用分程而非按日记事的方式。偶有例外,如李翱之作、日僧圆仁(793—864)《入唐求法巡礼行记》便是日记体,却为数寥寥,未成气候,且时代较后。就现存文献言,日记体行记要到宋代,方始勃然兴起,从此也确立了后来行记的主流体例。如金朝王寂《辽东行部志》《鸭江行部志》,入元后遗民方凤《金华洞天行纪》,以至于明代徐弘祖《徐霞客游记》,晚清康有为《欧洲十一国游记》、梁启超《新大陆游记》等,均取日记体式。康、梁两部游记系事后整理成书,且关怀欧美历史、现状,与国内情形互参,议论纵横捭阖,实质上早已破寻常日记之门而出,却还勉强株守着日记的外在形式。宋人所建立的行记体制传统,其惯性之强可见一斑。

分程记事将旅程划为若干段落,主要记每段首尾两处(通常是驿站、城邑或国家)见闻,叙述形态是从一个定点转到另一定点,缩略中间环节。日记则按日载录,不计身在何方,荒郊野外也可叙及,内容又无一定

---

① (清)薛福成:《出使英法义比四国日记》"凡例",岳麓书社1985年版,第63页。

② 参见李德辉《论汉唐两宋行记的渊源流变》,《中华文史论丛》2010年第3期。

③ (宋)周煇撰:《清波杂志校注》卷一〇,刘永翔校注,中华书局1994年版,第426页;(宋)韩元吉:《书朔行日记后》,《全宋文》卷四七九三第216册,118—119页;(宋)陈振孙:《直斋书录解题》卷七,上海古籍出版社1987年版,第205页。

④ (北魏)杨衒之撰:《洛阳伽蓝记校笺》卷五,杨衒之自注引录,杨勇校笺,中华书局2006年版,第209—216页。

之规，"正以琐屑毕备为妙"①，极端者如楼钥《北行日录》、严光大《祈请使行程记》，每日必记，即便无事也写上一笔。② 这样一来，有连点成线之效。行记从分程体变作日记体，客观上为更加细密、多元的记叙留出了空间。揆诸事实，两宋行记确也循此方向一路演进。清人说："宋人行役多为日录，以记其经历之详。其间道里之迤迤、郡邑之更革有可概见，而举山川、考古迹、传时事，在博洽者不为无助焉。"③ 斯言得之。

行记的文体自觉意识，自北宋开始逐步提升，在写作实践中又拓展出更为细密、多元的叙事空间；到得南宋，透过目录学归类之变化，知其叙事性格进一步获得自觉关注。凡此种种，均属前代罕见而为后代所承袭者。两宋在行记发展史上的重要位置，即此已不难察知。

二　文体属性与内部分类

由于宋代行记体制，不尽同于前代，对其文体属性，有必要重新审视。这里试借助辨析行记与游记、日记、笔记等概念的关系，做些讨论。

行记范围大于游记，后者系前者的子项。梅绮雯（Marion Eggert）视二者为平行概念，称："中文里现有两个旅行的概念，即'行'和'游'。'行'是目标明确且在目的地有任务或使命的行进，而'游'则是一种平常的无意图的自我决定的旅行或漫游（常常是远足的含义）。……如果说'行'的文章，后文称为'行记'，主要（至少文章表面上）具有文献的特征，趋于详尽并偏爱日记形式的话，那么'游'的文章，后文称为'游记'，则具有较强的表现功能，通常是散体并趋向短文形式，可能是短文

① （明）贺复征：《文章辨体汇选》卷六三九"日记一"，《景印文渊阁四库全书》第1409册，（台湾）商务印书馆1985年版，第645页。
② 如楼钥《北行日录》乾道五年（1069）十月记："十二日甲午，阴。十三日乙未，雨。"严光大《祈请使行程记》德祐二年（1276）二月记："廿五日，夜宿舟中"，"廿七日，夜宿舟中"，等等。（宋）楼钥：《楼钥集》卷一一九，浙江古籍出版社2010年版，第2082页；顾宏义、李文整理：《宋代日记丛编》，上海书店出版社2013年版，第1288页。
③ （宋）程卓：《使金录》"清乾隆四十二年（1777）李鹤俦抄本跋语"，《全宋笔记》第六编第五册，大象出版社2013年版，第128页。

系列。"① 这是现代人的后见之明，有别于昔人定义。倘举反例，如南宋孝宗隆兴元年（1163）周必大辞官南返，撰《归庐陵日记》述之，卷首明言："此当时行记也。"② 又如元世祖至元二十六年（1289），南宋遗民方凤等人游金华北山，撰《金华洞天行纪》二卷。两者皆属于典型的"自我决定的旅行"，却不妨名之"行记"。而上举徐弘祖、康有为、梁启超三部冠名"游记"的作品，则又不是"短文"；尤其康、梁两书，长篇叙议，连"短文系列"也谈不上。

然而梅氏提出"游"具有平常、无意图、自我决定等特性，这点不无道理。"游"带有自由、超脱性质③，因而偏重个人性，仅是多种行旅方式之一。"行"足以赅"游"，"游"却不足以赅"行"。成书而谓之"游"者，明、清两代方大行其道。较早之例，则有北宋张礼《游城南记》、赵鼎臣《游山录》、南宋周必大《泛舟游山录》、金朝李志常《长春真人西游记》等。前三书纯系个人游览；末一书载丘处机应成吉思汗之邀，赴西域来回经历。丘氏以个人身份前往，同成吉思汗无君臣之谊，此行介于公私之间。后人"游记"著作，基本也限于私人游历记录。"行记"则既可指记载私人游程之作，前举周必大、方凤两书即是，也可指出使、随行等公务活动所经途程记录。如北宋《宣和乙巳奉使金国行程录》④、南宋严光大《祈请使行程记》等；又如元代徐明善《安南行记》，述至元二十六年（1289）随李思衍出使安南经过，也属公务记录。要之，"行记"概念包括个人性的"游记"在内，又不止于后者，兼及公私，内容相当广泛。不过，前代行记多系求法、聘使、入朝所作，使命比较郑重，《隋书 · 经籍志》所收书名足为佐证；个人性行记至宋代始蔚成潮流⑤，确是值得关注的一种新现象。这使得行记内容更加多样化。个性化的"游记"在北宋作

---

① ［德］梅绮雯：《游记》，［德］顾彬（Wolfgang Kubin）等：《中国古典散文》，周克骏、李双志译，华东师范大学出版社 2008 年版，第 95 页。

② （宋）周必大：《归庐陵日记》，《宋代日记丛编》，上海书店出版社 2013 年版，第 897 页。

③ 参见龚鹏程《游的精神文化史论》，河北教育出版社 2001 年版，第 152—156 页。

④ 此书作者一说钟邦直，一说许亢宗，参见程郁、瞿晓凤"点校说明"，《全宋笔记》第四编第八册，大象出版社 2008 年版，第 3 页。

⑤ 现存宋代行记中，个人性游历记录已达十余部之多。

为书名初次登场，本身就构成一个耐人寻味的象征。

　　宋代行记率多转向日记体，那么，可否索性归入日记，成为其下的一个子目？答案是否定的。"行记"是内容层面的概念（记行旅），"日记"是形式层面的概念（按日记录）。在宋代，两者所指大面积重叠，但仍互有羡余。行记若归属日记之下，便无法容纳个别例外，如《宣和乙巳奉使金国行程录》接前代之余绪，依旧分程叙写，便非日记。可见日记体之于行记，并非必要条件。

　　实则宋代行记，倒可整体收纳在"笔记"概念之下。前代行记，一向少有人统目之为笔记。若称法显《佛国记》、玄奘等《大唐西域记》作"笔记"，估计大家都会费解。即使唐代李翱日记体的《来南录》，新编《全唐五代笔记》也付阙如①。宋代行记则不然，今人往往当成笔记处理。如范成大《揽辔》《骖鸾》《吴船》三录，即全数纳入《范成大笔记六种》②。但细究起来，学界对此问题，至今立场不明，每有依违其间之举。以朱易安等先生主编《全宋笔记》为例，录入不少行记，如范成大三《录》、陆游《入蜀记》、程卓《使金录》等③，好像是把行记视作笔记的。于欧阳修却收了《归田录》，甚至收了草草短幅的《笔说》《试笔》，独不收《于役志》④，又好像摒行记而不与。去取之际，标准颇显游移。

　　认识之所以模糊，正因问题复杂。先看"笔记"这个概念。刘叶秋先生说："以内容论，主要在于'杂'：不拘类别，有闻即录；以形式论，主要在于'散'：长长短短，记叙随宜。"⑤ 执此以观行记，其内容尽可博涉多方，只是所载旅程，通常有固定目的、方向，也不妨将之理解为贯穿全篇的一条主线，因而行记是否算"杂"，原在两可之间。宋以前行记，叙事空间不若宋代开阔，难以"有闻即录"，在"杂"上更打了一个折扣。再加之以分程体写就，每一定点必有可述，篇幅虽可能长短不一，趋向于

---

　　① 陶敏主编：《全唐五代笔记》，三秦出版社 2012 年版。
　　② （宋）范成大：《范成大笔记六种》，孔凡礼点校，中华书局 2002 年版。
　　③ 《全宋笔记》第五编第七册、第八册，第六编第五册，大象出版社 2013 年版。
　　④ 《全宋笔记》第一编第五册，大象出版社 2003 年版。
　　⑤ 刘叶秋：《历代笔记概述》，北京出版社 2003 年版，第 6 页。

"散"，却不致产生质的差异。宋前行记不入"笔记"之林，良有以也。可是，"详夫文体多变，难可拘滞……有因旧名而质与古异"①。两宋以降，行记转以日记体为主，使得与行程全然无涉的内容大量涌入，愈见其"杂"；同时每则所记，长可叙议纵横，俨若文章；短可仅具日期、天气等基本信息，绝无实质性语句，其"散"也已达极致。因此，把宋代以后行记划归笔记，宋前行记另列，分开处置，或不失为较妥善的解决之道。

由上分析，关于两宋以后，可得到三个层级的概念，从高向低依次是：笔记→行记→游记，每一低阶概念，皆包含在上一高阶概念之中，日记则不处在这一概念链条内。日记体式渗入，并非行记文体的内在要求，而与宋代日记特为繁兴的横向背景有关②。可它一旦进入，便主导性地联合其他因素，重塑了宋代行记的文体属性：一方面，在行程记录的允许范围内，内容和写法日益自由、开放，成为两宋行记的主流走向；另一方面，日记体受篇幅与写作心态制约，几乎放弃了工笔铺陈手法，又隐约给它设置了上限。宋代行记中的佼佼者，大多数也仅能达到"雅洁"而已。③

宋人行记这般繁杂，内部怎样再细化分类？南宋郑樵《通志·艺文略》较早尝试，将之分派入"史部地里类"下的三个子目：朝聘、行役、蛮夷。"行役"记在国境之内的行旅；"朝聘"与"蛮夷"记境外，其中"朝聘"类记外交使节行程，"蛮夷"类记求法僧人行程。此间蕴含两种不同的划分标准：所经之地与旅程目的。目前学界提供的细分方案，基本都从郑氏化出。如李德辉先生把唐宋行记分成使臣、僧人、文臣、综述体四类。④"综述体"不是创作，是已有行记的摘选缀编，姑置毋论。余下三类，"文臣"对应行役类，"使臣"对应朝聘类，"僧人"对应蛮夷类，可谓亦步亦趋。此外，宋代行记多系日记，日记研究者对行旅日记的分法，也可参考。母忠华先生把这部分日记别为出使与宦游两类，顾宏义先生则

---

① 黄侃：《文心雕龙札记·颂赞第九》，上海古籍出版社 2000 年版，第 71 页。
② 日记在宋代的兴起及其背后种种推动力，参见邓建《从日历到日记——对一种非典型文章的文体学考察》（《中山大学学报》2014 年第 3 期）。
③ （清）纪昀等：《钦定四库全书总目》卷五七"评陆游《入蜀记》语"，第 819 页。
④ 李德辉：《论汉唐两宋行记的渊源流变》，《中华文史论丛》2010 年第 3 期。

别为出使与行游两类①，大同小异，只不过在郑氏三分法中，芟去入宋后"锐减"，且今已无完帙的蛮夷（即僧人求法）一类②。出游类记境外，行游（宦游）类记境内，所经之地有别；而出使、行游、宦游等名目，又提示着旅程目的。③

但事实上，这两种划分标准混合使用，反而治丝益棼。境外行旅不只包含出使与求法，如王若冲《北狩日录》，记靖康之变后侍从徽宗北迁生涯，途程在国境外，却不能列入这两小类。境内行旅也不只包含行游（宦游），如李正民《己酉航海记》，记建炎三年（1129）侍从高宗躲避金兵辗转逃亡经历，途程在国境内，却和行游大异其趣。相反，这两部作品彼此所载旅程目的，倒有异曲同工之处。有鉴于此，不如两项标准单选其一，或者按所经之地，分为境内行记、境外行记；或者按旅程目的来切分。一般而言，旅程目的要比所经之地，更深刻地影响作者心态与作品写法，故作为分类标准，更具实际意义。

旅程目的尽管千变万化，归纳起来无非两种：不为任务，即为游观。本乎此，可将宋代行记分作任务与游观两大类。任务类打破地理上的内、外区隔，不但能阑入《北狩日录》这样出境而非出使之作，甚至能阑入《己酉航海记》这样局于境内行程之作。至于游观类，则须说明一点：宋代不少行记书写赴官途程，按理说，这也有一种任务在。然而，作者途中流连光景，迟迟其行，殆成常态。张舜民《南迁录》记元丰六年（1083）贬监郴州酒税，庚子条自言："凡久居京师，厌倦尘土，乍尔登舟，沿流已觉意思轩豁。然汴岸荒疏，无可观览，未有超然清思。及出汴入淮，始见山水之胜，历目稍旷，而适口鲜繁，竟日之间，遂忘迁流之怀。"④ 这段话颇可代表多数文士

① 母忠华：《宋代日记研究》，硕士学位论文，四川大学，2006年；顾宏义、李文整理：《宋代日记丛编》"前言"，上海书店出版社2013年版，第7—8页。

② 李德辉：《论汉唐两宋行记的渊源流变》，《中华文史论丛》2010年第3期。

③ 梅绮雯叙述宋代行记，分"国内旅行日记"与"公使报告"两类言之，正合乎上述两分法。[德]梅绮雯：《游记》，[德]顾彬等：《中国古典散文》，周克骏、李双志译，华东师范大学出版社2008年版，第113—115页。

④ （宋）张舜民：《郴行录》，《宋代日记丛编》，上海书店出版社2013年版，第599—600页。此书原名《南迁录》，《郴行录》则是元、明间人所起别名，参见李德辉《〈南迁录〉：北宋行记的典范之作》考证（中国宋代文学学会第九届年会暨宋代文学国际学术研讨会会议论文，2015年9月）。

以观玩为主的赴任心态。故而两宋赴官行记，皆应隶属于游观类。

三　任务类行记与游观类行记分述

为宋代行记重新分类之后，理应进而考察一下两类行记各自的特点。

先说任务类。这类行记写出来，大都为了进呈御览或在亲友、社会中流播。前者如路振《乘轺录》，"大中祥符初（1008）使契丹，撰此书以献"①；后者如韩元吉《朔行日记》，自述："凡所以觇敌者，日夜不敢忘……归，因为圣主言……盖不敢广也。"② 特笔交代事关和战大计，不便传出，恰可反证普通任务类行记传之当世，已是司空见惯。张舜民元祐九年（1094）奉旨出使，归撰《使辽录》，"其始以备私居宾友燕言之助"，后再度奉使，遂检此作"进呈"。③ 既传诸友朋，复献诸朝廷，两者兼而有之。总之此类作品，写作目的较为一致，公共性较强，因而作者态度也较严肃。突出者如郑刚中《西征道里记》绍兴九年（1139）五月十三日载："陕府安抚吴琦甲马来迎。"自注："他郡守迎送不录者，行府专为陕西出也。"④ 行文斟酌损益，甚至饶有"史笔"意味。

呈供乙览，须表使命之矜重；播传人口，更须提供必要的背景信息，于是宋代任务类行记逐步形成一个惯例，即先介绍此行缘起，再进入正式行程。《宣和乙巳奉使金国行程录》第一则追叙去年（甲辰，1124）完颜阿骨打病故⑤，吴乞买嗣立，以明今年出使之由，与下则记春正月戊戌陛辞，时间上不相联属。追叙前还有一节宏观背景解说："金人既灭契丹，遂与我为敌国，依契丹旧例以讲和好。每岁遣使，除正旦、生辰两番永为常例外，非常庆吊别论也。"⑥ 两国外交惯例，仕途中人不容不知，这几句

---

① （宋）晁公武撰：《郡斋读书志校证》卷七，孙猛校证，上海古籍出版社 1990 年版，第283 页。

② （宋）韩元吉：《书朔行日记后》，《全宋文》卷四七九三第 216 册，第 118—119 页。

③ （宋）张舜民：《投进使辽录长城赋劄子》，《全宋文》卷一八一三第 83 册，第 265 页。

④ 《全宋笔记》第三编第七册，大象出版社 2008 年版，第 102 页。

⑤ 按，此处记事有误，阿骨打病逝实在癸卯年（1123）。

⑥ 《全宋笔记》第四编第八册，大象出版社 2008 年版，第 5 页。

话当系讲给一般民众听的。可知作者撰著是书,本有广泛流布的意图。此后行记中,缘起内容又与正文趋同,一皆出以日记形式,而所记时间,多数仍不相连。如范成大《揽辔录》记乾道六年(1170)六月甲子出国门之前,先述闰五月戊子被命使金副使一则;周煇《北辕录》记淳熙四年(1177)正月七日启程北使之前,先述上一年十一月二十九日命下一则;程卓《使金录》记嘉定四年(1211)十一月五日动身之前,先述九月二十八日受命一则。^① 首则与次则之间的时日空白,留下了成书之际后期董理的痕迹。旅程记录之先,弁以日记体的缘起说明一则,这是任务类行记最终定下的一个体制特征。

　　出行所负任务,多要求与对方接谈。允许详记对话,是任务类行记的又一文体特点。^② 宋人外交往来,原有"语录"一体。倪思《重明节馆伴语录》自序说:"中兴讲和好,务大体,厌生事,于是馆伴、接伴与夫使房皆有语录。"^③ 此体在北宋尚非必备,行记就经常承担下记言的功能。张舜民罗列所著《使辽录》内容,特标"主客之语言"一项。^④ 如其书详载辽主对王拱辰、富弼二人评语,便是明证。^⑤ 实际上,即使南宋人另撰语录,也不妨碍行记照样记言。如王绘《绍兴甲寅通和录》载使还召见:"上问过界事,皆如《语录》对。"^⑥ 确知此次出使有语录在。然而谛观是书,记录朝堂之上及与金人围绕和议的往复磋商,依旧辞繁不杀。又如程卓《使金录》嘉定五年二月一日特地声明:"其李希道等往还绝不交一谈,无可纪述。"^⑦ 言下之意,有则必书。在他心目中,载录言谈仍是行记无可推卸的责任。所不同者,据倪思的说法,外交语录系供朝廷验看应对是否始终得体之用。若欲达此目的,一字一句不可轻弃。由此推断,语录所

---

①　参见(宋)范成大《范成大笔记六种》,第11页;《全宋笔记》第五编第九册,第192页;第六编第五册,第116页。

②　参见王皓《宋代外交行记与语录研究》,博士学位论文,四川师范大学,2012年。

③　《全宋笔记》第六编第四册,大象出版社2013年版,第310页。

④　参见(宋)张舜民《投进使辽录长城赋劄子》,《全宋文》卷一八一三第83册,第265页。

⑤　参见(宋)张舜民《使辽录》,《宋代日记丛编》,上海书店出版社2013年版,第620—621页。

⑥　《宋代日记丛编》,上海书店出版社2013年版,第733页。

⑦　《全宋笔记》第六编第五册,大象出版社2013年版,第128页。

记，应是细大不捐的，至少南宋如此①；任务类行记记言则可选择，不若语录那般芜杂、密集。当然，比起游观类行记，其记言可达到的详细度及单则长度，则又远有过之了。

次说游观类。这类作品写作心态比较自由，目标读者各式各样，甚或根本无意行世。如南宋周煇自陈："煇自四十以后，凡有行役，虽数日程，道路倥偬之际，亦有日记。以先人晚苦重听，如干蛊次叙、旅泊淹速、亲旧安否，书之特详，用代缕缕之问。"② 其记近乎家书，就是完全私人化、不求人知的。因此，宋人游观类行记繁简不一，写法也灵活多变，难以寻出太多稳定的类型特征。可换个角度看，其在文体上的多方试验，又非任务类行记所能及。如张礼《游城南记》述元祐元年（1086）闰二月同友人游长安城南古迹经过，通篇自注，胪引文献（以宋敏求《长安志》居多），与正文所记实地勘察相发明。这一文献性自注体例，有北朝杨衒之《洛阳伽蓝记》等书之遗风③。但后者记庙宇建筑，纯以方位为线索，结构是静态的；前者却引此体入行记，取日记形式，以动态的逐日行踪贯连全篇，与自注所录书本知识互参，动静两兼，体式又有变化。

论内容，现存宋代行记，出现大量考据性文字，当推张礼这部为最早，只是还限于注文中。至南宋周必大《归庐陵日记》《泛舟游山录》，陆游《入蜀记》等作，则进一步划入正文。议论感慨，在两宋行记中也时一遇之。《入蜀记》卷四乾道六年八月二十六日游头陀寺，见王中碑文，从而引发对于汉魏至北宋文风变迁轨迹的大段评述④，即为著例。写景之于行记，最是题中应有之义，更不烦缕举。

前文指出，宋代行记受日记体所限，风格以简括为主。写景略加点

---

① 倪思此书即有这个倾向，刘浦江先生称之为"一篇逐日应酬的流水账"。刘浦江：《宋代使臣语录考》，张希清等主编《10—13世纪中国文化的碰撞与融合》，上海人民出版社2006年版，第260页。

② （宋）周煇撰：《清波杂志校注》卷九，刘永翔校注，中华书局1994年版，第406页。

③ 陈寅恪先生认为《洛阳伽蓝记》此体，源出于佛籍中的"合本子注"，并举魏晋南北朝多种著作为同类。陈寅恪：《读洛阳伽蓝记书后》，陈寅恪《金明馆丛稿二编》，生活·读书·新知三联书店2001年版，第175—180页。

④ （宋）陆游：《陆放翁全集》，中国书店1986年版，第287页。

染,议论感慨一发即收,考据片言以决,乃其常态。传世作品里,唯周必大《泛舟游山录》、范成大《吴船录》记叙较多工笔。值得注意处在于,他们本人另几部行记却又与之不同。关于范成大诸作,晚清李慈铭早已觉出差别,明谓:"《骖鸾录》笔意疏拙,远不及其《吴船录》。"① 关于周必大诸作,兹举其写景两例比较之。《归庐陵日记》隆兴元年(1163)五月乙卯游麻源第三谷,记道:

> 悬瀑对泻,雪溅雷吼,天下奇观也。

《泛舟游山录》卷二乾道三年(1167)九月壬辰游莲花峰,记道:

> 峭壁削成,悬瀑十丈,怒涛骇浪,不减三峡。或潴为深渊,或散为奔湍,雷轰电掣。约二百余步为下雪潭。其间多大石,水平布者数丈。潭中产石斑鱼,不常流。有璎珞泉,水跳石上如贯珠,尤为奇绝,而土人不贵也。②

所写景物相似,文笔则丰瘠有间。前者诧为"天下奇观",描绘不过尔尔;后者富于细节,映带有情,视之便相去倍蓰了。而之后周氏撰《奏事录》《南归录》,却又质木无文,一退千里。细笔摹写在宋代行记中终究未成势力,但已然有所表露。可以说,行记发展至两宋,内容、体制与写作手法乃始粲然大备,游观类行记尤有功劳。

在写作实践上,宋代行记由分程体转向日记体,极大拓展了叙事空间;加之个人化的游观类行记自附庸蔚为大国,愈发促使各种内容与写作手法全面进入宋代行记。宋人几乎穷尽了这一文体所有的可能性,后世之作莫或逾此。③ 在理念上,其文体身份进一步明晰化,地位得以提升,更从书目著

---

① (清)李慈铭:《越缦堂读书记》,上海书店出版社2000年版,第517页。

② 《宋代日记丛编》,上海书店出版社2013年版,第908、969页。

③ 当然仍偶有返之六朝体式者,如清嘉庆十年(1805)祁韵士遣戍伊犁,所撰名著《万里行程记》就采用了分程体。但元、明、清行记,体制上再无新的质变,则可断言。

录的地志类大量改派入传记类，叙事性格受到自觉关注，由此塑造了后人
对此体的基本认识。在行记文体演变史上，两宋实为一关键的转折点。此
处，若援清人叶燮论中唐诗文之例，称其为一个"百代之中"的时代[1]，
或许再恰切不过。

---

[1] （清）叶燮：《己畦集》卷八《百家唐诗序》，《清代诗文集汇编》第 104 册，上海古籍出
版社 2010 年版，第 397 页。

楼钥《北行日录》的文体、空间与记忆[*]

上海财经大学人文学院　李　贵

　　宋代笔记在文学研究领域长期处于背景和佐证地位，通常只被作为文学史料而提及，直接作为研究对象本身者并不多见。这种状况近年已有大改观，特别是宋代行记类笔记，愈益引起学界重视。究其原因，一是得力于文学史教科书的撰述和部分学者的研究实绩①；二是《全宋笔记》自2003 年起陆续出版而带动；三是现实生活中旅行热和旅行书写热的刺激②；四是受西方人文社科领域自 20 世纪 70 年代起出现的"空间转向"（The Spatial Turn）思潮的影响③。

　　* 本文为国家社会科学基金项目"宋代文学的文化地理学研究"（项目编号 11CZW035）阶段性成果。

　　① 教科书论述如程千帆、吴新雷《两宋文学史》（上海古籍出版社 1991 年版）第十章第三节有"笔记中的小品"专论，袁行霈总主编、莫砺锋与黄天骥分卷主编《中国文学史》第三卷（高等教育出版社 1999 年版）第十一章第一节标目"南宋的政论文和笔记小品"。学者论著如莫砺锋《读陆游〈入蜀记〉札记》（《文学遗产》2005 年第 3 期）分析《入蜀记》的文学价值和史料价值，对后来的行记研究有引领作用；李德辉曾倡导并致力于历代行记研究，其成果集中体现为《晋唐两宋行记辑校》（辽海出版社 2009 年版）。

　　② 中外旅行书写研究的现状及反思可参见臧国仁、蔡琰《旅行叙事与生命故事：传播研究取径之刍议》，《新闻学研究》（台湾）2011 年第 109 期。对宋代旅行文化的研究，参见 Cong Ellen Zhang（张聪），*Transformative Journeys：Travel and Culture in Song China*，Honolulu：University of Hawai'I Press，2010。

　　③ 关于西方学术思想的"空间转向"，详见 Mark Shiel，"Cinema and the City in History and Theory"，in Mark Shiel & Tony Fitzmaurice，eds. *Cinema and the City：Film and Urban Societies In a Global Context*，Oxford & Cambridge，MA：Blackwell，2001；Barney Warf & Santa Arias，eds.，*The Spatial Turn：Interdisciplinary Perspectives*，London & New York：Routledge，2008。关于"空间向"（转下页）

　　宋人出使类笔记与上述四因皆有关联，故当下研究论著亦颇多见，但精细的个案和文体分析仍较缺乏。在众多宋代笔记中，南宋楼钥的《北行日录》是特殊而重要的一种。此书既是使金行记，又是私人日记，文体特殊；在宋臣的使金文献中，此书记述最为丰富翔实、细腻深入，内容重要。清代目录学大家周中孚评价："南宋人使北诸记，当以是录称观止焉。"①当代科技史家也认为此书"地理参考价值很高"②。故史学界一向重视《北行日录》，陈学霖、万安玲（Linda Walton）等学者对书中所载北方城镇及居民生活情况、外交礼节、历史地理、金国食品等均有专题探讨。③专门的文学解读则鲜见，奚如谷（Stephen H. West）以《北行日录》对中原的记述为中心，分析历史记忆与地域的关系④，仍留措手余地。更重要的是，已有成果据以立论的都是被清代四库馆臣任意删改之版本，故分析不尽可靠。本文拟从文体角度，依据影印宋刻原本，探讨《北行日录》的文体风格及其体现出的空间和记忆诸问题，从中透视宋代外交出使行记的普遍价值。

一　《北行日录》的版本和文体

　　《北行日录》初未单行，而是收入文集。楼钥别集《攻媿先生文集》（以下简称《攻媿集》）初刻本乃其季子楼治编刻，共 120 卷，今存 103

（接上页）的含义、意义及其与中国文化的关联，参见高燕《视觉隐喻与空间转向——思想史视野中的当代视觉文化》，复旦大学出版社 2009 年版，第 3—8、152—167 页。

　　①　（清）周中孚：《郑堂读书记》卷二四，《国家图书馆藏古籍题跋丛刊》第 12 册，北京图书馆出版社 2002 年影印本，第 7 页。

　　②　卢嘉锡、路甬祥主编：《中国古代科学史纲》，河北科学技术出版社 1998 年版，第 727 页。参见［日］周藤吉之《宋代乡村店的分布与发展》，向旭译，《中国历史地理论丛》1997 年第 1 期；张劲《楼钥、范成大使金过开封城内路线考证——兼论北宋末年开封城内宫苑分布》，《中国历史地理论丛》2004 年第 4 期。

　　③　参见陈学霖《楼钥使金所见之华北城镇——〈北行日录〉史料举隅》，《金宋史论丛》，香港中文大学出版社 2003 年版，第 199—240 页；Linda Walton, "'Diary of a Journey to The North': Lou Yue's 'Beixing Rilu'", *Journal of Sung-Yuan Studies*, 32 (2002), pp. 1 – 38；［日］中村乔《『北行日録』に见る金國賜宴の食品》，《学林》2010 年第 51 期。

　　④　Stephen H. West, Discarded Treasure: The Wondrous Rocks of Lingbi, 王瑷玲主编《空间与文化场域：空间移动之文化诠释》，台北汉学研究中心 2009 年版，第 187—249 页。

卷，藏北京大学图书馆，《北行日录》收在最后两卷，即卷一一九和卷一二〇，首尾完整。《攻媿集》自南宋家刻以后，似未再重刊。清修《四库全书》，将"两淮盐政采进本"《攻媿集》删削重编，成钞本121卷，脱漏讹误甚多。武英殿聚珍版据此四库本摹印，《四部丛刊初编》本又据武英殿聚珍版影印，《丛书集成初编》本则据武英殿本排印，底本均为四库馆臣删改之本；此外尚有明清钞本数种，均甚残缺，个别钞本讹脱严重；诸本比较，以宋刻本为最原始、最完整、最可靠。① 宋刻本已影印收入《中华再造善本》唐宋编集部（北京图书馆出版社2005年版，全48册，以下简称宋刻本），其中的《北行日录》亦为传世之最善本，其他各本皆多有脱讹删改。

试以涉及民族问题的文字为例。据宋刻本《攻媿先生文集》所收《北行日录》，从进入金国境内，楼钥就频频使用"虏"字指称金国或女真，"虏人"指金人，"虏酋"指金国国主，"虏亮"指金海陵王完颜亮，"虏"字触目皆是；清修《四库全书》本《攻媿集》所收《北行日录》，已将这些违碍字眼全部删改。这些歧视性用语也是宋代行记文类的惯用语，符合书写传统，虽然今天看来完全错误。现将改动前后文字简列如下表。

《北行日录》四库本文字改动简表

宋刻本	四库本	宋刻本	四库本
北虏	北人	又闻虏中	又闻彼中
虏法	金法	夷俗	俗
虏手	敌手	探闻虏酋	闻国主
虏改日	金改日	虏主	金主
虏人	金人	虏中典章	国中典章
虏曰南京	改曰南京	虏亮	炀王

除此之外，四库本还有两处重要删削。一是宋刻本《北行日录》卷上十二月廿四日，楼钥在听到遗民关于"北人"的判别标准后评论："此曹

---

① 参见《四库全书总目》卷一五九《攻媿集》"提要"下册，中华书局1965年影印本，第1373页；祝尚书《宋人别集叙录》下册卷二一，中华书局1999年版，第1073—1074页；张玉范《〈攻媿集〉宋本、文渊阁四库全书本、武英殿聚珍版之比较》，《国学研究》2003年第11卷。

虽久沦左衽，犹知自别于夷虏如此，尤可叹也。"二是卷下正月初十记："又承应人指其首曰：'几时得这些发长起去。'"四库馆臣将这些贬抑女真、向往宋朝的句子完全删去。出自四库本系统的武英殿聚珍版、《四部丛刊初编》影印本、《丛书集成初编》排印本，诸本删削皆同。《知不足斋丛书》第二十三集所收《北行日录》，实同四库本，上述文字亦了无踪影①。前引万安玲论文径据《知不足斋丛书》本立论，从而觉得楼钥几乎不用"虏"字，由是致误。奚如谷论文以《丛书集成初编》排印本立论，认为楼钥虽然是一个积极的对金主战者，但其日记毫无范成大《揽辔录》那样的责骂语言，这也是误信删改本所致。众所周知，清修《四库全书》，将政治违碍文字一律删改，四库本《北行日录》又增一重要案例。

可见通行本《北行日录》是不可靠的，宋刻本才是善本、足本，学界长期误用误信此四库系统的版本，当予纠正。故研究宋代出使行记，须先明辨版本源流，尽量依据作品原貌立论阐释。本文所引《北行日录》及楼钥其他文字，均据此宋刻本，此本残缺或不通者，参校他本改正补足。

版本既定，再判文体。关于宋人使北行程录，傅乐焕和刘浦江先后做过详细的文献学考察，传统目录学著作或入伪史类、杂史类，或入传记类，或入地理类，或入本朝故事类、本朝杂史类，或入朝聘类。② 可见出使行程记录在传统的目录学体系里难以定于一类，对《北行日录》也先需辨体。

此书卷上起首题注："时待次温州教授，随侍兖公守括苍，受仲舅汪尚书大猷之辟。"正文开头即载："乾道五年己丑。十月九日辛卯。邸报仲舅侍郎充贺正使，曾总管（小字注：觌）副之。十日壬辰。蔡兴以仲舅书来，辟充书状官。二亲许一行。"按，楼钥（1137—1213）出生于明州

---

① （清）鲍廷博辑《知不足斋丛书》第二十三集"廉"字号将《北行日录》《放翁家训》合刻（上海古书流通处 1921 年影印初刻本），而未言所本；经比对，文字全同《四库全书》本。《全宋笔记》第 6 编第 4 册（大象出版社 2013 年版）对《北行日录》的标点整理，以《知不足斋丛书》本为底本，参校《四部丛刊》影印武英殿聚珍版《攻媿集》，故文字亦与四库本同。

② 参见傅乐焕《宋人使辽语录行程考》，《辽史丛考》，中华书局 1984 年版，第 1—28 页；刘浦江《宋代使臣语录考》，张希清等主编《10—13 世纪中国文化的碰撞与融合》，上海人民出版社 2006 年版，第 253—296 页。

（今浙江宁波）楼氏大家族，孝宗隆兴元年（1163）登进士第，后试中教官选，调温州教授。等待赴任期间，在知处州（今浙江丽水）的父亲楼璩身边随侍。^①乾道五年（1169），当金世宗大定九年，十月，楼钥得仲舅汪大猷辟举，充任书状官，随同贺正使汪大猷、副使曾觌出使金国祝贺翌年正旦。书状官是外交使团里使、副的亲吏，掌管使、副的私信。^②《北行日录》就是楼钥记载此次使北行程的日记，分上下两卷。

　　就著作内容的类别即文类而言，有必要区分行程录和语录两类内容。前引傅乐焕文总结，语录乃由聘使的从人随时将使人的言行记录下来，以备政府查考，须以使臣的名义奏上，包括远赴外国的使臣和在本国的接送伴使，这是正确的。但又指出："所谓'某某《上契丹事》''某某《行程录》''某某《上契丹风俗》'等等名目，全是在'语录'一名没有成立以前，后人引用各该记载时所代加的。因为'语录'应用的时期最长，在这里我们即用它来概括一切同类的记载。"把语录等同于行程录，这不合实际。按宋代语录体裁有二，一为儒家学者讲学和佛教僧徒传道之记录，与本文无涉；二为出访使臣或接送伴使完成任务后给朝廷奏进的外交记录报告，与本文有关。事实上，早在宋代以前，外交使臣撰写行程记录和语言摘录便已形成传统。西汉初期陆贾使南越所作《南越行纪》（又称《南中行记》）是最早的出使行记作品，南齐刘绘接待魏使，撰有《语辞》，王融也曾上呈《接虏使语辞》^③。南北朝时期这些"语辞"亦即两宋的外交"语录"。可见出使"行记"和出使"语录"是内容有别的两种不同文类，前者记程，后者记言，其名目均古已有之，不待到两宋始得成立。此其一。其二，据前揭刘浦江文分析，宋人出使辽金的语录是每位使臣完成使命归朝后均须向国信所递交的一份例行的出使、接送报告（但刘文称"严

---

　　①　楼钥进士及第后随侍父亲的经历，参见包伟民《宋代明州楼氏家族研究》，《传统国家与社会：960—1279 年》，商务印书馆 2009 年版，第 262—281 页；辛更儒《楼钥传》，傅璇琮总主编《宋才子传笺证》"南宋前期卷"，辽海出版社 2011 年版，第 573—577 页。

　　②　参见徐松《宋会要辑稿·职官》三六之六○辑第 4 册，中华书局 1957 年影印本，第 3101 页；龚延明《宋代官制辞典》，中华书局 1997 年版，第 67 页。

　　③　参见李德辉《晋唐两宋行记辑校》，辽海出版社 2009 年版；王皓《宋代外交行记与语录研究》，博士学位论文，四川师范大学，2012 年。

格意义上的语录亦即行程录",亦混淆了记言的语录与记程的行程录)。依照刘文标准,《北行日录》就不能说是使金"语录",楼钥作为使北书状官,只是外交活动的记录人员,没有资格以个人名义给朝廷进呈语录,而且《北行日录》十二月二十一日条,记真定府赐宴东馆一事,说到"押宴下人李泉争执礼数"时,明确写道"语具《语录》",可见楼钥一行另有写呈国信所备案的语录,绝非《北行日录》可以充任。傅、刘二文多所创获,奠基引路之功至今不稍减,他们将语录和行程录视为同一类著作的提法影响深远①。但不得不指出,行程录与语录毕竟是两种不同的内容类别,《北行日录》不是出使语录,而是行程录著作,是私人撰作的外交行记。宋人陈振孙《直斋书录解题》卷七将《北行日录》归入史部传记类,称此书是楼钥"使金纪行"(上海古籍出版社 1987 年版,第 205 页),颇切其要。《北行日录》在内容上就是一部出使外国的行记,或称外交行记。

《北行日录》在文类上属于外交行记,在文体上则属于日记。以日记形式书写出使行记,这一文章体制盛行于南宋。私人日记起源甚早,但无论是众所周知的东汉马第伯的《封禅仪记》、中唐李翱的《来南录》②,还是敦煌出土的具注残历③,抑或考古发现的西汉宣帝本始三年(前 71)逐日记录王奉世狱中经历的木牍④,都尚非文体意义上成熟定型的日记。文体定式是一个追认的过程,从后世日记定式追溯可知,现存第一部成熟、定型的私人日记是北宋黄庭坚的《宜州乙酉家乘》,此书"先书时日,次记阴晴,后写事实,始终如一,固定不变","这种体式,成为后世日记的通式"。⑤《北行日录》全书记事,起乾道五年十月初九,终次年三月初六,总计 147 天。每一天皆详载时日、干支和天气情况,继承了《宜州乙酉家

---

①　参见赵永春《宋人出使辽金"语录"研究》,《史学史研究》1996 年第 3 期。

②　参见陈左高《中国日记史略》第一章,上海翻译出版公司 1990 年版。

③　关于敦煌出土的具注残历,详见席泽宗、邓文宽《敦煌残历定年》,《中国历史博物馆馆刊》1989 年总第 12 期;关于日历与日记的渊源关系,详见〔日〕冈本不二明《宋代日记の成立とその背景——欧阳修「于役志」と黄庭坚「宜州家乘」を手がかりに》,《冈山大学文学部纪要》1992 年总第 18 号。

④　参见扬州博物馆、邗江县图书馆《江苏邗江胡场 5 号汉墓》,《文物》1981 年第 11 期。

⑤　王水照主编:《宋代文学通论》,河南大学出版社 1997 年版,第 457—458 页。

乘》的体式,是标准、完整的日记文。

犹可提及,陆游的《入蜀记》亦排日记事,"即使其日无事可纪,也仍纪其日,如乾道五年闰五月的二十七日、三十日等"①。《北行日录》录于乾道五年至六年(1169—1170),《入蜀记》记于乾道六年,同一年的两部著作均不约而同地坚持每日记录,证明由黄庭坚开创的日记体例在南宋已成为标准范式。

在现存宋代的日记体外交行记中,《北行日录》是体例最严整、内容最完备、保存最完整的一部。楼钥有意识地完整记载天气情况,即使某日无事可记(或不欲人知而不记),也随笔记下当天天气,如卷上十月十二日、十三日、十七日的日记,分别只记了天气情况:阴、雨、晴。此外,他还非常留心一日之中的天气变化,详细笔录下来。如卷上十月、十一月和卷下二月、三月的日记,都有相当多的篇幅记述当天天气的变化。这些日记里的天气既非叙事必要,亦非烘托之需。每日天气的细微变化都被楼钥仔细观察并记录在案,全书因此具有 147 天完整的气象记录,可以首先作为一手气象观测资料使用,对中国气候环境史研究有重要价值。据《攻媿先生文集》卷七四《跋黄子迈所藏山谷乙酉家乘》,楼钥对《宜州乙酉家乘》相当熟悉,赞赏书中所体现的翛然自适,见到友朋临摹的黄书摹本,不禁爱而题跋。他在《北行日录》里始终坚持时日、天气、事实的固定体式,显然受到《宜州乙酉家乘》的直接影响,是在向黄庭坚致敬,有强烈的尊体意识,自觉踵武前贤,为后世法。《北行日录》堪称现存篇幅最长的宋代日记体外交行记,以记日的方式代替了记程的方式,首尾完整,叙述详赡,保证了时间上的连续性、空间上的立体性、气象上的全面性和记事上的完整性。

二 空间等级:家园、本国、故国和敌国

楼钥北行时三十三岁,进士及第已七年,正在候任官职。使金之行,

---

① 前揭莫砺锋《读陆游〈入蜀记〉札记》。

他从处州出发，中经本朝新京临安、旧都汴京，抵达金国中都燕京，而后返回，是在家园、本国、故国和敌国之间往返移动，乃平生难得之经历，沿途见闻极大地促进了他的精神成长。《北行日录》以日记体写行程录，通过使用这种时空交融的文体，塑造出不同的空间等级。

是书乃一部出国外交日记，却呈现出一种家/国结构。全书记事起自乾道五年十月初九，次日即记"二亲许一行"；十八日，"别二亲，径出城"；翌年三月初六，全书最后的文字是："先行还家，拜二亲灯下，上下无恙，欢声相闻，喜可知也。"以家庭、双亲始，以家庭、双亲终。北行途中，楼钥的记述也时时指向家。十月十八日离家出发，二十一日就"发家书第一封"，二十六日、二十九日发第二、三封，十一月四日甚至"两发家书"，十一日、十八日、十九日、二十四日发第六、七、八、九封，一月二十八日有人来收"家问"（家信），二月十三日、二十二日发"家书"。到家前一日，三月初六，仍强调"至李溪，遇承局持家书来接"。与移动的空间相比，家园无疑是相对持久的空间所在。家庭，或者家宅是我们在世界中的一角，"它是我们最初的宇宙。它确实是个宇宙。它包含了宇宙这个词的全部意义"①。"家"这条线索或明或暗地贯穿着《北行日录》全书，读者从中感受到家的温情和对回家的渴望。

楼钥对本国风景关注较多。出使行记一般从启程离国写起，楼钥却多写在国内的移动历程。他离开处州不久，经过浙江缙云时有一次游览，这篇十月二十日的日记共617字，是现存宋代出使日记中最长的单篇写景文字，描摹放生潭的怪石奇岩，仙都独峰的高削耸立，忘归洞、石空洞和仙水洞的清奇幽古。楼钥皆感新奇美丽，叹为"生所未见"，以致痛饮放纵，"傍若无人"。日记原以简括为主，此处却出以长篇，极尽摹刻赋形之能事。作者另有《仙都独峰》和《游白石岩》两首长诗描摹是日所见风光，只是一般的写景抒情，反不若此篇日记详尽细腻，所记言行的豪迈逸致更能见出风景的吸引力和行者的忘情投入。

同样是前所未见的土地，本国土地令楼钥惊奇忘情，被详尽刻画成一

①　[法]加斯东·巴什拉：《空间的诗学》，张逸婧译，上海译文出版社2013年版，第3页。

个美丽新世界，风景无限好；异国土地则用语简略，往往一笔带过，难见对风光的描画。十二月九日入宋朝故都东京城，"虏曰南京。新宋门旧曰朝阳，虏曰弘仁。城楼雄伟，楼橹壕堑壮且整，夹濠植柳，如引绳然"。昔日的繁华胜景未见书写。十二月十七日，抵达北宋故地邢州（今河北邢台），"北门外陂塘，冰厚尺余，裔叠岸上，如柱础然，青莹如菜石"。只是寥寥数语。"三里至柳溪，唐柳公权遗迹，亭榭数所，引溪水载之高岸，流觞曲水，为邢台游观之地。东北有邢山，出邢沙，碾玉所用也。"既是游观之地，又存人文胜迹，更有碾玉奇沙，正是楼钥喜爱并描画的对象，却也只是简单陈述。二十七日，赶到金国都城燕山城，龙津桥"雄壮特甚"，华表柱"镌镂精巧，如图画然"，笔墨亦甚简。也许楼钥不塑造异国风景是由于任务在身赶路忙，但在本国途中忙碌时也不忘动情勾勒，如十月二十一日，他急于赶路，觉得没有好风景的地方却也加一笔"它无胜概"，"脚力既倦"却仍然一瞥山川，"出门相羊峰下，绝溪而西，数里间山川犹竞秀未已"，用语相当讲究。顺利完成贺正旦使命后，轻松归国，"都缘人意乐，便觉马蹄轻"[1]，回程日记亦不见描写异国风景的文字。《北行日录》构建出来的多重空间中，本国处处多风景，异国风景不足多，让读者不禁兴起《世说新语·言语》篇所载东晋人"风景不殊，正自有山河之异"[2]的感叹。对本国，楼钥关注的是风景；对故国和敌国，关注的则是其他人情物事。

作者笔下的故国显得颓败荒凉。"淮北荒凉特甚。"谷熟县外有跨越汴河的虹桥，政和中造，如今"弊损不可行"。入故南京城（北宋应天府，今河南商丘），已被金国改名归德府，"制作雄古"的睢阳楼"倾圮已甚"，过去北宋达官贵人的大宅现在多被金朝官府所占。故都东京变化尤大，早已被金国改称南京，"城外人物极稀疏"，"城里亦凋残"，北宋盛世的标志性宗教建筑开宝寺二塔并七宝阁寺、上清储祥宫皆"颓毁已甚"，更见栾将军庙"颓垣满目"。故宫在海陵王完颜亮统治时期曾发生大火，"以遗火

---

① （宋）楼钥：《初出燕山》，《攻媿集》卷七，《文渊阁四库全书》本第1152册，上海古籍出版社1987年影印本，第353页上。

② 余嘉锡：《世说新语笺疏》（上册），上海古籍出版社1993年版，第92页。

殆尽，新造一如旧制，而基址并州桥稍移"。都亭驿"犹是故屋，但西偏已废为瓦子矣"。通往北郊方坛的三座城门"皆荒墟也"。楼钥此前虽从未踏足北方，但他出身世家大族，家族收藏书籍文物甚富，自幼即师从著名学者兼教育家郑锷、宿儒李若讷，各种人际网络广阔而严密①，如传记所谓于"中原师友传授，悉穷其渊奥"②，自然会从书籍文物和师长亲朋处了解诸多北宋旧事、故国繁华；其时，一味渲染开封繁盛喜乐的《东京梦华录》早已问世，更会强化这种想象。记忆与想象累加层叠，等到身临其境，耳闻目睹却尽是荒凉凋残之物，巨大的落差对楼钥的故国向往造成极大冲击。

故国当然也有可观者，楼钥选择记载各种消极面也许是为了突出金国统治对故国土地和人民的摧残。自然界的陵谷迁变被反复提及，记录各种河水断流、河道堙塞、河岸冲决，荒墓古冢频现书中。作为北宋太平盛世象征的奇石也被随意遗弃："西去两岸皆奇石，近灵璧东岸尤多，皆宣政花石纲所遗也"；开封城外，"河中有乱石，万岁山所弃也"。也许这些都是北途中必经之地、必见之物，但经过楼钥的汰择书写，呈现在读者面前的故国是沧海桑田、古墓残碑，故国之行几乎成为凭吊之行。

诚然，楼钥也向往恢复。十二月十八日的日记详细叙述了河北赵州汉光武庙的塑像、形制、壁画、题刻及光武帝征伐途中的故事；次日过滹沱河，复引述当地有关光武帝渡河的传说；正月十二日，返程途中宿柏乡县，又专门骑马前行，"再读《光武碑》"。对光武中兴的反复记述充分流露出楼钥的恢复热望，但河南故地的荒芜凋敝却让他深感恢复无望："中原思汉之心虽甚切，然河南之地极目荒芜，荡然无可守之地，得之亦难于坚凝也。"故国昔日的富庶土地已沦为荒原废墟，充满荒凉颓败的气息。楼钥随着空间的移动而为故国招魂。

敌国实情是楼钥的记载重点和外交贡献。"觇国"是外交人员的传统

---

① 参见黄宽重《宋代的家族与社会》，东大图书股份有限公司 2006 年版，第 103—136 页。

② （元）袁桷：《延祐四明志》卷五《人物考中》，《宋元方志丛刊》第 6 册，中华书局 1990年影印本，第 6205 页。

职责，宋代也将观察记录异国实情作为行人的任务，南宋大量的使金诗文多侧面反映了金国的地理、人民和物产。① 前引对《北行日录》的史学专题研究，已证实此书是了解金国不可多得的珍贵文献。从空间移动的视角看，其中饮食、礼仪、服饰、制度等衣冠文物书写最具意味。

饮食具有社会文化内涵。金国饮食独具女真特色，令楼钥倍感新奇。十二月十一日，金人在开封宴请南宋使节。先是"就座点汤"，正式进食时，"初盏燥子粉，次肉油饼，次腰子羹，次茶食"，复有大茶饭。按宋人进食，先茶后汤，此地所见则是先汤后茶，汤在吃正食之前饮用；待客"先汤后茶"是契丹人特有的民俗②，女真人沿袭下来。此其一。其二，女真人也沿袭了契丹人将茶饮用于典礼宴会的习惯，是为"茶食"，楼钥在开封首次亲尝，后来在中都等地多次享用。另外，食物多得"不能悉记"，上菜"源源而来"，这样的用语反映出异邦饮食文化冲击了南方人楼钥对北方的想象。

礼仪关乎华夷之辨，外交礼仪还涉及国族尊严。十二月廿一日，楼钥一行在真定府，金国赐宴时，"使副下食人趋进尤肃，押宴下人李泉争执礼数"，结果金国李泉及其手下皆受严厉鞭挞，"夷俗虽好胜，要可以理屈也"。礼仪关系到南宋政权的正当性和正统性，楼钥觉得与金争执虽不能以武胜之，尚可以礼数屈之，这是一种聊以自慰的心理。此下紧接记金国开州刺史安德"以治行闻，道中颇读《庄子》，故临事间有可观"，读《庄子》与处事得体之间何以有因果关系？楼钥的推论只不过体现其中央文明化及天下的优越感。这样的优越感不仅见于《北行日录》，也见于南宋其他使金文献。此外，正月初一贺正旦，是此行的直接使命，在记述各种朝拜仪式和酒宴礼节后，楼钥说"进御酒时却不起立，余皆如本朝之仪"，"余皆如本朝之仪"的评论亦隐然有本朝礼乐泽被夷狄之得意。至于说司仪给金主奉上食物，"礼文不伦""乐人大率学本朝，唯……装束甚异，乐声焦急，歌曲几如哀挽，应和者尤可怪笑"，更是直接批评金国礼乐不伦

---

① 参见刘珺珺《从"觇国"视角探析南宋使金诗文》，《殷都学刊》2011 年第 3 期。

② （宋）张舜民：《画墁录》卷一，《全宋笔记》第 2 编第 1 册，大象出版社 2006 年版，第200 页。

不类、奇怪可笑。

衣冠服饰也是礼仪的一部分，最能体现故国文物和敌国风情，楼钥于此特别留心。如十二月初八，在雍丘，承应人杜从自言"此间只是旧时风范，但改变衣装耳"；初九，在故都东京，"都人列观，间有奢婆，服饰甚异，戴白之老多叹息掩泣，或指副使曰：'此必宣和中官员也。'"廿四日，至安肃军（今河北徐水），过白沟河之后，宿固城镇，"人物衣装，又非河北比，男子多露头，妇人多奢婆，把车人云：'只过白沟，都是北人，人便别也。'"楼钥接着评论道："此曹虽久沦左衽，犹知自别于夷虏如此，尤可叹也。"同样是在金国领土，楼钥对北宋故国和燕云敌区有完全不同的感受，主要是因为直观的异族服饰直接刺激其神经。故国人民已变衣装，而金国女真人的服饰是髡发左衽，剃去头部顶端的头发，脑后之发编成发辫垂落①，不戴冠帽的男子直接露头，女真妇女的装束在楼钥看来亦甚怪异②，强烈的华夏汉文化身份意识使他无法接受这样的民族融合③。由于楼钥十分在意故国衣冠能否存续，因此对沦陷区的把车人能以衣冠分华夷便大加赞赏。他对敌国的衣冠服饰显然是鄙视的。

同样体现出楼钥从敌国实情反观本国优越心理的还有对金国制度的记载。在金朝南京，有甲卒自言"月请五百短钱""闻本朝养兵之丰，叹感不已"；在相州，承应人自述没有俸禄，只靠收课额之剩余以自给，生活艰苦，并感叹道："若以宋朝法度，未说别事，且得俸禄养家，又得寸进，以自别吏民。今此间与奴隶一等，官虽甚高，未免棰楚，成甚活路！"下层官吏和士卒都表示对宋朝制度的向往。楼钥的记述想必是真实的，但南宋的使者是否反思过，为何礼乐制度看起来优于金朝的宋朝却常常被金朝打败？

---

① 关于金代女真人发饰，古代文献所记和近世学者所论多语焉不详，今人结合传世图像和出土文物，所得结论更为全面真实，参见邓荣臻《女真发辫式管窥》，《北方文物》1987 年第 4 期；景李虎等《金代乐舞杂剧石刻的新发现》，《文物》1991 年第 12 期。

② 宋代文献中"奢婆"的具体含义难以确定，结合上下文，这两处用例似指番婆、胡地妇女。冯梦龙《古今小说》卷二四《杨思温燕山逢故人》，写金代燕山元宵节市井奇观，有"小番鬃边挑大蒜，岐婆头上带生葱"之语，"岐婆"或即"奢婆"。参见《古本小说集成》第 4 辑中册，上海古籍出版社 1994 年影印本，第 953 页。

③ 参见刘浦江《说"汉人"——辽金时代民族融合的一个侧面》，《辽金史论》，辽宁大学出版社 1999 年版，第 109—127 页；胡传志《论南宋使金文人的创作》，《文学遗产》2003 年第 5 期。

　　楼钥一路移动，通过选择性的观察和记录，营造了四个空间等级：家园、本国、故国和敌国，四种空间形态的内容各有侧重：家园温情、本国美景、故国颓败和敌国蛮夷。身为使臣，楼钥对金国的记录偏重地理人事本属正常，但这四种侧重还是透露出其内心的偏好和主观选择。研究表明，各种行记呈现的空间并非纯然客观。"像翻译一样，旅行书写传统长期被忠实客观（旅行者是目击证人）的迷思所笼罩，然而，它实际上是依据特定的意识形态和等级体系来进行阐释和再现现实的。"① 楼钥着意建构了家园、本国、故国和敌国这四个空间形态，形成等级体系，反映出个体的立场、知识和信念。面对同一片华夏土地，无论是本国风景，还是异国风物，都是他本人的选择和塑造。正如研究风景艺术史的学者所说，所谓风景，"无论是刻意雕饰还是野生自然，在成为艺术品主题之前，其实已经是人工制品了。即便仅仅是看看，我们已经开始塑造和解读它了"；"于是，'风景'就成为观察者从'土地'中选择出一部分，是他们按照构造'美好景象'的惯有概念进行一定的编辑和修改，从而形成的产物"。② 人所看到的都是他本人所想看到的，视觉具有主观选择性，《北行日录》所呈现的移动空间也透露出作者的意识形态，从中能感受到不同的空间等级和个体情怀。

三　私人日记文体与代际文化记忆

　　通过撰写日记体出使行记，楼钥将旅程所见私人化、私有化，转化为个人记忆。旅行书写的过程就是将所经大地私有化的过程，他人无法占有。日记书写是一种最私人化的话语，"日记文体存储着时间的历史，刻录下'时间箭头'的运行轨迹，从而使抗拒遗忘、恢复记忆和回味过去成为可能"③。《北行日录》首先强化了楼钥的个人记忆。

① Loredana Polezzi, "Rewriting Tibet: Italian Travellers in English Translation", *The Translator*, Vol. 4, No. 2, 1998, pp. 321 - 342.
② ［英］安德鲁斯：《风景与西方艺术》，张翔译，上海人民出版社 2014 年版，第 1、11 页。
③ 赵宪章：《日记的私语言说与解构》，《文艺理论研究》2005 年第 3 期。

　　楼钥通过写私人日记强化个人记忆，同时也给集体留下历史记载。朱光潜指出："就体裁说，日记脱胎于编年纪事史。"①《北行日录》继承黄庭坚《宜州乙酉家乘》的体例，而"家乘"题名即取《孟子》"晋之乘"之义②，有个人修史、修个人史之意。楼钥史学修养深厚，后来曾给宋宁宗讲解《资治通鉴》，称他有意识地以个人日记留下历史记录，有如下根据。

　　首先，修史是为了经世致用，通过记忆激励世人的恢复之志，楼钥写日记首辨华夷之别，昌明南宋正统，亦具此作用。葛兆光正确地指出，"中国"意识在宋代真正凸显，"夷狄犯中国"的焦虑使宋人特别是南宋人总在试图证明"中国（宋王国）"的正统性和"文明（汉族文化）"的合理性。③ 这种意识也体现在《北行日录》中。前引书中对金国衣冠文物的记载和评论就表明了尊王（宋）攘夷（金）的态度。此外，如前所述，书中也反复使用了当时对金国的歧视性惯用词语。

　　其次，立场虽鲜明，修史要实录，楼钥站在夷夏之辨的立场对金国使用一些歧视性惯用词语，但没有完全采用第一人称的主观视角，不是一味斥责敌国，而是常常使用第三人称的客观叙事。如记过安阳河，"至更衣亭，有脊记'大金正隆三年八月二十九日，光禄大夫、彰德军节度使、开国公郑建元移建'"。尽管奉宋为正、视金作伪，楼钥仍如实记录亭台题刻，并不删改"大金"二字。比较楼钥的使金诗与《北行日录》，在叙述视角和话语上差别很大。例如，《泗州道中》诗感叹"中原陆沉久，任责岂无人"，经行泗州的日记却不记任何感想。七古《灵璧道傍怪石》在简单描叙灵璧怪石的外形和历史后全是直抒胸臆和深沉哀叹，五律《灵璧道中》也是通篇感伤，十二月初二的灵璧日记却只是客观陈述奇石并古迹。七律《腊月二十五日大人生朝》祝贺父亲寿辰，想象家里热闹快乐场景，当天日记却对父亲生日一事只字不提，只是如常记录当日所见所闻，不见

----

　　① 朱光潜：《日记——小品文略谈之一》，《朱光潜全集》第 9 卷，安徽教育出版社 1993 年版，第 358 页。

　　② 罗大经云："山谷晚年作日录，题曰《家乘》，取《孟子》'晋之《乘》'之义。"参见罗大经著，王瑞来点校《鹤林玉露》乙编卷四"家乘"条，中华书局 1983 年版，第 181 页。

　　③ 葛兆光：《宅兹中国——重建有关"中国"的历史论述》，中华书局 2011 年版，第 41—65 页。

私人情感。五律《初出燕山》写完成任务开始归国①，轻松愉快的心情跃然纸上，但正月初六离开燕京启程返国的日记里全无类似文字和感受。盖诗文各有体，诗以言志抒情，记以述事存史，楼钥尊体，用修史态度和笔法对待日记，故在金国境内尽量摒弃私人情事，只在出宋界前、入宋界后涉及家事私意（如回程快到家时提及表弟汪去伪的生日）。要之，《北行日录》尽量采取观察者、旁观者的立场，比较平和地记录旅行见闻，既为朝廷提供详细情报，也为南宋和金国保存多面历史。

虽然，前文曾指出，《北行日录》的记述时时指向家，呈现出一种家/国结构，但这是就文本体现的空间结构而言，其涉及家庭私事之处仅一笔带过，笔调亦克制平和，与他人将日记体行记完全家书化的写法迥然不同。后者如周煇自述："煇自四十以后，凡有行役，虽数日程，道路倥偬之际，亦有日记。以先人晚苦重听，如干蛊次序、旅泊淹速、亲旧安否，书之特详，用代缕缕之问。"② 尽管采用私人化的日记文体，《北行日录》的写作意图却是指向朝廷和公众的，为当时和后世而写作。行记在北宋尚未编入作者文集，至南宋始见有人集者，《攻媿先生文集》乃楼钥季子楼治编刻，③ 将《北行日录》收入别集以传世，当为楼钥本意，亦可见出楼钥作此日记乃面向公众及后世。

复次，《北行日录》虽是日记体出使行记，正文却出现大量考证性文字，这也是楼钥写史存史意识的体现。北宋张礼《游城南记》一卷，记元祐元年春末与友人同游长安城南经过，通篇自注，详考有关名胜古迹④。《北行日录》全书则完全在正文中进行考证，常在载记后紧接以考证辨析。如十二月初五日记，在简记到达永城县早餐后即转入对该县历史地理的源流考辨，记程为辅，考证为主。短短 76 字，包含时日天气、里程行役、沿革人物等诸多内容。又如次日记抵达北宋南京：

---

① 宋刻本《攻媿先生文集》目录卷六有《泗州道中》《灵璧道中》《腊月二十五日大人朝》《初出燕山》诸诗，但正文卷六全缺，此据四库本卷七补足。

② （宋）周煇撰：《清波杂志校注》卷九，刘永翔校注，中华书局 1994 年版，第 406 页。

③ 参见真德秀《攻媿先生楼公文集序》，《攻媿先生文集》卷首。

④ 《全宋笔记》第 3 编第 1 册。

承应人有自言姓赵者，不欲穷问之，云："城中犹有徐太宰、路枢密、郑宣徽等大宅，多为官中所占，亦有子孙居者。"按此地即高辛氏子阏伯所居商丘也；武王封微子启，是为宋国；后唐以为归德军节度；本朝以王业所基，景德四年升应天府，祥符七年升南京。虏改曰归德府。汉梁孝王所都，兔园、平台、雁鹜池、蓼堤皆在此。《春秋》陨石五犹存。

这段文字意味深长，充满记忆怀旧之感。由赵姓承应人引起，考证此南京城的历史沿革。商丘是宋太祖赵匡胤的发迹之地、宋朝国号的来源、北宋的陪都，其故城自然令楼钥感慨万千。此处的考证用历史记忆对照沦陷现实，末尾特意强调《春秋》所载鲁僖公十六年（前644）春坠落此地的陨石犹存，体现出历史传承的悠久和永恒。

如前所述，观察记录异国实情是外交人员的使命，但历史考证不在其内，《北行日录》的详细考证乃是南宋地方志注重考证这一潮流的产物。南宋人将州郡志看作修史之备，或径将地方志看作州郡之史，修撰时多注重事实之网罗与考据。① 比楼钥小四岁的袁说友（1140—1204）为《成都志》作序云："凡山川、地域、生齿、贡赋、古今人物，上下千百载间，其因革废兴，皆聚此书矣。"② 《北行日录》亦多此类内容，可见楼钥在日记中重考证与当时修地方史志的方法有相通处。清人李鹤俦跋程卓《使金录》论曰："宋人行役多为日录，以记其经历之详。其间道里之遐迩、郡邑之更革有可概见。而举山川、考古迹、传时事，在博洽者不为无助焉。"③ 《北行日录》某种程度亦可看作地方史志，作用重大。

最后，楼钥写史存史的意识还体现在对遗民的观察记录。全书记载的遗民种类多样，年纪则男女老幼，身份则承应人、驾车人、士兵、普通百姓等均有涉及。内容分两类，一是中老年遗民的北宋记忆，如十二月初

---

① 潘晟：《宋代地理学的观念、体系与知识兴趣》，商务印书馆2014年版，第170—175页。
② （宋）袁说友：《成都志序》，《东塘集》卷一八，《宋集珍本丛刊》第64册，线装书局2004年影印本，第450页。
③ 《全宋笔记》第6编第5册，第128页。

三，在宿州，"市肆列观无禁，老者或以手加额而拜"。初九，在故都东京，当地民众列观南宋使者："戴白之老多叹息掩泣，或指副使曰：'此必宣和中官员也。'"次日又记，"承应人有及见承平者，多能言旧事"，有旧亲事官"语及旧事，泫然不能已"。正月初十，在真定府，道旁老妇三四群人手指楼钥一行说："此我大宋人也，我辈只见得这一次在，死也甘心。"因相与泣下。又有承应人指自己髡发之头说："几时得这些发长起去。"故国之思溢于言表。二是遗民对故国同胞的善意和对恢复的期盼。十二月初八，在雍丘，"驾车人自言姓赵，云向来不许人看南使，近年方得纵观，我乡里人善，见南家有人被掳过来，都为藏了，有被军子搜得，必致破家，然所甘心也"。冒着家破人亡的莫大风险解救被掳的南宋子民，足见北方遗民对南方同胞的深厚情意。初十，还是在东京，承应人"或跪或喏。跪者北礼，喏者犹是中原礼数，语音亦有微带燕音者，尤使人伤叹"。初十日在东京，"后生者亦云见父母备说，有言其父嘱之曰：'我已矣，汝辈当见快活时。'岂知檐阁三四十年，犹未得见。多是市中提瓶人言"。十二月十二日，在柞城，途中遇老父云，"签军遇王师，皆不甚尽力，往往一战而散，迫于严诛耳。若一一与之尽力，非南人所能敌。符离之战，东京无备。先声已自摇动，指日以望南兵之来，何为遽去？"直接表达期盼南宋军队早日北伐成功的心情。

　　关于南宋人对遗民的书写，钱锺书曾有一个著名论断。其《宋诗选注》在注释范成大《州桥》诗"忍泪失声询使者，几时真有六军来"时，征引上引《北行日录》"都人列观"条、范成大《揽辔录》、韩元吉《朔行日记》的有关记载，认为"断没有'遗老'敢在金国'南京'的大街上拦住宋朝使臣问为什么宋兵不打回老家来的，然而也可见范成大诗里确确切切地传达了他们藏在心里的真正愿望"；并在序言里发挥说，"文学创作的真实不等于历史考订的事实"，"历史考据只扣住表面的迹象""而文学创作可以深挖事物的隐藏的本质，曲传人物的未吐露的心理"。① 将楼钥的行记和范成大的诗歌对比，亦可证楼钥意在写史存史。另外，楼钥的多

① 钱锺书：《宋诗选注》，人民文学出版社1989年版，第200、3—4页。

面记述也表明，遗民虽然在有金国官员在场的时候不敢透露心迹，但在私下面对南宋使臣时仍会表达期盼恢复之志。

在《北行日录》有关遗民的记载中，十二月初十记老年和青年遗民故国记忆之差异云：

> 承应人有及见承平者，多能言旧事。后生者亦云，见父母备说，有言其父嘱之曰："我已矣，汝辈当见快活时。"岂知橦阁三四十年，犹未得见。多是市中提瓶人言。

沦陷区的年轻人不曾经历过北宋时代，全凭遗老口耳相传，三四十年过去，时间之流会渐渐销蚀记忆之石，老人越来越少，记忆越来越淡，故国遗民对南宋的情感会否越来越淡？而南宋子民对故国的情感也会越来越淡。金国汉民衣冠文物的胡化令楼钥担忧，而年轻一代能存续故国之思则是他的期盼。楼钥使金前七年，隆兴元年（1163），有大臣进言，临安府的归附人"往往承前不改胡服"，而"诸军又有效习蕃装，兼音乐杂以女真，有乱风化"，朝廷遂下诏严禁。① 连南宋民众都已被金国的衣冠礼乐浸染，那么故国遗民又如何保留历史记忆？楼钥使金后二十五年，光宗绍熙四年（1193），朝廷遣倪思（字正甫）等使金贺正旦，楼钥诗以赠别，想象"故国应悲周黍稷，遗黎犹识汉衣冠"②；后来送外甥使金，他又回忆自己"曾为假吏到燕山，送子长征不作难"，相信"故国能无叹禾黍，中原应欲睹衣冠"③，总希望故国遗民能不变衣冠，留住记忆，向往宋朝。如何才能维系双方的记忆从而推动恢复大业？楼钥的遗民书写保存了多面的历史，传递了民族的记忆。

文学的功能之一是传承文化记忆，楼钥《北行日录》即书写了一代人

---

① 《宋会要辑稿》"兵"一五之一二辑第 8 册，第 7022 页下栏。参见程溯洛《女真辫发考》，《史学集刊》1947 年第 5 期；朱瑞熙等《宋辽西夏金社会生活史》，中国社会科学出版社 1998 年版，第 38 页。

② （宋）楼钥：《送倪正父侍郎使虏》，《攻媿先生文集》卷八。

③ （宋）楼钥：《送蒋甥若水使虏北行》，《攻媿先生文集》卷一〇。虏，原作"屬"，四库本卷一一同，形近而误，据文意改。

的文化记忆。现代社会学对记忆的研究表明，记忆具有社会性，产生于集体，是社会文化的建构；通过仪式和文本的流传，社会的文化记忆得以代代延续。[①] 楼钥借助日记体形式的出使行记，保存了行程实录，其个人记忆得以永存。作者和南宋皆成历史以后，书中所写就成为中国人的历史记忆。书中所呈现的空间等级如今均已不复存在，但楼钥的记忆通过进入文本及其传播而得以永恒。研读宋代日记体外交行记，先需定其原本、足本，次辨时空交融之文体特质，而后关注其跨境移动的多重空间，其中的空间呈现和遗民书写具有别样的文化记忆功用。

---

① 关于集体记忆，参见 ［法］莫里期斯·哈布瓦赫《论集体记忆》，毕然等译，上海人民出版社 2002 年版；关于文化记忆，参见 ［德］阿斯曼《文化记忆：早期高级文化中的文字、回忆和政治》，金寿福等译，北京大学出版社 2015 年版。

大数据视阈中的文学地理学研究[*]

——以《入蜀记》《北行日录》等行录笔记为中心

中国社会科学院文学研究所　刘京臣

20 世纪二三十年代，我国前辈学者提出了"文学地理学"这一概念。新时期以来，越来越多的学者将兴趣转向这一领域，虽然在文学地理学学科归属等问题上存在着一定分歧，但在理论体系、研究方法，特别是实证研究等领域，取得了一系列重要成果①。2011 年"首届中国文学地理学暨宋代文学地理研讨会"的举办与"中国文学地理学会"的成立，标志着文学地理学这个新兴学科得到了学术界的正式认可。与此同时，王兆鹏、何勇强等学者意识到这一学科在应用研究领域基本上尚未起步，试图以"中国文学数字地图平台"和运用 GIS 来推进相关研究②，这是非常值得肯定的。

---

* 本文为国家社科基金青年项目"宋代文学地图数字分析平台研究"（12CZW032）阶段成果。

① 参见曾大兴《建设与文学史学科双峰并峙的文学地理学科——文学地理学的昨天、今天和明天》（《江西社会科学》2012 年第 1 期）、杨义《文学地理学的渊源与视境》（《文学评论》2012 年第 4 期）、杨义《文学地理学的三条研究思路》（《杭州师范大学学报》2012 年第 4 期）、梅新林《文学地理学的学科建构》（《华中师范大学学报》2012 年第 4 期）、陶礼天《略论文学地理学的过去、现在和未来》（《文化研究》2012 年第 12 辑）、彭民权《文学地理学的体系建构与理论反思》（《江西社会科学》2014 年第 3 期）、钟仕伦《概念、学科与方法：文学地理学略论》（《文学评论》2014 年第 4 期）、梅新林《文学地理学：基于"空间"之维的理论建构》（《浙江社会科学》2015 年第 3 期）等。

② 刘双琴：《文学地理学研究的重要收获与突破——首届中国文学地理学暨宋代文学地理研讨会综述》，《江西社会科学》2012 年第 1 期。

今天，已进入了以大数据、云计算为代表的新时代，虽然传统的研究方式仍在人文社科领域发挥着重要作用，但不应忽视新技术、新理念对传统研究可能带来的巨大改变。

行录笔记是文学地理学文献中最具鲜明特征的一类，它集文学、史学、地理学、地图学、建筑学、气象学等诸多领域于一身，为从技术层面进行深入研究提供了宝贵素材。我们以《入蜀记》《北行日录》《揽辔录》《北辕录》《使金录》等五部行录类笔记为中心，来看数据挖掘、地理信息系统与虚拟现实是如何改变传统文献的研读、分析与呈现的。上述五部文献，先贤时彦多有研究①。本文所要进行的，是尝试用技术手段进行再次研究，以期为同类型的相关研究提供可以复制的范式。

一　数据挖掘与文献关联

一般而言，"数据挖掘面对的数据是海量的、杂乱的、无序的、非结构性的"②。本文所涉及的几种笔记，具有较为统一的结构，都有较为鲜明、统一的时间与地理标识，这有利于系统自动识别、提取特征。但与这五部笔记相参的其他文献，很多并不具有结构性特征，故而只有借助数据

---

① 如莫砺锋《读陆游〈入蜀记〉札记》（《文学遗产》2005 年第 3 期）、吕肖奂《陆游双面形象及其诗文形态观念之复杂性——陆游入蜀诗与〈入蜀记〉对比解读》、李德辉《论宋人使蕃行记》（《华夏文化论坛》2008 年）、赵永春《宋金交聘制度述论》（《辽金史论集》第四辑，书目文献出版社 1989 年版）、李辉《宋金交聘制度研究（1127—1234）》（上海古籍出版社 2014 年版）、吴晓萍《宋代外交制度研究》（安徽人民出版社 2006 年版）、孔凡礼《范成大佚著辑存》（中华书局1983 年版）、陈学霖《范成大〈揽辔录〉传本探索》（《宋史论集》，台北东大出版社 1993 年版）、赵克《范成大〈揽辔录〉考补》（《北方论丛》1993 年第 2 期）、刘浦江《范成大〈揽辔录〉佚文真伪辨析》（《北方论丛》1993 年第 5 期）、陈学霖《楼钥使金所见之华北城镇——〈北行日录〉史料举隅》（《国际宋史研讨会论文集》，台北"中国"文化大学史学研究所史学系 1988 年版）、周立志《南宋与金交聘研究》（硕士学位论文，河北大学，2010 年）与《二卷被忽视的宋金交聘图文研究》（《中国历史地理论丛》2012 年第 4 辑）、黄玲《宋代使金行记文献研究》（硕士学位论文，陕西师范大学，2011 年）、王皓《宋代外交行记与语录研究》（博士学位论文，四川师范大学，2012 年）等。

② 参见拙作《大数据时代的古典文学研究——以数据分析、数据挖掘与图像检索为中心》，《文学遗产》2015 年第 3 期。

挖掘才有可能找出文献之间可能存在着的关联。

　　本文中我们将《入蜀记》《北行日录》《揽辔录》《北辕录》《使金录》等五部笔记视为文献 A（分别标示为 A1—A5），除此之外已经数字化的、可以被系统自动识别的文献视为 B（分别标示为 B1—B∞）。数据挖掘，既要在 AB 之间进行，也要在文献 A 内部展开。会出现如下几种情况：

　　一是 AB 之间找不到相同因素，是一种最为常见、也最为复杂的情况，因与本文关系不大，暂且不论。

　　二是在给定范围、模式的情况下，AB 之间有少量相同因素，例如都涉及了某人、某地，但不同文献有着各自不甚相同的表述，这些表述之间没有重合，这就为增补完善文献提供了可能性。

　　通过数据挖掘，我们会发现经行中所接洽之官员，有的在史书中有传，可以笔记与史书相参相证。例如《北行日录》《揽辔录》皆曾言及敬嗣晖：

　　　　（乾道五年十二月）二十九日庚戌……入见如仪，受衣带而退，就馆赐茶酒，左宣徽使敬嗣晖押伴。①

　　　　敬嗣晖，易州人。石琚榜下及第。亮时为宣徽使，寻除参知政事。亮死，贬为庶人。次年，复官，召为宣徽使。②

　　据《金史》《金史详校》，敬嗣晖生平大抵如下：

　　　　敬嗣晖字唐臣，易州人。登天眷二年（1139）进士第……海陵王立，擢起居注，历谏议大夫、吏部侍郎、左宣徽使。正隆元年（1156）三月庚申，以左宣徽使敬嗣晖、大理卿萧中立为贺宋生日使③。五月己

----

　　① 《北行日录》，上海师范大学古籍整理研究所编《全宋笔记》第六编第 4 册，大象出版社 2012 年版，第 30 页。
　　② 《揽辔录》，《全宋笔记》第五编第 7 册，第 20 页。
　　③ 脱脱等：《金史》卷六〇《交聘表上》，中华书局 1975 年版，第 1409 页。

未，敬嗣晖等贺天申节①。三年（1158）正月，宋贺正使孙道夫陛辞，海陵使左宣徽使敬嗣晖谕之②。正月丙寅，夏奏告使还，命左宣徽使敬嗣晖谕之③。七月甲申，左宣徽使敬嗣晖、吏部尚书李通为参知政事④。十一月癸未，诏左丞相张浩、参知政事敬嗣晖建置南京官室⑤。

　　世宗即位，恶嗣晖巧佞。大定二年（1162）二月癸丑，诏降萧玉、敬嗣晖、许霖等官，放归田里⑥。嗣晖练习朝仪，进止应对闲雅，由是起为丹州刺史。未几，丁母忧，起复为左宣徽使。大定七年（1167）十二月戊戌，世宗顾谓左宣徽使敬嗣晖曰："如卿不可谓无才，所欠者纯实耳。"⑦八年（1168）二月甲午朔，制子为改嫁母服丧三年。上谕左宣徽使敬嗣晖曰："凡为人臣，上欲要君之恩，下欲干民之誉，必亏忠节，卿宜戒之。"⑧九年（1169）正月辛酉，上与宣徽使敬嗣晖、秘书监移剌子敬论古今事⑨。十年（1170）正月壬子朔，宋遣试吏部尚书汪大猷、宁国军承宣使曾觌贺正旦，楼钥以书状官从行，左宣徽敬嗣晖押伴⑩。十一年（1171）十月壬寅朔，以左宣徽使敬嗣晖为参知政事⑪，十二月丙辰，参知政事敬嗣晖薨⑫。

《北行日录》《揽辔录》所记敬嗣晖事迹虽然简略，但其籍贯、及第时间、任职、贬谪与起复等与《金史》《金史详校》相证，全然无误。唯有押伴时间，据楼钥所载，当为乾道五年十二月二十九日庚戌（1170 年 1 月 17

---

①　脱脱等：《宋史》卷三一《高宗本纪》，中华书局 1985 年版，第 585 页。

②　《金史》卷一二九《佞幸列传》，第 2781 页。

③　《金史》卷六〇《交聘表》，第 1410 页。

④　《金史》卷五《海陵本纪》，第 109 页。

⑤　同上。

⑥　《金史》卷六《世宗本纪》，第 126 页。

⑦　同上书，第 140 页。

⑧　同上书，第 141 页。

⑨　同上书，第 143 页。

⑩　施国祁：《金史详校》卷六，新文丰出版公司 1984 年版，第 669 页。

⑪　《金史》卷六《世宗本纪》，第 149 页。

⑫　同上书，第 150 页。

日），《金史详校》记在大定十年正月壬子（1170 年 1 月 19 日），中间仅差一天。大抵楼钥所记，为宋使臣初见押伴使之时间，施国祁所称则为宋使臣与押伴使一同觐见金主之时间，二者并无原则性差异。不同的文献记载了大抵相仿之事，这些记载或繁或简，或详或略，但其基本史事不误，这是文献间互证之例。

还有一种情况，是文献记载颇有差异，可补文献之缺失。例如经行中所接触之官员，大多数在史书中无传，将其爬梳出来，在宋金两国的职官表中给予一个合适的坐标，对于了解两国官吏之任职、补充相关方志等不无裨益。楼钥所记的押伴使唐括安德，为唐括安礼之弟，正史无传，据《北行日录》可补其生平事迹：

> （乾道五年十一月）二十八日庚辰。晴。掌仪引接等渡淮传衔，少顷同北引接礼信司高瑀等传到接伴使副名衔：正使昭武大将军、行尚书吏部郎中、上轻车都尉、彭城郡开国伯、食邑七百户唐括安德，副使朝奉大夫、侍御史、骑都尉、广陵县开国男、食邑三百户、赐紫金鱼袋高德裕。使副坐燕馆，须其至，觞以三杯而去。移舟淮亭，使副燕亭上。①
>
> （乾道五年十二月）二十一日壬寅。晴。赐宴东馆……押宴下人李泉争执礼数，语具语录。泉挞条子六十，其徒三人各三十，每一下必令毒打，十下易一人。不惟三节人快之，虽都管监门吏卒皆怒其生事，无不称快……安德为开州刺史，以治行闻，道中颇读《庄子》，故临事间有可观。然贪沓狠愎，不知何以有政声。益知北方守令难得循良者。②
>
> （乾道六年正月）六日丁巳。晴。先发粗车行。使副率三节人同馆伴出，至燕宾馆赐宴。完颜元赐酒果，完颜宗安押宴。仍差安德、德裕送伴，尽借回程私觌，泛送从之。车马欲行，安德方呼其家人以

---

① 《北行日录》，第 12 页。
② 同上书，第 25 页。

细车般所得还家，如木绵之类，复载至汴京，滞留至晚方行。①

这三条记载言简意赅地刻画出一位金朝官吏的形象：喜读《庄子》，颇有令名，临事间有可观，另一面却是"贪沓狠愎"，借公干之便转运货物。

第一种情况是互证，第二种情况是补缺，第三种情况则较为复杂一些：选择不同的文献，进行不同的对比，会有不同的结论。《北行日录》记载：

> （乾道五年十二月十八日）是日闻接伴使之兄左丞安礼，罢为沧州刺史。初安礼娶金主②之妹。妹死，欲妻以女，辞以不当复娶妻侄，强之，不可，金主怒以抗敕坐之。③

既然提到唐括安礼，系统便首先会与《金史》匹配。《金史》数次提及唐括安礼之处皆未言及此事，故而我们可以据《北行日录》以补《金史》唐括安礼事迹。但是若将《北行日录》与《金史详校》匹配，则会发现施国祁已经发现《金史·唐括安礼传》未言及此事。这是一个非常典型的例子。就文献生成时间看，《北行日录》最早、《金史》次之、《金史详校》最晚。就文献内容看，《北行日录》与《金史》之间有关联，但没有重合，故而可补《金史》之缺，使之更为完善。《北行日录》与《金史详校》之间有重合，重合的原因在于《金史详校》所用的材料直接源自《北行日录》，这两种文献之间的重合是因同源而产生。简单地讲，我们利用数据挖掘，目的之一就是能在没有《金史详校》之类文献的情况下实现系统自动增补文献。增补文献的途径无非两种：一是人工爬梳，一是数据挖掘。考虑到文献的浩瀚，后者更为便捷，也代表了未来的发展方向。

三是文献之间存在部分重合。有如下几种可能：

---

① 《北行日录》，第34—35页。

② "金主"，宋四明楼氏家刻本作"襄"，皆指金世宗，参见《攻媿先生文集》卷一二〇《北行日录》，第48册，北京图书馆出版社2005年版，第31页。

③ 《北行日录》，第24页。

　　第一，同一作者在某一时期内创作了不同体裁的作品，因所处的环境、所面对的对象相同，故而虽体裁不同，但作品中所言及之人、事、物或有重合。如陆游《入蜀记》与其入蜀诗歌、范成大《揽辔录》与其使金诗等都有很多相似的描写。

　　谈到另外的可能性之前，我们先对下段《入蜀记》进行数据挖掘：

> 二十八日……过狮子矶……至马当……二十九日，阻风马当港中……饭已，登南岸，望马当庙……八月一日……过澎浪矶、小孤山，二山东西相望……又有别祠在澎浪矶，属江州彭泽县，三面临江，倒影水中，亦占一山之胜。舟过矶，虽无风，亦浪涌，盖以此得名也。昔人诗有"舟中估客莫漫狂，小姑前年嫁彭郎"之句，传者因谓小孤庙有彭郎像，澎浪庙有小姑像，实不然也。①

这段文字涉及狮子矶、马当山、澎浪矶、小孤山等江行诸险，以及小姑、彭郎等传说中的神仙。系统会切分文本，提取地名、人名、诗句等关键词，然后与其他文献进行匹配，如以下便是被提取出来与上引文本相关的五例②：

> 1. 山苍苍，水茫茫，大孤小孤江中央。崖崩路绝猿鸟去，惟有乔木攙天长。客舟何处来，棹歌中流声抑扬。沙平风软望不到，孤山久与船低昂。峨峨两烟鬟，晓镜开新妆。舟中贾客莫漫狂，小姑前年嫁彭郎。（苏轼《李思训画〈长江绝岛图〉》）③
>
> 2. 浮苍宛宛两眉长，泻碧汪汪一鉴光。山海相逢非浪语，小孤明日嫁彭郎。（孙觌《何嘉会以侍儿归彭生小诗戏之》）④

---

① 《入蜀记》，《全宋笔记》第五编第 8 册，第 184—186 页。

② 不同算法提取出来的内容大不相同，此处先依出现两处及以上关键词为例，其他更宽泛或更严格的情况暂且不论。

③ 傅璇琮等主编：《全宋诗》卷八〇〇第 14 册，北京大学出版社 1991—1998 年版，第 9265 页。

④ 《全宋诗》卷一四八二第 26 册，第 16927 页。

3. 此中道路多险恶，正在马当小孤之两间。(孔平仲《马当夹阻风》)①

4. 千秋马当庙，千寻狮子矶。(张栻《过马当山》)②

5. 山小孤，矶彭郎，中纳百谷吞三江。江流澎湃不可当，势比折木倾银潢。渴龙一支走马当，宛然天骥初腾骧，回缰矗立江中央。(岳珂《发排湾过小孤彭郎祠下遂宿马当》)③

这五例可以分为两类：1、2 两例，单纯从关键词看与《入蜀记》有重合处，但明显一为题画之诗、一为戏赠之作。陆游在经行小孤山时径用苏轼诗，那么能否说孙觌诗亦从苏轼诗歌而来，还是苏、孙二诗仍然另有渊源？这就涉及"影响—接受"层面的问题了。欧阳修《归田录》云：

> 世俗传讹，惟祠庙之名为甚……江南有大、小孤山，在江水中巉然独立，而世俗转孤为姑，江侧有一石矶，谓之澎浪矶，遂转为彭郎矶，云彭郎者，小姑婿也。余尝过小孤山，庙像乃一妇人，而勅额为圣母庙，岂止俚俗之缪哉。④

据此可知，苏、孙二诗"嫁彭郎"之语，或自欧公而来，化以谐语入诗。

由此看出文献之间存在部分重合的第二种可能，那就是不同的作者虽无相似经历，或因踵武前人而使作品出现重合现象（如陆游《入蜀记》之于苏轼《李思训画〈长江绝岛图〉》诗），或因有相同的文献渊源而产生重合（如苏轼《李思训画〈长江绝岛图〉》、孙觌《何嘉会以侍儿归彭生小诗戏之》之于欧阳修《归田录》）。换言之，这其中都存在着或隐或显的"影响—接受"关系。

3、4、5 例为诗人经行马当山所做，无论是从题目还是从内容来看，

① 《全宋诗》卷九二五第 16 册，第 10861 页。
② 《全宋诗》卷二四一五第 45 册，第 27876 页。
③ 《全宋诗》卷二九七一第 56 册，第 35384 页。
④ 《归田录》卷二，欧阳修著，李之亮笺注《欧阳修集编年笺注》卷一二八第 7 册，巴蜀书社 2007 年版，第 135 页。

都与陆游《入蜀记》的描写有相关之处，故而这两种文献之间有一定的重合：它们都有共同的书写对象，且都是作者亲身经历，行诸笔墨，有重合亦在情理之中。因此，文献之间存在部分重合的第三种可能便是不同的作者有相似的经历，故而作品中的部分内容可能趋同。这一类型，在行录类笔记中是最为常见的。在本例中，我们利用数据挖掘寻找与陆游有过相似江行经历并且创作过涉及狮子矶、马当山、澎浪矶、小孤山等江行诸险作品的诗人及诗作，不意却有了两种结果，这也正说明了数据挖掘的可靠性与复杂性。

数据挖掘与传统研究没有本质区别，其要意都在于找到文献之间可能存在的关联，从而建构起更为完善、全面的文献网络体系。不同之处仅在于前者是利用了现代技术手段，对海量数据进行穷尽式的挖掘，而后者则需研究者自行爬梳资料，有时甚至兀兀穷年才能解决某一问题。从效率等角度看，前者更占优势，也代表了未来学术的发展方向。

二 GIS 与数字方志体系

谭其骧先生主编《中国历史地图集》的出版与数字化、复旦大学历史地理研究中心的"中国历史地理信息系统项目"（CHGIS），对于建立"中国历史时期连续变化的基础地理信息库"都做出了极为重要的贡献。"CHGIS 试图建立一个可靠的、开放的基础地理信息数据库，而不是仅仅提供一种各要素之间关系封闭的一家之言。CHGIS 数据远胜于印刷的纸质地图，它的长处是各个地理要素之间的关系可以修改和更新"①，这一愿景体现出 GIS 技术对传统地理学科脱胎换骨式的变革，如果借来应用到文学地理学、文学文献学、历史文献学等领域，则会进一步拓展这些领域的研究思路。

利用数据挖掘，我们大抵梳理出了文献之间存在的三种关系，简言之就是无关联、互补和部分重合。在利用地理信息系统（GIS）绘制经行路

---

① 复旦大学历史地理研究中心"CHGIS 数据说明"，2015 年 2 月 28 日访问链接如下：http：//yugong. fudan. edu. cn/views/chgis_ data. php。

线图时，互补、部分重合两种关系能够不断发现相关资料，及时补充、更新已有文献数据，这对于建构开放式数字方志体系具有重要意义。

我们所说的"数字方志体系"，首先是要将方志数字化，变成机器可读的数据。此外，还有更为重要的三点：第一，利用数据挖掘，从其他文献中寻绎出与方志相关的所有数据，建立关联；第二，依托 GIS，在《中国历史地图集》现有坐标基础上，扩大地理文献的标注范围，使方志中更多的府县、都邑、山川、河流、建置、名胜、古迹、驿站等能够在数字地图中被标识出来。这样一来，数字化的方志既与外部相关文献建立了可以随时调用的关联，又能直接将其地理位置呈现在 GIS 中。如果说前两点是建立关联、增加标注，第三点就是在前两点的基础上，利用虚拟现实（VR），还原有足够数据支撑的城池区划、布局、建筑等。具体而言，将文献中对某一具体城池布局、宫殿建筑等的详尽记载，诸如方位、相邻、距离、规模等转化为机器可以识别的数据，结合当时、当地的建筑风格，转化为三维模式，还原历史场景。

《北行日录》《揽辔录》《北辕录》《使金录》皆为宋人使金行录之记载，经行时间、路线、同行者、接伴者、馆伴者等皆清晰，这些数据与 GIS 结合起来，不但可以绘制路线图，还可以将不同时段经行之异同，如名胜古迹、郡县因革、接洽人物、规章制度等相关文献对观，完善已有方志，是依托 GIS 构建开放式数字方志体系的初步尝试。我们以《北行日录》等四部笔记汤阴至邯郸段的经行为例，以《中国历史地图集》金、南宋时期地图为底图，看文献中哪些信息可以被提取出来，多少信息能够反映在地图中，多少信息未被反映、但与 GIS 结合之后是可以呈现在地图中的，又有多少信息因缺少足够的数据支撑而最终也未能在地图中得以呈现的。兹将四次经行之文献摘录如下：

> （乾道五年十二月）十四日乙未。晴。五更车行，二十五里至浚州城外。乘马入城，早顿东廊……马行三十里过屯子河……复车行四十五里，过伏道，望扁鹊墓。墓前多生艾，功倍于他艾。经伏道河、伏道店，入汤阴县，县有重城，自此州县有城壁，市井繁盛，大胜河

南。县属相州，本二汉荡阴县。羑里城在东南。

十五日丙申。晴。四更车行，三十六里，至相州城外安阳驿早顿。马入城，人烟尤盛。二酒楼曰康乐楼、曰月白风清。又二大楼夹街，西无名，东起三层，秦楼也。望傍巷中又有琴楼，亦雄伟，观者如堵。大街直北出朝京门，牌曰通远门，皆瓮城。相即河亶甲所居，魏文帝、后赵石季龙、前燕慕容隽、北齐皆都焉。东南二十五里，朝歌城，纣所都也。中出茜草最多，故相缬名天下，俗传漂杵余血所化也。门外过安阳河，至更衣亭，有脊记"大金正隆三年八月二十九日，光禄大夫、彰德军节度使、开国公郑建元移建"。虽规模甚草草，然所创见也。至此从便马行，每十里置一马铺。及所过丰乐镇，居民颇多，皆筑小坞以自卫，各有城楼。西望太行颇为风埃所蔽，土地平旷膏沃，桑枣相望。至漳河……经讲武城……城外高丘相望，号七十二冢……六十里过滏河，上有观鱼亭，颇新壮。少西百余步入磁州，城门与州治相近，篆牌字甚稳，大定五年所立。过惠政门入礼宾坊，又有东溪在驿之东，闻其中是郡庠，有士人十余人。夜宿滏阳驿之东北，望见崔府君庙、灵星门并庙栋。使副以下焚香遥谒……

十六日丁酉……车行七十里，邯郸县早顿。① （《北行日录》）

（乾道六年八月）壬申，过伏道，有扁鹊墓。墓上有幡竿。人传云：四傍土可以为药，或于土中得小圆，黑褐色，以治疾。伏道艾，医家最贵之。十里即汤阴县。

癸卯②，过羑河。上有羑里城，四垣俨然，居民、林木满其中。过相州，市有秦楼、翠楼、康乐楼、月白风清楼，皆旗亭也。秦楼有胡妇……昼锦堂尚存今，尝更修饰之。过漳河，入曹操讲武城。周遭十数里，城外有操疑冢七十二，散在数里……甲戌，过台城镇……城傍有廉颇、蔺相如墓。三十里至邯郸县。③ （《揽辔录》）

（淳熙四年二月）十四日，至汤阴县。汤阴本荡阴，晋侍中嵇绍

---

① 《北行日录》，第20—22页。
② 当为癸酉。
③ 《揽辔录》，第6—7页。

死节之所。又有羑里城、羑河、羑市、文王所囚之地。

十五日，至相州。阛阓繁盛，观者如堵。二楼曰"康乐"，曰"月白风清"。又二楼曰"翠楼"，曰"秦楼"，时方卖酒其上，牌书"十洲春色"，酒名也。或云韩魏公昼锦堂，今为一贵人宅，石记犹在，好事者扣门打碑，不禁也。相出茜草，故缬名天下。铜雀台、讲武城、漳河、纣之朝歌城皆在境内。讲武南有塔，闻是旧邺都。高丘相望，名七十二冢，世谓曹孟德狙诈，惑后人，使迷其葬所。相实古邺相，魏文侯始封之地。

十六日，至邯郸县。①（《北辕录》）

（嘉定四年十二月）十三日辛卯，晴。早顿卫县……七十里至汤阴县。未至县，过伏道，遥望扁鹊墓，相传墓上土可疗病。祷而求之，或得小圆如丹药。夜行四十里。

十四日壬辰，晴。早顿相州安阳驿，今为彰德府。城中印榜条理，交易三贯以上，并用交钞。如违，断徒追赏。注云：罪止徒二年，赏钱五十贯。市中有秦楼、翠楼。北过漳河，历曹操讲武城，周遭十数里，凿城为路，外即其疑冢，金人尝增封之。六十里至磁州。将入城，过滏阳河……夜行六十里。

十五日癸巳，晴。早顿邯郸县。②（《使金录》）

根据《中国历史地图集》中已有数据，绘制这四次经行路线如图1至图4所示。

四次北上，汤阴至邯郸段的经行路线虽略有细小差异，但大抵相仿，都是沿着汤阴—相州—邯郸一线行进，这三个点以及羑里、丰乐镇、滏河（滏水）、台城镇等也都能在数字地图中呈现。但是宋辽金时段《中国历史地图集》毕竟只涉及11028个坐标，像扁鹊墓、昼锦堂、七十二冢之类遗迹，像康乐楼、月白风清楼、秦楼、翠楼之类的酒楼，像屯子河、伏道河之类的河流，像安阳驿、滏阳驿之类的驿站，皆因没有准确坐标而无法在

---

① 《北辕录》，《全宋笔记》第五编第 9 册，第 195—196 页。
② 《使金录》，《全宋笔记》第六编第 5 册，第 119—120 页。

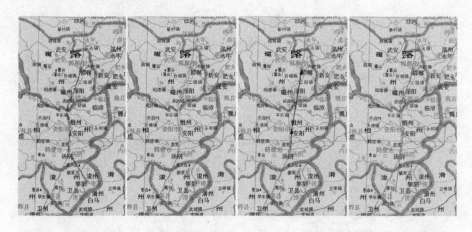

图 1　《北行日录》　　图 2　《揽辔录》　　图 3　《北辕录》　　图 4　《使金录》

数字地图中呈现，或者说无法转化成能为 GIS 所识别的数据。因而，即使这些遗迹、酒楼、河流、驿站承载再多的文化、历史、军事等意义，也仅限于文献层面，无法为 GIS 所用。因此，未来的发展方向，就是尽可能地将这些沉淀着浓重历史内涵的文献，转化为能为 GIS 识别的数据。

此类转化，基本按照"读取文献—抽取特征—挖掘关联—建立联系"的思路推进。从笔记文献中提取特征信息，仅仅是第一步，这一步我们已经可以做到。第二步，就是以这些信息为索引，依托数据挖掘，从其他海量文献中挖掘与之相关的信息。这是一个异常复杂的过程，浅层次的挖掘，必然会带来大量的干扰数据；只有通过机器学习，特别是深度学习（Deep Learning），使机器模仿人脑机制来面对数据才有可能达到预期的效果。假设我们挖掘到了与索引词汇最为密切的信息，那么接下来，就是将这些数据返回，在数字地图中定位索引词。这样一来，诸如秦楼、滏阳驿等在数字地图上被标识出来的同时，还可以将其他文献中与之相关的信息同时呈现。

愿景与现实之间存在多大的距离，是一苇可航的浅河，还是鸿飞不度的深壑？只有经过数据挖掘之后才会知道。为了准确定位秦楼、滏阳驿，是否要挖掘所有已数字化的文献？从理论上讲，基数越大，越能保证数据的可靠性。四次北上，皆经相州，皆言及相州之酒楼，简单梳理如下：

经行时间	所见之酒楼	对酒楼之描述	文献来源
乾道五年十二月十五日 （1170 年 1 月 3 日）	康乐楼、月白风清楼、秦楼、琴楼	秦楼三层，与一无名之楼夹街相对；秦楼傍巷中有琴楼，雄伟，观者如堵。	《北行日录》
乾道六年八月二十六日 （1170 年 10 月 7 日）	秦楼、翠楼、康乐楼、月白风清楼	四楼皆旗亭，秦楼有胡妇。	《揽辔录》
淳熙四年二月十五日 （1177 年 3 月 16 日）	康乐楼、月白风清楼、翠楼、秦楼	时方卖"十洲春色"酒于翠楼、秦楼之上。	《北辕录》
嘉定四年十二月十四日 （1212 年 1 月 19 日）	秦楼、翠楼	无	《使金录》

　　自乾道五年十二月至嘉定四年十二月四过相州，横跨半个世纪之久。四次经行，四见秦楼，三见康乐楼、月白风清楼、翠楼，一见琴楼。我们首先要考察这些酒楼在相州城内的具体位置。恰好范成大《石湖诗集》卷一二也曾提及秦楼、翠楼，《秦诗》诗前小序称："秦楼在相州寺中，上有贵人幕，而观使客云是郡主太守之妻也。大抵相台倾城出观，异于他州。"《翠楼》诗前小序称："在秦楼之北，楼上下皆饮酒者。"小序为进一步细化秦楼、翠楼方位提供了信息。

　　清人李调元有《过彰德府太守卢介轩崧出饯留别》诗，为其经过彰德府与旧识卢崧赠别之作，诗云："昔年曾到庐陵郡，一片书声绕吉州。今日又过彰德府，十洲春色满秦楼。故人相见仍青眼，太守风流欲白头。闻道黄堂亲课士，韩陵可复有碑留。"[①] 其中"今日又过彰德府，十洲春色满秦楼"之句，即用《北辕录》秦楼卖十洲春色酒之事。再如陈芝光亦曾化《北辕录》秦楼卖酒一事入诗，其云："春草江南剩一丘，空堂馁鬼故园愁。十洲春色重门里，余得春风旧酒楼。"作者于诗末自注所用之典："《双溪集·南园》诗：'花骢油壁隐轻雷，消却冰山不复来。坟土未干为馁鬼，园花虽好为谁开？'《北辕录》：'淳熙丙申，诏待制敷文阁张子政充贺金国生辰使，至相州，阛阓繁盛，观者如堵。二楼，曰'康乐'，曰

---

　　① 李调元：《童山诗集》卷二五，中华书局 1985 年版，第 335 页。

'月白风清'。又二楼，曰'翠楼'，曰'秦楼'。时方卖酒其上，牌书
'十洲春色'，酒名也。或云韩魏公昼锦堂今为一贵人宅，石记犹在。好事
者叩门打碑，不禁也。'《揽辔录》：'昼锦堂尚存，北人尝更修饰之。'"①
从技术的角度看，这两首诗未能提供 GIS 所需的方位数据，对增加地图标
注而言意义不大。但从文献的角度看，却又是《北辕录》《揽辔录》等笔
记在异代的影响体现。因此，它们的意义更侧重于文献，而非地理方位。

　　从《北行日录》等笔记，到范成大的诗序，再到清代的两首诗歌，我
们已经尽可能地去还原宋代相州秦楼、翠楼的方位、规模及其文学层面的
影响，但已发现的数据不足以支撑我们完成这一还原。因此，对秦楼，现
在只能做到勾勒出与其相关之文献，仍然未能利用准确的数据对其在 GIS
中进行标注。这是可能会遇到的第一种情况。

　　滏阳驿的情况是否会好一些，是否能挖掘出对定位具体方位更有用的
信息？一般而言，方志中多有驿站之记载，故而先从方志入手。

　　嘉靖《磁州志》卷上记载："滏阳驿，在州治东北一里。洪武二年同知
李名建，永乐十三年知州章士淳修，成化十八年知州张梦辅修。"同书卷中、
卷下分别有山阴刘湜所作《重修滏阳驿记》《滏阳驿厅壁歌》。康熙间蒋擢重
订《磁州志》卷八《赋役》"驿站"中亦有"滏阳驿"，但仅言其"马驴二
十八匹头，每匹头银二百七两，共原额银五千一百六两……"②，并未涉及
具体方位。《（雍正）畿辅通志》卷四三记："滏阳驿，在（磁州）州治南
一里。"至于同治十三年《磁州续州》与民国三十年《磁县县志》皆未曾
言及滏阳驿。

　　这几部方志中提供了明清时期滏阳驿与当时磁州州治的相对位置，对
于绘制明清时的地图有一定的意义，但对于还原宋代的滏阳驿方位意义仍
然不大。嘉靖志中留存的《重修滏阳驿记》《滏阳驿厅壁歌》是与滏阳驿
直接有关的文献，同样值得重视。

　　那么，类似于《北行日录》之类记行之作，是否会记载滏阳驿？我
们发现清人王昶曾于乾隆三十三年十月十日自北京启程南下云南赴阿桂

---

① 厉鹗等撰，虞万里校点：《南宋杂事诗》卷三，浙江古籍出版社 1987 年版，第 115 页。
② 蒋擢重订：《磁州志》卷八《赋役》，国家图书馆藏康熙间刻本，第 27 页。

幕府，其《滇行日录》对沿途驿站之记载，颇有史料意义。如其称："（十月十五日）抵邯郸丛台驿，宿，连日无风，颇暖。十六日……行三十余里……又三十里抵磁州滏阳驿，又三十五里过漳河……过河为河南安阳县界……又三十余里抵安阳邺城驿……又七十里抵汤阴宜沟驿。"① 他所提供的行程距离，也属于地理信息中的一类，从中我们可以了解当时不同时代驿站间距离之差异。例如《云麓漫抄》就记载了宋代驿站之间的距离，可与此并观。

舒位也曾自北南下，途经良乡、涿、定兴、安肃、清苑、定、新乐、正定、赵、柏乡、内丘、邢台、沙河、邯郸、磁、安阳、汤阴等地，《瓶水斋诗集》卷一五收录了经行上述之地所作之诗。如他写磁州的《磁》诗："饭讫滏阳驿，临流重惘然。不知求水利，空费雇山钱。青杀三洲荻，红收万井莲。郦元诚酷吏，无碍著书传。"② 诗歌景语与议论并存，首句"饭讫滏阳驿"从侧面说明滏阳驿在清中叶舒位之时仍发挥着作用。这些诗歌正可与《北行日录》等行录笔记以及相关方志并参。再晚一些的恽毓鼎曾在光绪二十九年二月二十三日的日记中写道："五十里过杜城铺，汉杜公乔故里。又二十里宿磁州滏阳驿。城外即滏水也。"③ 这也是一条经行滏阳驿的例子，可以为我们提供光绪二十九年滏阳驿的数据。

由此可见，与滏阳驿相关之文献，关于地理方位的信息主要集中在明清方志和行录当中，所以抽取出来的方位数据对于建构明清时期的数字地图极有意义——《中国历史地图集》明清两代皆未标识出滏阳驿，寻绎出来的滏阳驿与州治之距离、方位，可以利用 GIS 将其呈现在数字地图上。我们是由关注宋金时期的滏阳驿方位展开，虽未能还原其在宋金时的方位，却寻绎出它在明清两代的方位数据——至于这些数据是否足够支撑起具体的定位，这个问题可以再讨论，但思路与方法无疑是准确的。这是可能会遇到的第二种情况。

---

① 王昶：《滇行日录》，方国瑜主编《云南史料丛刊》第 12 卷，云南大学出版社 2001 年版，第 198—199 页。

② 舒位：《瓶水斋诗集》（下册），上海古籍出版社 2009 年版，第 634 页。

③ 恽毓鼎：《恽毓鼎澄斋日记》第 1 册，浙江古籍出版社 2004 年版，第 213 页。

　　以上是我们选择的难度较大的两种情况。秦楼、翠楼之类，既非地理名称，又非名胜、古迹，本身没有特殊之意，所以很容易淹没在历史的长河之中。作为驿站出现的滏阳驿，它只可能与方志或经行此地之人产生联系，故而它的方位性较之文献性要强一些。第三种情况，就是一些本身蕴含着历史意味的古迹，如昼锦堂（及其与韩琦相关的一系列建筑）、扁鹊墓等，较容易从方志和其他文献中挖掘出对于方位和文献都有意义的信息来。

　　至正五年（1345），纳新"出浙渡淮，溯大河而济，历齐、鲁、陈、蔡、晋、魏、燕、赵之墟"，成《河朔访古记》。该书对"古山川、城郭、邱陵、宫室、王霸人物、衣冠文献、陈迹故事暨近代金宋战争疆场更变"考订甚详，"其山川古迹，多向来地志所未详。而金石遗文，言之尤悉"①，对于了解元时河朔之地居功甚伟，我们节录两段，看其对与韩魏公相关之处的记载：

　　　　彰德路总管府治后花园曰"康乐园"。昔宋至和中，韩魏公以武康之节，归典乡郡，因辟牙城，作甲仗库，以备不虞，遂大修亭池，名曰"康乐园"，取斯民共乐康时之意，故云。魏公自为记，书而刻诸"昼锦堂"上。园中旧有七堂，曰"昼锦"、"燕申"、"自公"、"荣归"、"忘机"、"大悲"、"凉堂"。又有八亭，曰"御书"、"红芳"、"求己"、"迎合"、"狎鸥"、"观鱼"、"曲水"、"广春"。又有"休逸"、"飞仙"二亭。故老相传黄堂厅事，肇启建于节度韩重赟。宋太宗归自河东，视其厅曰："朕之所居，亦不过也。"上欲留宿，重赟奏曰："臣以一方之力，积岁成此。今陛下居一夕即虚之矣。不免劳民重建，乞赐守臣，岂胜荣幸。"上乃命设幄宿于厅下而去。至魏公大加完饰，郡廨园亭，雄壮华丽，甲于河朔。又传"休逸堂"，魏公取邺城冰井台四铁梁为柱，初铁梁弃邺台岁久，光莹无藓剥，人以为神物呵护，不敢动，及以为台柱，群疑始定。今园亭废毁，皆不可

---

　　①　永瑢等：《四库全书总目》，中华书局1965年版，第629页。

考。惟"飞仙"台基在府治"敏公堂"后，今构"观音堂"其上。台北十余步，踰小巷后园，有"休逸"台基、"面山"亭基，金节度完颜熙载作"养素楼"其上，今废。其碑尚存，其余则不可知矣。昼锦堂记碑，今移至魏公祠堂，云："公有康乐园诗曰：'名园初辟至和中，思与康时共乐同。一纪年光虽易老，万家春色且无穷。归来敢衒吾乡胜，到此须知旧邺雄。病守纵疲犹强葺，欲随民适醉东风。'"十二月，予至彰德府治后，因游"康乐园"，今皆菜畦麦陇，可考者，惟"休逸"荒台基，余皆不复辨矣。①

彰德城中嘉惠曲昼锦坊，故宋丞相魏国忠献韩公琦之庙在焉。重门修庑，中为大殿，殿肖公像，衮冕龙榻，侍从之臣，相向拱立，俨然庙堂气象。盖公熙宁初，力辞上宰，再典乡邦。未半岁，河北地震水灾。命公安抚四郡，移镇大名。相人思之，即公昼锦坊故第筑生祠以祠公。庙昔有宋中书舍人王靓所撰碑，兵毁不存，国朝重建庙碑一通，晋州判官高书训所撰。高公太原人，官至国子博士，故尚书高鸣雄飞子也。庭西昼锦堂记碑一通，至元间再摹而刻，宋参知政事欧阳修撰，翰林学士蔡襄书，龙图学士邵必大篆，世称为"四绝碑"云。府学之西亦有公祠堂，宋鄂州嘉鱼令邱郿为撰庙记，其碑今置府学仪门下。安阳县治之南，护国显应庙西隅，亦有公庙，盖宋敕建者，郡人称为"双庙"也。至若大名府之庙碑，则丞相温国文正公司马光撰。磁州之庙碑，则知真定扬子县事徐荐撰。其陕西之秦州、河东之太原、淮南之扬州、河北之真定，暨中山府皆有公庙。大河南北，凡八所，至今皆祀之不绝也。昼锦新庙殿壁，甃公书《昼锦堂》诗石刻一道，诗曰："重向高堂举宴杯，四年牵强北门回。故园风物都如旧，多病襟怀遂一开。白发耻夸金络骑，绿阴欣满石梁台。因思前彦荣归者，未有三曾昼锦来。"西庑则有郡人缑山杜英所题诗扁，诗曰："轮囷日下五云飞，此是先生唱第时。龙上青天蛇有力，鼠潜旧穴马空肥。纵横边议三千牍，照耀身名六一碑。坏壁百年遗像在，郡人争看

---

① 《河朔访古记》卷中，中华书局1991年版，第27—28页。

锦为衣。"按公薨于相之府治，英宗震悼，命陪葬山陵，其家恳辞，乃命入内都知张茂则敕葬公于安阳县西北三十里丰安乡，天子御制碑文，题曰"两朝顾命定策元勋之碑"，命龙图阁学士宋敏求即坟所书册，赐守坟寺曰"传孝报先之寺"云。十二月予偕下邽人李亨至祠下谒拜，读庭下二碑及读诗扁而退。①

《河朔访古记》记伏道之由来、扁鹊之册封、庙墓之方位与题撰亦甚详细：

> 扁鹊庙碑，在汤阴县东南二十里伏道村。村之道左一碑，题曰"神应王扁鹊之墓"，其庙并在墓侧，庙有二碑，一碑教授张仲文撰，一碑太中大夫江南浙西道提刑按察使武安胡祗遹撰。墓旁生艾治疾，为天下第一，今每岁充贡云。伏道者，昔商纣知狱繁民怨，乃置防城，以兵防羑里之囚，又伏兵于道左，故云。庙壁有左司刘昂题诗一首，曰："昔为舍长时，方技未可录。一遇长桑君，古今皆叹服。天地为至仁，既死不能复。先生妙药石，起虢效何速。日月为至明，覆盆不能烛。先生具正眼，毫厘窥肺腹。谁知造物者，祸福相倚伏。平生活人手，反受庸医辱。千年庙前水，犹学上池绿。再拜乞一杯，洗我胸中俗。"宋仁宗景祐元年九月，诏封扁鹊为"神应侯"，因上疾愈，从医者许希有之请。今曰"神应王"，未详何代所封也。②

相较之下，《河朔访古记》较之《北行日录》等四部笔记所记更为详细。如果说笔记是用粗线条勾画轮廓，那么《河朔访古记》则偏重于细笔勾勒，展示的是布局等细节。这些细节中不但包含着丰富的文献资料，可补史料之缺；还有对于方位、布局等的记载，对于还原历史现场极富支撑力。

我们再看明清两部方志对此的记载。嘉靖《彰德府志》记昼锦堂、韩

---

① 《河朔访古记》卷中，第32—33页。

② 同上书，第31页。

忠献庙等相州古迹如下：

> 韩忠献宅，在宋相州廨内。宅后堂曰"自公"，后为州园，亭曰
> "红芳"（南临小池，池边有古杏二株），直亭北曰"飞仙台"，台北
> 曰"御书亭"。公堂后曰"昼锦堂"，堂西曰"求己亭"，直东曰"狎
> 鸥亭"，亭后曰"忘机堂"，亭前临池，池南曰"观鱼亭"，西北曰
> "康乐园"，北曰"休逸台"，直台东曰"广春亭"，台北曰"曲水
> 亭"，亭北有池，北有"荣归堂"。至和中，公再以武康之节来治乡
> 郡，始建私第，作"醉白堂"，有苏轼记。[1]
>
> 韩忠献庙，在府治东南昼锦坊庙后作昼锦堂。岁以七月二日祭。
> 正德丁丑，都御史李充嗣命陈策刻陈荐所撰志于石，树庙前右。[2]
>
> 扁鹊庙，在（按：即汤阴）县东二十五里伏道村[3]。

乾隆五年（1740）《彰德府志》记载道：

> 昼锦堂，宋韩魏公琦判相州，建于州廨内。明洪熙初改建于县治
> 东南魏公庙后。万历十一年，推官张应登重建。今昼锦堂后为"忘机
> 堂"，东为"狎鸥亭"，西为观鱼轩，再后东西草亭各一。国朝康熙十
> 七年，知府邱宗文增修。乾隆二年，知县陈锡辂重修。《旧志》称：
> 韩忠献宅在宋相州廨内，宅后堂曰"自公"，亭曰"红芳"，直亭北曰
> "飞仙台"，台北曰"御书亭"，公堂后曰"昼锦堂"，堂西曰"求己
> 亭"，直东曰"狎鸥亭"，堂后曰"忘机堂"，亭前临池，池南曰"观
> 鱼亭"，西北曰"康乐园"，北曰"休逸台"，直台东曰"广春亭"，
> 台北曰"曲水亭"，亭北有池，池北有"荣归堂"。今俱湮废。又有
> "浮醴亭"，见魏公《安阳集》，今俱不可考。又《省志》载"德礼

---

[1] 《（嘉靖）彰德府志》卷一，《天一阁藏明代方志选刊》第 45 册，上海古籍书店 1964 年版，第 20b—22b 页。

[2] 《（嘉靖）彰德府志》卷四，第 14b—15a 页。

[3] 同上书，第 15b 页。

堂"在府旧治内，为魏公所建，西有"面山亭"，东有"见山亭"，熙宁中知相州张宗益建。西北有"燕申堂"，金太安中知府事丰王珣建，俱废不可考。又魏公曾孙肖胄守相州，建"荣事堂"，今亦移建"昼锦堂"之左。欧阳修作《昼锦堂记》，蔡襄书碑，今在魏公庙右。

醉白堂，旧在城北。宋熙宁中，韩魏公琦复领节治乡郡，始建私第，作堂于池上，苏轼为记，堂久芜没。明隆庆年间，同知王师文以县学为"康乐园"，旧址因重建"醉白堂"，刻记于石，后复废。国朝康熙十年，于县学东北隅掊土得碑，知县张凤翥复建堂三楹，肖像奉之。又魏公有"颛老庵"、"虚必堂"，俱在北第内，当与"醉白堂"相去不远，今亦不可问矣。①

伏道店，在（汤阴）县东十二里。纣置兵防城，以卫羑里，又于伏道设兵焉。今泊中产艾，善疗疾。民居善陶瓦。②

讲武城，有二，一在漳河北，一在滏阳南，皆曹操所筑。③

韩忠献公琦墓，在（安阳）丰安村，子忠彦等祔。初，公薨，神宗自撰额曰"两朝顾命定策元勋之碑"，命学士宋敏求就墓书之。赐坟左功德寺曰"传孝报先禅院"。宋乱，寺毁于兵，墓亦残毁。明弘治间，知府刘聪筑垣树碑，作享堂三楹，命役二人守之，今废。④

扁鹊墓，在（汤阴）县东伏道社，史记扁鹊，齐郸县人，姓秦，名越人，春秋时良医，后为李醯所刺，墓在庙后。⑤

从元明清三代有关相州地理的记载中，发现后代对于前代文献既有撮抄，又有因时而异的修正，这正是地理文献代际传承的特点。在楼钥、范成大的笔记与诗集中，出现了"伏道""伏道河""伏道店"，"伏道"到底一个什么样的地名？元人廼贤明确指出，"伏道"是一个村落，并指出其源

① 《（乾隆）彰德府志》卷六，中国国家图书馆藏本，第2—3页。
② 同上书，第5页。
③ 同上。
④ 同上书，第12页。
⑤ 同上书，第14页。

自商纣伏兵于道之意。至正时，伏道村在汤阴县东南二十里；嘉靖间，伏道村在汤阴县东二十五里；康熙间，伏道店在汤阴县东十二里。东南二十里、东二十五里、东十二里，这是诸方志对伏道村（店）与汤阴县方位与里程的不同记载，据此，我们可以将伏道村、扁鹊庙等准确标示在元、明、清三代的地图上。这类精细数据对完善、细化数字地图的意义甚大。

　　利用数据挖掘，找寻出文献之间的关联，是我们进行研究的第一步，也是首要前提。第二步，是利用前期数据挖掘中寻绎到的关联，特别是一些方位数据，增加地名等的标注范围，使更多的地理信息可以被标注出来。这两点，一是侧重于文本处理，它使得海量信息因被找到关联而成为有活力的、可以互动的统一体；二是增加了地理标注，它使得更多的可标识的地理位置能在空间上延展开来，换言之，即是我们将传统的、封闭的地图，变成了随着坐标、方位明确而能够被随时标注的开放式、非线性地图——这是从较为宏观的视角入手的。那么，有了海量的数据关联，有了更多的地理坐标被标识出来，接下来的研究重点，即是转到微观领域，利用虚拟现实（VR），将一些被标注出来的、文献之间关联也被梳理出来的地理数据以更为直接、可视的形式呈现。或者简单地说，即是用一种可视化的方式呈现被标注出来的不同时代的地理数据——它们可能是城池，也可能是郡邑，还可能是宫殿等。

三　虚拟现实与场景再现

　　从增加地图中的标注，到虚拟呈现，走的是一条由宏观到微观之路，所要关注的点（城池、郡邑、建筑等），越来越趋向具体而微。这一愿景的实现主要依靠虚拟现实（VR），所谓虚拟现实就是利用信息技术模拟三维空间，让使用者如同身历其境，可以无限制地观察、"感受"这一空间内的所有事物。

　　虚拟现实最初主要应用于医学实验、军事航天、工业仿真、室内设计、游戏娱乐等领域，取得了不菲成就。一些博物馆通过对实物进行数据采集、分析，建立三维模型，从而实现了文物古迹的科学、永久保存，像数字敦煌、数字故宫等都是虚拟现实的成功案例。相较于这些案例，我们所要进行的虚拟现实难度更大，其难度主要体现在缺少足够的、精确的数据支持。比如故宫博物院推出的五部大型虚拟现实作品——《天子的宫殿》《三大殿》《养心殿》《倦勤斋》《灵沼轩》都有非常精准的数据，而我们在第二部分论述中依据文献记载梳理出不同时代的昼锦堂等一系列与韩琦相关的建筑群，虽然也具有亭台楼阁之间比邻的大体方位，但却无法像养心殿等做到分毫不差的精确，我们所能还原出来的，可能只是大致的方位而已。

　　现有的与文物古迹相关的虚拟现实项目基本上都是在现存的（如故宫及其附属建筑）、成熟的（敦煌壁画等①）基础上进行的，其每一步推进都有相应的财力与技术支持。相较之下，我们面对的对象，既不是可视、可感、可准确测量的，又没有比较成熟的前期成果。我们所面对的首先是从海量数据中被挖掘出、能在数字地图上被标识出的某个地理坐标。如果这个坐标所对应的恰好是座城市，如果这座城市中的某片区域（如坊、市等）或者这座城市的某个更加具体处所（如昼锦堂及其周边建筑群等）恰好有较为详尽的地理方位描述，再"得寸进尺"一步，它又刚好蕴含着一定的历史意味——如与历史上某位帝王、将相、大儒、贤士、名医、仙人等有些许相关，那么便具备了利用虚拟现实还原历史场景的条件（当然，从技术层面上看，其实只需地理方位即可，"历史意味"属于锦上添花的内容）。

　　具备了条件，并不意味着一定能成功地将历史场景还原出来：因为此时，我们所拥有的还只是冰冷的数据，它告诉系统的只是某台在某亭之西、某楼在某台之东之类，即使我们能将文献中论及的所有建筑全部分布到一个区域中去，仍有两点是难以实现的：一是缺少其他虚拟现实最为称道的"可视性"，因为缺少这些建筑的具体样式，所以呈现出来的只可能是一些抽象建筑；二是无法准确再现不同建筑之间的真实距离。例如，据嘉靖《彰德府志》可知"红芳亭"北是"飞仙台"，"飞仙台"北是"御

---

　　①　鲁东明、潘云鹤、陈任：《敦煌石窟虚拟重现与壁画修复模拟》，《测绘学报》2002 年第 1 期。

书亭"，那么这亭、台之间到底有多远？不得而知。这些我们引以为憾的信息，正是虚拟现实应有的亮点所在：它能让人们身临其境地感受建筑的雄伟与细节的美，我们现在所能提供的或许只能是缺憾。

　　缺少实物、缺少具体参数，故而还原诸如昼锦堂建筑群之类的历史场景，难度确实很大，但是若将目光放到一些较大的知名城市（例如金中都、南宋临安等）上去，利用大数据挖掘出文献当中与之相关的信息——既包括城市区划、宫殿布局等具体的地理方位，又包括在这些城市中发生的真实历史事件，再加上历代学者的相关研究，这三者结合起来，或许能在一定程度上对当时的场景进行还原。

　　《北行日录》《揽辔录》《北辕录》《使金录》四部行录笔记都对金中都之建构有所记载，其中或详或略，但对于还原当时的经行路径，进而了解金中都的建筑、布局等意义明显。现存最早的金中都地图，是见于《新编群书类要事林广记》乙集卷一"燕京图志"的"京城之图""帝京宫阙"二图①，将其拼接如右图：

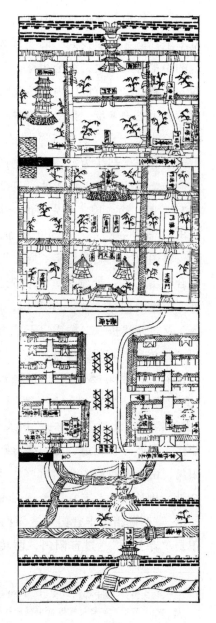

---

　　①　《事林广记》卷二，〔日〕长泽规矩也编《和刻本类书集成》第一辑，上海古籍出版社1990年版，第217—218页。

通过将四部笔记与此图对比，会发现笔记中提及的门、馆、楼、桥等基本上都能在图中找到，阎文儒先生称："这幅地图与范成大使金时，所说的中都宫殿位次，完全相符。只有会通门东，集英门内太后所居的寿康殿，没有画出。右掖门内的蓬莱殿，范成大没有记载。"① 较之阎先生，徐苹芳先生更进一步，指出《事林广记》所载两幅图是"陈元靓根据乾道六年（金大定十年，1170 年）出使金朝的楼钥和范成大的行记编绘的"②。但周立志先生却认为"二卷交聘图文并非是据交聘文献撰成的，而是南宋出使金朝的使节独立撰成的，只是在部分内容上与《北行日录》等吻合而已"③。阎、徐、周三位先生的论断对我们都很有启发。阎先生首发其覆，指出图与范成大文之间颇有相通之处，徐先生则直称图据楼、范行记编绘，将图、文之关系坐实。周先生则不以为然，认为图与楼文等仅为内容吻合而已。有一处细节，几位先生都没有注意到。楼钥所记"经端礼门外，方至南门……次入丰宜门，门楼九间，尤伟丽，分三门，由东门以入，又过龙津桥，二桥皆以石栏分为三道……次入宣阳门"④ 及范成大所记"过桥入丰宜门，即外城也，过玉石桥，燕石色如玉，上分三道，皆以栏楯隔之，雕刻极工。中为御路，亦栏以杈子，两傍有小亭，中有碑曰'龙津桥'。入宣阳门，金书额"⑤，都将丰宜门与宣阳门之间的石桥，称为"龙津桥"。《北辕录》称："初入端礼门，次入南门，次入丰宜门，次过龙津楼，楼亦分为三道，通用夺玉石扶栏，上琢为婴儿状，极工巧。次入宣阳门，由驰道西南入会同馆。"⑥ 丰宜门与宣阳门之间为龙津楼。程卓《使金录》则称："入丰宜门，过夺玉桥，入宣阳门，即西转过文楼侧，入会同馆。"明确指出丰宜门与宣阳门之间为夺玉桥，图中丰宜门与宣阳门间正是"夺玉桥"。过宣阳门，西转正是文楼，再西便是会通馆。这些记载

① 阎文儒：《金中都》，《文物》1959 年第 9 期。
② 徐苹芳：《南宋人所传金中都图——兼辨〈永乐大典〉本唐大安宫图之误》，《文物》1989 年第 9 期。
③ 周立志：《二卷被忽视的宋金交聘图文研究》，《中国历史地理论丛》2012 年第 4 辑。
④ 《北行日录》，第 27—28 页。
⑤ 《揽辔录》，第 8 页。
⑥ 《北辕录》，第 197 页。

都与程卓所言极为吻合。

　　通过梳理上述图、文之间的关系，应当意识到文献中隐含的数据对于地图绘制所具有的重要意义。换言之，大数据中定然隐藏了许多我们还没有挖掘出来，但是对于历代地图绘制有相当重要意义的信息，这些信息是绘制地图、还原场景的重要条件。如果没有足够的文献支撑，那么是否有可能绘制出古代地图？随着考古学的发展，特别是科技考古学的勃兴，勘察等成为绘制古代地图的另一利器，1985 年侯仁之先生主编的《北京历史地图集》绘制了 1∶25 万的《金中都》图，“充分吸收了金中都考古勘察的成果，成为此后各金中都图的蓝本”①，之后修订的金代中都图越来越注意汲取考古界的最新成果，这也成为场景还原的重要依据。故而，对于场景还原而言，至少应当包含这样两个方面：一是利用数据挖掘等从大数据中爬梳出与某地地理信息相关的数据，使之成为建立三维模型的数据支撑；二是充分利用与遗址发掘等相关的考古报告。

　　当前，随着数据挖掘从经济、金融、互联网等转向人文社科领域，传统的研究方式必然会发生巨大变化。文献之间的关系也随之能被较快地梳理出来，有关联的文献自身以及它们之间关联的分析，或许依赖技术即可自动实现，这些对于传统研究而言或有颠覆性的意义。

　　利用数据挖掘，可以快速、高效地从海量数据中梳理出文献之间的关系（当然包含有、无、何种等不同类型），这些都是非先验性的，故而可能得出一些仅凭传统研究方法难以觉察的新结论。数据挖掘基础之上的地理信息系统，可以将传统纸本地图或早期电子地图集中未曾包含、但已被挖掘与定义出来的新坐标标注在数字地图中。此外，与新标注相关的诗文、词赋乃至传说等文献都可随之体现，不仅可以为数字地图增加新标注，还可以增加更多的文学性与文献性。若是再与关于此地的历代方志相结合，便可初步构建起开放式的数字方志体系。

　　数据挖掘侧重于向文本要关联，地理信息系统侧重于在空间中增加“有意味”的新标注，场景还原的视角转向更加具体而微，它对数据与技

────────────

　　①　岳升阳：《金中都历史地图绘制中的几个问题》，《北京社会科学》2005 年第 3 期。

术的要求更高：不但要有较为精当的地理方位数据，要有较为完善可信的考古数据，还要求对建筑设计等领域相当熟悉，唯有如此才有可能实现历史场景的还原。在具体操作层面，计算机编程、地图学、科技考古学、建筑设计等都非传统的人文社科工作者所擅长，但这并不重要。重要的是我们的理念得及时更新，得正视新技术可能带来和已经带来的巨大挑战。唯有如此，传统的人文社会科学才能历久弥新、永葆生机。